修竹園文

陳湛銓 著
陳達生 孫廣海 編校

商務印書館

本書由伍福慈善基金贊助出版

修竹園文

作　者：陳湛銓
編　校：陳達生　孫廣海
責任編輯：劉韡泓
責任校對：趙會明
封面設計：麥梓淇
排　版：高向明
出　版：商務印書館（香港）有限公司
香港筲箕灣耀興道三號東滙廣場八樓
http://www.commercialpress.com.hk
發　行：香港聯合書刊物流有限公司
香港新界荃灣德士古道二二〇—二四八號荃灣工業中心十六樓
印　刷：中華商務彩色印刷有限公司
香港新界大埔汀麗路三十六號中華商務印刷大廈十四字樓
版　次：二〇二四年三月第一版第一次印刷

ISBN 978 962 07 0629 5
Printed in Hong Kong

乙亥（1935 年）高中二年級就讀期間存照。

乙亥（1935 年）高中二年級就讀期間存照。第一排左起第七位為陳湛銓教授

乙亥（1935 年）高中二年級就讀期間存照。第一排左起第三位為陳湛銓教授

乙亥（1935 年）高中二年級就讀期間存照。第三排左起第四位為陳湛銓教授

庚辰（1940 年）與夫人陳琇琦合照

辛卯（1951 年）青漪雅集合照。
左起：劉草衣、梁簡能、李研山、曾希穎、陳湛銓教授、湯定華、譚以宏

壬辰（1952 年）生朝攝於
香港九龍城衙前圍村寓所

戊戌（1958 年）冬攝於九龍大磡村，
左次女香生，右幼女麗生

戊戌（1958 年）春節全家福，攝於香港九龍大磡村流香園。前排左起幼子達生、三子海生。中排左起次女香生、幼女麗生。後排左起長女更生、陳夫人、長子樂生、陳湛銓教授、次子赤生

癸卯（1963 年）夏全家福，
攝與香港九龍城七喜酒樓。前排左起陳夫人、幼女麗生、陳湛銓教授、次女香生。
後排左起三子海生、長女更生、長子樂生、次子赤生、幼子達生

乙巳（1965）年夏全家福，攝與香港九龍城七喜酒樓。
前排左起次女香生、陳夫人、陳湛銓教授、幼女麗生。
後排左起幼子達生、長女更生、長子樂生、次子赤生、三子海生

己酉（1969 年）夏全家福，攝於香港九龍何文田寓樓。
左起次子赤生、三子海生、長女更生、陳夫人、陳湛銓教授、幼女麗生、幼子達生、次女香生、長子樂生

癸丑（1973 年）夏全家福，攝於香港九龍何文田長子寓樓。
前排左起長媳翟友坤、孫女貞慧、陳夫人、陳湛銓教授、外孫張浩文、長女更生。
後排左起次女香生、長子樂生、幼子達生、次子赤生、長婿張漢先、三子海生、幼女麗生。

丙辰（1976 年）春節攝於香港九龍何文田寓樓

丙辰（1976 年）攝於香港九龍何文田寓樓

癸丑（1973 年）攝於香港九龍何文田寓樓

丙辰（1976 年）攝於香港嶺南書院

丙辰（1976 年）攝於香港嶺南書院

丙辰（1976 年）攝於香港嶺南書院

庚申（1980 年）夏攝於香港太古城寓樓

癸亥（1983 年）夏攝於香港太古城寓樓，為孫兒貞信開筆

癸亥（1983 年）生朝與三孫兒攝於香港太古城寓樓，
左起外孫女黃師堯、孫男貞義、孫男貞信

乙丑（1985 年）生朝攝於香港太古城寓樓

乙丑（1985 年）夫婦七秩雙壽與兒女媳婿內外孫攝於香港銅鑼灣珠城酒樓

己丑（2009 年）冬編者陳達生先生攝於嶺南之風園林（香港荔枝角公園）內上刻有陳湛銓教授所書七言聯語之碑旁

丙寅（1986 年）春節攝於香港太古城寓樓

。第二十四卷。第一期。

遷校紀念碑

粤自蝦夷構禍變起蘆溝蚩目不明鞏飛江滬本校道以待士義不帝秦爰徙匡廬再轅黔筑發書河上卜宅城南棫樸菁莪造資世用鳴雞不已於風雨貞幹無憚於雪霜學道悉人尼父化乎言偃撫心高蹈師蹇悅乎鄭文得離之明體乾之健七閱于載一以貫之亦謂不作於人無負於國矣循至三十三年自秋徂冬窮寇失道南國飛埃殘燈迴將息之光猙虎奮尸搏之勢延壽桂北旋虔黔南我故校長王公伯羣忠國護校敵愾彌深知胡命之不能久長而士心之不可波動也屬意赤水易地其綏三年友生聿來胥宇夫何旻天不弔殲我良人其年十有二月我故校長竟以痛敵徹髓撒手渝州于時部署未定變故陡生萬緒重棼九原莫作今校長歐公元懷副校長王公毓祥遂勉從衆心董理其事內藉在校賓友扶將之力外承地方賢達嘉惠之誠立校于此又歲半矣今者胡塵揭絕神宇重光長河高流大江東注代馬思躍於北土越鳥冀巢於南枝會子人師待修毀傷之室黃童國士須讀未見之書歸去申江情理宜也然韻遞傷離文通恨別厚風雖運於鯤鵬雪泥終留其指爪擬卿繫客醉桃笑人之水方滋來禽競響對此景光寧無眷介而況炙於其人屢受其惠振振君子秩秩德音舍宅指囷供其困乏者乎用是粗紀大端勒諸貞石求著其事並旌厥心民國三十五年六月一日大夏大學立石

丁亥（1947 年）6 月大夏大學編輯室出版
《大夏周報》刊登所撰之
〈遷校紀念碑（記）〉一文（見內文第十二頁）

私立大夏大學聘書

復字第一〇二號

茲聘

陳湛銓先生為本大學文學院中國文學系專任教授

聘約時限自三十五年八月起至三十六年七月底止

此聘

校長 歐元懷

副校長 王毓祥

中華民國　五年七月十日訂

丙戌（1946 年）7 月上海大夏大學
專任教授聘書

壬辰（2012 年）10 月 16 日華東師範大學
〈大夏大學遷校碑重鐫記〉

壬辰（2012 年）10 月 16 日大夏大學校友會
及華東師範大學重鐫之紀念碑，上刻有陳湛銓
教授説撰之〈遷校紀念碑（記）〉一文

丙子（1996 年）幼孫女貞穎攝於
大嶼山寶蓮禪寺碑旁

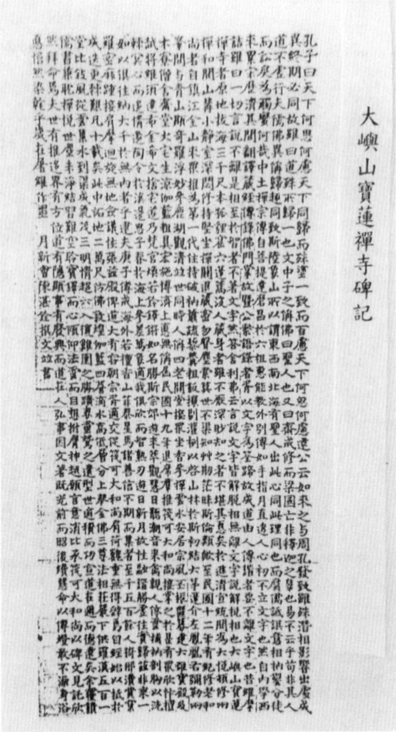

大嶼山寶蓮禪寺碑記

己酉（1969 年）為香港大嶼山
寶蓮禪寺撰寫之〈大嶼山寶蓮禪寺碑記〉
（見內文第 447 頁）

香港地下鐵路於甲戌（1994 年）推出之「天壇大佛」遊客紀念票套。
票套上載有香港大嶼山寶蓮禪寺牌坊所之照片
牌坊上刻有陳湛銓教授於辛亥（1971 年）為此牌坊所撰寫之楹聯

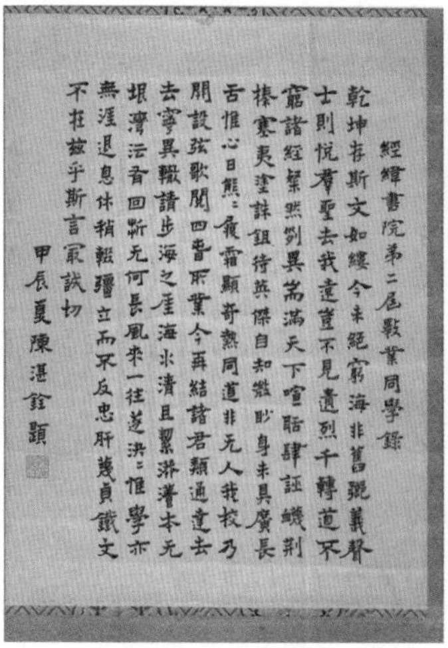

甲辰（1964 年）經緯書院第二屆
畢業同學錄題耑

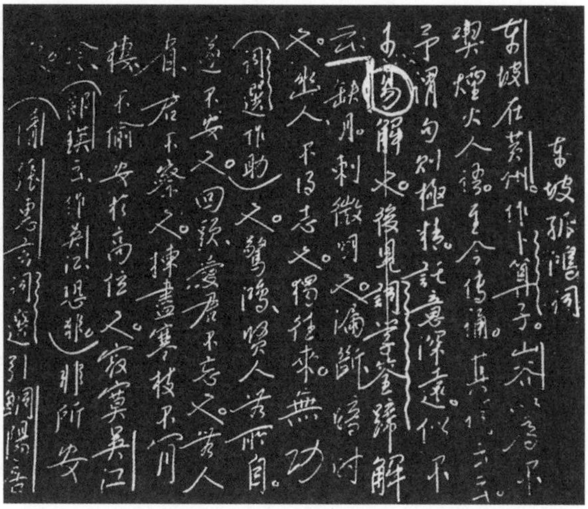

20 世紀 70 年代於學海書樓講學時板書

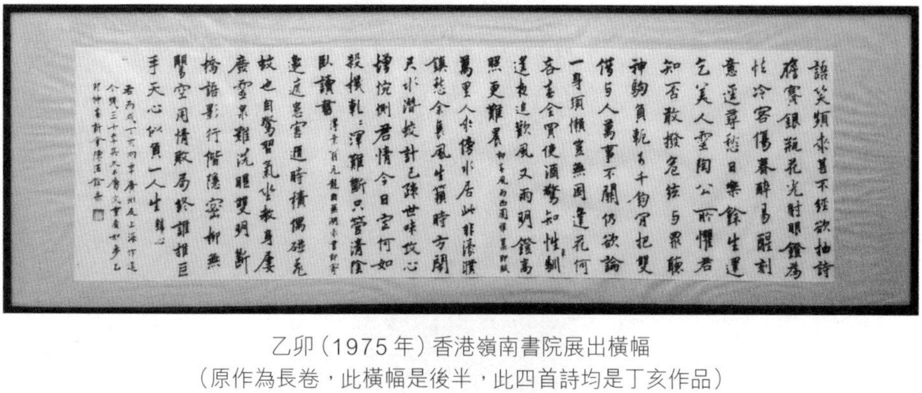

乙卯（1975 年）香港嶺南書院展出橫幅
（原作為長卷，此橫幅是後半，此四首詩均是丁亥作品）

20 世紀 50 至 60 年代遺墨

丙辰（1976 年）生朝再度試筆

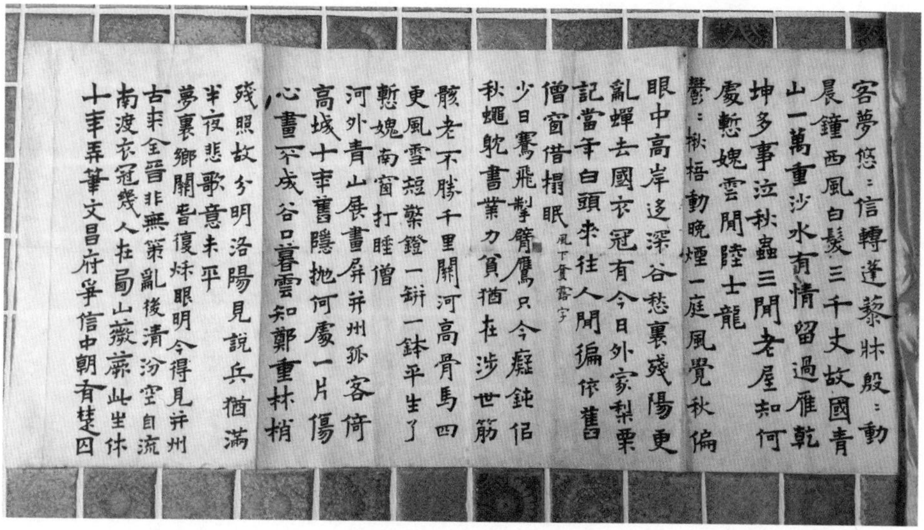

20世紀70至80年代遺墨

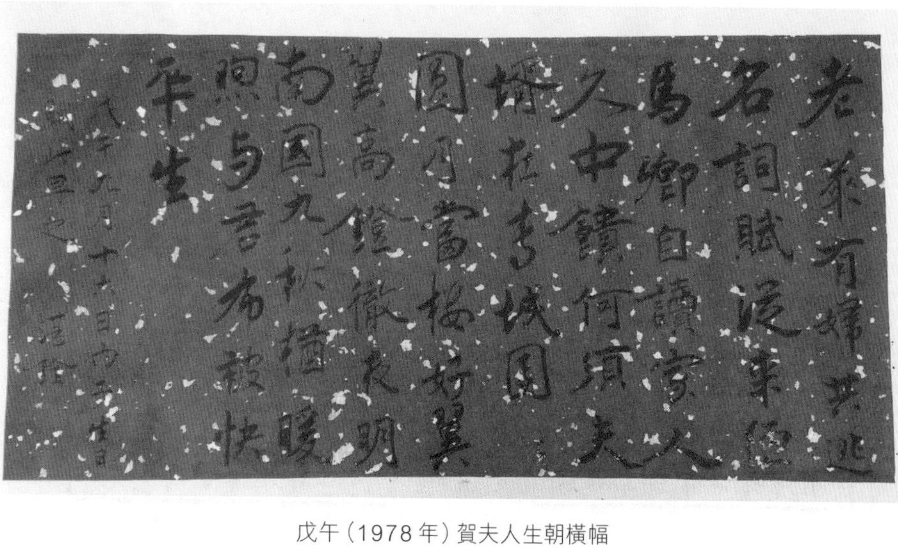

戊午（1978年）賀夫人生朝橫幅

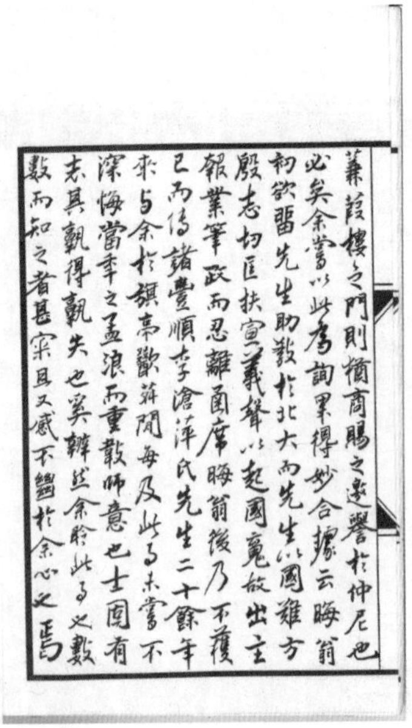

蒹葭樓之門則猶商賜之遊譽於仲尼也
必矣余嘗以此為詢果得妙合據云晦翁
初欲留先生助教於北大而先生以國難方
殷志切匡扶宣義聲以起國魂故出主
報業筆政而忍離函席晦翁後乃不獲
已而傳諸豐順李滄萍氏先生二十餘年
來與余於旗亭歡讌間每及此事未嘗不
深悔當年之孟浪而重歎師意也士固有
志其孰得孰失也奚辨然余於此事之數
數而知之者甚深且又感不釋於余心也焉

辛亥（1971年）為萬葉樓詩鈔作序頁二

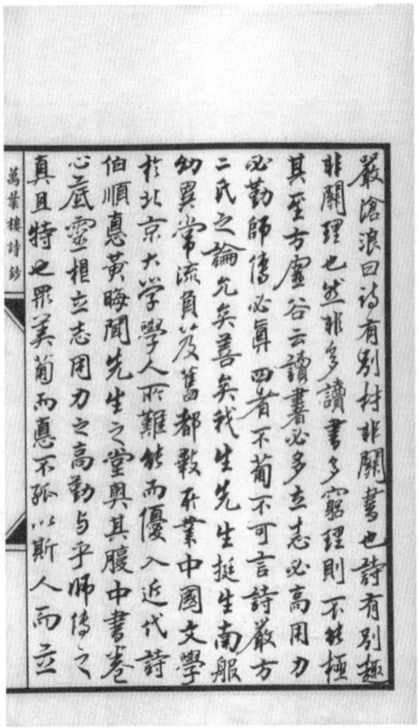

萬葉樓詩鈔

嚴滄浪曰詩有別材非關書也詩有別趣
非關理也然非多讀書多窮理則不能極
其至方虛谷云讀書必多立志必高用力
必勤師傳必真四者不苟不可言詩嚴方
二氏之論允矣善矣我生先生挺生南服
幼異常流負笈舊都毅所業中國文學
於北京大學學人所難能而優入近代詩
伯順悳黃晦聞先生之堂與其腹中書卷
心底靈根立志用力之高勤與乎師傳之
真且特也衆美萃而悳不孤以斯人而立

辛亥（1971年）為萬葉樓詩鈔作序

熊世先所習知頃於連催余序先生所為萬
葉樓詩鈔久不屬意於文特志此二事以
盡余責庶死者靈通而感焉而生者亦可
以無負於其望矣歐陽公云夜深風竹敲
秋韻萬葉千聲皆是恨先生寧有恨邪
生不受垢辱子賢孫優而知交多且摯所
恨又復何事豈神州陸沈中原丘墟無歸
骸生之望歟誰乎能起斯人於九原
而問之哉辛亥中秋後一日新會陳湛銓
謹序於九龍寓樓

辛亥（1971年）為萬葉樓詩鈔作序頁四

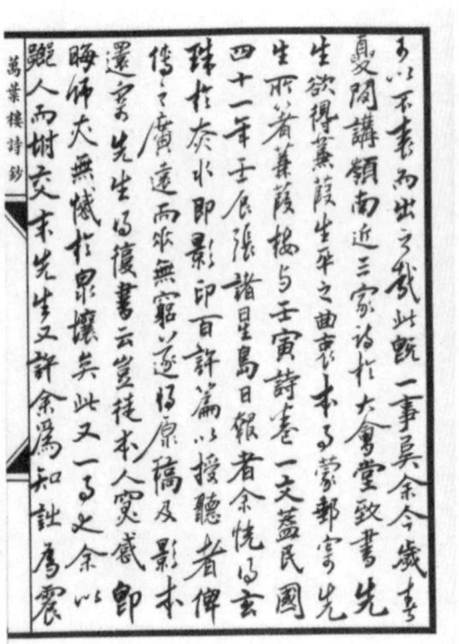

萬葉樓詩鈔

可以不表而出之哉此既一事矣余今歲春
夏間講嶺南近三家詩於大會堂致書先
生欲得蒹葭生平之曲衷本事蒙郵寄先
生所著蒹葭樓與壬寅詩卷一文蓋民國
四十一年壬辰登諸星島日報者余恍得玄
珠於赤水即影印百許篇以授聽者俾
傳之廣遠而永無窮焉遂得原稿及影本
還寄先生得復書云豈徒本人寬感即
晦師亦無憾於泉壤矣此又一事也余以
鄙人而拊交末先生又許余為知詩為震

辛亥（1971年）為萬葉樓詩鈔作序頁三

（以上見內文第459頁）

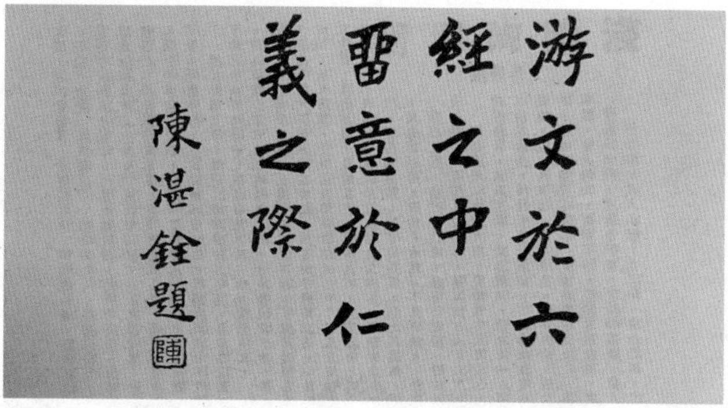
游文於六
經之中
留意於仁
義之際
陳湛銓題

壬寅（1962 年）為《經緯文藝》創刊號題辭

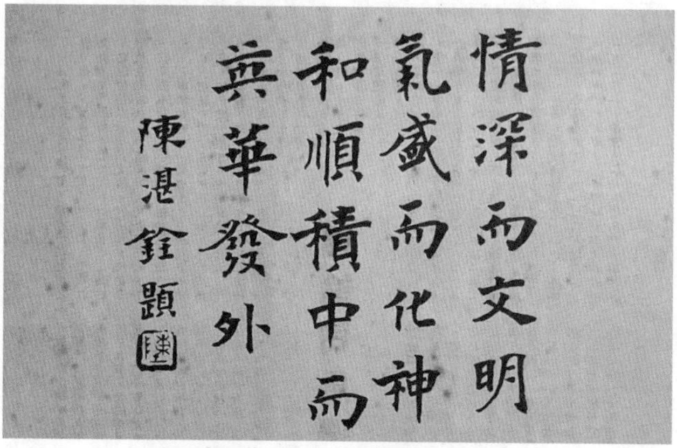
情深而文明
氣盛而化神
和順積中而
英華發外
陳湛銓題

癸卯（1963 年）為《經緯文藝》第二期題辭

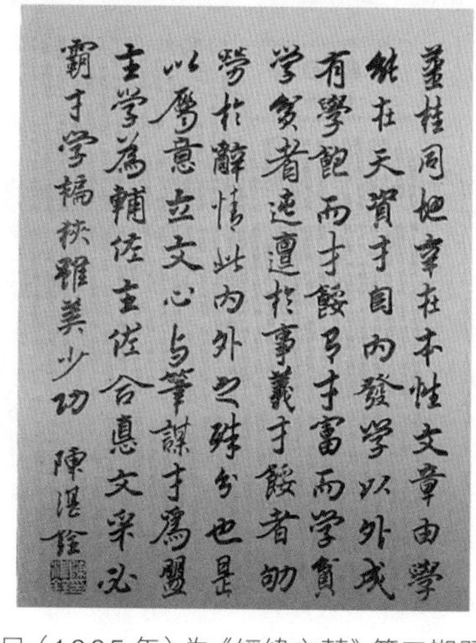

乙巳（1965 年）為《經緯文藝》第三期題辭

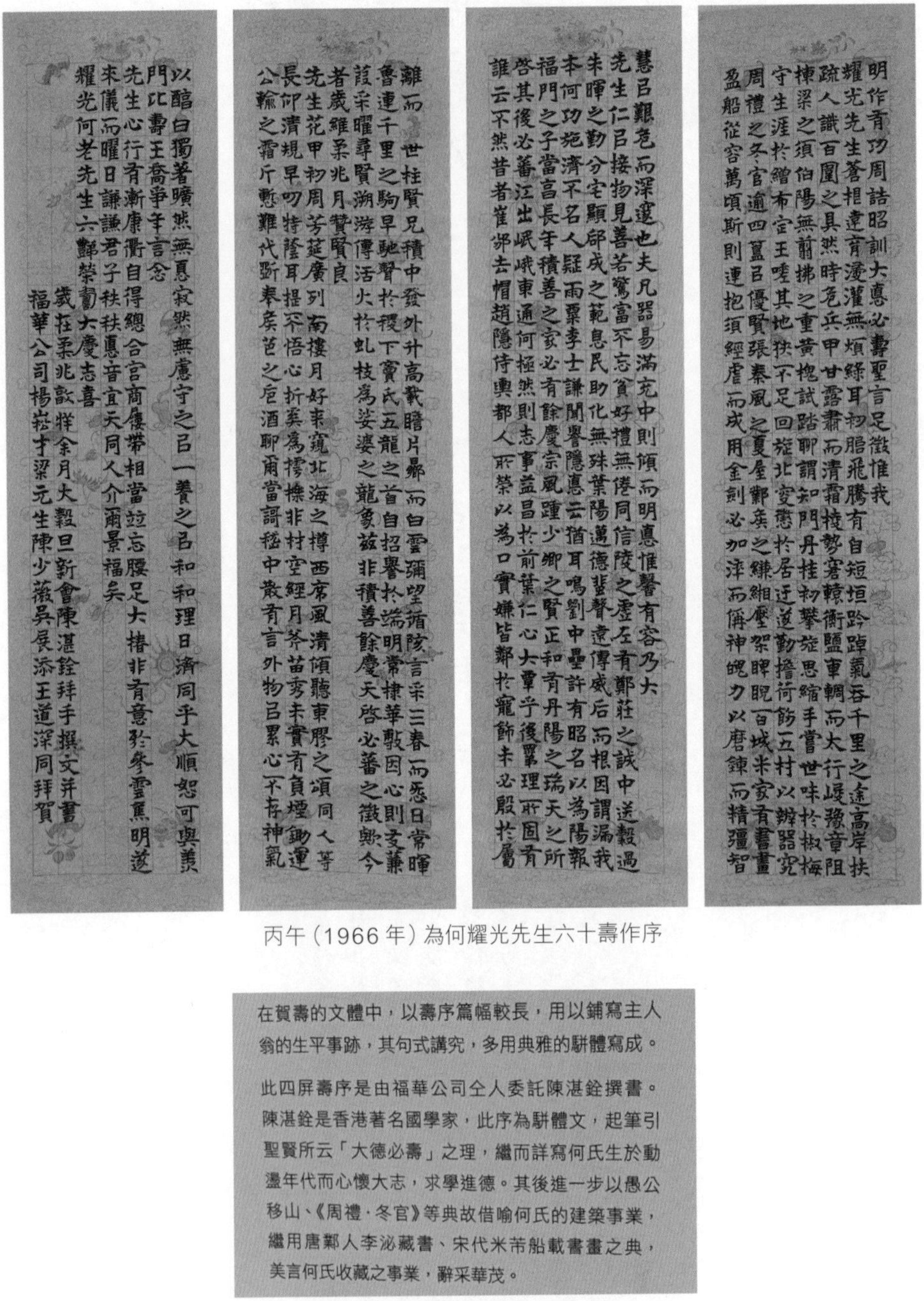

丙午（1966年）為何耀光先生六十壽作序

在賀壽的文體中，以壽序篇幅較長，用以鋪寫主人翁的生平事跡，其句式講究，多用典雅的駢體寫成。

此四屏壽序是由福華公司仝人委託陳湛銓撰書。陳湛銓是香港著名國學家，此序為駢體文，起筆引聖賢所云「大德必壽」之理，繼而詳寫何氏生於動盪年代而心懷大志，求學進德。其後進一步以愚公移山、《周禮．冬官》等典故借喻何氏的建築事業，繼用唐鄴人李泌藏書、宋代米芾船載書畫之典，美言何氏收藏之事業，辭采華茂。

此為陳湛銓教授為何耀光先生作序之墨寶於香港藝術館所展出時，藝術館所附加之說明文字。

（見內文第443頁）

陳湛銓教授事略

陳教授諱湛銓。字青萍。號修竹園主人。廣東新會縣人。民國五年丙辰生於縣之外海鄉松園里。考諱旭良。字佐臣。居港經商。平生輕財仗義。急人之急。月入雖甚豐。而到手輒盡。鄉里皆稱善人。及下世。囊中遺財僅七十元耳。

教授少聰慧。從鄉宿儒陳景度先生受經學、詩、古文辭及許君書。並隨伍雪波習技擊。十五歲失怙。越年赴穗垣入讀禺山高中。此前並未接受新式學校教育。遑論初中矣。於時家道中落。寄食七叔父家。教授出身苦學生。每每晨起至夕始得一飯。雖則飢腸歷鹿。然益自奮厲。每試必超優。屢得獎學金並免學費。高中教育因以完成。弱冠投考國立中山大學。本欲研物理。會回鄉省親。茶座中與景度師偶及此事。為師所止。謂吾道賴汝昌。姦凶奮誅鋤。因改弦易輸。攻讀中國文學系。師事大儒李笠雁晴、詹安泰祝南、古直公愚、陳洵述叔、黃際遇任初。抗心希古。出入經史百家。詩則取徑於陶杜蘇黃、放翁遺山諸大家。既學積而氣雄。人豪而材大。所為詩已橫絕不可當。自弱冠而越壯年。諸同學並前輩均以「詩人」見呼。雖師輩亦嘉為江有汜、真宗盟也。畢業後即獲張雲校長器重。聘為校長室秘書兼講師。此殊榮為該校畢業生之第一人。時年二十五耳。

抗日軍興。教授隨校轉進坪石、瀲江等地。越二年。任教貴陽大夏大學文學院。明年避兵離貴陽至赤水。於時見知於陳寂園、尹石公、葉元龍、孫亢曾諸前輩。煮酒論詩。時多唱和。石老自恨其晚。葉公尊之為天下獨步。及勝利回粵。本以歷數年抗戰奔波。不再擬遠行。然終以難卻大夏大學之再三催促而赴滬。及後廣東教育耆宿黃麟書先生籌創廣州珠海大學。乃慕名遠赴上海聘其返穗。教授亦冀能多造福桑梓。毅然辭退大夏大學教席。返穗任珠海大學中文系教授。民國三十八年神州易手。隨校轉遷香港。並講學於學海書樓。迨蔣法賢先生籌辦聯合書院。禮聘教授規畫中國文學系。及蔣氏去職。教授激於義憤。接淅而行。於時兒女成行。家累奇重。倉卒離校。實朝不謀夕者也。而惟義是重。一切不之計。其高風亮節。足以振末世而起頑愚。

教授專力於羣書六十餘年。以國學為終身事業。積學既厚。真氣彌充。乃於民國五十年創辦經緯書院。宣揚國故。恢開義路。嘉惠來士。力迴狂瀾。宿儒曾希穎曾稱經緯為「國學少林寺」。今港中後輩治國故之真能拔乎其萃者，多出其門下。誠無愧此錫號矣。惜時地未便。雖艱苦支撐。亦七年而止。嗣先後任浸會書院、嶺南書院中文系主任。迨八年前因健康欠佳而辭退所有教席。惟仍講學於學海書樓。潛心述易賦詩。其著述計有周易乾坤文言講疏、周易繫辭傳講疏、莊學述要、詩品補注、陶淵明詩文述、元遺山論詩絕句講疏、杜詩編年選注、蘇詩編年選注、修竹園叢稿、讀書劄記及修竹園詩都三萬六千餘首。

教授一生。肩擔大道。既儒且俠。嚴霜烈日。積中發外。故多行負氣仗義之事。視己所當為。恒不顧人之是非。尤恨偽學。輒痛斥之。下筆萬言。廉礪剽悍。銛於干莫。嘗謂在今日橫流中。如出周程朱張之醇儒。實不足以興絕學。要弘吾道。都須霸儒。蓋過惡甚姦。似非天地溫厚之仁氣所能勝也。故自號霸儒。平素以拘謹勝縱恣。爭萬古。不爭朝夕。教子姪勉諸生。謂仲尼稱射且必爭。況名山真事業耶。至塵俗間之浮名虛位。如不忽之浮塵。視同土梗。且不足以論事功。何文辭之精聖賢之學所以發揮哉。以故教授不甘挫志損心。折腰於廊廟。於衣食住三者幾不知享用。斯君子固窮。道勝無戚顏之真儒也。民國七十五年十二月二十日以疾卒。春秋七十有一。

夫人陳琇琦淑德賢良。通曉文墨。教授詩所謂「老萊有婦共逃名。詞賦從來陋馬卿。自讀家人久中饋。何須夫婿在專城」者也。子樂生、赤生、海生、達生，女更生、香生、麗生並研習國故。紹其家學。

（原載於一九八七年五月三日「陳湛銓教授追思大會」場刊）

目錄

《修竹園文》敍

先師陳湛銓教授學問文章均稱獨步，又循循然善誘人，後學親炙之者，都成佳士。昔日聲名之盛，一時無兩。

湛師於一九八六年上僊。二十餘年後，少公子達生先生乃整理湛師遺作，欲編成專書數種。旋得香港商務印書館毛永波先生慨允出版，又得伍福慈善基金伍步謙博士慨允資助其事，遂於二零一四年出版《周易講疏》，繼之以《蘇東坡編年詩選講疏》及《元遺山論詩絕句講疏》，一年而著作面世者三，真學界盛事也。其後《修竹園詩選》於二零一五年出版，《歷代文選講疏》上、下冊於二零一七年出版，《修竹園詩前集》於二零一九年出版，蔚為大觀矣。

達生兄近日又得湛師散文五十餘篇，命之曰《修竹園文》，以為殿後。至此，湛師之述作畢見矣。

自《周易講疏》刊行至今，倏忽九年，回首如在昨日。九年來，達生兄及其家人整理湛師遺作，孜孜不倦；永波兄刊行之，步謙兄贊助其事，遂令湛師之文與日月同光。弘揚國粹，厥功偉矣。余得預其事，又得敍《周易講疏》及《修竹園文》二書，則幸莫大焉。讀其書而追往事，感慨輒係之矣，師恩不能忘也。

二零二三年，癸卯初冬，何文匯誌於香港山樓。

（一）由先秦諸子論性之派別講到孟子性善說的真義和真價

人稟天地之靈，含五常之德，其生也與萬物同載，而其所以生者弗同；其性也與萬物同具，其性之程度也迥異。是故人之性不能喻之以犬馬。雖然，人性固殊於萬物矣，果何以哉？是則以先哲之持旨不同，故其為說亦互異。然而事有至當，理有固然，其說之的謬與否，則在吾人之識別而已！

戰國時人心不一，各家學說爭鳴，論性之言，多見於是，大別之有五：（一）性善派——孟子主之。其說詳於《孟子》。（二）性惡派——荀子主之。其說詳於《荀子・性惡》篇，遽云：「人之性惡，其為善偽也。」（三）性無善無惡派——告子主之。其說亦見孟子。（四）性可以為善可以為惡派——周人世碩主之。其說見於漢王充《論衡》，有云：「周人世碩以為人性有善有惡，舉人之善性，養而致之，則善長；惡性養而致之，則惡長。如此，則性各有陰陽，善惡在所養焉。故世子作《養書》一篇。」（《本性》篇）（五）性有善有不善派——宓子賤，漆離開，公孫尼子等主之，其說亦見於《論衡》，云：「宓子賤，漆離開，公孫尼子之徒，亦論情性與世子相出入，皆言有善有惡。」（《本性》）

夫論性之派別，若是其眾且異也，則孰輕孰重，吾誰適從乎？然以鄙見觀之，則以孟子性善說為至當。蓋孟子以善心待人，人類循而行之，則感情濃洽無間，若如荀子等之主張，適足以亂天下耳！茲不憚瑣煩，錄之於次，所餘四派，不復置論。

孟子道性善，言必稱堯舜，蓋怵於戰國人心之詐譎，故不惜高聲疾呼，以冀喚起其善念，而進於仁義之途。故曰：「人性皆善」，「聖人與我同類者」，其意以為人人皆有善端，苟能擴而充之，不為後天惡習所染，則人皆可以為聖人，為堯舜，即荀子之所謂「始乎為士，而終乎為聖人」者，此孟子始言性善之意。

孟子之學，原本孔子，然求孔子論性之言，未獲多覯，故子貢曰：「夫子之言性與天道，不可得而聞也。」無已，惟「性相近也，習相遠也」之說乎。而孔子是說，亦本《商書》，《商書》曰：「惟皇上帝，降衷於下民，若有恒情。」恒，即相近之義。夫「相近」「相遠」，孔子無明別其為善與惡也。然就孔子之全部哲學思想觀之，則偏於性善矣。故「相近」者，近於善也；「相遠」者，遠於善也。蓋孔子有言曰：「民之生也直，罔之生也幸而免」。是即孟子所謂性善者矣。《詩》云：「天生蒸民，有物有則，民之秉彝，好是懿德。」孔子讀之，歎為知道，是孔子之論性，其偏於性善者益明。吾故曰：「孔子之論性，與孟子同。」是見番禺陳蘭甫先生《東塾讀書記》言之至詳，據云：「性善之說（指孟子所持）與『性相近也，習相遠也』正相發明。『心之所同然者何也？謂理也，義也。』性善也。『聖人先得我心之所同然耳！』性相近也。『富歲子弟多賴，凶歲子弟多暴，非天之降才爾殊也，其所以陷溺其心者然也。』習相遠也。『所欲有甚於生者，所惡有甚於死者。』性善也。『非獨賢者有是心也，人皆有之。』性相近也。『賢者能勿喪耳！』習相遠也。『雖存乎人者，豈無仁義之心哉！』

性善也。『平旦之氣，其好惡與人相近也者幾希。』性相近也。『梏之反覆，則其夜氣不足以存，夜氣不足以存，則其違禽獸不遠矣。』習相遠也。孔孟之言，若合符節也。」孟子之說今既與孔子符，則其為洵然而不謬者，抑亦可以知矣。

且子思述《中庸》有言曰：「誠者，天之道也；誠之者，人之道也。」……「自誠明，謂之性；自明誠，謂之教。」夫彼所謂誠者，發達其個性之本性也，乃所謂善也。他如孔子之所謂「有教無類」，亦含性善之意。更足以明孟子之說。

孟子性善之見，其與孔子、子思同，已述如上，茲復舉其所言以伸其意。孟子所謂惻隱，羞惡，辭讓，是非之心，人皆有之；如曰：「人皆有不忍人之心……所以謂人皆有不忍人之心者，今人乍見孺子將入於井，皆有怵惕惻隱之心，非所以內交於孺子之父母也，非所以要譽於鄉黨朋友也，非惡其聲而然也。」此言惻隱之心，人皆有之。又曰：「一簞食，一豆羹，得之則生，弗得則死，嘑爾而與之，行道之人弗受；蹴爾而與之，乞人不屑也。」此言羞惡之心人皆有之。又曰：「紾兄之臂而奪之食，則食，不紾則不得食，則將紾之乎？」此言辭讓之心，人皆有之。又曰：「蓋上世，嘗有不葬其親者，其親死，則舉而委之於壑。他日過之，狐狸食之，蠅蚋咕嘬之，其顙有泚，睨而不視。」此言是非之心，人皆有之。凡此四心，其為人本性也，言之成理，即東方朔、淳于髡之徒在，亦無以置辯。夫所謂惻隱、羞惡、辭讓、是非之心者，即仁、義、禮、智之端也。仁、義、禮、智，人皆知其善矣，今也，人皆備茲四端，則人性皆善之說，將可易奪乎？後之人，其所以疵孟子性善之說者，未明乎此也。

司馬溫公與王介甫有疑於孟子性善之言，於溫公則以為仁、義、禮、智，既出乎性，而暴、慢、貪、惑，亦出乎性。於介甫則以為人固有怨、毒、忿、戾之心，未可以言人之性無不善。夫所謂暴、慢、貪、惑、怨、毒、忿、戾者，乃後天之所為也，非其本性然也，蓋習俗足以移人故也，亦即孔子之所謂「習相遠」也。善夫孟子之言曰：「乃若其情，則可以為善矣，乃所謂善也。若夫為不善，非才之罪也。」蓋夫象之性，誠惡矣，然乃見舜面忸怩，則其情可以為善矣。故又曰：「『求則得之，舍則失之，或相倍蓰而無算者，不能盡其才者也。』」故余以為人之性本善，則所以不能盡其才，而有暴、慢、貪、惑、怨、毒、忿、戾之心者，殆有四因：（一）為後天環境之所影響。（二）由於自暴自棄。（三）以小害大賤害貴。（四）養不得其當。此皆非才之罪也，疾故也。

孟子性善說之真義，上已述之，茲復論其真價。縱觀孟子性善之言，其真價有三：（一）於倫理思想上之真價。如曰：「人之所以不學而能者，其良能也；所不慮而知者，其良知也。孩提之童，無不知愛其親也；及其長也，無不知敬其兄也。」又曰：「人皆有不忍人之心……謂人皆有不忍人之心者，今人乍見孺子將入於井，皆有怵惕惻隱之心，非所以內交於孺子之父母。……」等等之精論，於倫理思想上，有莫大之幫助。（二）於心理學上之真價。如曰：「無惻隱之心，非人也；無羞惡之心，非人也；無辭讓之心，非人也；無是非之心，非人也。」又曰：「仁、義、禮、智，非由外鑠我也，我固有之也，弗思耳矣！」此等論調，於心理學上，有無限之價值。（三）於教育思想上之真價。如曰：「盡其心者，知其性也。

知其性，則知天矣。存其心，養其性，所以事天也。」此兼言存養，即子思率性修道之義。又有恃於教育者矣！又曰：「人之所以異於禽獸者幾希，庶民去之，君子存之。」教育上只須存「人之所以異於禽獸」之人性。陸賈承孟子之說曰：「天之生人也，以禮義之性。人能察己所受命則順，順之謂道。」此言人所受於天之性雖善，又在己察而順之，益為歸重教育之意矣。孟子性善說之真價，有斯三者，則其能獨放異彩也，蓋有由矣！

孟子採原於天，尊其魂而賤其魄，以人性之靈明皆善出於天生，而非稟於父母之厚待於人，舍其惡而稱其善，以人性之質為可善，推之青雲之上，而不甘墜於塵土也。蓋天之生物，因才而篤，人為最貴，有物有則。天賦定理，人人得之，人人皆可以為善，可以平等自立。故推而行之，可以普天皆善，愷悌慈祥，和平中正，無澰詖之心，愁欲之氣，而進於昇平太平之世，禮於小康之上，抵於大同。此孟子之所以述仲尼之意而倡為性善之說也。

荒蕪之詞，不達之見，固見笑於通人；然，恐誦其詩，讀其書，而不知其人，不明其說，更貽罔殆之譏，故勉搆數言，錄之於幅，鄙乎？謬乎？惟大雅先達者之命之。

民廿四年春寫於覺樓

廣州禺山中學編《禺山學生》一九三五年第二期。頁十三至十七

（二）弔今戰場文

天愁地慘，日月無光，平原漠漠，廣野茫茫。草木凋兮零落，葛藟謝兮枯黃；鳥倦飛而不下，獸爭挺而羣亡。或告余曰：此今戰場也。每當陰霾密佈，鬼哭神號，月月年年，朝朝暮暮，雄心未殞，呼殺匈奴，義憤難填，千載長留家國恨！

誰憐閨中少婦，百結柔腸，默禱天心，庇征人於無恙，凱歌早奏，無使夢斷衡陽；忍令白髮高堂，倚閭企望，終宵不寐，翹盼竹報平安。乃若捐軀報國，忠孝難全。鞠育劬勞，銘刻方寸，伉儷恩義，從此中斷，窀穸不安，骨骸零亂，魂魄何依，關山路遠。傷心哉！誰為為之，孰令致之，蒼天無言，小子何知。溯自邊疆事發，舉國洶洶，調兵遣將，禦彼兇狂，同讎敵愾，為國爭光，將士用命，銳不可當，前仆後繼，血洒胸膛。

戰鼓擊兮動干戈，決此心兮莫蹉跎。錦繡山河兮血染，短兵相接兮山坡。屈兮降兮，終身夷狄；戰兮勝兮，萬世功勳。誓掃胡虜，志安社稷，黃帝子孫兮，英靈不滅，雖死猶生兮，留芳史籍。

上海光華大學南鋒社出版《南鋒》第一期（一九四零年六月三日）

作者此文以陳青萍姓名發表

（三）與曼翁論詩書

曼翁足下：旗亭別夜，至難為懷。來歸二句，未除癡惘。向長安而西笑，倚胡床以冥遊，何好風之潑然，薄我懷而不入。累年流播，逢翁何遲，雖曰不情，寤言斯歎。雅欲飲窮愁以霜刃，樹萱蘇於山庭；勅子墨以承風，揮陳玄而獨寫。懷戀反側，良無由緣，搔首自思，未知其究。殆由長喙久箝，見肉狂啄，道喪文敝，必待我汝合而濟之耶？

銓幼弄柔翰，本同兒戲。及避胡去國，則持以求食。非有藏山之念，刻楮之勤，儕之乎古人，傳之於來葉也。然猶面炙青鐙，心沈玄硯。聞雞就枕，猶抱殘書者，則既已為之，當求日益。素位而行，不敢不勉耳！比以人心左旋，橫流愈肆，不忍百世寶器，及吾身而大裂。乃始默爾傷折足之鼎，瞿然有憂道之心。人皆笑之，翁毋亦以我為迂乎！

莊生云，方且與世違，而心不屑與之俱，是陸沈者也。誠能陸沈於俗，語默循性。塞門離事，敗絮酣擁，讀世所欲燒之書，為人所不為之事。蹲榻搖膝，擁鼻長謳，寫經課兒，謀酒於婦。捧古人之糟魄，入我口而如飴，雖溝壑之終填，冀芳菲之不沫。則其視蠅營而鹿逐者，為何如也。日者對茗論詩，傳觴分韻。自以口訥，所懷未吐。來歸不忘，敢申前意。尚望體左徒之厭濁，知鄺生之清狂。庶敬禮得定於其文，劉棼無煩於問字。其為懽益，亦何可言。

翁詩脱畧凡徑，語不由人。實與唐之次山、昌黎、東野、玉川、昌谷。宋之宛陵、廣陵、誠齋、浪語。清之籜石、仲瞿、子尹、弢叔、亞匏同風。之數子者，皆疏放其辭，以風趣為尚。生新奇險，詭勢瓌聲。聘騄耳於通衢，無所假於良樂。或肆危言，驚聒人耳。或為淺語，而有可味。嘗試評之，大率古體皆工，絕句其次，律詩則無足觀者焉。何也？豈不以縱橫馳驟之勢，曼衍連犿之辭，最宜於古體耶？

至其流連光景，率爾觸機。信口吹呼，快人心眼者，則適於絕句。以言律詩，尚對偶，重宮商。範猿於檻，縮龍為寸。毫芒錙銖之辨，規矩準繩之間。變化無方，知幾其神。非夫用心綦慎，屈伸適宜者，其孰能與於此哉！故諸賢所作，未見其工。雖誠齋、弢叔之力足功深，猶未善也。而夏劍丞論誠齋詩，謂其七絕第一，七古第二，七律第三，五古第四者，良未為允。余謂誠齋實優為五七言古，次為七絕。五七言律，非其所長。非致力有深淺也，體格宜不宜也。

翁體氣渟蓄，胸無古人。聽其言，見其詩，皆然。而銓猶謂與諸子同風者，不求其合而合也，此既一事矣。至於用新名詞入詩，銓以為經我鑪錘，用之恰好。事出無意，正自不妨，但不可刻意誅求，無篇無之耳。如其不然，則何以異於杜象罔以尋燕石，累良驥以負鹽車哉！夫涇渭不共流，雅俗不同趣者久矣。韓退之曰，人聲之精者為言，文辭之於言，又其精者也。詩宜精雅，了無可疑。今人謂《詩三百篇》，有匹夫匹婦之思焉，平民文學之宗也。不知庶官采錄，既已拾精遺粗。及其辨正宮商，豈不復加斧藻。不然，徒人之謠，鄙拙劣俗者，古今多有。何不見於《三百篇》也。若隨聲抑揚，雷同競響，寶砂礫而不揀其金，知二五而未辨於十。豈我輩所應爾乎？

至陳思王謂街談巷説，必有可采。擊轅之謳（歌），有應風雅者，是自其善者觀之則爾，然有待乎我之陶冶矣。禆諶草創，東里潤色斯行。妙質若亡，匠石霜斤寧運。人且有雅俗之分，況詩為文辭之精者哉！故詞無新舊，而美惡當知。詩無古今，而工拙難混。若掩羲娥而數眾星，棄楊荷而謳下里。人莫不有耳目，天將喪其見聞矣。往者夏曾佑、譚復生，以此自喜。以梁任公之變通趨時，亦致微辭。以為非詩之佳者，可斷言也。綴文之士，可不審諸。曾佑復生，詩不足道，無論矣。即《人境廬詩》，仗氣矜才，傲然駭世。以善用新名詞喧動一時，為任公所深許。自謂「我詩寫我口，古豈能拘牽。即今流俗語，我若登簡篇。五千年後人，驚為古斑爛。」豈其然乎？

苟我詩不善，義拙辭鄙，輕蔑前賢，取悦流俗。後之視今，亦猶今之視昔。後生可畏，誰甘為盲瞽耶？公度去世未遠，今之言詩者，雖或猶耳其名，然肯記誦其詩者寡矣。故其名或傳，其詩則未可知也。昔者枚皋百賦，後世無得而見焉。賓存而實亡，復何貴乎！愚以為為詩之先，當游心天岸，俯察萬殊。揔（總）吾紛然之思，發為精爽之辭。或一成則不移，或彌年而不定。義必貴乎至當，時無論於遲速。或變易其句法，或磨練其字類。或調度其音聲，或敷抹其顏色。以意為主，以句法、字類、音聲、顏色為輔。實其內，輝其外。定其勢，立其位。辨其精粗，審其清濁。權其輕重，度其短長。及其老於此道，得於手而應於心。宜若輪扁任斲，宜僚弄丸矣。

夫藏於吾胸者，雅俗善惡妍媸新陳皆有焉。能變俗為雅，易惡成善，改媸為妍，推陳出新，亦未始非工也。翁詩律句不與古絕同風，故各體皆覺其勝。惟其近詩，與所持論，似有意多用新名詞，以此為快。銓恐其蹈夏譚之覆轍，塞海若之尾閭，毀琴笙而鼓甕盆，棄家雞而愛野鶩，則期期以為不可矣。翁但可快意於一時，獨不為身後名計耶？微觀翁之所與遊者，或以才不過若人，而未進藥石；或以此實為至當，而揚其波流。銓輒不自諒，願為曼翁評友。雖曰交淺言深，君子所忌。然愛人以德，豈容久緘。曼翁大度，想不以我為妄也。

自兵氣入南，洪喬多誤，師友離絕，發議莫陳。抱疹於懷，不復論詩有年矣。陪都薄遊，得親大雅。金篦刮膜，靈泉洗心。聞足音於空山，聽鳥鳴於幽谷。飢渴時久，果腹醉心。慶慰之情，良無以喻。雖云河伯觀海，望洋而慚。然而石友忘年，須資攻錯，鼓張毅之內熱，效支離而攘臂。皮裏陽秋，敢忘得失。小詩四首，謹陳左右，乞與諸同好共論訂之。乃者長河洗兵，風伯掃暑。率土同慶，鼓舞若狂。恨道南久已食貧，長安居大不易。舟子招涉，萍梗來還。不獲與諸公列坐傳杯，同時擊鉢。仲容豈宜在外，沛公想必欲東矣。而南冠君子，猶留軍門；白駒生芻，徒響空谷。十年苦習，既覩明時，儻有厚風，負其修翼。西門豹之撾鼓，宓子賤之鳴琴，小言詹詹，我心戚戚。君子得時則駕，邦有道，貧且賤焉，恥也。帝鄉得秋，白雲接地，河廣宋遠，我勞如何。湛銓拜手。

乙酉（一九四五）八月赤水

《聯大文學》創刊號（一九五八年十二月），頁八八至八九
即《與何曼叔論詩書》，另載《文史春秋》第一期（一九四七年）
又載陳寂、傅靜庵主編《嶺雅》（廣東人民出版社，二零一三年十二月）

(三)(大夏大學)遷校紀念碑(記)

粵自蝦夷構禍，變起蘆溝，蜂目不明，羣飛江滬。本校道以待士，義不帝秦。爰徙匡廬，再轅黔筑。發書河上，卜宅城南。棫樸菁莪，迭資世用。鳴雞不已於風雨，貞榦無憚於雪霜。學道愛人，尼父化乎言偃；撫心高蹈，師襄悅乎鄭文。得離之明，體乾之健。七閱於載，一以貫之。亦謂不怍於人，無負於國矣！循至三十三年，自秋徂冬，窮寇失道，南國飛埃。殘燈迴將熄之光，穽虎奮反搏之勢。延毒桂北，旋虐黔南。我故校長王公伯群，忠國護校，敵愾彌深。知胡命之不能長久，而士心之不可波動也。屬意赤水，易地其綏。三年友生，聿來胥宇。夫何昊天不弔，殲我良人！其年十有二月，我故校長竟以痛敵徹髓，撒手渝州！於時部署未定，變故陡生，萬緒重棼，九原莫作。今校長歐公元懷，副校長王公毓祥，遂勉從眾心，董理其事。內藉在校賓友扶將之力，外承地方賢達嘉惠之誠，立校於此，又歲半矣。今者胡塵掃絕，神宇重光，長河高流，大江東注。代馬思躍於北土，越鳥冀巢於南枝。曾子人師，待修毀傷之室；黃童國士，須讀未見之書。歸去申江，情理宜也。然顏遠傷離，文通恨別。厚風雖運於鯤鵬，雪泥終留其指爪。癡柳縈客，醉桃笑人。之水方滋，來禽競響。對此景光，寧無眷介？而況炙於其人，屢受其惠，振振君子，秩秩德音，舍宅指囷，供其困乏者乎！用是粗紀大端，勒諸貞石，求著其事，並旌厥心。民國三十五年六月一日大夏大學立石。

大夏大學編輯室編《大夏周報》第二十四卷第一期（一九四七年六月）

另載陳湛銓著、陳達生編校《修竹園詩前集》（香港商務印書館，二零一九年）

(五)陳湛銓關於無法購票不能及時來滬任教的函

(一九四六年十月十三日)

愧安校長吾公階下：

電函拜悉，至難為懷。自前書去後迄今，分訪友朋，交涉機位，杳不可得。復往民生公司探問，則該公司輪船只能航至宜昌，直放尚無確期。

屈指滬校想已開課，料難趕及，若再事延冀，殊恐有誤諸同學學業。連宵思之，惘惘不寐。懷書未復，蓋亦有由。頃光陰疾馳，日過一日，去就之間，情須早決。是以淒然命箋，訴其苦懷。希早聘賢能瓜代，庶幾無誤於公。儻隱燭下情，不棄管蒯，則請准假一學期，待航路開放，當於明春趕至。要之本學期留渝，實畏行路艱難，情非得已，誠恐或人譏訕，隨意以為貪慕名位，多所反覆，用特詳言，惟公體諒。

若或開課不早，同事同學猶未到齊，拜承命召，不責愆期，當加緊進行，機輪客位有着，即行也。

華泰輪未審已安抵京否？至深勞念。中系諸同學當乞代致惘惘之意也。河廣宋遠，東望碎心。

專達，即頌道安。

祉偉公均此。

晚湛銓再拜

十月十三日

湯濤主編《歐元懷校長與大夏大學》（上海書店，二零一七年）。頁二六九至二七零

(六)陳湛銓關於即將來滬任教詢問薪金並請求預支交通費及寄送聘書的函

(一九四六年十月三十日)

愧安校長道席：

十七日來諭拜悉，銓決計來滬上課，因最近機位較前易得，可朝發夕至也。今所可慮者，不知到滬後六口之家(一工人)可以維持否？本年度銓底薪若干？月入共幾何？希即賜知，並乞電匯一百萬元來渝，俾即購機趕至。此款可在銓各月份薪水款內扣除。因留渝數月，所耗甚大。現朋好先後離去，援假無人，故作此想，否則在本人未到校前不擬虛領一錢也。

至銓暫留工商學院，本意除當時確無法東下外，以淑陶兄因公留京，未克遽還，院事無人負責，故與承元兄毅然承之。迄今月餘，尚未得其歸訊。不容更待，以違本衷。且近接家兄自港來書，亦促銓東下，俾將來團敘稍易，是以前志益堅耳。

比聞學校開課未久，自審到校不至太遲，即補課亦殊易事。對工商學院既已盡仁，對舊校亦未失義。經縝密考慮後，乃斷然出此。乞我公將薪額見示及匯款外，並冀將改正聘書寄來，現航函迅捷，有時速於電報。銓得書及款後，可能在一星期內到校檢較課程、追補鐘點，重與諸先生及同學歡敘矣。

別來忽忽月餘，校情頗有疏隔之感，雀戀故巢，燕尋舊館，就中懷想，難以言喻。工商學院在銓等焦頭爛額，披榛斬棘為之部勒後，現一切頗上軌道，開課已三周矣。銓於此時言去，亦可無見義不為之責，而還我本來疏放狂懶，孤雲野鶴之身矣。

臨書倥偬，不可一一。

即頌道安。

祉偉公均此。

晚弟湛銓再拜

十月卅日

湯濤主編《歐元懷校長與大夏大學》（上海書店，二零一七年）。頁二六八至二六九

（七）與陳寂園書

（一九四八年五月三日）

寂翁文席：幽居寒江，心懸若人。忽奉來簡，窮愁頓解。孟公名姓，遠能驚座。陳玄頒髮，特放寒芒。倩痲姑與搔背，飲伽佗以湔毒。我之懷矣，子兮子兮。承論鄙詩，揄揚過當，是知阿其所好，賢者不免。以謂意多辭煩，斯為確論。

竊思詩以意為體，以辭為用，以術為指麾。意無論多寡，辭無論煩潔。操之適否視其術，術精而詩工矣！譬諸駕焉，意猶車也，體也；辭猶馬也，用也。必有善御之者，而後可以縱橫馳驟，無往不宜。斯術也，意格於人，辭視其天，而術在天人之間，若可致而不可致，若不可致而可致，詩之工拙系焉。命意策辭俱宜，術精故也；不宜，術拙故也。七情不學而能，蠢夫愚婦，途謣而巷謳，勞呻而康吟，皆有詩意存焉。

文辭載於典籍，溝酋謬儒，朝覽而夕披，日累而月積，非無辭氣存焉。而吾不謂之能詩者，無術以御之故也。來教謂稍從抉擇，彌見其工。公之所云抉擇，即銓之所謂術也，吾方力焉。未審窮吾生，竭吾才，其能致之否耳。吾家後山嘗言，學詩如學仙，時至骨自換，豈不有術存乎哉！

銓罕為闊論，久厭玄言。頃忽有悟，聊復云云。白石石湖，語精骨俊，近徧讀之，使人神王。公詩格調良復似之，儻加樸厚，卜其必傳。曩居坪石，迫於人事，任性狂誕，詩學已疏。入黔以來，捫心思過。感吾生之有涯，恍無病而自炙。求食之餘，陳書左右。平情以學，恐失歲時。但庚癸徒呼，無以禦窮。師友道阻，心勞日拙耳！

長安無才以居，遠勞眷念。鳥戀舊林，燕尋故館。物猶如此，況我人為。奈支公之鶴，鎩羽未修；龍門之魚，血鰓赧報。適子之館，人或多言。吐水於瓶，舌其如火。仍歸越鳥，須覓他枝。道逢舊人，當為便面。點墨生愁，書不一一。

陳寂、傅靜庵主編《嶺雅》第一期（廣東人民出版社，二零一三年十二月）

（八）祭吳紹熙教授文

兵甲時危，蒼穹昏霧。木零水咽，風雨誰控。乃如之人，亦息其踵。人百不贖，歸藏於壟。叩閽莫違，扶淚以涷。曰有慟乎！而誰為慟？伊維我君，聲華奕奕。循循誘人，無恒安息。聞風者興，況其親炙。以身殉道，其儀不忒。自我徂西，泯茲一覿。誰謂不痛，見其遺跡。烏乎休哉！何去何來。太傅逢鵩，亦孔之哀。桐枯竹敗，鳳往不回。憧憧其影，殷殷其雷。雲山癡涷，日月行邁。其人其仁，天胡此醉。

陳寂、傅靜庵主編《嶺雅》第二十五期（廣東人民出版社，二零一三年十二月）

（九）陶淵明詩文述贊論

述陶公詩文既竟，有不能已已於吾言者三。一曰其性情之未易窺見也，二曰其為人之未易論辨也，三曰其詩與文之未易釋闡也。得其性情，然後知所以為人。知所以為人，則其為詩與文，正無煩倏忽之竅鑿渾沌，而可以通吾真想於邊際涯垠之外矣。孔子曰：「視其所以，觀其所由，察其所安。」孟子曰：「頌其詩，讀其書，不知其人，可乎？是以論其世也。」夫鼓天下之動者存乎辭，君子多識前言往行以畜其德，則知禮樂之情者能作，識禮樂之文者能述。於是焉，師孔氏之層察，究孟氏之篤論。知微知彰，知柔知剛，恭默以思道，審象以旁求。反身而誠，萬物我備。

吾身雖正牆面而立，而其人之響影惚恍，動靜云為，無不深照於我靈臺之中。道惡乎往而不存，言惡乎存而不可乎？奚必少室九年，形入石中，然後契冥合莫，有物有象也。公秉乾綱之正性，蹈嘉遯之殊軌。世篤忠貞，身窮百六。其平生所視聽觸感，撫已履運，當年在昔。明旦今日之情，厚集於中。勃塞詰屈，輪困離奇，都將以文辭麴糵為其尾閭以洩之。而又武人為於大君，春氷虎尾，羸瓶羝羊。其操危，其慮深，有不能盡其言而肆其意者。故柔以克之，陰以藏之。言在耳目之內，情寄八荒之表。拗折曲壓，歸趣難求。此顏光祿所以怯言於阮氏詠懷，而鍾記室之所以深誤於休璉逸隱，而置公中駟也。

夫性剛才拙，與物多忤。刑天干戚，猛志常在，非自道其性情者耶？其果決直亮，彊毅慷慨，其所秉受於天地之間者，吾知其為得於陽剛而義之氣也。其食薇飲水，述酒種桑，感士詠史，夷箕屈賈，與夫彌留顧命，垂訓儼俟之至言。則其為人，非併忠臣烈士真儒於一身，而為楚靈均韓子房漢諸葛公之流乎！君子所性，大行不加，窮居不損，推易地皆然之義。其出處默語，雖異實問，不必事功概見，然後絲繹毫分而舉似之也。

《詩》曰：「我思古人，實獲我心。」吾後其生也，千有餘歲，而迎仰其風，馳想其人，為之寤寐低徊，發憤忘食者蓋數數。殆亦日進前而不御，遙聞聲而相思。孔氏夢周，莊生為蝶，信乎其有憑矣。其投耒而仕，解綬以歸，東林攢眉，穎濱呼類，漉酒之巾，無絃之琴，責子之謔言，促客之逸趣，洗胸中之棘，著王宏之履。固已同流大化，契印古初。龍蟄以存身，鼓舞以盡神。所謂善閉無關鍵而不開，大禮與天地而同節。視阮步兵之傳大人而諷禪蝨，疾惡已甚者，不尤賢也耶？當其造端寓懷，吟詠情性，一水一石鳥獸草木之形容，皆棲通妙旨，謨符神睿，未可以皮相貌取。以為徒樂園田，聯綴風物，而佚遊荒醉，生無益於時者也。至其抗言在昔，達曙酣歌，縱橫茅蓋之下，睥睨天地之間，嗟八表之同昏，何斯人之謇諤。又自飛揚灑落，觸激無端。有不勝高陵深谷，翬用黃牛之感者。

嗟乎！古人以其不傳者死矣。吾人百世之下，猶能鉤沈稽遠，涵泳餘波。尚論當年，洋洋如在，實有賴於其詩文之傳。而所傳詩文，又皆其立誠體道，心之聲畫，君子所以動情者。不然，情疏而貌親。在小人，則穿窬之盜，桓公之所讀，皆古人之糟魄，何足以悅我心而垂無窮哉！《易》曰：「聖人以此洗心，退藏於密，神以知來，智以藏往。」古之聰明睿智，齋戒以神明其德夫。昔者吾友，嘗從事於斯矣。

《珠海校刊》第五期（一九五六年一月）
另載《聯大文學》創刊號（一九五八年十二月），頁八七

（十）聯合書院校歌

我校聯合，氣象萬千。集義斯大，謂金非堅。
善與人同，才由學廣。識古知今，開來繼往。
明德自馨，新民存誠。時止則止，時行則行。
浩浩青天，昭昭白日。爾式爾瞻，唯精唯一。

附錄：歌詞寫於一九五六年

《聯合校刊》一九八五至八六（香港中文大學聯合書院一九八五至八六年度第四二期），頁九。

另載〈聯合書院五十周年紀念〉《魏唐三昧——蘇文擢教授法書展專集》何幼惠署（二零零七年四月），頁一六五。

(十一) 張雲(子春)博士祭文

維中華民國四十七年十一月二十九日治喪委員會同人等，謹以清酌香花，致祭于故國立中山大學校長張先生子春之靈曰：

惟天敷明，貞觀大息。白日昭昭，素輝歷歷。惟地生材，質正資深。竹箭有筠，松柏有心。惟我張公，挺生南服，弘宣文教，丕栽棫樸。玉衡平持，璿璣徹燭，究極天人，深參化育。惟茲覆載，大德日生。亭毒由櫱，羿鄘含弘，無物不長，於善永貞。況我耋哲，有靈必憑，如何神祇，護持失次。炎蒸未消，舉措如醉，邀遮氛埃，充仞魑魅，河傾陸沈，木鳴星墜。遼遼昊天，博博大地，同人號咷，于何歸罪？憶昨災初，再長南學，絃歌盛發，山崩不覺。奈何赤餤，倏忽及身，仁不棄士，義豈帝秦。招携有眾，相將浮海，魯連不遐，田橫斯在。時地異便，心課無改！高風力宣，中行何悔。敦篤友生，嚴絕鄙倍？藹然講習，傷矣疲殆。訏謨密懷，良辰詎待！嗟乎太化，煎迫何烈，奪我宗師，留彼奇譎。福善奚徵？輔德焉說？長乎告哀，五內徒熱，惟公精爽，用晦不滅，天衢頓轡，雲路回轍。洋洋其來，憫茲淒咽，嗚呼哀哉！尚饗。

香港《華僑日報》華僑文化（一九五八年十月三十日）

(十二)戊戌(一九五八年)十一月十一日，偕(熊)潤桐、(梁)簡能、(鄭)水心，攜聯大詩社諸子薄遊荃灣，憶故國立中山大學校長張子春先生。荃灣，先生之廬墓在焉　並序

子春先生，南州犀照，天際真人，久掌文衡，式矜石室。踵羲和之欽若，序次星辰；分稷契之憂勤，贊襄化育。生材備九府之美，下觀協顒若之孚。其貞志動容，積中發外，德業所就，一二能詳歟？

今秋壞朽山崩，桐枯竹敗，瞻烏爰止，神翼不還。雖迴長風以助號，盪層波而化淚，何可以起貞魄於重泉，來旻天之一老哉？百身無贖，重可哀已！吾以弱才，猥居門下，受教君子，垂二十年。許神駿於支硎，伸長鳴於中坂，龍媒息跡，款段前驅。其為多幸，尋想徒慚。至於中郎倒屣於仲宣，吏部稱文於叔起，君游把臂以貽話言，子壽改容而呼小友，浹於肌髓，何日忘之！頃者道側過車，風中回首，見靈和之楊柳，想祭酒之生平；問精爽於何歸？哭風流之頓盡！又何止過衞人之舊館，遇一哀而出涕乎？嗟夫！余四十無聞，五更煮字；書圍坐老，箕口方張。青萍無割雞之功，赤舌逞燒城之酷。雖風霜節厲，艱危氣增，傳宿火於孫枝，炳丹心於子夜；而神鐘沈於德水，龍光沒於延平，河東無解祟之方，吳門有辨亡之

（十二）戊戌（一九五八年）十一月十一日，偕（熊）潤桐、（梁）簡能、（鄭）水心，攜聯大詩社諸子薄遊荃灣，憶故國立中山大學校長張子春先生。荃灣，先生之廬墓在焉　並序

論。言念君子，永從此辭，人遠山空，斜陽獨在。悲風起於將夕，鄰笛助其凄吟；不瞻南斗之輝，恐甚西臺之慟。昔何揚州酸嘶於庾亮，曹孟德激感於橋玄，申意比方，未為非類。今茲發詠，非長歌之哀，甚於痛哭耶！

正學高文一脈通，般憂無奈老黃童。十年天日風波外，滿眼山川涕淚中。
埋玉幾人悲庾令？過車無酒酹橋公。乃心淒斷年時路，愁見斜陽減舊紅。

另載陳湛銓著、陳達生編《修竹園詩選》（香港商務印書館，二零一五年）頁二零至一一一

（十三）跋景祐大六壬神定經後

莊生云：「神何由降，明何由出。聖有所生，王有所成。古之所謂道術，其運無乎不在。」使吾民未棄於昊天，大冶無疲於錘鑿，則文成郁離，必當復鑄於今日。夫金鼎有覆餗之凶，高墉獲射隼之利。澤无水而致困，雲雷屯以經綸。成毀由誰，吾知勉矣！君子正誼明道，遺利忘功。過化存神，豈小補哉！然而乾坤江浪，日月秋螢，似嵇中散之雜驯，逾晉重耳之在外。挾隋珠以彈雀，枕金戈而不晨。下邳沉眠，東陵寄命。范老子甲兵勿用，趙學究半部何施。劉中壘之勤經，呼燃藜而天遠。韋弘嗣之邃史，與博奕夫誰賢？濯足銀河，星辰未動。陳詩巷伯，豺虎更張。豈「高才無貴仕，饕餮居大位」為每然，而「重華發畎畝，傅説舉版築」為偶爾也。嗟乎！支伯窮於滄海，敬通苦於井臼。馬龍門之成書何功？陳曲逆之長者安往？女貞不字，建侯之兆何徵？龍躍惟淵，御天之行屢沮。桐陰盡影，故人不來。旨畜御冬，同心有怒。明珠水玉，莫奈流塵。厚地高天，潛滋勁氣爾。管公明珪璋特秀，海內名傑，豈日者卜祝之流乎！

《聯大文學》創刊號（一九五八年十二月），頁八七

（十四）贈李研山序

研山之詩，吾知之矣；研山之書，吾知之矣；研山之畫，吾不知而知之，以象罔求而得之也。研山有弟應宸，年時與余以擊鞠騰沓相喜愛。忽漠撲落，為任誕之交，未暇識研山也。閱十數年，余歷劫迴車，身頑心老，見研山於稠人之中，乃始以文字氣類相激感。因依咨嗟，為我爾之交。吾於是知研山之為人，知研山之詩與書。夫既已知其為人，而又知其詩與書矣！則於其畫，吾何待有習於繪事而後知之也。

嗟乎！士君子生不逢辰，懷寶迷邦，其至性極情，奇策材力，無所效於世以埤於人。詰屈逼仄，佛佛厚積於中。必將有以伸洩之者。於是沈酣縱肆於文字紙墨煙雲水石之間，揮灑噴薄、渾涵滂沛、而傾注乎其尾閭。此無所為而為，莫之致而致，固已外天下萬物而死生以之者。

故吾每觀其伸筆落紙，驅駛批抹，奭然四解，動輒能造其極。非所謂直養無害，塞乎天地之間者耶！雖匠石運斤於郢都，輪扁斲輪於堂下，何所擬議哉！揚子雲曰：「聲畫形，君子小人見矣。聲畫者，君子小人之所以動情乎！」凡百問學文辭藝事，無小無大，必肖其心而如其品類。自重華不作，渾敦、窮奇、檮杌、饕餮交橫赤縣，其餘氣糞溺，復生妖物，不隨其蕩覆，而嗚吠於海隅者有矣！豈乾坤之將毀，並槐根而壞爛乎！何舊教邦之文教物物，侵蝕頓盡，復於此得資若輩以弋高名厚利，欺惑愚眾也。

研山既窮且老，未知所止泊。其平生之精光銳氣，頗欲有所減短。且將登首山而呼庚癸矣！吾傲睨狂懶，不欲與世接，無復置慮於詩文，並友朋書札之往來，都舉而渾忘廢棄之。乃於研山展畫之前夕，不能免於言而為之序。我欲為研山驅酸風而張怒目也。

《聯大文學》創刊號（一九五八年十二月），頁九十

（十五）韓昌黎詩

韓愈，中唐人，字退之，世稱昌黎先生。德宗時登進士第。憲宗朝，累遷吏部侍郎，卒謚文。生平以宏道自任，其詩文匪特一代之作，其影響及於後世者尤巨。史事詳見《新・舊唐書》本傳，以時間關係，不復贅述，茲祇專述其詩。

世之論詩者，於昌黎詩每多忽視，甚或詆其為不知詩者，此乃極端錯誤，故不得不先辨明之。大抵惑於宋陳師道《後山詩話》之說：「退之以文為詩，子瞻以詩為詞，如教坊雷大使之舞，雖極天下之工，要非本色。」原後山之意，何嘗不推許昌黎之詩為「極天下之工」，惟以為非「本色」耳！是說也，得毋以昌黎為能文而非能詩耶？其實所謂「退之以文為詩」，匪特不足為病，益足見其獨特之處。劉辰翁《趙仲江詩序》云：「後村謂文人之詩與詩人之詩不同，其所乏適在此。文人兼詩，詩不兼文。杜雖詩翁，散語可見。惟韓蘇傾竭變化，如雷霆河漢，可驚可快，必無復可憾者，蓋以其文人之詩也。」此論至足以闢後山之說。明王鳳洲云：「韓退之於詩本無所解，宋人呼為大家，直是勢利之語。」尤為不公，不足信也。實則言有唐一代之詩，李杜並美，昌黎亦堪鼎足。昌黎近體遜於李杜，然古體未遑多讓，抑且有過之者。

司空圖《題柳集後》云：「韓吏部歌詩累百篇，而驅駕氣勢，若掀雷抉電，撐扶於天地之間。」李重華《貞一齋詩說》云：「所謂才子者，必胸中牢籠萬象，筆下鎔鑄百家，故唐代論詩，李白、杜甫、韓愈，真其人也。」洪亮吉《北江詩話》云：「李青蓮之詩，佳處在不著紙。杜浣花之詩，佳處在力透紙背。韓昌黎之詩，佳處在字向紙上皆軒昂。」方東樹《昭昧詹言》云：「有德者必有言，詩雖吟詠短章，足當著書，可以覘其人之德性學識操持之本末也。古今不過數人而已，阮公、陶公、杜、韓也。」之數子者，論韓昌黎詩之精義，堪稱中肯，而多與李杜並舉，不亦正鼎足之意乎？

與昌黎並世而有聲於詩者，有孟郊、李賀、張籍、賈島、盧仝諸家。如能對此並加鑽研，於學韓詩，庶幾有助，尤以孟李為要。此數家詩各有面目，各有優長，皆驚才絕調，足一洗平凡陳腐之氣也。東野長昌黎十七年，其詩為昌黎並世所最佩服者。宋人論孟韓詩，有謂昌黎優於東野，如蘇子瞻是。有謂東野深於昌黎，如黃庭堅是。而元遺山《論詩絕句》則云：「東野窮愁死不休，高天厚地一詩囚。江山萬古潮陽筆，合在元龍百尺樓。」則以韓優於孟多矣。東野窮愁，此說誠是。蓋亦嘗自況：「夜吟曉不休，苦吟鬼神愁。」「借車載家具，家具小於車。」此窮苦語。「出門即有碍，誰謂天地寬。」此凄厲語。「幽苦日日甚，老力步步微。常恐暫下床，至門不復歸。」此衰颯語。然如「冷露滴夢破，峭風梳骨寒。」「秋深月清苦，蟲老聲麤疏。」「晴磬無短韻，古燈含永光。」「聲翻太白雲，淚洗藍田峯。」「種稻耕白水，負薪砍青山。」則其奇峭不可幾及，直是驚心動魄者矣。以昌黎與東野交厚，互有影響，故並論及。

昌黎著詩甚富，以五七古為尤佳，然未能偏舉，僅各選講一題，以見其餘。

五古：秋懷（共十一首，選二首。）

「窗前兩好樹，眾葉光薿薿。秋風一披拂，策策鳴不已。
微燈照空床，夜半偏入耳。愁憂無端來，感歎成坐起。
天明視顏色，與故不相似。羲和驅日月，疾急不可恃。
浮生雖多塗，趨死惟一軌。胡為浪自苦，得酒且歡喜。」

此詩情味淡逸，於陶淵明為近，然非固為學步者。愁人懷抱，聞樹聲而興感，以至於或坐或起，蹀躞不安已極。阮籍《詠懷》首章夜中不能寐，《古詩十九首》「憂愁不能寐，攬衣起徘徊」，神理殆相同。或謂「羲和驅日月」當為「驅白日」，此本羲和日御，不當驅月，月御則為望舒之說耳！然郭璞注《山海經》謂「羲和蓋天地始生，主日月者也。」「浮生」二句，筆力千鈞，重大之至，而詩人心志，亦曲盡於是矣。

「離離挂空悲，慼慼抱虛警。露泫秋樹高，蟲弔寒夜永。斂退就新儒，趨營悼前猛。

歸愚識夷塗，汲古得修綆。名浮猶有恥，味薄冀自幸。庶幾無悔尤，即此是幽屏。」

「悲」乃愁，「警」乃懼，然惟「空」與「虛」而已，復何言哉？乃昌黎感懷身世，以引起見道之言。一三句、二四句俱相應。以下檢討生平。昌黎道德自重，自招小人之忌，所謂「就新儒」「悼前猛」者，豈真自悔於「猛」而自甘於「懦」乎？亦自憤嫉已極，固為斯語。則所謂「歸愚」，殆「大智若愚」者耳。「汲古」一語，仍見剛猛之氣。茫茫墜緒，何處可尋，其抱負不寧在於是乎！莊子云：「古之真人，其寢不夢，其覺無憂，其食不甘。」孔子云：「士志於道，而恥惡衣惡食者，未足與語也。」「味薄」即此之謂，一心在于大道，故食味亦薄也。末二句道出潛思之意。

七古：山石

「山石犖确行徑微，黃昏到寺蝙蝠飛。昇堂坐階新雨足，芭蕉葉大梔子肥。

僧言古壁佛畫好，以火來照所見稀。鋪床拂席置羹飯，疏糲亦足飽我飢。

夜深靜臥百蟲絕，清月出嶺光入扉。天明獨去無道路，出入高下窮烟霏。

山紅澗碧紛爛漫，時見松櫪皆十圍。當流赤足蹋澗石，水聲激激風吹衣。

人生如此自可樂，豈必局束為人鞿。嗟哉吾黨二三子，安得至老不更歸。」

此詩或謂於徐州時作，或謂貶嶺南時作，然均無可攷。《元遺山論詩絕句》三十首亦提及此詩。曰：「有情芍藥含春淚，無力薔薇臥曉枝。拈出退之山石句，始知渠是女郎詩。」蓋謂秦少游春雨詩非不工巧，然以昌黎山石句觀之，則小大迥異。昌黎有謂「爾雅注蟲魚，定非磊落人。」是不屑屑於小者，所以養其大也。一起已見奇警，如「蝙蝠飛」「芭蕉大」，即雖寫景，亦剛健異常，不同俗調。言佛之句，見其生平反對佛教，「所見稀」者，隱寓此意。「夜深」二句，境界大開，用字尤奇。「天明」二句，如非「獨與天地精神往來」之輩道不出。「水聲」句真如聞其響然。末四句道出世路行難，小人道長，有終老山林不慕榮利之意矣。此為寫景之作，然無意不刻，無語不闢。而即事寫懷，以淡語出之，純任自然，無意求工而文自至，若全以勁筆撐空而出之者。

昌黎佳作如林，在短時間萬難一一講述，茲更摘錄其警策精鍊之句，然亦不過鱗爪耳。舉一反三，斯有待於學者。

「晴雲如擘絮，新月似磨鐮。」　「倚巖睨海浪，引袖拂天星。」
「適時各得所，松柏不必貴。」　「愁憂費晷景，日月如跳丸。」
「詰屈避語穽，冥茫觸心兵。」　「團辭試提挈，挂一念萬漏。」
「刳肝以為紙，瀝血以書辭。」　「險語破鬼膽，高詞媲皇墳。」
「深居疑避仇，默臥如當瞑。」　「歡華不滿眼，咎責塞兩儀。」

「計較平生事，殺卻理亦宜。」「生風吹死氣，豁達如褰簾。」

「無本於為文，身大不及膽。」「多才自勞苦，無用祇因循。」

「將軍欲以巧伏人，盤馬彎弓惜不發。」

「死生哀樂兩相棄，是非得失付閑人。」

「清寒瑩骨肝膽醒，一生思慮無由邪。」

「一年明月今宵多，人生由命不由他，有酒不飲奈明何。」

「齊梁及陳隋，眾作等蟬噪，……橫宮盤硬語，妥帖力排奡。」

「想當施手時，巨刃磨天揚……精誠忽交通，百怪入我腸。刺手拔鯨牙，舉瓢酌天漿。」

「皇天平分成四時，春氣漫誕最可悲。雜花妝林草蓋地，白日座上傾天維。蜂喧鳥咽留不得，紅蕚萬片從風吹。豈知霜風雖慘冽，摧落老物誰惜之，……惜哉此子巧言語，不到聖處寧非癡。」

《聯大文學》創刊號（一九五八年十二月），頁九二至九三。

（十六）元遺山詩

元遺山，唐元結（次山）之後，金太原秀容人，字裕之，號遺山；七歲能詩，官至尚書省左司員外郎；金亡不仕。學術湛深，才氣橫溢，其詩文在金元間獨步天下，垂三十年。年六十八卒。有《遺山集》四十卷、《附錄》一卷，《遺山樂府》五卷。又有《杜詩學》一卷，《東坡詩雅》三卷，《錦機》一卷，《詩文自警》十卷，皆已佚；今所傳者，有《中州集》十卷（附《中州樂府》一卷），《唐詩鼓吹》十卷。

遺山詩激感無端，蓋得力於時亂，猶鍾嶸所謂「不遭辛苦，其文亦何能至此者。」然亦深受杜甫、黃庭堅、陸游三人之影響；就七律論，遺山之造詣，實有過於山谷。蓋遺山躬遭亂亡，氣張情極，時世造之，較多於山谷故也。其人有聖賢用心，豪傑氣概，故其出語，每異尋常，其論詩嘗曰：「人品實居才學氣識之上。」可見其行己立身為如何矣。

遺山詩高華鴻朗，激昂痛快，杜仁傑云：「……必欲努力追配，當復積學數世，然後再議。」趙甌北謂元遺山「才不甚大，書卷亦不甚多。」此詭士之過言，不可信也。

昔陸機《文賦》謂「詩緣情而綺靡」，此言最失。詩人胸中，自拓天地，才情激越，發為聲詩，而寄其家國身世之感，此詩之上者，何可限以綺靡也。觀於阮嗣宗、陶淵明、杜工部、元遺山詩之風格，可知此說之非矣。陸說原本曹丕之「詩賦欲麗」，然曹子桓但云欲麗耳，非不綺麗不可也。陸機論文本甚精，沈德潛論詩本甚腐。獨沈闢陸此言，謂「非詩人之旨」，可謂至當，學者不可不審察也。

遺山詩天骨開張，筆力雄勁，如李廣射虎，入石沒羽；蓋氣高人傑，故能如高墉射隼，獲之無不利也。

杜工部七律，拗者十之一二，至山谷而拗句遂多。遺山詩亦間有之，蓋頗受二公影響者；然遺山獨欽佩山谷耳！對山谷以後之所謂江西派，則頗不比附也。其《論詩絕句》嘗云：「論詩寧下涪翁拜，未作江西社裏人。」可見其概矣。

元遺山律詩舉隅

《壬辰十二月車駕東狩後即事》五首錄三

其二

慘澹龍蛇日鬥爭，干戈直欲盡生靈。高原水出山河改，戰地風來草木腥；
精衛有冤填瀚海，包胥無淚哭秦庭；并州豪傑知誰在？莫擬分軍下井陘。

金哀宗天興元年正月，元遣將圍金之汴京，曹王出質；四月，元軍退河洛；十二月，汴京糧盡援絕，哀宗出奔河北，元復圍汴；遺山時為東曹都事，四十三歲，壬辰即是年，遺山長在圍城中。

首句見《陰符經》：「天發殺機，陰陽反覆，地發殺機，龍蛇起陸。」二句警闢，沈哀欲絕。三句有《小雅》：「百川沸騰，山冢崒崩，高岸為谷，深谷為陵」意。三四兩句沈痛驅邁，筆力千鈞。五六兩句哀痛至極，典平凡而意味深：精衛暗指金宣宗貞祐二年衛紹公主出嫁元太祖事；精衛，炎帝之少女也，溺死，化小鳥銜木石填海；瀚海二字非謂洋海，乃借指沙漠而言。包胥典暗指金哀宗天興元年使曹王出質請和。七句并州豪傑指河朔九公事。八句井陘典出《史記》韓信、張耳拔幟易幟下井陘事。第四句較放翁「百里風吹戰血腥」為尤佳。

其三

鬱鬱圍城度兩年，愁腸飢火日相煎。焦頭無客知移突，曳足何人與共船；
白骨又多兵死鬼，青山原有地行仙；西南三月音書絕，落日孤雲望眼穿。

汴京被圍，金哀宗先逃河北，復返歸德；遺山親歷圍城景況，故能寫出當時痛苦。一、二句述被元兵圍困時城中慘狀。三句見《戰國策》：「曲突徙薪無恩澤，焦頭爛額為上客。」四句曳足典出《後漢書・馬援傳》，言援率兵攻五溪蠻，壺頭——今湖南沅陵蠻兵據險頑抗，援不得進，然猶以足曳船待機。五六兩句乃千古傳誦佳句，五句所指白骨與王粲《七哀》

「出門無所見，白骨蔽平原」及杜工部《北征》「夜深經戰場，寒月照白骨」等句，同其慘切。六句所指青山及地行仙，暗諷大臣逃亡去作寓公，而不肯死國事。末二句括杜工部「烽火連三月，家書抵萬金」及「眼穿當落日，心死著寒灰」句

其四

萬里荊襄入戰塵，汴州門外即荊榛；蛟龍豈是池中物，蟣蝨空悲地上臣。
喬木他年懷故國，野煙何處望行人；秋風不用吹華髮，滄海橫流到此身。

首二句用《老子》句「師之所處，荊棘生焉」意，三句出《吳志》，周瑜謂孫權曰：「劉備梟雄，必非久屈為人用者，恐蛟龍得雲雨，終非池中物也。」蛟龍指金哀宗，豈長困屈哉？四句見盧仝《月蝕》詩：「地上蟣蝨臣仝，告訴帝天皇。」蝨臣乃遺山自比也。五句喬木出《孟子》「所謂故國者，非謂有喬木之謂也，有世臣之謂也。」六句野煙見唐昭宗詞：「野煙生碧樹，陌上行人去，何處有英雄，迎儂歸故宮。」末二句淒沈欲絕，謂國亡禍將及己身也；與其詩「秋風一掬孤臣淚，叫斷蒼梧日暮雲」同其寃酸，應細味之。

【記者補按：元遺山生於金章宗明昌元年（庚戌），卒於南宋理宗寶祐五年（丁巳），享年六十八歲；即「公元一一九零——一二五七」。又遺山成進士時為金宣宗興定五年（辛巳），時年三十二歲。城破金亡時為金哀宗天興三年（甲午），遺山時年四十五歲。】

《十二月十六日還冠氏十八日夜雪》

少日軒飛掣臂鷹，祇今頑鈍似秋蠅；眈書業力貧猶在，涉世筋骸老不勝；
千里關河高骨馬，四更風雪短檠燈；一缾一鉢平生了，慚愧南窗打睡僧。

首句言少年時氣概及豪情。二句言今不及昔，秋蠅不能奮飛。三句本《荀子》：「士君子不為貧窮怠乎道」語，又曹孟德云：「長大而能勤學者，惟吾與袁伯業耳。」四句與田光所謂「騏驥盛壯之時，一日而馳千里，至其衰老，駑馬先之」同意，故下句用「高骨馬」緊接。五六兩句與陸放翁較短長，放翁云：「萬里關河孤枕夢，五更風雨四山秋。」峻峭有餘，而雄渾則不及遺山也。至曹孟德云：「老驥伏櫪，志在千里，烈士暮年，壯心不已。」遺山第五句內有此意，六句見韓愈之《短檠鐙歌》，甚佳，可看。第五句承第四句，第六句承第三句，此分承法，脈絡分明，辭嚴氣勁。末二句言困於生活，塵勞未已，愧對枯僧，缾水鉢飯，足了平生也，語意深厚。「千里」「四更」句，千古傳誦，可圈可點。

《答郭仲通》

一尊何意復同傾，亂後真疑隔死生；吐氣無妨出芒角，忍窮猶喜見工程；
千年老檜盤根古，十丈寒潭照膽清；凜凜風期望吾子，不成隨例祇時名。

首二句言亂後重逢，有同隔世矣。三句有豪傑氣，頗用東坡「空腸得酒芒角出，肝肺槎牙生竹石」語，四句即《孟子》「貧賤不能移」意，工程者，工夫也，惟窮難忍，故曰「猶喜見」也。五六兩句乃千古名句，陸機謂「立片言以居要，乃一篇之警策」者是也；比東坡「根到九泉無曲處，世間惟有蟄龍知」句更佳。末二句以大義相責勉，應保持氣節，與秋霜比質，勿如俗物醜類，昧其良知，徒徇時名也。

陳湛銓教授講　陸洵筆記

《聯大文學》創刊號（一九五八年十二月），頁九四至九五

(十七)周易乾坤文言講疏　評錢穆先生文

馮氏（友蘭）於歐陽公、崔武承之論，未能深辨，故割裂班《書》作證。然其全書持心尚正，未敢過侮聖賢，摧毀正教也。（此評其前作耳，馮氏今玆已飲狂藥，不足數矣。自餘顧頡剛、郭沫若等輩，魑魅魍魎，無煩筆伐。）獨近方居港之錢穆先生，敢為佹論，勇於著書，（總總林林，累數十種。最足悲者，為翻印推行其舊作《國學概論》一書。此書鹵莽滅裂，狙詐為工。成於二三十年前異説縱橫之日，猶可説也，豈宜排推鼓盪，揚　蕕之餘灰，於今日有限之淨土，以疑迷後學乎？聖賢之成書具在，用此何為。百爾所著，不如至文一葉，即非毀經叛聖之作，亦不應虛耗後學可貴之閱讀光陰，使其攻碔砆而失璵璠，樹蕭艾而忘荃蕙也。）毀訾六籍，目無時流，飾智驚愚，異端風發。

謂《春秋》為粗畧簡陋。

孔子成《春秋》而亂臣賊子懼，游、夏之徒，不能贊一辭。拯頽綱以繼三五，鼓芳風以扇游塵。榮辱褒貶時存一字，簡則是矣，何粗陋之有乎？若輩既讀儒書，應辨名分，何得自比於逆亂，設淫辭而助之攻也。

謂《易》與孔子無涉。

肢解《論語》，目無《史》、《漢》，不知五十學《易》。鄭君已義從古論，何平叔如之，了無可疑矣。清儒惠定宇，郢書燕説，誤解漢碑。子長愛奇，存其或義。（《高彪碑》正用五十學《易》事，行文歇下耳。惠氏於詞章之學，未會要妙，故有此失。）故據陸氏《釋文》所本於鄭注者，重發魯論耳。而陸氏正云：「易，如字。魯讀《易》為亦，今從古」也。夫子自謂十五而志於學，而復云五十以學者何耶？且《魯論》之亦，是易之假借耳。通音訓者，自達斯義。至三論舊文，陸元朗已無得而見。觀錢氏之書，似曾目見古論《魯論》者，不已怪乎？又稱歐陽公疑《文言》、《繫傳》非孔子作。不知直引歐公《易童子問》，而謂馬貴與《文獻通考》有云，是不讀《歐陽永叔集》也。

謂荀卿舉《詩》、《禮》等而不及《易》，荀子不知有六經。

《荀子》引《易》者，《非相》篇中一見，《大畧》篇中凡三見。並云：「善為《詩》者不説，善為《易》者不占，善為《禮》者不相。」是《易》與《詩》、《禮》對舉也。不知錢先生所讀之《荀子》為何等書，抑曾首尾閱讀一過否耳。荀子不知有《易》，胡為乎稱引再四耶？

與荀子同時之陽翟大賈，其客人所集論，不能增損一字之《呂氏春秋》，亦四引《周易》，且存夫子卜《易》得《賁》，與子貢論《易》之辭。則「孔子與《易》無涉」，又非獨愚誣之論已矣。名利悖意，而貪饕者且以逆取，久淫不還，形閉中距，是膏燭之類，火逾然而消逾亟。吾於錢先生今日之張皇著書，不悔少作，益信《淮南》之為知言，而歎夫狂流之無極也。

謂顧亭林稱孔子言《詩》、《書》執禮皆言《易》為強說。

亭林先生《日知錄・孔子論易》云：「孔子論《易》，見於《論語》者，二章而已。」曰：『加我數年，五十以學《易》，可以無大過矣。』曰：『南人有言曰：「人而無恒，不可以作巫醫。」善夫。不恒其德，或承之羞。』……記者於夫子學《易》之言，而即繼之曰：『子所雅言，《詩》、《書》、執禮，皆雅言也。』是知夫子平日不言《易》，而其言《詩》、《書》、執禮者，皆言《易》也。人苟循乎《詩》、《書》、執禮之常而不越焉，則自天祐之，吉无不利焉。故其作《繫辭傳》，於『悔吝无咎』之旨，特諄諄焉。而《大象》所言，凡其體之於身，施之於政者，無非用《易》之事。然辭本乎象，故曰『君子居則觀其象而玩其辭』，觀之者淺，玩之者深矣。其所以與民同患者，必於辭焉著之，故曰『聖人之情見乎辭』。……是故『出入以度，無有師保，如臨父母』。文王、周公、孔子之《易》

也。」按：《論語．述而》篇「五十以學《易》」下，緊接子所雅言一條。亭林先生精義入神，發其微旨，稱述孔子贊《易》之辭意，與《論語》相表裡，直指聖心，嘉惠來士，（汪容甫《經義知新記》謂：「《詩》、《書》、執禮、《樂》正，以教學人習之，故雅言。《易象》、《春秋》，則微言也。……孔子贊之修之，而後商瞿、左邱明傳之，故曰仲尼沒而微言絕。」即本其說而稍廣之者。）而謂為強說，何謬妄之甚也。

謂《易傳》、《大學》、《中庸》之常用字語皆出《莊》、《老》。

此條已有俊士徐復觀者詳闢之矣。錢先生並謂《老》出《莊》後，詭異彌甚。其餘淺稗可笑者尚多，如以「所過者化，所存者神」為出《中庸》，是強孟軻為孔伋也。以魏清河張揖為後魏人，是不知有《魏書．江式表》，不知有顏師古《漢書敍例》。則其史學、豈本諸人名辭典而俱誤者耶？若此之類，初無害於經術名教，不忍多事揭發矣。

謂經之稱昉《墨子》，有經上下篇。《荀子》儒家，始稱經。

操南郭之敗器，述東壁之過言。《莊子．天運》篇明舉「丘治《詩》、《書》、《禮》、《樂》、《易》、《春秋》六經」，及《天下篇》述六經之義，已無論矣。《管子．戒》篇不已云乎：「內不考孝弟，外不正忠信，澤其《四經》而誦學者，是亡其身者也。」尹注云：「《四經》，謂《詩》、《書》、《禮》、《樂》。既無孝弟忠信，空使《四經》流澤，徒為誦學者，即《四經》可以亡身也。」高郵王氏，劬於考證，疏於文辭，且未能擺脫時輩漢前不稱經之流議。（《呂氏春秋・察微》篇明引《孝經》曰七句，三十八字，與今《孝經》全同。清儒之言，亦豈可輕信？）謂《四經》即孝弟忠信，是辭義枘鑿，原文不可解矣。如《四經》非有書，何云乎誦學耶？尹注無誤也。《管子》雖不盡出原手，然必前乎《荀》、《墨》。如此，則經之稱，果昉於《墨子》乎？始於《荀子》乎？顏黃門謂讀天下書未遍，不得妄言雌黃，況毀經也哉！

謂《詩》、《書》不足為萬世經典，千祀常法。尊崇之者，是經生儒者之過。

比條尤覺可恨。陳思王曰：「有南威之容，乃可以論其淑媛；有龍淵之利，乃可以議其斷割。劉季緒才不能逮於作者，而好詆訶文章，掎摭利病。昔田巴毀五帝罪三王，呰五霸於稷下，一旦而服千人，魯連一說，使終身杜口。劉生之辯，未若田氏。今之仲連，求之不難，可無息乎？」吾國《詩》、《書》之教，其持養人心，經緯邦族。雖莽、檜並生，巢、闖來萃，曾無閒然，非綿歷萬代而常新，放諸四海而皆準耶？而乃不足尊崇，豈錢先生所作「手空空無一物」之某校校歌，優於三百篇？而其「出版著作一覽」中，賢於群聖之典謨訓誥，乃始足為萬世經典，千祀常法乎？

謂孔子已不見有《禮經》。孔子以前，本無禮書。

《論語》：「夏禮，吾能言之，杞不足徵也；殷禮，吾能言之，宋不足徵也。文獻不足故也。足，則吾能徵之矣。」又：「殷因於夏禮，所損益，可知也；周因於殷禮，所損益，可知也。」又：「周監於二代，郁郁乎文哉！吾從周。」《中庸》：「子曰：『吾說夏禮，杞不足徵也；吾學殷禮，有宋存焉；吾學周禮，今用之，吾從周。』」《禮運》：「孔子曰：『我欲觀夏道，是故之杞，而不足徵也，吾得夏時焉。我欲觀殷道，是故之宋，而不足徵也，吾得坤乾焉。坤乾之義，夏時之等，吾以是觀之。』」孔子所云不足徵者，夏殷之禮耳。文王追琢其章，周公繼志述事，多材多藝，郁郁乎文，智周道濟，必有成書，特諸侯惡其害己，而去其籍（見《孟子》）。然周室抱殘守缺之史猶存，故孔子適周問禮也。《莊子》曰：「其明而在數度者，舊法世傳之史尚多有之。」《荀子》曰：「禹湯有傳政，而不若周之察也。非無善政也，久故也。傳者久則論畧，近則論詳，是以文久而滅。」又曰：「循法則度量，刑辟圖籍，不知其義，謹守其數，慎不敢損益也。父子相傳，以持王公。是故三代雖亡，治法猶存，是官人百吏之所以取祿秩也。」明王官雖失其職，然猶有所守，何得謂孔子以前，本無禮書耶？

《荀子》又曰：「其數則始乎誦經，終乎讀禮。」非天子，不議禮。夫子自謂述而不作，則荀卿之所讀，無文字之禮乎？《漢書·藝文志》云：「帝王質文，世有損益，至周，曲為之防，事為之制，故曰：『禮經三百，威儀三千。』及周之衰，諸侯將踰法度，惡其害己，皆滅去其籍，自孔子時而不具，至秦大壞。」（亦見《禮樂志》，敘述尤詳盡。）明宗周之禮，本有成書，至孔子時，而列國所存者不完備耳。所謂不具者，豈無也哉？否則何待至秦而後大壞耶？錢氏割取班書末二句以證己說，可得謂之能解《漢志》乎？

羣經至此，被錢氏推刃無餘，大道真為天下裂矣，果何心哉？果何心哉？雖然，丹青之炳，難擬六籍，仲尼日月，無得而踰。用此區區，亦捧土以塞孟津，多見其不知量。但其聲譽日隆，聽者竦耳。人彰道息，炫惑益甚。（孔子曰：「吾之於人也，誰毀誰譽。如有所譽者，其有所試矣。斯民也，三代之所以直道而行也。」王船山曰：「無譽者，聖人之直道，而曲成天下之善，即在於此。譽則有過情之言，因而本無此堅僻之志者，以無知者之推崇，而成乎不肯下之勢。則力護其名，而邪淫必極。」）後學者胚胎幺麼，根萌未樹，群聚向聲，冀發蒙於先達，而津梁乎其所謂概論者，幾何不為所愚，而以群經為多疵，視《易》為陰陽雜糅之書乎？（陰陽雜糅之評，亦出其說。《易》道廣遠深微，本非夫人之所能解。然君子於其所不知，蓋闕如也，豈可塞聰蔽明，肆其狂論，《易》為群經之原，與天地為終始。孔子贊述，齊明文、周，所以防過邪惡，疇範人靈。凡三聖所立文字，稱名稽類，無稍過差，權泰華而同重，與春秋而並嚴，若輩如能去其慆慢險躁之性，徐徐研入，斯守冥冥而覩昭昭，虛室生白，吉祥止止矣，又何陰陽雜糅之有乎？《繫傳》曰：「聖人立象以盡意，設卦以盡情偽，繫辭焉以盡其言，變而通之以盡利，鼓之舞之以盡神。」又曰：「爻象動乎內，吉凶見乎外，功業見乎變，聖人之情見乎辭。」羲皇、文、周、孔子，為萬世開太平之書。若輩智術業力有所未逮，斯亦已矣，奈何為其螟螣蟊賊，以害我田穉哉？斯人今且在乾之九三矣，幸體驗周公、孔子循循之訓，乾乾因其時而惕，無衒玉售石，列黨熏心。則視履敦良，元吉在上。金其口而木其舌，已生華風於死草，化臭腐為神奇矣。）推其本懷，不過如《淮南》所謂「分徒而訟，華誣脅眾，以買名譽於天下耳」。然流沫所及，足以迷誤來士，污彼靈臺，賊夫人之子，是崔清獻所謂以學術殺天下後世者也。（朋輩中近頗有持其說者，以為《易》不足學。辨正殊覺費人，士君子一言以為不智，況多乎哉？面此滔滔，而誰與易，錢先生賢於司馬龍門、揚子雲、班孟堅哉？）《易》曰：「君子以遏惡揚善。」《孟子》曰：「是邪說誣民，充塞仁義也。」六經孔子且可非毀，則吾為此言，雖陷疾惡已甚之譏，復何辭乎？莊生曰：「知其愚者，非大愚也；知其惑者，非大惑也。大惑者終身不解，大愚者終身不靈。三人行而一人惑，所適者猶可致也，惑者少也。二人惑則勞而不至，惑者勝也。」韓非《顯學》云：「自愚誣之學，雜反之辭爭，而人主俱聽之。故海內之士，言無定術，行無常議。夫冰炭不同器而久，寒暑不兼時而至，雜反之學不兩立而治。今兼聽雜學繆行同異之辭，安得無亂乎？」猶冀斯人能知其愚惑，盡收其所著書之謬妄者自焚之，則斯人猶可用為善，而蒼生之害未深也。否則亦當閉戶潛修，是正舊文。或取定高明，翊贊聖教，披茅塞而識夷塗，埽牆茨而潔中冓，見往來之井井，無蘇蘇以遂泥，則後學幸甚矣。亭林先生云：「文之不可絕於天地間者，曰明道也，紀政事也，察民隱也，樂道人之善也。若此者，有益於天下，有益於將來，多一篇，多一篇之益矣。若夫怪力亂神之事，無稽之言，勦襲之說，諛佞之文。若此者，有損於己，無益於人，多一篇，多一篇之損矣。」又曰：「其必古人之所未及，就後世之所不可無，而後為之，庶乎其傳也與。」又曰：「士而不先言恥，則為無本之人；非好古而多聞，則為空虛之學。以無本之人，而講空虛之學，吾見其日從事於聖人，而去之彌遠也。」幸沈泳乎斯言，多研入，少著述，無競小人之學，而為禽犢獻也。為禽犢獻，已同乎狙詐，惟日孳孳於名利之途，君子所不齒矣，又況乎愚誣雜反以賊夫人之子者乎？踧踧周道，鞠為迷陽。吾夬履踽踽，其行却曲，未嘗不躕足低徊，抱殘經而太息也。今茲震風陵雨，虐政虐世，高岸深谷，崩陷無端，陰陽之錯行，天地之否塞甚矣。何莫非經教毀廢，孔子之道不明，邪說為之導，而暴行隨以昌披耶？嗟乎！滄海橫流，吾輩舊為魚矣，今復泉涸處陸，共此傴仄，呴濡之未遑，安忍乘瑕發覆，相輕相毀，為小儒之是非，興口舌之囂訟哉？誠以諸聖之教行，則天下治；諸聖之教廢，則家國禍敗亂亡無日。

若輩從事儒業，自許宗師，而析言破律，辯偽澤非，十數年來，鳴吠不已。不辭而闢之，則六籍寧復可興，《易》道夫誰過問乎？不有邦傑，執殳前驅，以誅鋤左道為任，吾屬將為虜矣。論述所及，不自覺言之陵越覼縷如是。豈亦昌黎所謂不能下氣，非好己勝，好己之道勝，非好己之道勝，己之道，夫子、孟軻、揚雄所傳之道者耶？【其孔子五十學《易》辨，容另文闢之。昔孟子闢楊、墨，昌黎斥佛老，船山責陽明，皆雄猛激越，明衞道之文與辨學異也。雖然，錢先生從事於學如千年，其有今日，亦歷艱辛。惜其恉趣違異，陷溺愈深，吾不能長為之諱。而本《春秋》不成人惡（亦見《論語》），伸道不伸邪之義，故射隼高墉，重為此論。非發乎妒心，與競擾擾時名也。仰天下賢士，察其用心良苦，而曲為之原，且無淺之乎視錢先生，則厚幸矣。】

香港聯合書院中國文學會（一九五八年初版）（一九七八年再版）

另載陳湛銓著　陳達生　陳海生編《周易講疏》（香港商務印書館，二零一四年），頁九至十七

（十八）如何學國文

文天祥所說：「讀聖賢書，所學何事？」我們學國文，切須知道所學何事。理會了第一義，纔不落空。在宋朝時，二程子，年尚幼，曾問道于周濂溪先生；周曰：「尋顏淵仲尼樂處」。顏子之樂怎樣呢！《論語》有云：「子曰：賢哉，回也，一簞食，一瓢飲，在陋巷，人不堪其憂，回也不改其樂，賢哉，回也。」孔子之樂又怎樣呢？《論語》云：「子曰：飯疏食，飲水，曲肱而枕之，樂亦在其中矣！不義而富且貴，於我如浮雲。」孔顏之樂，如出一轍。故讀書必要立志高，養成自得之樂，不需要高度物質享受，不求浮名浮利，一如《孟子》所謂：「君子深造之以道，欲其自得之也。自得之則居之安，居之安則資之深，資之深則取之左右逢其源，故君子欲其自得之也」，所以學國文，第一義是學做人，學做第一等人——聖賢。

今日青年，最易犯兩種不良的惡習；一種是懶惰的蛇仔習氣，一種是浮囂的飛仔習氣。孔子曰：「飽食終日，無所用心，難矣哉！」這一種是這裏流行語所謂蛇仔，又曰：「羣居終日，言不及義，好行小慧，難矣哉！」這一種是流行語所謂飛仔了。顧亭林先生於明朝之亡，嘗激感深嘆，他說：「飽食終日，無所用心，難矣哉！今日北方之學者是也。羣居終日，言不及義，好行小慧，難矣哉！今日南方之學者是也。」這兩種人，孔子都說難矣哉，此為是不可救藥的意思。今日香港的青年，尤其最易染上第二種毛病，我們切須革除，樹立良好的讀書風氣，希望漸漸地移風易俗。

我們除了要摒絕時下惡習外，要養成手不釋卷的習慣，生出無窮的興趣。黃山谷《答宋子茂書》曰：「人胸中久不用古今澆灌之，則俗塵生其間，照鏡覺面目可憎，對人亦語言無味也。」又曹孟德，其人格雖不足取，但他說過幾句話，是值得我們注意的，他說：「人少好學則思專，長則善忘，長大而能勤學者，惟吾與袁伯業（袁遺）耳。」國學上重要的篇章，是要背誦的，否則「時過而後學，則勤苦而難成」了。（《禮記・學記》）《淮南子》說：「人莫不知學之有益於己也，然而不能者，嬉戲害人也。人皆多以無用害有用，故智不博而學不足。」又說：「謂學不暇者，雖暇亦不能學矣。」希望各位由今日起，在不妨害健康的原則下，肆力向學。宋儒說：「發憤精神，若救火治病焉，豈可悠悠歲月。」

各位不要再虛度寶貴的光陰了。努力成第一等學問，做第一等人罷！要做第一等人，才能夠成第一等學問，寫第一等文章呢！換句話說，要大丈夫才能夠成真事業。所謂第一等人，所謂大丈夫，是拿人格學問來衡量，是沒有貧富貴賤之分的。黃山谷《答王太虛書》云：「古之人不得躬行於高明之勢，則心亨於寂寞之宅；功名之途，不能使萬夫舉首，則言行之實，必能與日月爭光。」《孟子》曰：「廣土眾民，君子欲之，所樂不存焉，中天下而立，定四海之民，君子樂之，所性不存焉。君子所性，雖大行不加焉，雖窮居不損焉，分定故也。君子所性，仁義禮智根於心，其生色也，然見於面，盎於背，施於四體，四體不言而喻。」就是這個道理，又《易經‧坤文言》曰：「君子黄中通理，正位君體，美在其中，而暢於四友，發於事業，美之至也。」亦是説君子雖在野，而誠中形外，發乎事業，其至美有不可掩者。

甚麼是事業呢？《易經‧繫辭傳》言：「形而上者謂之道，形而下者謂之器，化而裁之謂之變，推而行之謂之通，舉而措之天下之民，謂之事業。」這是事業的真正定義。

甚麼是大丈夫呢？孟子曰：「居天下之廣居，立天下之正位，行天下之正道，得志與民由之，不得志，獨行其道。富貴不能淫，貧賤不能移，威武不能屈，此之謂大丈夫。」這是大丈夫的定義。

又我們讀書，除好學不倦外，要所學皆正，成書成道。《論語》載孔子幾句關於讀書做人的話是這樣：「可與共學，未可與適道，可與適道，未可與立，可與立，未可與權。」可與共學未可與適道，是學有邪正；可與適道未可與立，是所得有大小；可與立未可與權，是行世因應之宜不宜。權，義即是枰跎，是權其輕重，明辨是非，行道應世之方，所謂應變而不失其正，並非施行權術也。孟子曰：「可欲謂之善。有諸己謂之信。充實之謂美。充實而有光輝之謂大，大而能化之謂聖，聖而不可知之謂神。」也是這種道理，不過孔子分四層説，孟子分為六層罷。講到這裏，不覺説了很多的話，這都是所學何事的問題。

第二、我們讀書，要立志遠大，仰慕聖賢，變化氣質。何謂大志呢？諸葛公《誡外甥書》曰：「夫志，當存高遠，慕先賢，絕情慾，棄凝滯，使庶幾之志，揭然有所存，惻然有所感。」立志為聖賢，這才是大志，世人以高官厚祿為大志，那是野心罷了。怎樣變化氣質呢？孟子曰：「一鄉之善士，斯友一鄉之善士。一國之善士，斯友一國之善士。天下之善士，斯友天下之善士。以友天下之善士為未足，又尚論古之人。頌（誦）其詩，讀其書，不知其人可乎，是以論其世也，是尚友也。」《史記‧孔子世家贊》：「詩有之，高山仰止，景行行止，雖不能至，然心嚮往之。」揚雄《法言》：「螟蛉之子，噎而逢螺蠃，祝之曰：類我，類我。久則肖之矣。速哉！七十子之肖仲尼也。」友天下士，尚論古人低徊景仰，感不絕於心，則可以變化己之氣質而肖其為人了。人格心性既似之，則言論文章，無不如出其口，如出其手了。孔子似周公，顏淵似孔子，歐陽修似韓愈，都是這個道理。韓愈説：「道德之歸也有日矣，況其外之文乎？」學為文亦如學為人，以孔子為最尚。我們應該效法孔子學周公和孔子學琴的辦法，孔子似周公而諸夢寐。見於《論語》，各位該知道了。至於孔子學琴呢，《韓詩外傳》和《家語》（《孔子家語》）都有説，「孔子學鼓琴于師襄子而不進，師襄子曰：夫子可以進矣。孔子曰：丘已得其曲矣，未得其數也。有間，夫子可以進矣。曰丘已得其數矣，未得其意也。有間，復曰：夫子可以進矣。曰：丘已得其人矣，未得其類也。有間，日邈然遠望洋洋乎！翼翼乎！必作此樂也，默然思，戚然而悵，以王天下，以朝諸侯者，其文王乎！

（家語有近　而黑，頎然長，曠如望羊之語，此用《韓詩外傳》）。師襄子避席再拜曰：善。師以為文王之操也。故孔子持文王之聲，知文王之為人。師襄子曰：敢問何以知其文王之操也？孔子曰：然，夫仁者好偉，和者好粉，智者好彈，有殷勤之意者好麗，丘是以知文王之操也。」我們雖然絕不敢希冀孔子，不過，「言，心聲也，書，心畫也。聲畫形，君子小人見矣。聲畫者，君子小人之所以動情乎。」（揚雄《法言》）成功的文章，是人的表現，我們可以從古人的作品中，據懷舊之蓄念，發思古人之幽情的，這是第二。

第三講讀書學道的階梯問題，《論語》四層，《孟子》六層，上面已說過了。《論語》另一條亦四層，是「志於道，據於德，依于仁，游於藝。」《易・乾文言》亦四層，是「君子學以聚之，問以辨之，寬以居之，仁以行之。」《中庸》五層，是：「博學之，審問之，慎思之，明辨之，篤行之。」都是我們最切實最重要的參考資料了。還有是《莊子・大宗師》篇分析得最微細，分三綱九目，切須體驗效法。很多人以為莊子是道家，和儒家大相逕庭，不知九流十家之說，始自漢人。先秦諸子，其學術思想，皆出於羣經，不過有所偏重罷了。

大家可讀莊子的自序——《天下》篇，看他和孔孟有沒有牴牾呢，《大宗師》篇說：「南伯子葵問乎女偊曰：「子之年長矣，而色若孺子，何也？曰：『吾聞道矣。』」南伯子葵曰：「道可得學邪？」曰：「惡！惡可！子非其人也。夫卜梁倚有聖人之才，而無聖人之道，我有聖人之道，而無聖人之才。吾欲以教之，庶幾其果為聖人乎！」不然，以聖人之道，告聖人之才，亦易矣。吾猶守而告之，（守，是教者自有所守修持之意。）參日而後能外天下。（此第一關。富貴浮雲，敝蹤天下之意）已外天下矣，吾又守之，七日而後能外物。（陋巷簞瓢，不為物誘之意，此第二關。）已外物矣，吾又守之，九日而後能外生。（殀壽不貳；死生以之意，此第三關。）。已外生矣，已後能朝徹（如朝陽之徹照萬物。）朝徹，而後能見獨，（卓見真知，絕異凡俗）。見獨而後能無古今，（任物日新，隨化俱行，因應革變，百世可知）。無古今而後能入於不死不生。（和會離壞，與時偕行，死生不足以易其志）。殺生者不死。（置生命於度外也）。生生者不生，（貪生畏死者）。其為物，無不將也，（將，送也）。無不迎也，無不毀也，無不成也，其名為攖寧。（攖，擾亂也。天下，物欲，生死之念交擾，無所動其心而後安寧也）攖寧也者，攖而後成者也，南伯子葵曰；「子獨惡乎聞之？」曰：「聞諸副墨之子；（俞翰墨文字謂通其義詞）。副墨之子，聞之洛誦之孫，（亦作誦，謂反覆背誦也，此階最為重要，不升此階，下七階無法可登，近人讀書，畏難取易，怯登此階，而自文空疏，謂不須背誦，誤己誤人甚矣，孟子謂充實之謂之美，讀書不沈浸醲郁郁！含英咀華，輝光何自而生耶？）洛誦之孫，聞之瞻明；（瞻見至理，洞然分明）。瞻明聞之聶許；（聶，登也，許，謂許可喜悅。陸放翁所謂「夜來一笑寒燈下，始是金丹換骨時者是也。）聶許聞之需役，（需，須也；役，行也。喻篤行至道，立己立人。）需役聞之於謳；（於，古文烏字，今俗作嗚，此作贊歎之詞，謂盛德彰聞，謳歌載道也。）於謳聞之玄冥；（善世不伐，復歸玄寂。）

玄冥聞之參寮；（參，三也。寮，絕也：三絕者，謂貫通天地人之道，超妙勝絕也。）參寮聞之肇始。（始，本也，謂疑其本身也。此德合天地，渾然無我人之境，生而不有，為而不恃，乘悟並消，何往何來乎，其運無乎不在矣。）

陳湛銓教授講　羅天仰筆記

香港永康中學《永康學生校慶專號》（一九五九年）

（十九）遺山先生述傳

先生姓元氏，名好問，字裕之，別號遺山真隱，金太原秀容人。唐禮部侍郎元結次山之後也。父德明。幼嗜讀書，口不言世俗鄙事。放浪山水間，以詩酒自適。著有《東嵒集》。先生四歲讀書，七歲能詩。（見《金史・文藝傳》及郝經《遺山先生墓銘》。然先生《南冠錄》引自謂八歲學作詩。殆七歲能成詩，而八歲始篤學之也。）太原王湯臣稱為神童。年十一，從其叔父官於冀州，學士路宣叔賞其俊爽，教之為文。

年十有四，從陵川郝天挺晉卿學，不事舉子業。淹貫經傳百家，六年而業成。乃下太行，渡大河，為《箕山》及元魯縣《琴臺》等詩。禮部閑閑公趙秉文見而異之，以為近代無此作也，於是名震汴梁。先生《箕山》、《琴臺》二詩，蓋成於二十七歲，金宣宗貞祐四年也。先生學詩至此已二十年矣。《箕山》詩起句云：「幽林轉陰崖，鳥道人跡絕。許君棲隱地，恆有太古雪。」結句云：「古人不可作，百念肺肝熱。浩歌北風前，悠悠送孤月。」

《琴臺》（元魯山彈琴處）詩結句云：

「千山為公臺，萬籟為公琴。夔曠不並世，月露為知音。人間蹄涔耳，已矣非公心。」

翌年以詩文見趙秉文，先生之才名志事，殆蘊積發揮於是時。茲分年序次其行踪所在，並稍擇錄其詩之佳者。就鄙見所及，旁附點圈，以供省覽，庶誦其詩想見其人焉。二十七歲，春，避兵。夏，渡河。寓居永寧三鄉。秋，至洛陽。冬，避兵女几。兵退，復回三鄉。是年三月，蒙古圍太原。有《洛陽古城曦陽門早出詩》云：

「乘月出曦陽，黎明轉北岡。荒邨自雞犬，長路足豺狼。天地憐飄泊，風霜憶閉藏。微吟訴行役，淒斷不成章。」

《八月并州雁》云：

「八月并州雁，清汾照旅羣。一聲驚晚笛，數點入秋雲。滅沒樓中見，哀勞枕畔聞。南來還北去，無計得隨君。」

《懷益之兄》云：

「牢落關河一雁聲，干戈滿眼若為情。三年浪作空皮骨，（杜句。浪作奔。）四海相望只弟兄。（先生兄弟本三人，長好古，字敏之，已沒於貞祐二年元兵屠城之禍。次好謙，字益之。再次即先生。）黃耳定從秋後到，白頭新自夜來生。西樓日日西州道，欲賦窮愁竟不成。」

《感興》四首云：（此亦論詩之作也。）

「夢中驚見白頭新，信口成篇卻自神。天上近來詩價重，一聯直欲換青春。」
「詩印高提教外禪，幾人鉢芥得新傳。并州未是風流域，五百年中一樂天。」
「廓達靈光見太初，眼中無復野狐書。詩家關捩知多少，一鑰拈來便有餘。」
「好句端如綠綺琴，靜中窺見古人心。陽春不比黃葵曲，未要千人作賞音。」

《老樹》云：

「老樹高留葉，寒藤細作花。沙平時泊雁，野迥已攢鴉。旅食秋看盡，行吟日又斜。干戈正飄忽，不用苦思家。」

《湘夫人》詠云：

「木蘭芙蓉滿芳洲，白雲飛來北渚遊。千秋萬歲帝鄉遠，雲來雲去空悠悠。秋風秋月沅江渡，波上寒煙引輕素。九疑山高猿夜啼，竹枝無聲墮殘露。」

二十八歲，仍居三鄉，有《春日》詩云：

「里社春盤巧欲爭，裁紅暈碧助春情。忽驚此日仍為客，卻想當年似隔生。貧裏虀鹽憐節物，亂來歌吹失歡聲。南州剩有還鄉伴，戎馬何時道路清。」

是年作《論詩絕句三十首》。（自注丁丑歲三鄉作。）先生《與聰上人書》云：「考古今詩人之變，有戇直而無姑息。雖古人復生，未敢多讓。」此類是也。諸作蓋效杜少陵《戲為六絕句》而推衍之者。其後王漁洋復仿作三十二首，識力氣格，已雲泥矣。而宋漫堂、朱竹垞之論畫，厲樊榭之論詞論印，遞相祖述。七絕中又別啟一戶牖焉。茲引述如次：

其一云：

「漢謠魏什久紛紜，正體無人與細論。誰是詩中疏鑿手？暫教涇渭各清渾。」

其二云：

「曹劉坐嘯虎生風，四海無人角兩雄。可惜并州劉越石，不教橫槊建安中。」

其三云：

「鄴下風流在晉多，壯懷猶見缺壺歌。風雲若恨張華少，溫李新聲奈爾何！」

其四云：

「一語天然萬古新，豪華落盡見真淳。南窗白日羲皇上，未害淵明是晉人。」

其五云：

「縱橫詩筆見高情，何物能澆塊磊平？老阮不狂誰會得？出門一笑大江橫。（山谷句。）」

其六云：

「心畫心聲總失真，文章寧復見為人！高情千古《閑居賦》，爭信安仁拜路塵！」

其七云：

「慷慨歌謠絕不傳，穹廬一曲本天然。中州萬古英雄氣，也到陰山敕勒川。」

其八云：

「沈宋橫馳翰墨場，風流初不廢齊梁。論功若準平吳例，合著黃金鑄子昂。」

其九云：

「鬥靡誇多費覽觀，陸文猶恨冗於潘。心聲只要傳心了，布穀瀾翻可是難。」

其十云：

「排比鋪張特一塗，藩籬如此亦區區。少陵自有連城璧，爭奈微之識碔砆。」

其十一云：

「眼處心生句自神，暗中摸索總非真。畫圖臨出秦川景，親到長安有幾人？」

其十二云：

「望帝春心託杜鵑，佳人錦瑟怨華年。詩家總愛西崑好，獨恨無人作鄭箋。」

其十三云：

「萬古文章有坦途，縱橫誰似玉川盧。真書不入今人眼，兒輩從教鬼畫符。」(非貶玉川，恐後人誤學耳！)

其十四云：

「出處殊途聽所安，山林何得賤衣冠。華歆一擲金隨重，大是渠儂被眼謾。」

其十五云：

「筆底銀河落九天，何曾憔悴飯山前！世間東抹西塗手，枉著書生待魯連。」

其十六云：

「切切秋蟲萬古情，燈前山鬼淚縱橫。鑑湖春好無人賦，岸夾桃花錦浪生。（太白句。）」

其十七云：

「切響浮聲發巧深，研摩雖苦果何心？浪翁水樂無宮徵，自是雲山《韶》《濩》音。」

其十八云：

「東野窮愁死不休，高天厚地一詩囚。江山萬古潮陽筆，合在元龍百尺樓。」

其十九云：

「萬古幽人在澗阿，百年孤憤竟如何？無人說與天隨子，春草輸贏較幾多！」

其二十云：

「謝客風容映古今，發源誰似柳州深？朱絃一拂遺音在，卻是當年寂寞心。」

其二十一云：

「窘步相仍死不前，唱酧無復見前賢。縱橫正有淩雲筆，俯仰隨人亦可憐。」

其二十二云：

「奇外無奇更出奇，一波纔動萬波隨。（華亭船子和尚句。）只知詩到蘇黃盡，滄海橫流卻是誰？」

其二十三云：

「曲學虛荒小説欺，俳諧怒罵豈詩宜！今人含笑古人拙。除卻雅言都不知。」

其二十四云：

「有情芍藥含春淚，無力薔薇臥曉枝。（二句少游詩）拈出退之《山石》句，始知渠是女郎詩。」

其二十五云：

「亂後玄都失故基，《看花詩》在只堪悲。劉郎也是人間客，枉向春風怨兔葵。」

其二十六云：

「金入洪鑪不厭頻，精真那計受纖塵！蘇門果有忠臣在，肯放坡詩百態新？」

其二十七云：

「百年纔覺古風迴，元祐諸人次第來。諱學金陵猶有説，竟將何罪廢歐梅。」

其二十八云：

「古雅難將子美親，精純全失義山真。論詩寧下涪翁拜，未作江西社裏人。」

其二十九云：

「池塘春草謝家春，萬古千秋五字新。傳語閉門陳正字，可憐無補費精神，（半山句。）」

其三十云：

「撼樹蚍蜉自覺狂，書生技癢愛論量。老來留得詩千首，卻被何人校短長？」

（此首第三句云云，豈先生預言之歟？抑晚年補作也。）

又別有三首云：

「坎井鳴蛙自一天，江山放眼更超然。情知春草池塘句，不到柴煙糞火邊。」

「詩腸搜苦白頭生，故紙塵昏枉乞靈。不信驪珠不難得，試看金翅擘滄溟。」

「暈碧裁紅點綴勻，一回拈出一回新。鴛鴦繡了從教看，莫把金鍼度與人。」

三詩不能確知作於何年。二章有白頭生之句，久白則已無可奈何而不常道之矣。此作或與前著相後先歟？聊附於此。

其明年。二十九歲，徙居嵩南登封，復往昆陽。秋八月，蒙古木華黎自西京入河東，克太原平陽。及忻、代、澤、潞、汾、霍等州。《戲贈白髮》二首云：

「鏡中昨日又明朝，破屋春深雪未消。摘下數莖聊自笑，貴人頭上不相饒。」

「問愁何怨復何讎，直要青春便白頭。拚卻鏡中渾是雪，且看渠待幾時休。」

《秋懷》云：

「涼葉蕭蕭散雨聲，虛堂淅淅掩霜清。黃花自與西風約，白髮先從遠客生。吟似候蟲秋更苦，夢和寒鵲夜頻驚。何時石嶺關頭路，一望家山眼暫明。」

又《鬱鬱》云：

「鬱鬱羈懷不易開，更堪寥落動淒哀。華胥夢破青山在，梁甫吟成白髮催。秋意漸隨林影薄，曉寒都逐雁聲來。并州近日風聲惡，悵望鄉書早晚回。」

先生少年白髮，故此數年詩中，屢屢及之。

《昆陽》二首云：

「古木荒煙集暮鴉，高城落日隱悲笳。并州倦客初投迹，楚澤寒梅又過花。滿眼旌旗驚世路。閉門風雪羨山家。忘憂只有清樽在，暫為紅塵拂鬢華。」

「去日黃花半未開，南來忽復見寒梅。淹留歲序無餘物，料理塵埃有此杯。老馬長途良憊矣，白鷗春水亦悠哉！商餘說有滄州趣，早晚乾坤入釣臺。」

三十歲，自昆陽回居登封。有《醉後》詩云：

「蚤（早）歲披書手不停，中年所得是忘形。天公不禁人間酒，崔瑗虛留座右銘。身後山邱幾春草，醉來日月兩秋螢。柴門苦雨青苔滿，一解狂歌且自聽。」

《少林雨中》云：

「西堂三日雨，氣節變蕭森。偃臥復欹臥，長吟時短吟。鐘魚四山靜，松竹一燈深。重羨禪棲客，都無塵慮侵。」

《橫波亭》云：

「孤城突兀插飛流，氣壓元龍百尺樓。萬里風濤接瀛海，千年豪傑壯山邱。疏星淡月魚龍夜，老木清霜鴻雁秋。倚劍長歌一杯酒，浮雲西北是神州。」

《自題寫真》二首云：

「山林日月老潛夫，骨入窮泉未擬枯。幽澗有冰含太古，無人和玉試洪鑪。」

「一派春煙澹不收，漁家已許借扁舟。山林且漫蹉跎去，莫問人間第幾流。」

《再題》云：

「高談世事真漫蹉，多竊時名亦偶然。山鹿野麋君自看，擬從何地著貂蟬。」

末二句謂己山野之質耳，何得居官珥貂哉。看似戲謔，亦甚感慨。

《楚漢戰處》云：

「虎擲龍拏不兩存，當年曾此賭乾坤。一時豪傑皆行陣，萬古河山自壁門。原野猶應厭膏血，風雲長遣動心魂。成名豎子知誰謂？擬喚狂生與細論。」

《答俊書記學詩》云：

「詩為禪客添花錦，禪是詩家切玉刀。心地待渠明白了，百篇吾不惜眉毛。」

三十一歲。夏，至洛陽。秋，赴汴京試。不遇，復回登封。有《追錄洛中舊作》云：

「樂府新聲綠綺裘，梁州舊曲錦纏頭。酒兵易壓愁城破，花影長隨日腳流。

萬里青雲休自負，一莖白髮儘堪羞。人間只怨天公了，未便天公得自由。」

又《短日》云：

「短日碪聲急，重雲雁影深。風霜侵晚節，天地入歸心。

零落溝中斷，酸嘶爨下琴。五年朝與夕，清血幾沾襟。」

三十二歲。《登宣宗興定五年進士第賦探花詞》五首，其二云：

「浩蕩春風入繡鞍，可憐東野一生寒。皇州花好無人管，不用新郎走馬看。」

登第不就選，歸登封。與馮叔獻、雷希顏游崧山。

三十三歲，至孟津。復歸登封。《贈汴禪師》云：

「道重疑高謇，禪枯耐寂寥。蓋頭茅一把，繞腹篾三條。

趙子曾相問，馮公每見招。風波門外客，無事且相饒。」

三十四歲，至郾城。夏，往昆陽。秋，回。冬，又往昆陽。有《度太白嶺往昆陽》云：

「斷崖絕壁裂蒼頑，竟日長林窈窕閒。舊許煙霞歸白髮，悔隨塵土出青山。飢蠶戢戢催人老，野鶴昂昂羨汝閑。畏景方隆路方永，南風回首暮雲還。」

又《灃亭同麻知幾賦》云：

「零落棲遲復此遊，一樽聊得散羈愁。天圍平野莽無際，水遶孤城閑不流。柳意漸回淮浦煖，雁聲仍帶塞門秋。登高望遠令人起，欲買煙波無釣舟。」

三十五歲，哀宗正大元年。以趙秉文、楊之美、雷希顏等力挽，至汴京。試詞科，獲雋授。權國史館編修官。有《雜著絕句》九首。其九云：

「泗水龍歸海縣空，朱三王八竟言功。圍旗局上豬奴戲，可是乾坤鬥兩雄。」

蓋傷時之作。龍歸指宣宗也。

三十六歲，是年春在汴，奉命往鄭州。就賈益謙訪先朝遺事，事畢回汴。六月還登封。有《感事詩》云：

「舐痔歸來位望尊，駸駸雷李入平呑。饑蛇不計撐腸裂，老虎爭教有齒存。神聖定須償宿業，債家猶足褫驚魂。且看含血曾誰噀，猪嘴關頭是鬼門。」

蓋宰相師仲安班列中。有倡言雷御史希顏、李內翰欽叔，獎借過當，偏黨元氏也。

三十七歲，是年夏，至汜南。復赴商帥完顏色揆默召，由商州至南陽。辭免，歸登封。復至洛陽。有《十日登豐山（在鄧州南陽縣）詩》云：

「十日登高發興新，豐山孤秀出塵氛。村墟帶晚鴉噪合，林壑得霜煙景分。芳臭百年隨變滅，短長千古只紛紜。詩成一歎無人會，白水悠悠入暮雲。」

又《豐山懷古》云：

「豐山一何高，古屋蒼烟重。開門望吳楚，鳥去天無窮。迎山橫巨鼇，白水洹長虹。川原鬱佳氣，自古南都雄。炎精昔季興，臥龍起隆中。落落出奇策，言言揭孤忠。時事有可論，生晚恨不逢。漢賊不兩立，大義皎日同。吳人操等耳，忍與分河潼。奪操而與權，何以示至公。一民漢遺黎，尺地漢故封。守民及守土，天地與相終。不能禦寇讎，顧以寇自攻。既異鴻溝初，又非列國從。一券分半產，二祖寧汝容。端木一已失，孤唱誰當從。至今有遺恨，廟柏號陰風。舊聞清泠淵，天籟如撞鐘。山經野人語，誕幻欺孩童。開元有亂階，鹿飲温泉宮。黃猿何為者，乃爾能嘯兇。乾坤之大音，久鬱理當通。清霜日夕落，佇爾驚羣聾。」

在洛度歲，有《除夜》詩云：

「一燈明暗夜如何，寐夢衡門在澗阿。物外烟霞玉華遠，花時車馬洛陽冬。折腰真有陶潛興，扣角空傳甯戚歌。三十七年今日過，可憐出處兩蹉跎。」

三十八歲，為內鄉令。移家內鄉，有《倫鎮道中見槐花》云：

「名場奔走競官榮，一紙除書誤半生。笑向槐花問前事，為君忙了竟何成。」

三十九歲，仍居內鄉。以事往盧氏。《張主簿草堂賦大雨》云：

「淅樹鳴蛙告雨期，忽驚銀箭四山飛。長江大浪欲橫潰，厚地高天如合圍。萬里風雲開偉觀，百年毛髮凜餘威。長虹一出林光動，寂歷村墟空落暉。」

四十歲，罷內鄉任。攝鎮平簿。罷任，移家秋林。冬回鎮平。有《李屏山挽章》二首。其首章云：

「世法拘人蝨處褌，忽驚龍跳九天門。牧之宏放見文筆，白也風流餘酒樽。落落久知難合在，堂堂原有不亡存。中原豪傑今誰望，擬喚巫陽起醉魂。」

四十一歲。春、赴鄧州辟，不就。秋、歸秋林。有《無題》二絕句云：

「七十鴛鴦五十絃，酒薰花柳動春烟。人間只道黃金貴，不問天公買少年。」

「春風也解惜多才，嫁與桃花不用媒。死恨天台老劉阮，人間何戀卻歸來。」

四十二歲，為南陽令。八月，內召擢尚書省令史。移家汴京，是年為哀宗正大八年。正月，蒙古圍鳳翔。（即岐陽。）四月城破。有《岐陽》三首，詩云：

「突騎連營鳥不飛，北風浩浩發陰機。三秦形勝無今古，千里傳聞果是非。偃蹇鯨鯢入海涸，分明蛇犬鐵山圍。窮途老阮無奇策，空望岐陽淚滿衣。」

又：

「百二關河草不橫，十年戎馬暗秦京。岐陽西望無來信，隴水東流聞哭聲。野蔓有情縈戰骨，殘陽何意照空城。從誰細向蒼蒼問，爭遣蚩尤作五兵。」

又：

「眈眈九虎護秦關，懦楚孱齊機上看。禹貢土田推陸海，漢家封徼盡天山。北風獵獵悲笳發，渭水蕭蕭戰骨寒。三十六峯長劍在，倚天仙掌惜空閑。」

《雨後丹鳳門登眺》云：

「絳闕遙天霽景開，金明高樹晚風迴。長虹下飲海欲竭，老雁叫羣秋更哀。劫火有時歸變滅，神嵩何計得飛來。窮途自覺無多淚，莫傍殘陽望吹臺。」

《浩然師出圍城賦鶴詩為送》云：

「夢寐西山飲鶴泉，羨君歸興渺翩翩。昂藏自有林壑態，飲啄暫隨塵土緣。遼海故家人幾在，華亭清唳世空憐。明年也作江鷗去，水宿雲飛共一天。」

又《懷秋林別業》云：（秋林在內鄉縣，先生別業在焉。）

「茅屋蕭蕭漸水濱，豈知身屬洛陽塵。一家風雪何年盡，二頃田園入夢頻。高樹有巢鳩笑拙，空牆無穴鼠嫌貧。西南遙望腸堪斷，自古虛名只誤人。」

《希顏挽詩》五首。其四云：

「萬古文章有正傳，驊騮爭道望君先。傷心一入重泉後，再得斯人又幾年。」

其五云：

「一世龍門屬李膺，待君提拂遂騰升。千年荊棘龜趺在，會有人尋下馬陵。」

士感知己，情見乎辭。四十三歲，哀宗天興元年壬辰。為東曹都事。蒙古圍金汴京，曹王出質。四月，蒙古退軍河洛。十二月，汴京粮盡援絕，哀宗出奔河北。蒙古復圍汴，先生時在圍城中。有《賦壬辰十二月車駕東狩後即事》五首。

其一云：

「翠被忽忽見執鞭，戴盆鬱鬱夢瞻天。只知河朔歸銅馬，又說臺城墜紙鳶。血肉正應皇極數，衣冠不及廣明年。何時真得攜家去，萬里秋風一釣船。」

其二云：

「慘澹龍蛇日鬥爭，干戈直欲盡生靈。高原水出山河改，戰地風來草木腥。精衛有冤填瀚海（注：衛紹公主出嫁），包胥無淚哭秦庭（注：曹王出質）。并州豪傑知誰在，莫擬分軍下開陘。」

其三云：

「鬱鬱圍城度兩年，愁腸飢火日相煎。焦頭無客知移突，曳足何人與共船。白骨又多兵死鬼，青山原有地行仙。西南三月音書絕，落日孤雲望眼穿。」

其四云：

「萬里荊襄入戰塵，汴州門外即荊榛。蛟龍豈是池中物，蟣蝨空悲地上臣。喬木他年懷故國，野烟何處望行人。秋風不用吹華髮，滄海橫流到此身。」

其五云：

「五雲宮闕露盤秋，銀漢無聲桂樹稠。複道漸看連上苑，戈船仍擬下揚州。曲中青冢傳新怨，夢裏華胥失舊遊。去去江南庚開府，鳳凰樓畔莫回頭。」

悲涼徹骨，寃痛無極。何止奏雍門之琴，下孟嘗之淚也。

四十四歲，天興二年癸巳。西面元帥崔立作亂，以汴城降。先生挈家隨眾北渡，羈管聊城。有《癸巳四月二十九日出京詩》云：

「塞外初捐宴賜金，當時南牧已駸駸。只知灞上真兒戲，誰謂神州遂陸沈。華表鶴來應有語，銅槃人去亦何心。興亡誰識天公意，留著青城閱古今。」

（注：此大梁城東之青城，非四川之青城也。）

《癸巳五月三日北渡》三首。其首章云：

「道旁僵臥滿纍囚，過去旃車似水流。紅粉哭隨回鶻馬，為誰一步一迴頭。」

《秋夜》云：

「九死餘生氣息存，蕭條門巷似荒村。春雷謾説驚坯户，皎日何曾入覆盆。濟水有情添別淚，吳雲無夢寄歸魂。百年世事兼身事，樽酒何人與細論。」

又《南冠行》。自注為曹得一作。詩云：

「南冠纍纍渡河關，畢逋頭白乃得還。荒城雨多秋氣重，頹垣敗屋生茅菅。漫漫長夜浩歌起，清涕曉枕留餘潸。曹侯少年出紈綺，高門大屋垂楊裏。諸房三十侍中郎，獨守殘經北窗底。王孫上客生光輝，竹花不實鵷雛飢。絲桐切切解人語，海雲喚得青鸞飛。梁園三月花如霧，臨錦芳華朝復暮。阿京風調阿欽才，暈碧裁紅須小杜。長安張敞號眉嫵，吳中周郎知曲誤。香生春動一詩成，瑞露靈芝滿窗户。魚龍吹浪三山沒，萬里西風入華髮。無人重典鸘鸘裘。展轉空牀臥秋月，寶鏡埋寒灰，鬱鬱萬古不可開。龍劍出地底，青天白日驅雲雷。層冰千里不可留。離魂楚些招歸來。生不願朝入省暮入臺，願與竹林嵇阮共舉杯。郎食猩猩唇，妾食鯉魚尾。不如孟光案頭一盃水。黃河之水天上流。何物可煮人間愁，撐霆裂月不稱意，更與倒翻鸚鵡洲。安得酒船三萬斛，與君轟醉太湖秋。」

《續小娘歌》十首。

其三云：

「山無洞穴水無船，單騎驅人動數千。直使今年留得在，更教何處過明年。」

其九云：

「飢烏坐守草間人，青布猶存舊領巾。六月南風一萬里，若為白骨便成塵。」

其十云：

「黃河千里扼兵衝，虞虢分明在眼中。為向淮西諸將道，不須誇説蔡州功。」

末首力主扼河，而痛遷蔡之失策，極其沈痛。此十首與下俳體《雪香亭雜詠》皆感時之作，特詭異其篇題耳。俳體《雪香亭雜詠》十五首。

其一云：

「滄海橫流萬國魚，茫茫神理竟何如。六經管得書生下，闊劍長槍不信渠。」

其二云：

「洛陽城闕變灰烟，暮虢朝虞只眼前。為向杏梁雙燕道，營巢何處過明年。」

其三云：

「落日青山一片愁，大河東注不還流。若為長得熙春在，時上高樓望宋州。」

其七云：

「金縷歌詞金曲巵，百年人事鬢成絲。重來未必春風在，更為梨花住少時。」

其九云：

「琵琶心事曲中論，曾笑明妃負漢恩。明日天山山下路，不須回首望都門。」

其十二云：

「苦才多思是春風，偏近騷人悵望中。啼盡杜鵑枝上血，海棠明日更應紅。」

其十三云：

「暖日晴雲錦樹新，風吹雨打旋成塵。宮圍深閉無人到，自在流鶯哭暮春。」

其十五云：

「暮雲樓閣古今情，地老天荒恨未平。白髮纍臣幾人在，就中愁殺庾蘭成。」

十月二十二日，撰《中州集》，存金源一代之詩。大旨以詩存史，故姓名下各列小傳。往往旁及佚事，足資考證。所錄詩亦多氣格遒上，王漁洋主於風華神韻，頗不滿之，非公論也。家鉉翁盛稱之。以為胸懷卓犖，過人遠甚。虞道園亦以為君子固有深憫其心矣。

四十五歲，天興三年甲午（蒙古太宗六年，即宋理宗端平元年）正月戊寅，哀宗傳位於東面元帥承麟，而自縊於幽蘭軒。承麟為亂兵所殺，金亡。寓居聊城至覺寺。先生從此不仕矣。以後二十餘年，東西流走，不遑寧居。以至客死獲鹿者，非饑驅旅食，實蒐集遺聞，采其實錄。欲以成金源一代之史也。有《夢歸》詩云：

「顑頷南冠一楚囚，歸心江漢日東流。青山歷歷鄉國夢，黃葉瀟瀟風雨秋。貧裏有詩工作祟，亂來無淚可供愁。殘年骨肉相逢在，隨分虀鹽萬事休。」

《徐威卿相過贈別》二首云：

「衣冠八座文昌府，襆被三年同舍郎。蕩蕩青天非向日，蕭蕭春色是他鄉。傷時賈誼頻流涕，臥病王章目激昂。保社追隨有成約，不應關塞永相望。」

「東南人物未凋零，和氣春風四座傾。但喜詩章多俊語，豈知談笑得新名。二年阻絕干戈地，百死相逢骨肉情。別後相思重回首，杏花樽酒記聊城。」

是年六月，崔立為金故將李伯淵所誅，梟其首以祭哀宗。或剖其心生噉之，以屍挂樹上。樹亦自拔。先生賦《即事》詩云：

「逆豎終當鱠縷分，揮刀今得快三軍。然臍易盡嗟何及，遺臭無窮古未聞。京觀豈當誣翟義，衰衣自合從高勳。秋風一掬孤臣淚，叫斷蒼梧日暮雲。」

（注：汴城降時，先生嘗為崔立所脅，幾毀畢生名節。）

《送仲希兼簡大方》云：

「家亡國破此身留，留滯聊城又過秋。老去天公真憒憒，亂來人事轉悠悠。

棊中敗局從誰覆，鏡裏衰容只自羞。方外故人如見問，為言乘興欲東流。」

《甲午除夜》云：

「暗中人事忽推遷，坐守寒灰望復然。已恨太官餘麯餅，爭教漢水入膠船。神功聖德三千牘。大定明昌四十年。甲子兩周今日盡，空將衰淚灑吳天。」

四十六歲。自聊城遷居冠氏（在山東），乃定居也。有五言古《學東坡移居》八首。述兩年被圍及行止志業甚顯。文長不錄。其斷句云：

「孤客無所投，即此營茅齋。壑斷豈不苦，寢處亦可懷。辱身賤者事，寧當惜筋骸。」

「老我於其間，兀兀窮朝哺。」

「鏡背先秦書，八字環中央。讀字三歎息，此日何時光。」

「壬辰困重圍，金粟論升勺。明年出青城，瞑目就束縛。毫釐脫鬼手，攘臂留空橐。聊城千里外，狼狽何所託。……滄溟浮一葉，渺不見止泊。」

「乾坤兩茅舍，氣壓華屋上。……巢傾卵隨覆，身在顏亦強。空悲龍髯絕，永負魚腹葬。」

「國史經喪亂，天幸有所歸。但恨後十年，時事無人知。……造物留此筆，吾貧復何辭。」

《杏花落後分韻歸字詩》云：

「獺髓能醫病頰肥，鸞膠無那片紅飛。殘陽澹澹不肯下，流水溶溶何處歸。

煮酒青林寒食過，明妝高燭賞心違。寫生正有徐熙在，漢苑招魂果是非。」

《不寐》云：

「不寐復不寐，悲吟如自鞴。雞棲因失曉，蟲語苦爭秋。日月虛行橐，風霜入敝裘。誰憐庾開府，直欲賦澆愁。」

《眼中》云：

「眼中時事益紛然，擁被寒窗夜不眠。骨肉他鄉各異縣，衣冠今是日何年？枯槐聚蟻無多地，秋水鳴蛙自一天。何處青山隔塵土，一菴吾欲送華顛。」

又《答郭仲通》二首。其二云：

「一樽何意復同傾，亂後真疑隔死生。吐氣無妨出芒角，忍窮尤喜見工程。千年老檜盤根古，十丈寒潭照膽清。凜凜風期望吾子，不成隨例只時名。」

《寄楊飛卿》云：

「客夢悠悠信轉蓬，藜牀般般動晨鐘。西風白髮三千丈，故國青山一萬重。沙水有情留過雁，乾坤多事泣秋蟲。三間老屋知何處，慚愧雲間陸士龍。」

五言古《論文》云：

「文章出苦心，誰以苦心為？正有苦心人，舉世幾人知？工文與工詩，大似國手碁。國手雖漫應，一著存一機。不從著著看，何異管中窺。文須字字作，亦要字字讀。咀嚼有餘味，百過良未足。功夫到方圓，言語通眷屬。只許曠與夔，聞絃知雅曲。今人誦文字，十行誇一目。閼顫失香臭，瞀視紛紅綠。毫釐不相照，覿面楚與蜀。莫訝荊山前，時聞刖人哭。」

四十七歲，是年居冠氏。游泰山回。新居被焚。復營之。侯相公所藏《雲溪圖詩》云：

「黃山圖子翰林詩，千里東州有所思。前日相公門下客，國亡家破獨來時。」

四十八歲，仍在冠氏。夏往東平，秋回忻州。營居畢，冬復回冠氏。有《送杜子詩》云：

「洛陽塵土化緇衣，又見孤雲著處飛。北渚曉晴山入座，東園春好妓成圍。來鴻去燕三年別，深谷高陵萬事非。轟醉春風有成約，可能容易話東歸。」

《衛州感事》二首云：

「神龍失水困蜉蝣，一舸倉皇入宋州。紫氣已沈牛斗夜，白雲空望帝鄉秋。劫前寶地三千界，夢裏瓊枝十二樓。欲就長河問遺事，悠悠東注不還流。」

「白塔亭亭古佛祠，往年曾此走京師。不知江令還家日，何似湘累去國時。離合興亡遽如此，棲遲零落竟安之。太行千里青如染，落日闌干有所思。」

痛衛州之敗而國遂亡也。《羊腸坂》云：

「浩蕩雲山直北看，淩兢羸馬不勝鞍。老來行路先愁遠，貧裏辭家更覺難。衣上風沙歎憔悴，夢中燈火憶團圞。憑誰為報東州信，今在羊腸百八盤。」

《桐川（山西崞縣）與仁卿（李治）飲》云：

「蕭蕭茅屋繞清灣，四面雲開碧玉環。已分故人成死別，寧知尊酒對生還。風流豈落正始後，詩卷長留天地間（杜句）。海內斯文君未老，不須辛苦賦囚山。」

《外家南寺》云：

「鬱鬱楸梧動晚烟，一庭風露覺秋偏。眼中高岸移深谷，愁裏殘陽更亂蟬。去國衣冠有今日，外家梨栗記當年。白頭來往人間偏，依舊僧窗借榻眠。」

十二月十六日，還冠氏。十八日，《雪》云：

「少日騫飛掣臂鷹，只今癡鈍似秋蠅。躭書業力貧猶在，涉世筋骸老不勝。千里關河高骨馬，四更風雪短檠燈。一瓶一鉢平生了，慚愧南窗打睡僧。」

是先生所謂百年堪一笑，辛苦惜虛名者耶？

四十九歲，是年春，仍在冠氏。夏，至東平話別。秋，出冠氏。挈家行，至濟源，入寓舍。《雨夜》云：

「夢裏孤篷雨打秋，茅齋原更小於舟。無錢正坐詩作祟，識字重為時所讎。

千里漫思黃鵠舉，六年真作賈胡留。并州北望山無數，一夜碪聲入白頭。」

《再到新衛》云：

「蝗旱相仍歲已荒，伶俜十口值還鄉。空令姓字喧時輩，不救飢寒趨路旁。

行帳馬嘶塵澒洞。空村人去雨淋浪。河平千里筋骸盡，更欲驅車上太行。」

《懷州子城晚望少室》云：

「河外青山展臥屏，并州孤客倚高城。十年舊隱拋何處？一片傷心畫不成。（本高蟾句。

先生屢用之而益佳。）谷口暮雲知鄭重，林梢殘照故分明。洛陽見說兵猶滿，半夜悲歌

意未平。」

五十歲。夏，由濟源游天壇回。取道潞州。經銅鞮、武鄉、榆社。挈家歸忻州。《游天

壇雜詩》十三首。其十一云：

「仙人龍蹻玉為鞭，石穴留書世不傳。弱水蓬萊三萬里，青山今古幾何年。」

《初挈家還讀書山雜詩》四首云：

「并州一別三千里，滄海橫流二十年。休道不蒙稽古力，幾家兒女得安全。」

「天門筆勢到閑閑，相國文章玉筍班。從此晉陽方志上，繫舟山是讀書山。」（自注云：

繫舟、先大夫讀書之所。閑閑公改為元子讀書山。又大參楊公叔玉譔先人墓銘。）

「眼中華屋記生存，舊事無人可共論。老樹婆娑三百尺，青衫還見讀書孫。」

「乞得田園自在身，不成還更入紅塵。只愁六月河堤上，高柳清風睡殺人。」

五十一歲。是年在忻州家居，往定襄游七巖。十月往東平，有《聚仙臺夜飲詩》云：

「永夜留歡席，高懷遠市塵。月涼衣有露，風細酒生鱗。

鄉社情親舊，仙臺姓字新。殷勤詩卷在，長記座中人。」

五十二歲。由東平回，游黃華山，取道太原回忻州。四月，復出雁門，至渾源金城。回忻州。有《太原》云：

「夢裏鄉關春復秋，眼明今得見并州。古來全晉非無策，亂後清汾空自流。

南渡衣冠幾人在，西山薇蕨此生休。十年弄筆文昌府，爭信中朝有楚囚。」

五十三歲。是年家居。有《晨起》詩。（自注壬寅正月九日。）云：

「燈火青熒語夜闌，柴荊寂寞掩春寒。歡悰已向杯中減，老態何堪鏡裏看。多病所須唯

藥物（杜句）。一錢不直是儒冠。掣鯨莫倚平生手，只有東溪把釣竿。」（自注：時欲經

營神山別業，故云。）

五十四歲。仍家居。秋，出雁門。游龍山、北岳。至宏州，入燕都。冬，回趙州。有《出都》二首。詩云：

「漢宮曾動伯鸞歌，事去英雄可奈何。但見觚稜上金爵，豈知荊棘臥銅駝。神仙不到秋風客，富貴空悲春夢婆。行過盧溝重回首，鳳城平日五雲多。」

「歷歷興亡敗局棋，登臨疑夢復疑非。斷霞落日天無盡，老樹遺臺秋更悲。滄海忽驚龍穴露，廣寒猶想鳳笙歸。從教盡剗瓊華了，留在西山儘淚垂。」

李恢垣所謂追昔感今，最為沈痛者是也。又《贈玉峯魏丈邦彥》云：

「夢想南山掩靄間，眼明驚見玉峯寒。風波舊憶橫身過，世事今歸袖手看。販婦傭兒識名姓，故鄉遺族見衣冠。臨流卜築平生事，會就遼東管幼安。」

《感事》云：

「富貴何曾潤髑髏，直須淅米向矛頭。血讎此日逢三怨，風鑑平生備九流。瓢飲不甘顏巷樂，市鉗真有楚人憂。世間安得如川酒，力士鐺頭醉死休。」

施北研云：「先生北渡後，曾為蒙古相耶律楚材父金右丞耶律履作《神道碑》，凡二千餘言。詞事相稱，極見力。而燕中人以先生不應當筆，故有謗罵。詩中語，極道悔恨之意。」

五十五歲。是年春家居。夏，至崞縣，游鳳山前高山。秋，至燕京。回忻。又至洛陽。冬，至洛西。有《甲辰夏五月積雨十餘日不止遣悶》二首云：

「甲子霖霖雨，巡簷悶不禁。幻泡成實相，水樂激哀音。瘴海聞天漏，堯年見陸沈。騫飛想雲表，癡坐若為心。」

「甲子霖霖雨，農郊搏手空。排牆寧有禮，為壑竟何功。戰蟻侯王上，鳴蛙意氣中。掃晴應曉夕，少忍待秋風。」

《甲辰秋留別丹陽》云：

「踈踈衰柳映金溝，祖道都門復此留。千里關河動歸興，九秋雲物發詩愁。嚴城鐘鼓月清曉，老馬風沙人白頭。後夜相思渺何許，西山西畔是并州。」

《過三鄉望女几村追懷溪南詩老辛敬之》二首（《中州集》。辛愿，字敬之，福昌人。自號女几野人。杜詩筆，未嘗一日去其手。詩律深嚴，而有自得之趣。佳句極多，恨不能悉記耳。）其二云：

「萬山青繞一川斜，好句真堪字字誇。棄擲泥塗豈天意，折除時命是才華。百錢卜肆成都市，萬古詩壇子美家。欲就溪南問遺事，不禁衰涕落烟霞。」

五十六歲。由洛西至內鄉。奉張太君（先生母氏）柩歸。秋，游崞山，復至內鄉。冬，往東平。出曲阜，拜林廟。還東平。有《感事》詩云：

「壯事本無取，老謀何所成。人皆傳已死，吾亦厭餘生。潦倒封侯骨，淹留混俗情。百年堪一笑，辛苦惜虛名。」

三四句用東坡先生四六語而佳絕，蓋先生慣技也。先生有《與樞判白兄書》云：「比來數處傳某下世，已有作祭文挽辭者。此雖出於妬者之口，亦恐是殘喘無幾，神先告之耳！」則先生之視死生為如何耶？

五十七歲。由東平經彰德，取端氏路回忻州。八月，葬張太君。冬，在家。有《十月四日往關南》二首。其二云：

「行路見新月，獨行還獨謠。勞生塵袞袞，晚色鬢蕭蕭。野曠無遺穗，林疎有墮樵。迴頭麥山嶺，更覺馬蹄遙。」

五十八歲。春，家居。夏往真定，秋往彰德。游黃華峪谷。冬，游蘇門。回忻州。《龍興寺閣》（在真定）詩云：

「全趙堂堂入望寬，九層飛觀儘高寒。空聞赤幟疑軍壘，真見金人泣露槃。桑海幾經塵劫壞，江山獨恨酒腸乾。詩家總道登臨好，試就遺臺老樹看。」

《黃華谷十絕句》之一云：

「岱崧王屋舊經過，自倚胸中勝概多。獨欠太行高絕處，青天白日看山河。」

《過邯鄲四絕》。其一云：

「富貴榮華一歎嗟，依然夢裏説韶華。十年幾度山河改，空指遺臺是趙家。」

其三云：

「川原落落曙光開，四顧河山亦壯哉。前日少年今白髮，只應孤塔記曾來。」

又有《嘯臺懷古雜言》長篇，文長不錄矣。

五十九歲。在家，夏往南宮。秋至甯晉，回忻州。六十歲。春在家。夏出居鎮陽。秋至燕。冬至順天，還鎮陽。《自題中州集》五首。其一云：

「鄴下曹劉氣儘豪，江東諸謝韻尤高。若從華實評詩品，未便吳儂得錦袍。」

其二云：

「陶謝風流到百家，半山老眼淨無花。北人不拾江西唾，未要曾郎借齒牙。」

蓋曾端伯編《皇宋詩選》五十七卷，識見不高，去取無律。所為小傳，畧無義類，議論亦凡鄙，故先生有言也。

其三云：

「萬古騷人嘔肺肝，乾坤清氣得來難。詩家亦有長沙帖，莫作宣和閣本看。」

其四云：

「文章得失寸心知，千古朱絃屬子期。恨殺溪南辛老子（辛愿，見前），相從何止十年遲。」

其五云：

「平世何曾有稗官，亂來史筆亦燒殘。百年遺藁天留在，抱向空山掩淚看。」

風絃掩抑，淒入肝脾。孤臣酸楚之音，非莊生所謂真悲無聲而哀者耶？《講武城》云：

「作計千年復萬年，似嫌蒸土不能堅。祇今講武人何在？衰柳殘陽有亂蟬。」

《鎮州與文舉百一飲》云：

「翁仲遺墟草棘秋，蒼龍雙闕記神州。只知終老歸唐土，忽漫相看是楚囚。日月盡隨天北轉，古今誰見海西流。眼中二老風流在，一醉從教萬事休。」

李恢垣云：「此詩最沈痛，蓋皆金源遺老，不覺感觸至此也。」

六十一歲。是年春，自鹿泉還忻州。夏出鹿泉，秋至順天。回忻州。有《十一月五日暫至西張》詩云：

「城隈路細入沙汀，絮帽衝風日再經。歎歲村墟更荒惡，窮冬人影亦伶俜。

林烟漠漠沙邊暗，山骨稜稜雪外青。四十年來此寒苦，凍吟猶記隴關亭。」

此詩清激孤吹，幽陗悲涼。又別是一種風味矣。

六十二歲。是年春在家，夏至太原，秋至真定，冬至順天。《回忻州贈寫真田生》三章。其二云：

「萬態千形畫裏看，人人眉目與衣冠。情知不是裴中令，一片靈臺狀亦難。」

《與同年敬鼎臣宿順天天寗僧舍》云：

「蕭蕭風雨打僧窗，耿耿青燈對客牀。每恨相望隔關塞，豈知連日醉壺觴。萍虀味薄堪長久，茅屋寒多且閉藏。三十餘年老兄弟，此回情話獨難忘。」

《野史亭感興》云：

「私錄關赴告，求野或有取。秋兔一寸毫，盡力不易舉。衰遲私自惜，憂畏當誰語。展轉天未明，幽窗響疎雨。」

六十三歲。春往鹿泉，夏在平定。冬過真定，至東平，復至燕京。《讀李狀元朝宗禪林記》（原題云：「李守濟州，城破，不屈節死。贈鄉郡刺史。」）云：

「偶向禪林見舊文，濟陽南望為沾巾。張巡許遠古亦少，烈日秋霜今更新。

千字豐碑誰國手，百城降虜盡王臣。知君不假科名重，原是中朝第一人。」

六十四歲。春，自燕還鹿泉。又至太原。夏，來鹿泉。往燕。回。冬至東平。《秋日載酒光武廟》云：

「美酒良辰邂逅同，赤眉城北漢王宮。百年星斗歸天上，萬古旌旗在眼中。草木暗隨秋氣老，河山長為昔人雄。一杯徑醉風雲地，莫放銀盤上海東。」

六十五歲。春，自東平回忻。夏，游臺山。秋，還忻。復出鹿泉回忻。十二月復出鹿泉。歲闌至汴。《十日作》云：

「關樹蕭蕭返照明，井陘西北算歸程。青黃大似溝中斷，文字空傳海內名。平地烟霄遽如許，秋風茅屋可憐生。重陽擬作登高賦，一片傷心畫不成。」

《孝純宛丘遷奉》云：

「鬢毛衰颯面塵埃，孝子牽車古所哀。千里長河限南北，一邱寒土見蒿萊。遼東華表何人在，柳氏元堂此日開。十月知君有新喜，小雛先與喚迎來。」

《甲寅十二月四日出鎮陽寄宰魯伯》云：

「滹水曉光動，灞橋詩境同。衝寒騎瘦馬，認影識衰翁。

長路風聲裏，孤城雪意中。迴頭歌笑處，淒絕意何窮。」

《汴梁除夜》云：

「六街歌鼓待晨鐘，四壁寒齋只病翁。鬢雪得年應更白，燈花何喜也能紅。

養生有論人空老，祖道無詩鬼亦窮。數日西園看車馬，一番桃李又春風。」

六十六歲。春，往汴梁歸。夏往燕京，回鹿泉。秋往東平，回忻州。冬出鹿泉。《雜著》四首云：

「白髮劉郎老更癡，人間那有後天期。茂陵石馬專相待，種下蟠桃屬阿誰。」

「白髮中官解道詩，殷勤仍為惜花枝。雪香亭上清明宴，記得君王去歲時。」（去歲猶言當年）

「六朝瓊樹掌中春，迴首胡妝一面新。生羨石家金谷裏，千年獨有墜樓人。」（刺當時近幸無死義之臣也。）

「燕語鶯啼百囀新，長廊寂寂不逢人。東君去作誰家客，花柳無情各自春。」

感時之作，無任低徊。《出都》云：

「春閨斜月曉聞鶯，信馬都門半醉醒。官柳青青莫回首，短長亭是斷腸亭。」

《約嚴侯泛舟》云：

「風物當年小洞庭，西湖此日展江亭。詩貪勝概題難徧，怯酒清秋醉易醒。

白鳥無心自來去，紅蕖照影亦娉婷。仙舟共載平生事，未分枯槎是客星。」

六十七歲。是年回忻家居。秋出鹿泉。《丙辰九月二十六日挈家游龍泉》云：

「風色澄鮮稱野情，居僧聞客喜相迎。藤垂石磴雲添潤，泉漱山根玉有聲。

庭樹老於臨濟寺，霜林渾是漢家營。明年此日知何處，莫惜題詩記姓名。」

六十八歲。九月四日，先生卒於獲鹿寓舍。歸葬忻州韓巖村。是年為宋理宗寶祐五年蒙古憲宗七年。距宋之亡，尚有二十二年。故以人言，則先生為金人。以詩言，則先生之詩，殆猶宋詩也。先生絕筆詩《病中感寓贈徐威卿兼簡曹益甫高聖舉》云：

「讀書畧破五千卷，下筆須論二百年。正賴天民有先覺，豈容文統落私權。

東曹掾屬冥行廢，鄉校迂儒自聖癲。不是徐卿與高舉，老夫空老欲誰傳？」

吁！可悲已。凡先生所為詩，今存一千三百五十七首。（賦四篇不計。）與郝經所紀一千五百餘首者，已有佚矣。

先生之詩，高華鴻朗，激昂痛快。五言古出入陶謝杜韓韋柳。七言古雜言等作，希風李杜韓蘇。樂府在二李之間，要與昌谷為近而去其幽淒僻險者。五言律猶自少陵來。七言律絕，則雖有出於少陵東坡山谷放翁。然挾并州豪傑之氣，發為孤臣激感之辭。立言無方，自具爐鞴。固是遺山先生之詩也。尤其七字律，以躬履家國破亡之運。流徙西東，重遭荼毒。故其所作，驅駕今古，淩越無儔。少陵山谷，應爾失步。雖歷萬祀，無以比方矣。先生奇才天縱，身淪道篤。令德昭融，輝光日新。金源亡後之作，猶覺橫絕。蓋薑桂之性。老而愈辣。凡其發憤之所為作，嚴霜堅冰，精金貞玉，是天地之尊嚴氣也，天地之義氣也。其文章獨步於天下者垂四十年，肆力於詩且六十載。杜仁傑以為必欲努力追配，當復積學數世，然後再議，可謂的論。清人趙甌北，不賢識小，其言詹詹。謂先生才不甚大，書卷亦不甚多。

近人且有謂先生詩工甚淺者。是何言乎！是何言乎！李治（長先生十歲）曰：「君嘗言，人品實居才學氣識之上。吾因君言，亦嘗謂天下之事皆有品。繪事圍棋，技之末也。或一筆之奇，一著之妙。固有終身北面而不能寸進者。彼非志之不篤，習之不專也。直其品不同耳。如君之品，今代幾人。」李仁卿可謂得玄珠於赤水，謨神睿而為言矣。曾滌生鈔古今十八家詩。於宋人，若宛陵、六一、半山、後山、簡齋、誠齋等輩，皆不及錄。逕采先生之七言律，以繼兩宋健筆蘇黃放翁而四，可謂多見守卓，無失文衡。然不鈔先生之七言絕句，則猶未甚允。蓋先生之七字絕，多至六百首。奇篇重句，出放翁上，雖東坡先生亦何以加焉。先生自汴梁後亡，故老都盡，遂獨為一代文章宗匠。於是銘天下功德者，盡趨其門，故文集中此類之作特多。雖非諛墓之製，要非先生精神所在，未可輕議其文也。所著除《詩文集》四十卷、《遺山樂府》五卷外。有《杜詩學》一卷、《東坡詩雅》三卷、《錦機》一卷、《詩文自警》十卷、《中州集》十卷附《中州樂府》一卷、《唐詩鼓吹》十卷、《壬辰雜編》三卷及《續夷堅志》四卷等。惜除詩文詞集、《中州集》、《唐詩鼓吹》、《續夷堅志》外，餘已殘佚耳！

先生雖守死善道，嚴於律己，而好獎進後學。和氣春風，隱然眉睫間，未嘗以行輩自尊，故所在士子從之如歸市，號為汎愛。至於品題人物，商訂古今，則絲毫不少貸，必歸之公是而後已。故能拯壞濟溺，揭光於天，俾學者知所指歸。識詩文道學之正，而傳其命脈，繫而不絕。若郝伯常之見而知之，吳草廬之聞而知之。（先生卒時吳草廬尚在童稚。）則其有功於天下後世者，又甚遠且大也。每以著作自任。以金源氏有天下，典章法度，揆式漢唐。國亡史作，己所當為。時金國實錄，在順天張萬戶家。乃言於張，願為撰述。方闢館，為武安樂夔所沮而止。先生曰：「不可令一代之美，泯而無聞。」乃為《金源君臣言行錄》。往來四方，采摭遺逸。祁寒酷暑，奔撲於關河風沙雨雪間。踽踽涼涼，至老死不懈。有所得，輒以寸紙細字，親為記錄。雖甚醉，不忘於是。雜錄至百餘萬言，捆束委積，塞屋數楹，名之曰野史亭。書未就而卒。及托克托等纂修《金史》，多本其所著云。

附記：今歲之初，公達先生不嫌其譾陋，徵稿及余。而余方漸漬於羣籍，周章於省覽。於聖哲之正學，才士之高文，其三尺之喙，飲啄未暇。何遑著述，亦何敢著述耶。月來督促再四，以遷延擺落，既已不能，則欲為《遺山先生論詩講疏》，以應嘉命。展紙伸寫，初成述傳，並稍錄其佳篇。不意久不屬文，一忽觸及其平生之所癖好，且又樂道人之善也。於是沈吟掲摘，徵引遂長。而校方假期，止於六日。復急於脫手付印，故成此而止。《論詩講疏》，容後圖之矣。此篇畧據施李二譜，並稍正其小失。旨在選詩，而量裁匆遽，遺明珠於滄海，失羲娥於穹旻。後世揚雲，固如是乎！

《廣州大學學報》陳博士炳權環曆紀念專號（一九五九年三月）。頁八五至九六。

（二十）子書概說

一、明經然後讀子

以人為喻，羣經猶人之整體，諸子猶之四肢百骸，得其一端。然四肢百骸，未嘗不與人體痛癢相關。吾人讀子，如能定之以仁義之衷，窮其說之明暗利病，則所謂曲能有誠，亦可達乎大道也。

引例：《莊子．天下》篇：「古之所謂道術者，果惡乎在；……其明而在數度者，舊法世傳之史，尚多有之。其在於《詩》《書》《禮》《樂》者，鄒魯之士，縉紳先生，多能明之……天下大亂，賢聖不明，道德不一，天下多得一察焉以自好，譬如耳目鼻口，皆有所明，不能相通，猶百家眾技也，皆有所長，時有所用。雖然，不該不徧，一曲一士也。……」揚雄《法言．吾子》篇：「觀書者，譬諸觀山及水，升東岳而知眾山之峛崺也，況介丘乎？浮滄海而知江河之惡沱也，況枯澤乎？舍舟航而濟乎讀者末矣。舍五經而濟乎道者末矣。棄常珍能嗜乎異饌者，惡覩其識味也。委大聖而好乎諸子者，惡覩其識道也。」

班固《漢書．藝文志．諸子畧》後序：「今異家者，各推所長，窮知究慮，以明其指，雖有蔽短，合其要歸，亦六經之支與流裔。……若能修六藝之術，而觀此九家之言，舍短取長，則可以通萬方之畧矣。」章學誠《文史通義・易教下》：「諸子百家，其所以持之有故，言之成理者，則以本原所出，皆不外於周官典守，其支離而不合道者，師失官守，末流之學，各以私意恣前説爾，非於先王之道，全無所得，而自樹一家之學也。」章學誠《校讎通義・原道一》之一：「後世文字，皆溯源於六藝，六藝非孔氏之書，乃周官之舊典也。《易》掌太卜，《書》藏外史，《禮》在宗伯，《樂》隸司樂，《詩》領於太師，《春秋》存乎國史。即《周禮・春官・宗伯之太史》，以上皆《周禮・春官》宗伯官名。夫子自謂述而不作，明乎官司失守，而師弟子之傳業，於是判焉。」（胡適不知《周禮》，故有《諸子不出於王官》之論，非也。）

大道至誠（羣經最足代表），諸子致曲能能有誠（定仁義之衷也），誠則形，形則著，著則明，明則動，動則變，變則化。又如以樹木為喻，羣經者，樹木之整體也；諸子者，所結之每一果實也。然每一果實，若栽之培之，以有灌溉之，又可成樹木之整體也。

二、戰國及兩漢人論諸子之重要著述

莊、荀二子，幾與諸子並世同時，其所敘論，當最精審（荀子非子思、孟軻為不然，猶後世之朱陸相非也。）兩漢人亦去古未遠，成書未佚，雖有愛憎，微生異同，亦可參考；非如今人之不讀原書，先立問題，然後翻書獺祭，肆其謬説也。

甲、《莊子・天下》篇，即其自敘，特為莊語，學者宜精究之。乙、《荀子・非十二子》

篇，非子思、孟軻不然。丙、《淮南子・要畧》，猶《莊子》之《天下》篇也。丁、《史記・太史公自序》，所載其父談《論六家要指》。戊、班固《漢書・藝文志・諸子畧》，原本劉歆，歆本諸其父向。己、王充《論衡・案書》篇，非專論諸子，亦可資參考。

應讀原書及以上數篇著述，不宜讀近人作品，蓋易導學者入於歧途也。

三、略論現存之重要子書及介紹較佳之注本

（孔孟入經部，茲不具論。）

（一）、《荀子》：儒家三十二篇，唐楊注，有清人王先謙《荀子集解》，楊注已包在內。

甲、（一）孟子高明，荀子篤厚，孟子諸經通貫，微重《詩》《書》，荀子亦諸經通貫，然頗側重《禮經》。（二）孟子主性善，欲人存心養性，荀子主性惡，欲人勿恃性廢學，當勉力於聖人之教，本與孟子殊途同歸，特易滋流弊耳！（三）孟子尊先王，言必稱堯舜，精神與孔子同，在大同世界。荀子特標法後王，其所謂後王者，三代之禹湯文武也，非時君之謂也，此亦與孟子小異耳！

乙、韓愈《原道》：「堯以是傳之舜，舜以是傳之禹，禹以是傳之湯，湯以是傳之文武周公，文武周公傳之孔子，孔子傳之孟軻，軻之死，不得其傳焉。荀與楊也，擇焉而不精，語焉而不詳。」又《讀荀子》：「孟氏醇乎醇者也，荀與楊，大醇而小疵。」此論甚是。

丙、荀子傳經之功甚高，詳清儒汪中《荀卿子通論》，蓋《詩》之《毛》、《魯》、《韓》；《春

秋》之《左氏》、《穀梁》；《禮》之《大小戴記》，皆傳自荀子。

(二)、揚子《法言》：儒家十三篇，漢人著作，唐李軌注。宋司馬光集注，有合唐柳宗元，宋宋咸、吳祕、司馬光注，為《五臣音注本》者。此書擬《論語》，近人章炳麟先生甚非之，然時復精義入神，韓公每舉之配荀卿，非無見也。

(以上儒家，按周秦人無自稱某家者，漢人稱之，以資別異於六藝及孔子耳。)

(三)、《老子》：道家。上下二篇，五千餘言，有魏王弼《老子注》，明焦竑《老子翼》，清魏源《老子本義》。其說主去華存實，用謙，用卑，用弱。其源殆出於《周易》，善體《乾卦》用九之義，其餘《謙》、《損》、《賁》、《咸》等卦，大旨亦相類。老子非全主出世者，特用陰柔謙損之道，無為以治天下耳。

(四)、《莊子》：道家。三十三篇，內篇七，外篇二十六，除說刻等有限一二篇外，文義俱精，晉郭象注，唐成玄英疏：有清人王先謙《莊子集解》，郭慶藩《莊子集釋》。(郭氏集釋最善，郭注成疏皆包在內。)

甲、主旨詳《天下》篇自敘，亦出《周易》，雖尊老子，但不盡同。

乙、孔孟欲措斯民於治平之域，而為不肖者棄之，高論堯舜之道，不忍桀紂之性，故莊子謂聖人不死（指假聖人），大盜不止。又人心崩壞，詐偽蠭起。故莊子謂刻斗折衡，而民不爭（皆出《祛篋》篇）。後世儒家視之為孔子敵人，其實非也。其《天下》篇發言莊慎，標舉六經及鄒魯之士。實其學之所自出，庸平注釋之，命為儒家，非盡無理也。

丙、莊子憤世嫉邪有遯象君子遠小人，不惡而嚴之意，於《易》實躬行《乾》之初九，《坤》之六四，餘則《否》，《遯》，《大過》，《艮》卦等，皆其所主也。本與孔子之道，不甚違逆，乃消極救世之精神發揮也。曾國藩謂：「莊周、司馬遷、柳宗元，三人者，傷悼不遇，怨悱形於簡冊，其於聖賢自得之樂，稍違異矣，然彼自惜不世之才，非夫無實而汲汲時名者，比也。」甚是。

（五）、《列子》：道家。八篇，晉張湛注，此書雖出湛手，然觀其敘，亦由數方搜集而成，有精有粗，有真有偽，非盡無價值者。

（以上道家）

（六）、《墨子》：墨家。七十一篇，有清孫詒讓《墨子閒詁》。《淮南子‧要畧》謂：「墨子學儒者之業，受孔子之術。」大致亦與孔子不甚違逆，特積極之救世精神表現耳。韓愈謂：「孔子必用墨子，墨子必用孔子，不相同，不足為孔墨。」是也。書中《經》上下，《經説》上下，《大取》《小取》六篇，則為我國後期墨家論名學之著作，即今之物理學及邏輯學也，非墨子之本義也。

（七）、《晏子春秋》：墨家。八篇，有近人張純一《晏子春秋校注》。《漢書・藝文志》入儒家，柳宗元以為墨學之徒為之，晏子在墨子前，非謂其為墨子，蓋集晏子書者，墨子之徒也。儉勤兼愛（先民而後身，薄身而厚民）為其主旨，亦與墨子之《非攻》、《非樂》、《節葬》、《尚同》同，近儒者十之三四，近墨者十之六七。

（以上墨家）

（八）、《管子》：《漢志》入道家、法家，十六篇，內十篇亡，實存七十六篇，唐尹知章注，有清洪頤烜《管子義證》，戴望《管子校正》（戴書最善）。

（九）、《商君書》：法家，二十六篇，清嚴可均校《商君書》，王時潤《商君書大詮》，近人朱師轍有《商君書解詁》，律法萬能，功利主義，缺道德教育，乃至詆仁義孝弟為六蝨，然講究於富國強兵之術，未嘗不可為弱國助也。

（十）、《慎子》：法家，七篇，逸文一篇，清錢熙祚校。《漢書・藝文志》入法家，《四庫提要》謂：「觀莊周《天下》篇所稱，近乎釋氏，然《漢志》列之於法家。大旨欲因物理之當然，各定一法而守之，不求於法之外，亦不寬於法之中，則上下相安，可以清靜而治，然法所不行，必刑以濟之，道德之為刑名，此其轉關，所以申韓多稱之也。」

（十一）、《韓非子》：法家，五十五篇，有清王先慎《韓非子集解》。道不足則用禮，禮不行則用法，法重則刑嚴矣。此荀卿弟子之有韓非、李斯也。此書實集法家之大成，即於文學上亦甚有價值，大部分為韓非自著，間有後人輯記及他書誤入者。

（以上法家）

（十二）、《公孫龍子》：名家，六篇，有近人譚戒甫《公孫龍子形名發微》。名有三義，一、正名，此關於道義政任者，猶儒家之正名也。孔子曰：「必也正名乎。」《荀子》有《正名》篇。莊子謂龍少學先王之道，少而明仁義之行；二、名本，控其名實，參伍不失，畧近物理學；三，形名，畧近於邏輯學，苛察繳繞，滯於析辭而失大體，即所謂詭辯者也。

（十三）、《尹文子》：二篇（《大道》上下），清錢熙祚校。學於公孫龍，篇卷雖少，甚見精要。

（以上名家）

（十四）、《呂氏春秋》：雜家，十二紀，六十篇，又《序意》一篇，八覽，六十三篇，六論，三十六篇。漢高誘注，清畢沅校。

（十五）、《淮南子》：漢人著作，雜家。二十一篇，本二十訓，末篇要略，印自序。漢高沅注，清畢沅校。右二書可謂「富哉言乎」者也。楊德祖謂《呂氏》《淮南》，字值千金，建安諸賢，安心折於是，大抵《呂氏》多近儒，《淮南》多近道，綴文之士，亦可資為鄧林也。

（右雜家）

《學海書樓講學錄》第三集（一九五九年）。頁一四四至一四七

另載鄧又同編《香港學海書樓前期講學錄彙輯》（一九四六年至一九六四年）

(二十一) 香港佛教聯合會會屬學校校歌

(一九五九年至一九七六年)

有生必學，明德維馨。轉識成智，循性踐影。
廓清群疑，宏開妙覺。非安履帶，並忘腰足。
游身龍象，渡世方舟。悲智雙運，解行兼修。
同歸殊道，釋尊周孔。繼往開來，道遠任重。

香港佛教聯合會會屬學校校歌冊子。(一九五九年)

（二十二）序 曾昭然《太極拳全書》

《易繫傳》曰：「《易》有太極，是生兩儀。」《坤・文言》曰：「坤至柔而動也剛，至靜而德方。後得主而有常，含萬物而化光，坤道其順乎！」此張真人之所資以名其拳。而微顯闡幽，明體達用，以至柔馳騁天下之至堅也。《易》與天地準，剛柔動靜進退疾徐之極致具焉。余嘗傾意於《易》，又稍稍從曾昭然、楊守中兩先生習為太極拳。雖乍學乍止，未克遽傳其術。而冥索其吐告翕闢之趣，知其所從來者與《易》道合矣。

蓋君子於仁也柔，於義也剛，其習為拳技擊刺之術也，必陽剛而義之性氣所發揚。以乾男之體性，惟日蘊積於武事，能免於窮高極亢。至陽赫赫，太剛則折之患乎！故《易》道於乾主於用九致柔。《書・洪範》三德尤待乎高明之能柔克也。此自我之事已。以言臨敵，彼以剛來，我以剛往。我強彼弱，則剛為可用。若彼強我弱，則彼剛勝我剛，剛不可用矣！

故以剛勝剛者，在其人之體強而多力，非真能以技勝之。勝負之機，在體強而多力，而體強多力，得於自然者多，資於鍛鍊者也。又何貴於桀驁習技耶？是拳術之主於用剛者為可疑矣。若夫專氣致柔，法天下之至順，恆簡以知阻，執雌持下，無將無迎。周流六虛，蔽不新成。然後沉潛渾涵，盈科而進，出天發地，無咎無吝。於是得其環中而應無窮，為不可勝以待敵之可勝。尚何負夬用壯，以蹈觸藩羸角，履尾咥人之凶乎！斯習拳技者以能用柔為可貴，而太極拳為柔道之超超者，為尤可貴之明效也。

曾昭然先生，幼奉成書，傳其家學，善許洨長十四篇。又嘗點勘十三經一過，眉注釐然。其書前歲蒙見貺，今在余許，世之以儒自鳴者，幾何果經為此耶！弱冠攻法律，畢所業於國立北京大學。復欲窮研所治，遠適歐陸，得德國國立馬堡大學法學博士位歸。儒法一鑪而治，定之以仁義之衷，以濟邦家之艱亂。嘗一長廣西教育廳，一長國立廣東法科學院。而為政為學，無稍補於身名。

噫！大樹將傾，非一繩所維，曷為栖栖哉！近十五歲來，先生固已絕意名場，惟從事於教育著述矣。余以末學為人師。歲丁亥（一九四七），以世益亂，自滬歸粵。先生之故人開辦珠海大學於廣州，余初得與先生共其事。其後違難海隅，至今忽忽十一載。其去就之際，與先生不謀而略同。且賃屋卑棲，惟一牆相隔者六年矣！余不廢武事，頗欲張儒俠之風於叔末之世。以先生雖學人，而體強多力，辭氣慷慨，故於從容論學之餘及之。不知先生固習技三十年，而為近代太極宗師楊澄甫先生南遊後之惟一傳人也。余亟欲師事，而先生以嘗誓諸澄甫宗師，不以所得技問世，故稍加指授，即轉介於澄甫宗師嫡嗣楊守中先生之門。學未半歲，以文事樊重而止。

孟子曰：「君子之澤，五世而斬。」自楊露禪先生弘揚太極拳以來，至楊守中、曾昭然兩先生，為四世矣。今曠觀世之治斯術者，已多惑亂失其本真。兩先生苟不力張其緒，毋亦五世而斬乎？守中先生端愨慎默，樸質少文，固守成之士，冀能保其家學於不墜。然善述人之事，記久明遠，著古昔之□□，傳千里之忞忞者莫如書。昭然先生苟不獨荷其重，宣諸簡策，以垂無窮。則非徒楊氏之失，吾且為邦家後世悲也。天降喪亂，萬邦咸瘼，而吾國民所遭罹者為尤酷。凝陰消陽，厚剝不復，士大夫卑濕重遲貪利。姦黠靡弱，伈俔以苟活，先儒仁俠廉毅之風，泯泯焉沒矣！非夫豪傑之士，鼓揚英氣，廣開義路，培碩果以得輿，致傾否而後喜。不將瀺灂泉流，淪胥以敗乎！堅一時之誓，而置厥宗隕墜於不顧，亦豈澄甫宗師之意耶？

昭然先生爾乃撝謙隨巽，勉從眾心，萃精屬草，四閱寒暑而述造成。余以所居密邇，屢得先眾展讀，覺麻姑爬背，無是快也。先生於是書刻日版行之頃，命余為之序，余敢復莫莫放嬾辭哉！鄧伯翊云：「古者學在養氣，今人一服儒衣，反奄奄欲絕。徒欲馳騁文墨，兒撫一世豪傑，此何可哉！此何可哉！」余固喜是書之行，尤冀世有妙質，於先生膂力未愆之日，聞風起興，絡續來學。而先生又能釋然解誓，傳與其人，張儒俠之風，以復先民仁勇之初焉，則邦家之大幸也。

己亥（一九五九）秋杪
新會陳湛銓
於九龍流香園

曾如柏（昭然）博士編著《太極拳全書》（友聯出版社，一九六零年）

（二十三）請同文義助劉衡戡家屬　將救命資移作賻儀

劉衡戡同門，出身上庠，夙著文譽。其後契心本派武術，追隨唯奮宗師有年，於本院筆政多所匡助，此諸同門之所知也。奈得於天者靳於人，豐於才者嗇於遇。劉君歲來以家貧親老，橫慮困心，雖筆耕勤劬，而硯石收歉，思慮銷其精神，世故擾其晨夕，蕞爾之軀，攻者不一，身非金石，能免於患乎？積微或損，積損成衰，於是劉同門寓樓臥病，彌月於茲矣！雖賴陳醫師義診施濟，仁心將護；然針藥所費，日給為難。吾輩誼屬同門，情殷手足，耳聆目覩，何以為懷？孟子曰：「出入相友，疾病相扶持。」我同門向承師訓，樂善不倦，於劉君之遇，即本路人理無袖手；況同門至契，可不發義忼慨傾注廉泉耶？

按：此啟為陳湛銓兄於衡戡病篤時所擬，白鶴派同門正在紛紛認助之際，而衡戡遽歸道山。嗚呼！祇有將救命之資，移作賻儀之用。竊維本港書畫界不少與衡戡交誼者，因假湛銓此啟，用代呼籲，所冀多情文友，予以相惜，傾助孤寡，功德無量！（鄧修）

香港《華僑日報》華僑文化（一九六零年五月十八日）

（二十四）治國學之正鵠

治國學之途約為下列數點：

一、治國學前之準備

二、治國學之階梯

三、治國學之最精要書籍

（一）治國學前之準備

吾人為何要治國學？國學是聖賢之學，是有志之士必須從事的。如何從事呢？這就是所謂「讀聖賢書所學何事」了。我們治國學之目的，應該是志在聖賢；欲為聖賢，則於治學前應有必須之準備。怎樣準備呢？普通讀書人是準備獲取功名富貴，高官厚祿；士君子是準備窮閻阨巷，陋室編蓬，而無改其樂的。尤其生乎今世，人為物化，滅天理而窮人欲者，滔滔皆是：不有豪傑之士，起而振之，撥亂而反之正，則不特國家沒有希望，恐怕舉世亦將淹決陷溺，淪胥以敗呢！

昔有宋大儒程灝、頤昆仲，少時嘗問濂溪先生以如何讀書？濂溪先生答謂：「尋顏淵、仲尼樂處。」顏淵、仲尼的樂處是甚麼？《近思錄》和注裡都沒有清楚舉出來，但我們在《論語》一書中可得見之。子曰：「賢哉回也！一簞食，一瓢飲，在陋巷，人不堪其憂，回也不改其樂，賢哉回也！」這是顏子之樂。孔子重言讚歎之，足見顏子確有其過人處。吾人讀書正須養成此自得之樂。此自得之樂非從外入，實由內生。所以孟子曰：「君子深造之以道，欲其自得之也。自得之，則居之安；居之安，則資之深；資之深，則取之左右逢其源。故君子欲其自得之也。」能養成此自得之樂，則貧賤憂戚，可不介於懷，而且足以抵抗人生一切災難的。至於孔子之樂，大致和顏子相同。子曰：「飯蔬食，飲水，曲肱而枕之，樂亦在其中矣！」這是孔子之樂，是樂在胸中，浩無端涯的。他繼續說：「不義而富且貴，於我如浮雲。」這是何等氣度？何等偉大呢！吾人亦可見孔子守道樂貧之語，似乎是有感而發，是針對一般讀書人苟求富貴的通病的。讀書非必不要富貴，然「不義而富且貴」則讀書人就應視同浮雲了。有自得之樂，人之心胸才得遠大；能安於最小享受，才可得到最高成就，這是真理，絕非強自慰解，自鳴清高的。

孔門弟子中，除顏子外，還有曾子、原憲、子夏等。《莊子．讓王》篇：「原憲居魯，環堵之室，茨以生草，蓬戶不完，桑以為樞，而甕牖二室，褐以為塞，上漏下濕，匡坐而弦。……曰：『無財謂之貧，學而不能行謂之病。今憲貧也，非病也。』……『夫希世而行，比周而友，學以為人，教以為己，仁義之慝，輿馬之飾，憲不忍為也。』曾子居衞，縕袍無表，顏色腫噲，手足胼胝，三日不舉火，十年不製衣，正冠而纓絕，捉衿而肘見，納屨而踵決。曳縱而歌《商頌》，聲滿天地，若出金石，天子不得臣，諸侯不得友。故養志者忘形，養形者忘利，致道者忘心矣。」至於子夏讀書一事則見於《韓詩外傳》和《尚書・大傳》（《韓詩外傳》以子夏為讀詩，《尚書・大傳》以子夏為讀《尚書》。）《尚書・大傳》：「子夏讀《書》畢，見夫子，夫子問焉：『子何為於《書》。』子夏曰：『《書》之論事也，昭昭如日月之代明，離離若星辰之錯行。上有堯舜之道，下有三王之義，商所受于夫子，志之於心，弗敢忘也。雖退而巖居於河泲之間，深山之中，作壤室，編蓬戶，尚彈琴其中，以歌先王之風，則亦可以發憤慷慨，忘己貧賤。有人亦樂之，無人亦樂之，而忽不知憂患與死也。』夫子造然變色曰：『嘻！子殆可與言《書》矣。』」有原憲、曾子、子夏此種神操，方能對貧賤阨陋死生憂患無所動心，而足以使人聞風起興，去其貪鄙。

另一點我們讀書人在今日的社會是應加倍留意的：人有時雖有良好的本質，而受不良社會環境影響，就會蘭芷變而不芳，荃蕙化而為茅葦地變了質，年青人尤易染上壞習。昔顧亭林先生讀《論語》，有感而言曰：「飽食終日，無所用心，難矣哉！今日北方之學者是也。」又曰：「羣居終日，言不及義，好行小慧，難矣哉！今日南方之學者是也。」雖然顧氏之言是指明末之世，然用之於今日，尤為恰當。前者有類乎今之遊手好閑者，是社會的附贅縣疣；後者則是若今之慘綠少年，呼儔嘯侶，放僻邪侈，是社會的蟊賊。顧氏此言，吾人數百年後讀之，猶有餘痛。實則吾人若不除此惡習，其必不能成材，更何偉大成就可言呢？

同時，吾人研治國學，須作最惡劣打算；作了惡劣打算，則萬一遇到惡劣環境時，亦可安之若素，不致受到影響。真正的讀書人，因為正道直行，擇善固執，每每為邪惡宵小所陷，而有不幸的遭逢，故必時時要面對惡劣環境，但「儒有委之以貨財，淹之以樂好，見利不虧其義；劫之以眾，沮之以兵，見死不更其守。」「造次必於是，顛沛必於是。」若能如此，則對本身不特無影響可言，反而動心忍性，對德學性氣有所增益。倪元璐云：「擇福之道莫大乎與君子同禍，小人之謀。無往不福君子也（末二語本昌黎。）」賢士君子，流離顛沛，往往會因禍得福而博得世人同情的。

蓋人類心理，除卻當時蔽於物欲，碍於利害關係外，大多數是同情失敗者的。所以諸葛武侯果能克魏而北定中原，無鞠躬盡瘁死而後已之事，則後人對他，未必能若今佩服之甚。此外，岳武穆亦然，蓋其遭逢尤為不幸，致使世人深惡痛絕其時相，而心誠悅服地對之尊崇。所以讀書人對於禍難貧困，不但要無所畏懼，必要時於殺身成仁，舍生取義，亦應安而受之，樂以趨之呢！因為身死之日，就是成功之日，所謂「如今而後，庶幾無愧」，又何用其懷疑呢！《後漢書‧孔融傳論》云：「夫嚴氣正性，覆折而已！豈有員園委屈，可以每其生哉！」這些話對極了。

至於世人之所謂窮通，亦與士君子所感受的不同，《莊子‧讓王》篇：「孔子窮於陳蔡之間，七日不火食，藜羹不糝，顏色甚憊，而弦歌於室。顏回擇菜，子路、子貢相與言曰：『夫子再逐於魯，削迹於衞，伐樹於宋，窮於商周，圍於陳蔡；殺夫子者無罪，藉夫子者無禁；弦歌鼓琴，未嘗絕音，君子之無恥也若此乎？』顏回無以應，入告孔子。孔子推琴，喟然歎曰：『由與賜，細人也，召而來，吾語之。』子路、子貢入，子路曰：『如此者，可謂窮矣！』孔子曰：『是何言也？君子通於道之謂通，窮於道之謂窮，今丘抱仁義之道，以遭亂世之患，其何窮之為？故內省而不窮於道，臨難而不失其德。天寒既至，霜雪既降，吾是以知松柏之茂也，陳蔡之隘，於丘其幸乎？』孔子削然反琴而弦歌，子路扢然執干而舞。子貢曰：『吾不知天之高也，地之下也！古之得道者，窮亦樂，通亦樂，所樂非窮通也，道德於此，則窮通為寒暑風雨之序矣。』」《莊子・秋水》篇又引孔子的話說：「知窮之有命，知道之有時，臨大難而不懼者，聖人之勇也。」由此可知，君子通於道才能稱為通，而窮於道者才稱為窮；於窮通禍福之來，是無變其舊的。

人有道德學問，則不論處于富貴或貧賤之中都一樣偉大。山谷老人說得甚好，他《答王太虛書》云：「古之人不得躬行於高明之勢，則心享於寂寞之宅；功名之途，不能使萬夫舉首，則言行之實，必能與日月爭光。」黃魯直氏所言的，陶公最足代表，淵明先生「不以躬耕為恥，不以無財為病，大賢篤志，從道污隆」，最得後世景仰。

其次，讀書必須勤苦認真，不能苟且。雖然讀書勤勉非志於成名，然而讀書非勤則不足以成學，且勤於讀書，始成濃厚興趣。《易・乾象》曰：「天行健，君子以自強不息。」《文言》曰：「君子終日乾乾，夕惕若，厲，无咎。『何謂也?』子曰：『君子進德修業。忠信，所以進德也；修辭立其誠，所以居業也。』」《孟子》：「掘井九仞而不及泉，獨為棄井也。」《荀子》：「真積力久則入，學至乎沒而後止也。」黃山谷《又答宋子茂書》：「人胸中久不用今古澆灌之，則俗塵生其間，照鏡覺面目可憎，對人亦語言無味也。」東坡先生有詩曰：「粗紬大布裹生涯，腹有詩書氣自華。」都是這個道理。人之賢愚，受之自天，非人力所能操縱；但反身而誠，鍥而不舍，則絕對是行違由己，成敗在我的。勵勇銳之氣，下最勤苦之功，人雖愚，學無不成，所以孟子說：「苟得其養，無物不長。」

處此危難之秋，要救中國，非徒靠物質文明，追上西方科學即可。吾人非正人心，重建民族道德，鼓舞精神，以扭轉近世氣運不可。自「五四」後，一切維護中國人之精神力量已被打破。昔時，讀書人目標是要做聖賢，是無人敢於非議的；今者，已無此風氣，即或有之，必羣目之為迂腐。故此風氣一變而羣趨功利，毛羽之輕，錐刀之末，必孳孳為之，謀取金錢勢位，已成讀書人之共同目的，誠可悲也！自「五四」後，妖言塞乎四海，竟有為王莽、秦檜、黃巢、李闖、張獻忠等輩之所不敢為，而高呼「打倒孔家店」者，又何怪中國國運之日走下坡，「雖有善者，亦無如之何」呢?我國之優良傳統，已為殘賊毒亂之人所打破，非從新培根固本，假以年時，怎得見枝葉峻茂呢！

所以，我們今日非本「舉世非之，力行而不惑」的精神，來重建我們的民族道德，來發揚我們固有的優良文化不可。所以，今日的青年學子，其能從事國學，而用力勤劬的，必是豪傑之士，最有志氣的人！還有，吾人讀書，既決心下苦功，自必日新月異，進益駸駸，但要成就博大精純的學問，則非短時間所能庶幾；非下苦功二十年，專心致志，沈浸涵泳不成。莊子曰：「用志不分，乃凝於神。」能專久而一，必造至精至粹，非尋常所能測了。

昔人所謂聖賢，即今所謂偉大的人，人之偉大，無地位分野，《孟子》曰：「廣土眾民，君子欲之，所樂不存焉。中天下而立，定四海之民，君子樂之，所性不存焉。君子所性，雖大行不加焉，雖窮居不損焉，分定故也。君子所性，仁義禮智根於心，其生色也睟然，見於面，盎於背，施於四體，四體不言而喻。」《易》曰：「君子黃中通理，正位居體，美在其中，而暢於四支，發於事業，美之至也。」（事業一辭，今人動輒假借誤用之，以為名成利就之稱，孔子曰：「必也正名乎！」所謂事業者，《易》曰：「形而上者謂之道，形而下者謂之器，化而裁之謂之變，推而行之謂之通，舉而措之天下之民謂之事業。」事業是將一己之精神力量，物質力量，舉而措之天下之民的。自私自利的企圖和行為，那得稱為事業呢？再者今人對大丈夫一辭亦殊濫用自稱。所謂大丈夫者，《孟子》曰：「居天下之廣居，立天下之正位，行天下之大道，得志與民由之，不得志獨行其道。富貴不能淫，貧賤不能移，威武不能屈，此之謂大丈夫。」似此，又有若干人配稱呢？）同時吾人讀書，必先要志氣遠大，怎樣才是有遠大之志呢？諸葛亮《誡外甥書》：「夫志當存高遠，慕先賢，絕情欲，棄凝滯；使庶幾之志，揭然有所存，惻然有所感。忍屈伸，去細碎，廣咨問，除嫌吝，雖有淹留，何損於美趣？何患於不濟？若志不強毅，意不慷慨，徒碌碌滯於俗，默默束於情，承竄伏於凡庸，不免於下流矣。」所謂大志，就是慕先賢，見賢思齊，以我猶未免為鄉人凡俗為恥者是。若志氣遠大，欽慕先賢，則胸懷浩蕩，發義慷慨，是絕無迂腐成份的。王船山曰：「有豪傑而不聖賢者矣，未有聖賢而不豪傑者也。」莊生云：「明此以南鄉，堯之為君也，明此以北面，舜之為臣也，以此處上，帝王天子之德也；以此處下，玄聖素王之道也；以此退居而閒游，江海山林之士服；以此進為而撫世，則功名大顯，而天下一也。」士君子能幾於聖賢之域，是最為活潑，最為適事，無入而不自得的。

欲學古人，先須熟諳古人之嘉言善行，心悅誠服，欽慕無已，又對古人之生平，其時代背景、胸懷、氣度、學問、性情、志趣等等，有深切之認識。讀其書，思其人，洋洋乎如在其上，如在其左右，則與古人之精神交流，而自然而然地似他了。孔子學周公就是這樣，其後，才德雖似，而功業難齊，所以他歎息地說：「甚矣！吾衰也！久矣吾不復夢見周公。」《孔子家語》載（亦見《韓詩外傳》、《史記・孔子世家》，可信。）：「孔子學琴於師襄子，襄子曰：『吾雖以擊磬為官，然能於琴，今子於琴已習，可以益矣。』孔子曰：『丘未得其數也。』有間，曰：『已習其數，可以益矣。』孔子曰：『丘未得其志也。』有間，曰：『已習其志，可以益矣。』孔子曰：『丘未得其為人也。』有間，孔子有所謬然思焉，有所睪然高望而遠眺。曰：『丘迨得其為人矣！近黮而黑，頎然長，曠如望羊，奄有四方，非文王其孰能為此！』師襄子避席葉拱而對曰：『君子，聖人也！其傳曰：文王操。』」《韓詩外傳》以下有云：「『故孔子持文王之聲，知文王之為人。』師襄子曰：『敢問何以知其文王之操也？』孔子曰：『然。夫仁者好偉，和者好粉，智者好彈，有殷勤之意者好麗，丘是以知文王之操也。』」這是我們學古人的文章，學古人的為人的最好法門，最好榜樣了。

子貢謂孔子：「見其禮而知其政，聞其樂而知其德，由百世之後，等百世之王，莫之能違也。」真是「智足以知聖人，不至阿其所好」了。但孔子的偉大，在這裏不過是見其毫末於全牛罷！五四運動時的健將們，你們究竟憑什麼來打倒「孔家店」呢？你們對孔子的言論文章，讀通了沒有？你們對孔子的精神和功德，體驗出來沒有？是以讀書必需要有孔子的精神。

至於學聖賢之法，孟子也有對我們極好的啟示，他對他的弟子萬章說：「一鄉之善士，斯友一鄉之善士；一國之善士，斯友一國之善士；天下之善士，斯友天下之善士。以友天下之善士為未足，又尚論古之人，頌其詩，讀其書，不知其人可乎？是以論其世也。是尚友也。」所謂善士者，是道德學問文章皆好之人，我們有資格與之為友則友之，否則師事之。由鄉而國，而天下，而上追古人；這不是我們為學，入德，學聖賢的極好啟示嗎？《荀子》

說：「學莫便乎近其人。」又說：「君子隆師而親友，以致惡其賊。」這些話都是我們很好的參攷資料。

（二）治國學之階梯

《論語》：子曰：「可與共學，未可以適道；可與適道，未可與立；可與立，未可與權。」這裏是四層。所學有邪正，故云未可與適道；入道有淺深故云未可與立；立身行道，應變為難，能應萬變而不失其正，則是聖人用世至精至微之學，有非精研《中庸》和《周易》不可了。孔子又曰：「志於道，據於德，依於仁，游於藝。」此亦四層，由重至輕，理較易明，暫不細加討論了。《孟子》曰：「可欲之謂善，有諸己之謂信，充實之謂美，充實而有光輝之謂大，大而化之之謂聖，聖而不可知之之謂神。」這裏是六層，由卑至高，從輕入重。充實是指德學，光輝是形於言行，發為文章。所以學問未充實，是不可輕易發表文章，尤其是不可冒昧著書，庶免誤己誤人，撓亂正學呢！

《易・乾卦・文言》：「君子學以聚之，問以辨之，寬以居之，仁以行之。」是四層，《中庸》則為：「博學之，審問之，慎思之，明辨之，篤行之。」是五層。《易》括之以問辨，慎思已在其中了。《大學》有三綱八目，三綱為：「大學之道，在明明德，在親民，在止於至善。」八目為：「古之欲明明德於天下者，先治其國；欲治其國者，先齊其家；欲齊其家者，先修其身；欲修其身者，先正其心；欲正其心者，先誠其意；欲誠其意者，先致其知；致知在格物。」《大學》之義蘊，先儒已發揮盡致，諸君子之所習聞，無煩伸述了。茲所欲言者，是《莊子・大宗師》篇之三綱九目。莊子亦本是儒者，他和孟子略同時，互不攻訐。他服膺孔子，初與孟子之私淑無異，讀其全書可知；即單讀其自敘——《天下》篇——亦可概見。他於六經尤長於《易》，而遭世益亂，疾惡彌深，故於《易》之《遯》、《節》、《明夷》、《大過》等卦義多所發揮，而尤主於《乾》之初九、《坤》之六四。他譏聖人，非仁義，是有激而發，是譏天下之「高論堯舜之道而不忍桀紂之性」者，非真的譏孔子而惡仁義呢！《盜跖》篇尤特示寓言，盜跖和孔子根本不同時，徒示天下以窮兇極惡禍國橫行之大盜，其利口便辭，邪説詭辯之可畏罷了。東坡先生謂莊生之於孔子是「陽擠而陰助」，對極了。可惜漢人歸諸道家，後儒又以為《盜跖》、《漁父》、《胠篋》等篇，多詆訾之辭，故棄而不論，至莊生之真義不明罷了。

他在《大宗師》篇説：「南伯子葵問乎女偊曰：『子之年長矣，而色若孺子，何也？』曰：『吾聞道矣。』南伯子葵曰：『道可得學耶？』曰：『惡，惡可？子非其人也。夫卜梁倚有聖人之才，而无聖人之道；我有聖人之道，而无聖人之才，吾欲以教之，庶幾其果為聖人乎？不然，以聖人之道，告聖人之才，亦易矣。吾猶守而告之，參日，而後能外天下；已外天下矣，吾又守之，七日，而後能外物；已外物矣，吾又守之，九日，而後能外生；已外生矣，而後能朝徹；朝徹而後能見獨，見獨而後能无古今；无古今而後入於不死不生。殺生者不死，生生者不生。其為物，无不將也，无不迎也，无不毀也，无不成也。其名為攖寧。攖寧也者，攖而後成者也。』南伯子葵曰：『子獨惡乎聞之？』曰：『聞諸副墨之子；副墨之子，聞諸洛誦之孫；洛誦之孫，聞之瞻明；瞻明聞之聶許，聶許聞之需役；需役聞之於謳，於謳聞之玄冥；玄冥聞之參寥，參寥聞之疑始。』」

莊子的三綱是：外天下，外物，外生。外是置於度外，不重視之意。外天下是敝屣天下，即孔子「不義而富且貴，於我如浮雲」之意；外物是不為物誘，即顏淵仲尼簞瓢陋巷之意；外生是置生死於度外，即孔孟成仁取義之意。他說：「百里奚爵祿不入於心，故飯牛而牛肥……有虞氏死生不入於心，故足以動人。」我們讀書人實實在在須要打破了這三個關頭，才能偉大呢！這是入手工夫。

九目是：一、副墨之子，是喻翰墨文字，謂通其義訓。二、洛誦之孫，洛誦即雒誦，謂反覆背誦也。此階段最為重要，不升此階，下七階無由可登。近人讀書，畏難取易，怯登此階，而自文空疏，謂不須背誦，誤己誤人甚矣！孟子謂充實之謂美，讀書不沈浸醲郁，含英咀華，輝光何自而生？三、瞻明，是瞻見真理，洞然分明。四、聶許，聶同躡，躡，升也，登也，許，喜也，謂許可喜悅，有自得之樂。陸放翁謂「夜來一笑寒燈下，始是金丹換骨時」，就是這種境界。五、需役，需，猶須也，役，行也，謂行道救世，立己立人。六、於謳，於，古文烏字，今俗作嗚，此作贊歎之辭，謂盛德彰聞，謳歌滿路。七、玄冥，玄，遠也，冥，幽也；謂善世不伐，復歸冥寂，再尋求最高境界。八、參寥，參，三也，寥，絕也，三絕者，謂貫通天地人三才之道，超妙勝絕。九、疑始，始，本也，謂其本身，此德合天地，渾然臻無我之境，與宇宙打成一片；生而不有，為而不恃，乘悟並消，何得可喪？「其運無乎不在」，「獨與天地精神往來」矣。此論闡發為學為道之精蘊，幾無剩義；而以詼奇之文出之，莊生殆可謂是個倜儻之儒了。

（三）治國學之最精要書籍

我國書籍，崇於丘山，廣於江海，從其名別之，有經、史、子、集四大部；從其義別之，有義理之學，有詞章之學，有考據之學，如必皆窮研精讀，雖千歲難盡，吾人又將何所措手呢？自非擇其最精要，最簡少者始終守之不可。然後由約而博，復由博而返歸於約，則庶幾可以為「成學」了。

張之洞云：「由小學入經學者，其經學可信；由經學入史學者，其史學可信；由經學史學入理學者，其理學可信；以經學、史學兼詞章者，其詞章有用；以經學史學兼經濟者，其經濟成就遠大。」這裏的經濟，是經邦濟世之謂。南皮此論極精，確切不移。先通文字音訓之學，然後可以明經，明經則大義舉矣，適道而可與立矣。（諸子是六經之支與流裔，中庸所謂「其次致曲」者類是。足以益智度才，未易輕棄，然必明經乃可讀子，否則病不可藥。）

道明行立，則驗之以史，歷覽古今興亡隆殺之運，與個人成敗善惡之跡，則白黑分明而清濁辨矣。

宋明諸儒心性之學，皆不能獨存，無經學即無理學；故不知經而侈談理學者，是蟪蛄之說年耳！文章為明道之具，聖賢之學，賴以鼓舞發揚，士君子所宜從事致意者。然不植根於經，取資於史，必見譏於雕蟲，貽誚於霧縠也。無學而從政，是盲人瞎馬，宵半臨淵。位卑則辱身，位高則傾國，可畏可懼孰甚！

茲開列最簡單最精要之書目二十八部如下：

經部：《論語》、《孟子》、《周易》、《書經》、《詩經》、《禮記》、《春秋左氏傳》、《說文解字》。（八部）

史部：《史記》、《漢書》、《後漢書》、《三國志》、《晉書》、《南史》、《北史》、《資治通鑑》。（八部）

子部：《莊子》、《荀子》、《呂氏春秋》、《淮南子》。（四部）

集部：《楚辭》、《昭明文選》、《文心雕龍》、《杜少陵集》、《韓昌黎集》、《古文辭類纂》、《經史百家雜鈔》、《十八家詩鈔》。（八部）

曾滌生嘗謂：「六經以外有七書。能通其一，即為成學；七者兼通，則間氣所鍾，不數數見也。七書者：《史記》、《漢書》、《莊子》、《韓文》、《文選》、《說文》、《通鑑》也。」曾氏所舉的又是約中之約。他所謂通，是指專學精通而言。誠然，六經七書能精通其一，亦相當了不起了。不過，羣經不通，則不能專精一經；羣書不通，則不能專通一書。這一點是治國學的人所應知的。上面所舉的二十八部書大概下苦功十二年就可以粗通了。通了這二十八部精要的書，那麼我們便有了堅確不拔的根柢。然後再下五年苦功來博覽羣籍，這時可以一面讀書，一面札記，捨短取長，去蕪存菁，為將來述作的初步準備了。這裏雖然時間只有五年，但因為你的程度已經很深，所遇到讀書上的困難已愈減愈少，有時甚至可以數行俱下。所以不甚重要的書，你可以數日便把它讀完。如此五年，你所涉入的書籍實在是不少了，然後再下三年苦功。由博而復歸於約，來精研你所最耽樂的某一種或某一類的書籍，就可以窮理盡微，卓然有立了。

揚子雲說：「多聞則守之以約，多見則守之以卓；寡聞則無約也，寡見則無卓也。」他這裏不是已經包含了「約、博、約」的三個階段嗎？他和韓公、朱子，都是由詞章之學入道的。所以我們讀書，也不妨效法他們，由詞章之學先入。三十歲以前，先成文章，因為少年時氣較銳，盛風華，學詞章是比較容易上手些。但是，成功的文章，是人格、學問、風義、氣度的表現。所以欲成高文，又須要博古敏求，識高人傑；然後積中發外，感人也深。如是，為了要能寫得出好文章、大文章、進而博古，積學，躬行，則詞章之學，又可以為我們成聖賢之學的原動力了。何況妙解文章，纔能神契至理、疏通羣義呢？清代的考據家，就每每因為不鑽研詞章，而在文義上時時生出毛病來。

最近的所謂學人，大約有三種惡病。第一是才本庸陋，學無根柢，而東鈔西襲，謬妄著書，以為其先沽名後漁利的工具。第二是不源經術，不通小學，而高談考據，自陷於誣罔聖賢，非古悖道的罪惡淵藪。第三是不熟書，不長一學，而稗販版本目錄，鳴異矜奇，譁眾逞博，以自欺欺人。這三種惡病，我們必須知其禍害，萬勿沾染。范寧說：「畫魑魅以為巧，扇無檢以為俗；鄭聲之亂樂，利口之覆邦，信矣哉！吾固以為一世之禍輕，歷代之罪重；自喪之釁小，迷眾之愆大也。」我現在特為揭出，各同學須知所戒懼，遠絕凶端；否則掘泥揚波，窮力盡氣，亦足以學術禍世，悖逆詐偽，淫泆惑亂，滅天理而窮人欲罷了。

上開各目，《四書》尤為要中之要。因為《大學》和《中庸》都在《禮記》中，所以我不復標出罷。《周易》可先讀《乾》《坤》兩卦（包括《文言》）和《繫辭傳》，以次是「六子」。（《坎》、《離》、《震》、《艮》、《巽》、《兌》），和《否》、《泰》、《咸》、《恒》、《損》、《益》、《既濟》、《未濟》等卦，以次全讀。《尚書》可先讀二典（《堯典》《舜典》）、《皋陶謨》、《益稷》、《禹貢》、《甘誓》、《湯誓》、《牧誓》、《洪範》、《金縢》、《無逸》、《顧命》、《呂刑》、《文侯之命》、《費誓》等篇，以次全讀。《毛詩》宜《風》《雅》同重，知《風》不知《雅》，拊盆瓴之使耳！《三頌》亦不能廢，後讀無妨。《禮記》除《大學》、《中庸》外，宜先讀《儒行》，以次是《曲禮》、《檀弓》、《王制》、《禮運》、《禮器》、《郊特牲》、《學記》、《樂記》、《祭義》、《經解》、《孔子閒居》、《坊記》、《表記》、《三年問》、《鄉飲酒義》等以次全讀。讀《左氏春秋傳》時，宜同時參閱《公》《穀》大義，諸選本採錄之篇可先讀。

《說文解字》為小學專書，是我們治經和通習周秦兩漢之鑰。研讀此書，宜以大徐本和段玉裁注本同時比較參閱，段氏改訂說解之處，不可盡從。先精熟五百四十部首，其後各部之正俗字，經籍上之假借字與本字等，務須一一分解。通習此書，非徒識字形而已，聲音訓詁之學，亦備在其中了。

史部以《史記》、《漢書》為首要，這是人所共知的了；其次是《後漢書》、《三國志》，這是《四史》。讀《三國志》時，裴世期（松之）的注要逐條細閱。讀《後漢書》時，最好能夠精讀范蔚宗的《傳論》和各《序論》，這些文章，他本人都說是「皆有精意精旨」，「實天下之奇作」呢！司馬溫公的《資治通鑑》是編年體的，他作書，除了採用各正史外，參用雜史至三百三十二種，淹通貫串，閱十九年乃成，是史家絕作，我們對這部書是不能忽略的。讀史固然可以洞明世變，多識前言往行，以驗於經，實亦是文章的淵藪呢！

子書以《莊》、《荀》為首要。莊生妙發孔子無言之蘊，不傳之義，豈韓非所稱「顏氏之儒」乎？荀卿道問學，其書博大，可輔經而行。《呂氏》、《淮南》，違道不遠；且「富哉言夫！」治詞章之學的，尤其不可忽！

屈宋軒翥詩人之後，奮發辭家之前，乃《雅》《頌》之博徒，詞賦之英傑。衣被詞人，非一世也。蕭選亦六藝附庸，蔚成大國；若井渫不食，則無涉文流，宜從書篋雜文讀入。彥和《文心》，窮盡文致，持論既洽，文亦足稱。黃崑圃說：「劉舍人《文心雕龍》一書，蓋藝苑之秘寶也。觀其包羅羣籍，多所折衷，於凡文章利病，抉摘靡遺；綴文之士，苟欲希風前秀，未有可舍此而別求津逮者。」

對了。杜韓兩集，詩文璣衡，少陵繼往開來，納百川而為之宗；昌黎氣高人傑，置八家上而猶屈。姚惜抱《類纂》是純散文正軌；曾滌生《雜鈔》是略補其偏，皆文章資糧，理宜參讀。孔子說：「詩，可以興，可以觀，可以羣，可以怨。」《詩序》說：「先王以是經夫婦，成孝敬，厚人倫，美教化，移風俗。」治詞章之學的固然要能詩，凡治國學的人對此道亦宜留意。

曾子固詩不逮歐、王、三蘇，時人以為憾；詩為文辭之精者，我們是不能置而不學的，不過是要以實學為重，要充實而有光輝罷了。曾氏《十八家詩鈔》，分體實錄，具見宗風。家數甄拔精嚴，確切不易。據我的看法，五古宜溯源於唐前六家，尤契心於淵明，而作法則專守杜韓。七古以昌黎為主，參諸李杜，七律以山谷遺山為主，而植根於少陵之渾茫，敷華於東坡之高妙；放翁警句特多，亦不可棄。五律則應一本少陵；太白王孟，可以佐輔。

治國學之道，本來不是短時間可以講得完的，我現在不過是擇要談談吧。還有，我所講的不一定對，但自問還不至於有害而貽誤諸君。孔子說：「德之不修，學之不講，聞義不能徙，不善不能改，是吾憂也。」願與諸君共勉之。

陳湛銓教授講　劉智輝筆記

《孔道季刊》第十一期（一九六零年十二月）。頁十一至十五。

另載《經緯書院校刊》創刊號（一九六二年一月），頁十一至十六。

（二十五）祭李研山先生文

維中華民國五十年，六月二十五日。追悼會同人等，謹以清酌香花，致祭於故廣州市市立美術專門學校校長李先生研山之靈曰：圭峰挺秀，崖門迴波。是生奇傑，雲會星羅。伊維李侯，磊落英多。南方之美，謂犀象何？天縱多能，旁通厥德。洞曉申韓，中昭孔墨。必也無訟，爰擅心畫。比迹丹青，考槃水石。平生志事，軒冕非榮。一行作吏，法飾聲清。傷彼子衿，於焉改轍。遐不作人，宏茲三絕。后皇嘉樹，時雨化之。枝葉陵茂，云誰之思？年在中身，震電曄曄。崑岡火炎，黃圖灰劫。淵明固豪，漸離通俠。意氣相須，十年一霎。寤寐興懷，淚承於睫。亦曰無何！幽居自放。抗心希古，任其所尚。江山賦形，靈台莫狀。晨夕閉藏，星霜不望。難了千悲，用殘九臟。嗚乎哀哉！曰維先生：篤學能踐。游藝依仁，盎背見面。肅志稜稜，吐論謇謇。逃秦堅盟。居夷長辯。食貧知甘，非義寧眄？畫船載浮，驊騮從蹇。物論徒喧，我心不轉。目擊道存，身淪流衍。如何昊天，降此荼毒？白日晝冥，青陽時促。龍潛終沉，鴻漸不復。玉樹長埋，蘭膏弗燭。盛暑生寒，鮮花失馥。一老不遺，百身無贖。往事攖懷，遺容在目。誰謂吞聲？終傾一哭！嗚乎哀哉！尚饗。

香港《華僑日報》華僑文化（一九六一年六月二十六日）

(二十六) 匏瓜釋義

《論語・陽貨》篇:「佛肸(晉大夫趙簡子之邑宰)召,子欲往。子路曰:『昔者由也聞諸夫子曰:『親於其身為不善者,君子不入也』。佛肸以中牟畔(借作叛),子之往也,如之何?』子曰:『然。有是言也。不曰堅乎?磨而不磷;不曰白乎?涅而不緇。吾豈匏瓜也哉?焉能繫而不食!』」王粲《登樓賦》:「惟日月之逾邁兮,俟河清其未極。冀王道之一平兮,假高衢而騁力。懼匏瓜之徒懸兮,畏井渫之莫食。」

自來釋匏瓜者,約有三解:

一、《論語》何晏注:「匏,瓠也。言匏瓜得繫一處者,不食故也。吾自食物,當東西南北,不得如不食之物,繫滯一處。」此謂孔子之欲往中牟,其志將以求食也。朱熹仍之,其《論語集注》云:「匏,瓠也。匏瓜繫於一處而不能飲食,人則不如是也。」謂孔子將以求食,雖聖人憤懣而發為謔辭,亦必不爾爾!為委吏乘田,或率弟子躬耕,豈不得食耶?何必入危邦,輔亂臣,而後得食哉!鄉為身死而不受,今為甘旨之奉而為之,其飯疏飲水,浮雲富貴之謂何!此說必不然矣。

二、知前說之非矣,乃解作夫子之欲往中牟,將為世所用,飲食生民,不能如匏瓜之徒懸繫而不可食。持此說者最多,蓋以為苦匏不可食也。然亦未審,其欠圓通者,有三端

焉：蓋

（二）按匏瓜即今之葫蘆瓜，實有甘苦二種，苦者不可食耳，甘者可食也。孔子不云苦匏，則不以匏瓜為不可食之代表物矣。《詩・邶風・匏有苦葉》：「匏有苦葉，濟有深涉。」《毛傳》云：「匏謂之瓠，瓠葉苦不可食也。」陸璣《毛詩草木鳥獸蟲魚疏》云：「匏葉少時可為羹，又可淹煮，極美。故《詩》曰：『幡幡瓠葉，采之亨之。』今河南揚州人恒食之。八月中堅強不可食，故云苦葉。」（王念孫《廣雅疏證》云：「今案：瓠自有甘苦二種，瓠甘者葉亦甘，瓠苦者葉亦苦；甘者可食，苦者不可食。……陸氏之說，失之矣。」）《國語・魯語下》：「叔向曰：『夫苦匏不材，於人共（平聲）濟而已。』」韋昭注：「材讀若裁也。不裁，於人言不可食也；共濟而已，佩匏可以濟水也。」《神農本草經》卷下：「苦瓠，味苦寒，主治大水面目四肢浮腫，下水，令人吐，生川澤。」以上三條謂苦匏也。

苦匏雖不足供尋常食用，然亦可為藥，服食足以治病，則非絕不可食而為用且大矣。《詩・豳風・七月》：「七月食瓜，八月斷壺，九月叔苴。采荼薪樗，食我農夫。」《毛傳》：「壺，瓠也。」孔穎達《毛詩正義》：「以『壺』與『食瓜』連文，則是可食之物，故知壺為瓠。謂甘瓠可食，就蔓斷取而食之。」又《小雅・南有嘉魚》：「南有樛木，甘瓠纍之。」又《小雅・瓠葉》：「幡幡瓠葉，采之亨之。（亨即今俗之烹字，《說文》作亯。古享、亨、烹同字。）《毛傳》：「幡幡，瓠葉貌，庶人之菜也。」孔穎達《毛詩正義》云：「《七月》云：『八月斷壺』，即言『食我農夫』，彼雖瓠體，與此為類，明亦農夫之菜。」劉向《新序・刺奢》篇：「魏文侯見箕季。……日晏進糲餐之食，瓜瓠之羹。」此皆甘瓠之可食者也。瓠為庶人農夫之菜，豈得以為是不可食之代表物乎！

(二) 瓠瓜之扁圓者曰匏，今目驗之，底部雖微渦，然置於地上几上，均甚平正，不得單言懸繫也。

(三) 苦瓠雖不可食，但刳其瓤，可以為盛酒漿之器；或剖之為二，可以為杓，以挹酒漿。雖不可供食，然可為器，不尤有用於人耶？此第二說又不然矣。

三、又或因懸繫之義難得通圓，故解作繫匏於腰部以供渡水，即引《國語・魯語》叔向語及韋昭注作證。此說劉寶楠《論語正義》獨闢之，云：「韋昭解《魯語》共濟，謂佩匏可以渡水，自是釋彼文宜然，或遂援以解《論語》，謂繫即繫以渡水，則已有用於人，於取譬之旨不合矣。」劉楚楨之意，謂韋弘嗣解《魯語》則是；若以之解《論語》，則供濟已是有用於人，於孔子取譬之旨為不合矣。此說與第二說同謂苦匏不可食，然可以為器，可以供濟，亦皆有用於人，當非孔子本意也。

總上三說，皆覺義欠通圓，當非確詁矣。然則奚說而可乎？則謂是星名者是也。茲畧申其說如次：

《史記・天官書》：「北宮……匏瓜，有青黑星守之，魚鹽貴。」司馬貞《史記索隱》引

《荊州占》云：「匏瓜，一名天雞，在河鼓東。匏瓜明，則歲大熟也。」張守節《史記正義》曰：「匏瓜五星，在離珠北，天子果園。占：明大光潤，歲熟；不則包果之實不登。客守，魚鹽貴也。」按匏瓜五星，一星東引為柄，四星周環為腹，在牛女二宿之間，晴夜舉首即見，不必窮目而後得也。

《楚辭》王褒《九懷・思忠》：「登華蓋兮乘陽，聊逍遙兮播光。抽庫婁兮酌醴，援爮（匏）瓜兮接糧。」王逸注：「引持二星以斟酒兮也。」

阮瑀《止欲賦》：「出房戶以躑躅，睹天漢之無津。傷匏瓜之無偶，悲織女之獨勤。」

曹植《洛神賦》：「從南湘之二妃，攜漢濱之游女。歎匏瓜之無匹兮，詠牽牛之獨處。」李善注：「《史記》曰：『四星在危南（謂杵臼星也，注誤。）匏瓜。……牽牛為犧牲……其北織女。織女，天女孫也』。」《天官星占》曰：「匏瓜，一名天雞，在河鼓東。……」阮瑀《止慾賦》（慾，應作欲。近人劉文典《三餘札記》亦主此說，然援證未足及鈔善注之誤字，不知《藝文類聚》卷十八猶引有陳琳、阮瑀之《止欲賦》也。）曰：「傷匏瓜之無偶，悲織女之獨勤。」俱有此言，然無匹之義，未詳其始。

隋李播《天文大象賦》：「離珠耀珍於藏府，匏瓜薦果於宸閨。」苗為注：「離珠五星，在須女北，後宮之藏府。變常失度，則後宮生亂。匏瓜五星，在離珠北，主天子果園。占，明大光潤，則歲豐熟；否則瓜果不登。客星金火犯守，魚鹽貴。」

《史記・天官書》及諸家賦皆以匏瓜為星名，除李播外，諸人皆在何晏前。推孔子之意，蓋謂將濟世活民，大造羣生，豈能如匏瓜星之徒懸繫於天上而不可供人飲食哉！此與《詩・小雅・大東》：「睆彼牽牛，不以服箱。」「維南有箕，不可以簸揚；維北有斗，不可以挹酒漿。」及《古詩十九首》之「南箕北有斗，牽牛不負軛，良無盤石固，虛名復何益」同意。

又以匏瓜為星名釋《論語》者，有梁皇侃《論語義疏》云：「匏瓜，星名也。言人有材智，宜佐時理務，為人所用，豈得如匏瓜繫於天而不可食耶！」宋黃震《黃氏日鈔》：「臨川應抑之《天文圖》有匏瓜星，其下引《論語》，正指星而言。蓋星有匏瓜之名，徒繫於天而不可食；正與『維南有箕，不可簸揚；維北有斗，不可以挹酒漿』同義。」宋羅願《爾雅翼》：「匏瓜繫而不食，猶言南箕不可簸揚，北斗不可挹酒漿也。」此外，如明陳士元《論語類考》、清劉寶楠《論語正義》、黃式三《論語後案》、皆載此說；而宋翔鳳之《論語說義》更主之。惜乎！劉楚楨少受學於乃叔端臨，專力為《論語正義》薈萃羣言，時契聖心，乃於此說但云亦通而已，則猶未能擇善而固執之也。（案：楚楨書乃其子恭冕所續成，後數篇恐非出其本人手也。）

又按《論語》之食字，以作飲字解為長。飲之稱食，不必廣求經訓，即以王粲《登樓賦》匏瓜句下「畏井渫之莫食」解之已足矣。蓋出《易・井卦》「初六，井泥不食。」「九三，井渫不食。」「九五，井洌，寒泉食。」食字，義可包飲，飲字則不能包食。孔子匏瓜繫而不食之意，與《詩・小雅・大東》篇北斗不可挹酒漿之義全同，斗與匏皆可以挹飲酒漿，（匏更為盛酒漿以供人飲用之器。）二字可互用。《詩‧大雅‧行葦》：「酌以大斗，以祈黃耇。」此用斗也；而《公劉》篇則云「執豕于牢，酌之用匏。」是斗與匏同義之證矣。況有王子淵酌醴接糧之用乎！孔子之意，蓋謂吾豈能如天上之匏瓜星，但有空名，徒懸繫於天，而不能盛酒漿，酌酒漿，以供人飲用哉！是欲澤及萬民，霖雨蒼生之意也。

至王仲宣《登樓賦》之意，則謂日月逾邁，河清無時，冀王道之一平，俾已得叚借高衢廣路，以騁其逸足也；然此實希冀耳，恐己之長材潔行，終不為世用，將如匏瓜之徒懸繫於天上，寒水之徒清泠於井中，終不為人所飲食；仰觀象於天，俯察物於地，寧無懼畏乎？王仲宣與阮元瑜、曹子建同時，證之阮氏《止欲賦》、曹之《洛神賦》，皆以匏瓜作星名，與織女牽牛相對成文；則王仲宣之用匏瓜，亦必作星名解也。至其下句之用井水，不以星名相對者，非猶《易‧繫辭傳》所謂「仰則觀象於天，俯則觀法於地。」及孔北海「天垂酒星之曜，地列酒泉之郡」之意耶？

《德明書院校慶特刊》（一九六一年十一月）。頁十六至十七。
另載 陳湛銓著 陳達生編訂《歷代文選講疏》（上冊）（香港商務印書館，二零一七年），頁三三八至三四八。

（二十七）如何治國學（案：此文即本書篇二十四《治國學之正鵠》）

《經緯書院校刊》創刊號（一九六二年一月），頁十一至十六。

（二十八）嶺南近三家詩

學詩之道，可分二途：一為順流而下，即自古迄今：由《三百篇》、《楚辭》、漢魏六朝，唐宋而至近代。一為溯洄而上，即由今及古：由近代而上溯至《三百篇》。論成就，則前者成果大而收效遲，後者則成果小而收效速。

《三百篇》、《楚辭》、漢魏諸作，因人代已遠，志事難徵。非得賢師開導，本身用力勤劬，未易有得；荀卿所謂「詩書故而不切」者是也。然捨難取易，甘心小就，徒從事於時賢之作，剽窃掇拾，便以為能，又非真學詩者所應爾。故諸君學詩，可折諸中道，以唐宋為主。尤多取法於唐之太白、少陵、昌黎；宋之東坡、山谷；金之遺山諸家；然後下及近代諸賢。取其世邇事切，誦其詩，不啻自其口出也。近代詩，或稱同（治）光（緒）體，其特點在鍊。不論意與字，均特別雕琢精鍊。惟其字鍊，句鍊，意鍊，然時或過當，則流於奇僻險仄，有傷渾厚自然，自非宏才，難成偉器。故近代詩之好處在鍊，其病亦未嘗不在鍊也。然凡人尊古卑今，貴所聞，賤所見，而遽謂近代詩不及古人，不宜涉入，則桓君山其笑人矣。

茲所講述之嶺南近三家詩，三君皆天才英挺，珪璋特達，方乎古人，無愧作者。毋以近人忽諸！更毋規規然徒以限於粵人而局視之也。（近有某氏，謂自陳衍於民國廿許年間來粵，粵中乃始有詩，並張曲江亦不審是何許人；過《高唐》而歌《下里》，遊雎渙而鬻縕纊，不亦重可笑耶？）。三家是：一、梁鼎芬，字星海，一字心海，號節庵，私謚文忠。二、曾習經，字剛甫，號蟄庵。三、黃節，字晦聞。三君者，皆遭世亂離，雅好慷慨，學飽才富，激為清音。考其年輩，以節庵先生為最長，詩亦最工。

茲依次略述之：

節庵先生生逢遜清亂世，執政顢頇，朝事日非，四夷交侵，國亡無日。其詩率多傷時感事之作，不欲留存於世；故生前作品，未有具稿。今所刊行之《節庵先生遺詩》，乃其晚輩余紹宋等多方搜輯徵集而成者。義甯陳三立嘗序其詩云：「梁子志極於天壤，誼關於國故，掬肝瀝血，抗言永歎，不屑苟私其躬，用一己之得失進退為忻慍，此則梁子昭之孤心，即以極諸天下後世而猶許者也。」信知言哉！

先生原籍番禺，生於清咸豐九年己未，卒於民國八年己未，年六十一。登光緒六年庚辰進士第，時年二十二耳！先生為人，志列秋霜，心貞崑玉。

光緒十一年，官翰林院編修，年二十七，因中法之戰，割安南，上封事參北洋大臣李鴻章，不報，旋又追論妄劾，交部嚴議，降五級調用，隨罷歸。後讀書鎮江焦山海西庵，乃益肆力為詩。後張之洞督粵，聘主廣雅書院講席；及之洞調署兩江，復主鍾山書院；又隨還鄂，皆參其幕府事。之洞銳行新政，學堂林立，言學事惟先生是任。擢安襄鄖荊道按察使，署布政使。

光緒三十二年，入覲，面劾慶親王奕劻，又劾直隸總督袁世凱；詔訶責，引疾乞退。其劾李鴻章去官放還原籍時，有《出都留別往還詩》云：

> 淒然諸子賦臨岐，折盡秋亭楊柳枝。此日觚棱猶在眼，今生犬馬竟（一作恐）無期！
> 白雲迢遞心先往，黃鵠飛騫世豈知？蘭佩荷衣好將息，思量正是負恩時！

其思君念國，繾綣不忘之誠心，已盡見諸言外矣。尤以「此日觚棱猶在眼，今生犬馬竟無期」一聯，直而溫，寬而栗，至性至情，為全篇重句。「觚棱」，見班固《西都賦》：「設壁門之鳳闕，上觚棱而飛金爵。」觚，本作柧。《說文》：「柧，棱也。從木，瓜聲。又柧棱，殿堂上最高之處也。言身雖被放，而回首故宮，遲遲其行，戀戀然不忍去，雖欲竭犬馬之勞，效忠貞之節，今生恐已不可再得，無復期矣！纏綿溫厚，全無怨懟之情，用心之篤，發義之誠，筆力之堅，秉氣之厚，曾幾見哉！東坡云：「平生多難非天意，此去殘年盡主恩。」遺山云：「但見觚棱上金爵，豈知荊棘臥銅駝！」庶幾近之。「白雲迢遞心先往」：說不盡思鄉念親之情，孝之至也。《舊唐書·狄仁傑傳》：「仁傑赴并州，登太行山，南望，見白雲孤飛，謂左右曰：『吾親所居，在此雲下』。瞻望佇立久之，雲移乃行。」此用其意，廣州亦正有白雲山也。「黃鵠飛騫世豈知」句，似頗自傲，實則取義於司馬相如之《難蜀父老》：「鷦明已翔乎寥廓之宇，而羅者猶視乎藪澤」，及揚子《法言·問明》篇：「鴻飛冥冥，弋人何篡焉！」又謝朓《贈西府同僚詩》：「常恐鷹隼擊，時菊委嚴霜，寄言罻羅者，寥廓已高翔！」及張九齡《感遇》詩：「今我遊冥冥，弋者何所慕？」皆其意。蓋慶能逃離世網，免於群小所陷也。「蘭佩荷衣」，則原於《騷》經：「紛吾既有此內美兮，又重之以修能。扈江籬與辟芷兮，紉秋蘭以為佩。」又「步吾馬於蘭皐兮，馳椒丘且焉止息；進不入以離尤兮，退將復修吾初服，製芰荷以為衣兮，集芙蓉以為裳，不吾知其亦已兮，苟余情其信芳。」江離、辟芷、秋蘭，皆香草，以喻己志事之清芬；以芰荷芙蓉為衣裳，退修初服，久要不忘平生之言，覽余初其猶未悔也。

《易》曰：「上下無常，非為邪也；進退無恒，非離羣也。君子進德修業，欲及時也。」孔子曰：「不患人之不己知，患其不能也。」又曰：「君子無終食之間違仁，造次必於是，顛沛必於是。」節庵先生之意，不如是耶？末句「思量最是負恩時。」雖造次顛沛，而了無怨懟之情，但自責有負國恩，忠孝之至矣！

此外，先生之佳作頗多，不能詳述，聊舉數篇，藉窺其風概耳：

《春日園林》

芳菲時節竟誰知？燕燕鶯鶯各護持。一水飲人分冷暖，眾花經雨有安危。
冒寒翠袖凭欄暫，向晚疏鐘出樹遲。儻是無端感春序，樊川未老鬢如絲！

「芳菲時節」，良辰美景也。惜己負罪之身，無賞心樂事可言，故曰「竟誰知」。「蕭索空宇中，了無一可悦」，有「春非我春」之感矣。「燕燕鶯鶯各護持」；此好春芳菲，惟付與世間痴兒女可耳！「一水飲人分冷暖，眾花經雨有安危」：此二句殊佳。言在耳目之內，情寄八荒之表，又充滿人生哲理，含義無盡。《六祖壇經》云：「如人飲水，冷暖自知。」同一境地，同一事物，而感受不同，苦樂各異。共處危邦，幾經憂患，如墜溷墮茵，貴賤既殊；且存沒相懸，安危有別；不勝世道無常之歎矣！

《南史・范縝傳》：「縝答竟陵王子良曰：『人生如樹花同發，隨風而墜，自有拂簾幌，墮於茵席之上；自有關藩牆，落於糞溷之中。墜茵席者，殿下是也；落藩溷者，下官是也。貴賤雖復殊途，因果竟在何處？』」此二句蓋先生感憤之言，緊接上文「竟誰知」，「各護持」來，未可以尋常抛空立論視之也。「翠袖」句取意於杜甫《佳人》：「天寒翠袖薄，日暮倚修竹」，春日本不該寒而竟寒至只能暫爾凭闌，不知是天寒抑心寒矣！

「向晚疏鐘去樹遲」句，卻又恬淡清幽，素履無咎。惟此疏鐘，不亦可以發人深省乎？末二句本杜牧《醉後題僧院》詩：「觥船一櫂白分空，十載青春不負公。今日鬢絲禪榻畔，茶煙輕颺落花風。」樊川，謂杜牧，牧有《樊川集》，此以自喻。未老而鬢如絲，傷春傷別乎？憂國憂生乎？儻、或也。云或是，則不然矣。「刻意傷春復傷別，人間惟有杜司勳」，斯杜樊川之傷春傷別也；而先生詩云：「不關情處感無端」，「獨泫愁春淚徹泉」，斯先生之憂國憂生也。《詩・小雅・小弁》篇云：「我心憂傷，惄焉如擣，假寐永嘆，維憂用老。」嵇叔夜云：「積微成損，積損成衰，從衰得白，從白得老。」積瘁之士，寡至四十者；憂能傷人，寧可復永年耶？此詩似風華靡瞻，實至可哀也！

《詠史》

世運（一作路）平陂孰控摶？不關情處感無端！紛紜國是成功懼，晚近人才降格看。
偶為佳時歡夢寐，每從危日驗心肝。史家易失英雄意，摹寫當年有未安。

此詩雖題詠史，然細觀全篇，不見詠某代某人，實為詠懷之作。詩成於何年，已不可考，然詩中有「國是」二字，殆為光緒二十四年戊戌四月，詔定國是，五月行新政，八月政變時作。（見《清史稿・德宗本紀》）「國是」見劉向《新序・雜事》篇：「楚莊王問於孫叔敖曰：『寡人未得所以為國是也』；孫叔敖曰：『君臣不合，國是無由定矣。』」國是猶國家決策。「世運平陂」，見《易・泰卦》：「九三，无平不陂，无往不復，艱貞无咎。」言世路之夷坦或陂陀，國局之平治或顛亂，莫之為而為，莫之致而致，雖有善者，無如之何！誰能挽救之哉？「不關情處感無端」：謂己今短翼卑棲，不足輕重；然耳之所聞，目之所見，雖不關己，俱難為懷也。「不關情處」，謂不在其位，不謀其政，諸事本不關己也；「感無端」，謂國事如斯，中腸自熱也。

「紛紜國是成功懼，晚近人才降格看」二句，委折低徊，奇橫悽痛。王荊公云：「看似尋常最奇崛，成如容易卻艱辛」，此聯有焉。國是紛紜，諸公以為定策無誤而成功矣；然有識者則為寒心，悚然而懼也。懼字驚動奇陗，熟字能生，具見鑪錘之功。晚近人才，斗筲不足算矣！肉食何人與國謀乎？然風頹時靡，真逝偽興，百年千里，安有一賢？卑之無甚高論，聊可降格相看耳！

「偶為」兩句，雄邁刻入，高氣蓋世。素日固無足歡，佳時亦聊歡夢寐，情傷極矣。然周於德者，邪世不能亂，士窮乃見節義，歲寒然後知松柏之後凋。陳蔡之阨，焉知非幸乎？故云：「每從危日驗心肝」。此聯力雄氣勁，有李將軍射虎，入石沒羽之概，足令蘇戡辟易，伯嚴變色也。結句殆謂己當年之彈劾大臣，實一本忠愛，非苟為驚世駭俗以要時譽者比；而時論不然，「小人自齷齪，安知曠士懷」哉！「將相以位隆特達，文士以職卑多誚，此江河所以騰湧，涓流所以寸折者也」，余述節庵先生詩至此，感同彥和矣。

《夜抵鎮江》

脱葉嘶風正（一作欲）二更，鐙船初（一作夜）泊潤州城。芳菲一往成凋節，言笑重來已隔生！寒鳥淒淒背江去，疏星歷歷向人明。此回（一作行）不敢過衢市，怕聽茅（一作窮）簷涕淚聲。

此詩乃節庵先生於故人王可莊去世後重抵鎮江，有感而作。節庵先生於光緒十一年因參李鴻章棄官，後讀書焦山，艱虞窮處，時或斷炊。於時王可莊為鎮江太守，其於先生，猶少陵之於太白——「世人皆欲殺、吾意獨憐才」——每以廉泉，傾注涸鮒。故先生舊地重來，感深今昔，不只過衞人之舊館，遇於一哀而出涕也。鎮江，在漢名丹徒，在隋名潤州。「芳菲一往成凋節，言笑重來已隔生」二句，沈痛無極。謂自春日芳菲時節一別，今來已復深秋，時閱半載，而萬木凋零，觸目都非矣！一往言笑歡樂，晨夕陶陶，追憶平生，宛然心目；不意舊地重臨，而故人已成隔世，「流水浮生幾今昔？高秋雲物自淒涼」，「行矣元伯，死生異路，永從此辭」矣！下二句「寒鳥淒淒背江去，疏星歷歷向人明」：鎔情於景，淒入肝脾，彼蒼者天，殲我良人，謂之何哉？蕭騷欲絕矣！末二句，謂窮民痛失父母官，巷哭可知。所不忍聽，謂恐已如覩影孤鸞，一奮而絕也。此結勝絕，不惟沈痛，亦正見王可莊之得民，而先生亦可以無負矣。聞諸故老，謂先生之朋好請題便面，時或書此，蓋愜心之作也。

《羈懷》

羈懷了無泊，拋去又相尋。聞雁知兵氣，看花長道心。
百年紅燭短，一水夕陽深。獨有雙龍劍，時時壁上吟。

此詩以首二字為題，即無題詩之類，亦詠懷也。「羈懷」，謂羈旅閑愁。辛稼軒云：「閑愁最苦」。白石云：「萬里乾坤，百年身世，惟有此情苦」，豈其然耶？「了無泊」，猶太史公，所謂「居則忽忽若有所亡，出則不知其所往也」。又陶詩：「前途當幾許？未知止泊處」。拋去復相尋：謂如此羈懷，欲忘無計也。「聞雁知兵氣」句，如清空鶴鳴，動心驚耳；「看花長道心」句，如斷岸瞿禪，都空情劫。此聯意在筆先，味流言外，渾茫相接，妙合海天，可謂得未曾有。陳石遺於此詩但取下文「百年」一聯，網漏於吞舟之魚矣。聞雁知兵氣者，謂凡百驚懷，但聞飛鳥之號，秋風鳴條，已傷心矣；今斷雁南飛，鳴聲迥異，非歷劫驚兵使然耶？故聆音察情而知兵氣矣。傷禽惡弦驚，倦客惡離聲，八公山之草木動搖，青岡之風聲鶴唳，接於目而入於耳者，不皆使人意奪神駭，心折骨驚乎？

「百年紅燭短，一水夕陽深」二句，謂睹紅燭之易銷，知百年之將逝；蓋人生百歲，在宇宙間，不過刹那，莊生曰：「夫物，量無窮，時無止，分無常，終始無故。」「彭祖愛永年，欲留不得住」，則百歲者，實如紅燭，轉眼即已消磨淨盡矣。視夕陽而知時之已去，《易·離卦·九三》：「日昃之離，不鼓缶而歌，則大耋之嗟。」象曰：「日昃之離，何可久也」。我欲「為君持酒勸斜陽，且向花間留晚照」，何可得乎？李義山謂「夕陽無限好，只是近黃昏」，先生大有心比天高，命如紙薄，日之夕矣，歲不我與之歎！此二句悲涼惋惻，寄慨無盡，辭采華美，而風骨蒼堅。先生五律之工，並世諸賢，莫可比擬，於此詩見之矣！

結韻振迅而起，謂時雖如此，而己卻壯氣仍存，故謂「獨有雙龍劍，時時壁上吟」也。「雙龍劍」，謂雌雄寶劍也。《吳越春秋·吳王闔閭傳》：「干將者，吳人也。……莫邪，干將之妻也。干將作劍，采五山之鐵精，六合之金英；候天伺地，陰陽同光，百神臨觀，天氣下降；而金鐵之精！不銷淪流……于是干將妻乃斷髮剪爪，投於爐中，使童女童男三百人，鼓橐裝炭，金鐵乃濡，遂以成劍。陽曰干將，陰曰莫邪；陽作龜文，陰作漫理」。《晉書・張華傳》：「斗牛之間，常有紫氣，及吳平之後，紫氣愈明。張華問妙達緯象者，雷煥曰：『是何祥也』？煥曰：『寶劍之精，上徹於天耳。』問曰：『在何郡？』煥曰：『在豫章豐城』。華大喜，即補煥為豐城令。煥到縣，掘獄屋基，入地四丈餘，得一石函。光氣非常，中有雙劍，並刻題，一曰龍泉，一曰太阿。煥遣使送一劍，留一自佩。華報煥書曰：『詳觀劍文，乃干將也，莫邪何復不至？（據此，則干將莫邪，即龍淵太阿也。）雖然，天生神物，終當合耳。』華誅（為趙王倫所害），失劍所在。煥卒，子華，為州從事，持劍行經延平津，劍忽於腰間躍出，墮水。使人沒水取之，劍不見，但見兩龍，各數丈，蟠縈有文章，沒者懼而反。須臾，光彩照水，波浪驚沸，於是失劍。」先生謂獨有雙龍劍，時鳴於壁上，喻己身雖顛沛，而浩氣常存，亦將以有為也。

節庵先生詩，乃出入漢魏六朝及樂府，薈萃唐宋諸大家之長，而卓然自成一家之言者。各體皆工，尤長於五七言律，平生佳作，實不勝講述，聊舉數篇，以見其要而已。

（以上梁節庵）

曾習經，字剛甫，號蟄庵，揭陽人。生於同治六年丁卯六月，登光緒十六年庚寅進士弟，時年二十四。官至度支部右丞（度支部即戶部，右丞是右侍郎之副）。卒於民國十五年丙寅，年六十。有《蟄庵詩存》。蟄庵先生為梁節庵先生門人。其詩亦各體皆工，五七古五七律稍遜於乃師，而七絕則特長。先生詩自晚唐入北宋，故其作品唐面而宋骨，有唐人之華麗及宋人之蒼勁。清深騷雅，迴盪百折。先生忠貞廉節，清亡不士，孤臣遺老之情，時時形於文墨，遺詩雖沙汰綦嚴，僅存三百餘首，而佳作甚多，美不勝收。茲畧舉數首以見概：

《春心》六首（錄一、五、六三首）

十月層樓九風雨，三年故國百思量！逢人只信春憔悴，不道聞歡覺小傷。（其一）

不教王令迎桃葉，空見宮人送水雲。自信飄零文字海，年年清淚照金尊。（其五）

羅帶春餘特地垂，南唐新恨惡禁持。可憐繁杏陰陰地，幾日牆東不再窺。（其六）

按：先生所著《蟄庵詩存》，乃自書定稿，由葉遐庵影印者。詩雖順次而下，而無編年，此數首究作於何時，已無確據。然據上下各詩觀之，則清社未屋，可斷然也。詩云：「三年故國百思量」，「空見宮人送水雲」，「南唐新恨惡禁持，」殆作於光緒二十七年辛丑春日歟？其前三年是戊戌政變；前二年是己亥，德義兵交相入侵，法人租借廣州灣，太后與徐桐謀廢立；前一年是庚子，八國聯軍入京，七月，太后挾德宗西奔太原，爰至西安。至二十七年十一月，始還歸北平故宮。先生於時南歸，蒿目時艱，不勝家國身世之感，故作是詩也。

「十日層樓九風雨」，用辛棄疾《祝英台近》「怕上層樓，十日九風雨」詞意。十日之內，九經風雨，以喻世變紛紜，幾無寧日；及人生不如意事十常八九也。

「三年故國百思量」，信手拈來，自成對仗；而詞怨旨深，低徊不盡。「逢人只信春憔悴，不道聞歡覺小傷」：謂逢人只談中春猶寒，萬紫千紅未盛放，好春之芳菲時節未至，皆有所待；不知己方中懷慘惻，食旨不甘，聞樂不樂，歡聲入耳，反覺傷心，其怨深矣！漢中山靖王勝《聞樂對》云：「悲者不可為累欷，思者不可為歎息，故高漸離擊筑易水之上，荊軻為之低而不食；雍門子一微吟，孟嘗君為之於邑。今臣心結日久，每聞幼眇之聲，不知涕泣之横集也。」元遺山《春日》詩云：「貧裡韲鹽憐節物，亂來歌吹失歡聲」，先生詩意畧似之。

「不教王令迎桃葉」，王令，王獻之也。羲之子，字子敬，官至中書令，故稱王令。又獻之去官，王珉為代，世因稱獻之為大令，珉為小令。《古今樂錄》曰：「桃葉歌者，晉王子敬所作也。桃葉，子敬妾名。緣於篤愛，所以歌之。」今傳《桃葉歌》四首，有云：「桃葉復桃葉，渡江不用楫。但渡無所苦，我自來迎接。」「桃葉復桃葉，渡江不用櫓。風波了無常，沒命江南渡！」借此以謂去者已矣！舊夢不能重溫，死灰安可復燃？殆喻失地不可復得；或指康有為、梁啟超等之流亡海外也。先生長梁啟超六歲，兩人私交極篤。自甲午喪師後，各憂傷憔悴。一夕，對月坐碧雲寺門之石橋語國事，相抱慟哭。據《清史稿》：「光緒二十四年冬十月，懸賞購捕康有為、梁啟超、王照。」

「空見宮人送水雲」：水雲，南宋末年之奇士汪元量也。字大有，號水雲子。度宗時，以善鼓琴，出入宮掖，及宋亡，隨三宮北至燕京，後出家。及其南歸，幼主平原公及從降駙馬右丞楊鎮，丞相吳堅與王昭儀清惠以下，二十九人賦詩餞之。後往來匡廬間，世莫測其去留，江右人以為神仙，多畫其像祀之。有《水雲集》，詩多紀亡國北徙事，與文丞相獄中倡和作，周詳惻愴，人謂之詩史。先生用此事，殆指八國聯軍入京時也。「飄零文字海」見龔定盦詩：「萬一飄零文字海，他生重定定盦詩。」語雖出定盦，而韻味遠勝。先生作此數詩時，殆已知清社之必亡，自分此生已矣！惟棲志於文字，借酒澆胸中磈磊耳。

「羅帶春餘特地垂，南唐新恨惡禁持」：謂殘春柳條，格外低垂，拂頭牽衣，使人不忍遽別，若南唐後主當年者；此恨膺心，何能支哉？「更能消幾番風雨」，「最可惜一片江山」此二句用李後主事，李後主《柳枝詞》云：「風情漸老見春羞，到處芳魂感舊遊。多謝長條似相識，強垂烟穗拂人頭」。宋人王銍《默記》卷下：「韓玉汝家，有李國主歸朝後與金陵舊宮人書云：『此中日夕，只以眼淚洗面。』」惡禁持：見姜白石《浣溪沙》：「打頭風浪惡禁持。」「可憐繁杏陰陰地，幾日牆東不再窺。」晏殊《踏莎行》：「小徑紅稀，芳郊綠徧，高台樹色陰陰見。東風不解禁楊花，濛濛亂撲行人面。」又王維詩：「陰陰夏木囀黃鸝」李義山詩：「郎君官貴施行馬，東閣無因得再窺。」際此春殘時暮，綠遍紅稀，薰歇燼滅，光沈響絕，東家好女，無復登牆窺宋玉矣。先生此結有君子在野，小人盈朝，浮雲蔽白日，遊子不願返之意。

《春心》諸詩，寫景處多以託情，辭采華美而風酸骨悲，蓋國風小雅之遺，非徒出於玉谿生也。詩中「雲」「尊」二字通叶，蓋先生所謂「自是一時興寄，不欲改之」者。

《送汪子賢還休甯》

桑田滄海人世間，白嶽黃山歸去來。謖謖澗松原絕垢，青青陵麥故含哀！久經喪亂添霜鬢，暫捲蒼茫入酒盃。離別尋常無可說，但勤書札手親開。

休甯，安徽縣名，在歙縣西，隋置，清屬徽州府。此詩作於壬子（民國元年）以後，時滿清已亡矣！發端兩句，謂如此人間，不如歸去也。桑田滄海見《神仙傳》：「麻姑謂王方平曰：『接侍以來，已見滄海三為桑田；向到蓬萊，又水淺於往日，會時畧半耳；豈將復還為陸陵乎？』方平笑曰：『聖人皆言，海中行復揚塵也。』」此以喻國變，猶《詩・小雅・十月之交》篇所謂：「百川沸騰，山冢崒崩，高岸為谷，深谷為陵」也。白嶽黃山：皆汪子賢故鄉安徽省山名。白嶽，指白際山，在休甯縣南八十五里，其脈從婺源五嶺來，東連歙縣危峰、方吳、查木諸嶺，界及浙江遂安、開化境，蓋羣山之綱領也。黃山，在歙縣西北，亦稱黃嶽。相傳黃帝與容成子，浮丘公嘗共鍊丹於此，故名。其脈從贛浙間之懷玉山北走而來，綿亙於浙之東西及贛東皖南之地，世稱黃山山脈。諸峰列峙，著名者三十有六，尤以天都、蓮花二峰為最高，山間雲氣四合，瀰漫如海，世稱黃山雲海。

「人間世」，「歸去來」：《莊子》有《人間世》篇，陶淵明有《歸去來辭》。起二句奇崛，全詩之旨皆在其中，而尋諷涵泳，自有無窮之味。「謖謖澗松原絕垢」句：既以寫黃山風物，亦以喻汪子賢也。黃山多松，燃松取烟煤，可製墨，世稱黃山松烟，亦稱徽墨。又《世說新語・賞譽》：「世目李元禮，謖謖如勁松下風。」李元禮，名膺，穎川人，見《後漢書・黨錮傳》。性簡亢，獨持風裁，以聲名自高。無所交往，惟與同郡陳實荀淑相師友。為河南尹，士有被其容接者，名為登龍門。

「青青陵麥故含哀」：《莊子・外物》有「儒以《詩》《禮》發冢，大儒臚傳曰：『東方作矣，事之何若？』小儒曰：『未解裙襦，口中有珠。《詩》固有之曰：青青之麥，生於陵陂；生不布施，死何含珠為？』『接其鬢，壓其顪！』儒以金椎控其頤，徐別其頰，無傷口中珠。」郭象曰：「《詩》《禮》者，先王之陳迹也。苟非其人，道不虛行。故夫儒者，乃有用之為姦，則迹不足恃也。」成玄英曰：「田恒資仁義以竊齊，儒生誦《詩》《禮》以發冢；由是觀之，聖跡不足賴。」先生用莊子語，殆譏袁世凱等之盜國也。梁任公序先生詩云：「清鼎潛移，則於遜位詔書未下之前一日，毅然致其仕而去。蓋稍一濡滯，忽已處於致無可致之地。獨先機以自潔，如彼其明決也！鼎革之際，神姦張彀以弄一世才智之士，彼固夙知剛父，則百計思有以糜之，剛父不惡而嚴，巽詞自免，而凜然示之以不可辱。」觀此，則先生之志事可見矣！

「久經喪亂添霜鬢，暫捲滄茫入酒盃」一聯，如咽露秋蟲，舞風病鶴，實全詩之最佳勝處。備洗馬渡江時云：「見此茫茫，不覺百端交集，苟未免有情，亦復誰能遣此！」想見先生為此詩時，必亦形神慘顇也。結韻微弱；然性情之交，至無可奈何而別，冀其「無金玉爾音，而有遐心」，亦不能不爾也。

《次韻袁覺生丙寅元旦感賦》

政爾沈沈百念新，澗松誰復禁為薪？孤根自分空盤結，舊館何緣接燕申？默向東風參造化，夢從碧落整星辰。十年涕淚兵塵裡，滿眼看春不當春。

此詩成於丙寅年，即民國十五年，是年先生卒。全詩么絃掩抑，酸風助哀。亡國之音哀以思，使人讀之難以為懷也。

「政爾沈沈百念新」：政者，正也。劉越石云：「自頃輈張，困於逆亂，國破家亡，親友凋殘，負杖行杖，則百憂俱至；塊然獨坐，則哀憤兩集。時後相與舉觴對膝，破涕為笑，排終身之積慘，求數刻之暫歡；譬猶疾疢彌年，而欲一丸銷之，其何得乎？」此處起句，有其概矣。

「澗松誰復禁為薪」：古詩「古墓犂為田，松柏摧為薪。」謂人世間已生劇變，深谷高陵萬事非，昔日鬱鬱澗底之松，誰能禁其不摧為薪乎？如己孤根，已似龍門之桐，半死半生矣；其輪囷盤結，焉得久支？故曰「孤根自分空盤結」也。（枚乘《七發》：「龍門之桐，高百尺而無枝，中鬱結之輪囷，根扶疏以分離；上有千仞之峯，下臨百丈之谿；湍流遡波，又澹淡之。其根半死半生。」）

「舊館何緣接燕申」：「燕申」，《論語》：「子之燕居，申申如也，夭夭如也。」謂國已亡矣，何由適彼舊館，得接故主之燕申哉？（《詩・鄭風・緇衣》：「適子之館兮，還予授子之粲兮。」《詩序》：「緇衣，美武公也。父子並為周司徒，善於其職，國人宜之，故美其德，以明有國善善之功焉。」）

「默向東風參造化，夢從碧落整星辰」：謂人間世已非往日，無所施手，知人家國事耶？亦唯有默向東風，參透天理，靜觀自得，以契冥合莫耳。元遺山詩云：「風波舊憶橫身過，世事今歸袖手看」，非其情耶？「夢從碧落整星辰」，謂人間世雖事無可為，然夢中別有天地，猶復容己施手整乾坤，巨刃摩天揚也。李後主云：「昨夜夢魂中，還似舊時遊上苑」，安知己身已棄擲泥塗乎？此二句沈重縣遠，潛勁彌厲。孤臣忠精，質諸鬼神而無疑。先生真「生而為英，死而為靈」者也。

結句謂十五年來故社既墟，豺虎交橫，兵塵擾擾，生民塗炭，故雖逢獻歲發春，萬象更新之日，亦渺渺予懷，不足為歡。《漢書・禮樂志》日出入云：「日出入安窮，時節不與人同。故春非我春，夏非我夏，秋非我秋，冬非我冬。」黃山谷《過舊彭澤懷陶令》詩云：「平生本朝心，歲月閱江浪」，傷時憫亂，慨歎無端，三峽啼猿，九秋唳鶴，無此哀音也。此結勝絕，與遺山《即事詩》結句「秋風一掬孤臣淚，叫斷蒼梧日暮雲」同工；海藏之「江南是我銷魂地，忍淚看天到幾時」，已微不逮；若《隨園詩話》中之「離懷未飲常如醉，客邸無花不算春」，則遠遜矣？

（以上曾蟄庵）

黃節，字晦聞，順德人，生於同治十二年癸酉正月，卒於民國二十四年乙丑正月，年六十三。（據先生《丁巳生朝》詩云：「如吾癸酉降，知非靈所鍾。」則自同治癸酉至民國廿四年乙丑，為六十三歲。然章太炎所為先生墓誌銘，則謂春秋六十有二，豈以足歲寒計耶？蓋先生正月生正月卒也。）簡竹居弟子，少受知於梁節庵，與詞人新會陳述叔友善，節庵與人每稱陳詞黃詩。嘗為廣東教育廳長，通志館長，廣東高等學堂監督，終北京大學教授。有《蒹葭樓詩》。

早期與章太炎同時鼓吹革命，太炎在日本辦《民報》，先生在上海辦《國粹學報》，嚴夷夏之辨，士大夫傾心革命自此始。於學無所不窺，其後因國事日非，內亂頻仍，四夷交侵中國，故一本性情，專力為詩，時有《否》五「其亡」，《黍離》「何人」之感。晦聞先生精研漢魏六朝詩，然其所作，則七律為多，實亦最勝。陳伯嚴題其詩謂：「必欲比類，於後山為近，然有過之無不及也」，信然。先生於漢魏樂府、魏三祖、陳思王、阮步兵、大小謝、鮑參軍詩，皆為之箋釋。晚復好顧亭林詩，蓋以自況也。茲畧舉數篇如後：

《郭北展墓》

清明北郭多車馬，歸客依依起嚮晨。原草漸生回燒日，水禽初變有鶯春。
青山原是傷心地，白骨曾為上塚人！四尺崇封寧不識？僕夫猶為闢荊榛。

「展墓」，猶省墓，《禮・檀弓下》：「子路去魯，謂顏淵曰：『何以贈我？』曰：『吾聞之也，去國則哭於墓而後行；反其國不哭，展墓而入。』鄭玄注：「展，省視之。」晦聞先生生十日而孤，三十六歲喪母。此詩作於光緒三十四年戊申，時年三十六，蓋父母已雙亡矣。「依依」，思慕之貌。王逸《九思・傷時》：「望章華兮太息，志戀戀兮依依。」「原草漸生回燒日，水禽初變有鶯春」：燒，去聲，行火也。回燒日，謂原草已回復去年燒紙錢時之象也。白居易《賦得古原草送別》詩：「離離原上草，一歲一枯榮。野火燒不盡，春風吹又生。」《禮・月令》：「仲春之月，始雨水；桃始華，倉庚鳴，鷹化為鳩。」倉庚，今之黃鶯也。郭璞《游仙詩》：「時變感人思，已秋復願夏。淮海變微禽，吾生獨不化。」又陶公《與子儼等疏》：「值樹木交蔭，時鳥變聲，亦復歡然有喜。」又謝靈運《登池上樓》詩：「池塘生春草，園柳變鳴禽。」又杜甫《蜀相》詩：「映階碧草自春色，隔葉黃鸝空好音。」時移節易，際此芳菲時節，原草茁長，惡鳥亦化為良禽，此本良辰美景也；奈遊子初歸，思我父母，中情慘惻，了非賞心樂事何！

此更反託起下二句「青山原是傷心地，白骨曾為上塚人」之悽痛。一闢一闔，筆力千鈞。「青山」二句孤詣，理得意圓，悲涼欲絕。求之古人，亦未之見。與遺山「白骨又多兵死鬼，青山原有地行仙」殊趣，未可謂其所本也。「四尺崇封」，謂墳也。《禮·檀弓上》：「孔子既得合葬於防，曰：『吾聞之，古也墓而不墳，今丘也，東西南北之人也，不可以弗識也。』於是封之，崇四尺。」先生謂父母之墓，四尺崇封，寧不一望而識乎？僕夫猶為斬荊榛，刈草萊，何煩爾！

《江亭九日》

帶廓無山此獨尊，登高吾已俯重門。三年京國傷秋客，九日江亭對酒言。原草漸黃人亦瘁，霜花曾雨晚猶存。竭來吟望嗟何似！寒雀爭枝為暝喧。

此詩是先生於民國四年乙卯重陽作於北平者，時年四十有三。（先生於民國二年癸丑復北遊。）起二句，謂北京近城一帶無山，故登江亭而已俯視重門矣。「三年京國」：自癸丑春至乙卯重陽，將三年矣。「傷秋客」：《淮南子·繆稱訓》有「春女思，秋士悲，而知物化矣」。宋玉《九辯》：「悲哉！秋之為氣也！……愴怳懭悢兮，去故而就新。坎廩兮，貧士失職而志不平；廓落兮，羈旅而無友生。」

「對酒言」：於時袁世凱亟謀稱帝，國局波詭雲譎，先生觸目傷心，非悲則恨，故云爾也。「對酒言」猶酒悲；《新五代史·前蜀世家》：「王衍嘗以九日宴宣華苑，嘉王宗壽以社稷為言，言發流涕。韓昭等曰：『嘉王酒悲爾！』諸狎客共以慢言謔嘲之，坐上喧然，衍不能省也。」「原草漸黃人亦瘁」，含意淒婉，承上「三年京國傷秋客」來。蓋家國身世之感，諷兼比興者也。時秋已將殘，原草日漸黃枯矣！士君子飽更憂患，念亂傷離，鬱鬱窮年，惟憂用老，不亦已如原草之憔悴耶？「霜花曾雨晚猶存」：東坡詩云「荷盡已無擎雨蓋，菊殘猶有傲霜枝」。先生之意，猶云菊花晚榮，經霜益茂，頃雖曾遭雨打，然危而猶存，何以人而不如菊乎？吾將知所勉矣！此兩句悲涼委折，寄情遙深，粵人當年交相傳誦，非無故也。「揭來吟望嗟何似」中「揭來」猶云去來，司馬相如《大人賦》：「回車揭來兮，絕道不周。」陸士衡《嘆逝》云：「傷懷悽其多念，戚貌瘁而尠歡，幽情發而成緒，滯思叩而興端。慘此世之無樂，詠在昔而為言。」又云：「諒多顏之感目，神何適而獲怡？尋平生於響像，覽前物而懷之。步寒林以悽惻，翫春翹而有思。觸萬物以生悲，歎同節而思時。」杜少陵《秋興》

云：「綵筆昔曾干氣象，白頭吟望苦低垂。」先生於時，不存「悠悠蒼天，此何人哉」之歎耶？「寒雀爭枝為暝喧」：陶詩「日入羣動息，歸鳥趨林鳴」。此句似在寫景，實則暗喻時人趨炎赴勢，急謀自保，鮮有如己之蕭散行吟，貧賤不移者也。先生深於《詩》《騷》及漢魏晉宋詩，凡寫景物，託興為多。不欲顯斥，故云爾耳。

《殘蟬》

不向遼東着樹鳴，（自注：遼東無蟬。）燕南秋老盡哀聲！及天別鶴吁長歎，入塞飢鴻指故城。
如夢大人猶發囈，其亡一國共無生。等閑又似題詩客，戛戛裁箋寫斷情。

此詩題是詠《殘蟬》，詳味詩旨，實喻國家將亡，傷己逢之，故作是詩也。此詩成於民國二十一年壬申，是九一八事變之翌年，先生時年已六十矣。先生對九一八事變，極為痛心，有《書憤》絕句二首云：「慷慨秦風對策言，襄陽揮淚我銜恩。眼中三十年來事，又見蝦夷入國門。」「過陳不式為無人，誰識尼山語痛卒？老去此憂無可寄，不從今日始傷神！」又《壬申五月十六日作》云：「國亡身老甚須臾，樓外風來雨打湖。湖水荷花三百頃，萬魚齊泣過河枯。」其《聊園寒食》亦有句云：「咫尺關山成絕國，清明楊柳似平時。」「予室翹翹，風雨所漂搖，予維音嘵嘵。」噫！其情亦重可傷矣！

「燕南秋老盡哀聲」：北燕是遼寧，南燕是河北。漢武帝有《落葉哀蟬曲》，見王嘉《拾遺記》。「及天別鶴吁長嘆」：「別鶴」本古樂府篇名，古樂府《別鶴操》云：「將乖比翼隔天端，山川悠遠路漫漫，攬衣不寢食忘餐。」此但用其字面耳。《詩・小雅・鶴鳴》：「鶴鳴于九皋，聲聞于天。」此句謂殘蟬之哀鳴，如別鶴之告天而吁其長嘆；告天長嘆，亦屈靈均《天問》之意，隱以喻己之長吟以抒其哀憤也。「入寒飛鴻指故城」：謂殘蟬嗚咽，與哀鴻悲鳴南飛之聲相應，使人聞而不忍聽也。《小雅・鴻雁》篇首章云：「鴻雁于飛，肅肅其羽，之子于征，劬勞於野。爰及矜人，哀此鰥寡。」第三章云：「鴻雁于飛，哀鳴嗷嗷，維此哲人，謂我劬勞；維彼愚人，謂我宣驕。」曹植《雜詩》云：「孤雁飛南遊，過庭長哀吟。」阮籍《詠懷》詩云：「孤鴻號外野，翔鳥鳴北林，徘徊將何見，憂思獨傷心」。《禮・月令》：「孟秋之月，寒蟬鳴。仲秋之月，鴻雁來。」先生此聯，私語淒淒，哀音似訴，「知我者謂我心憂，不知我者謂我何求」；如此人間，使人情何能已已哉！

「及天別鶴吁長嘆」句，復喻己雖不用政，然於國家將亡，不能無睹，故為長太息也。

「入塞飛鴻指故城」句，謂眼見東三省淪亡，難民流離而至，哀鳴嗷嗷，誰其尸之？典守者不能辭其責也。故下句云：「如夢大人猶發囈」，「如夢」，用後唐莊宗《憶仙姿》詞：「如夢如夢，殘月落花烟重。」此句謂國局已危如累卵，而執政者猶瞶瞶不察，日發空言，無殊夢囈，何補於敗亡之運乎！故曰「其亡一國共無生」矣！「其亡」見《易・否卦》：「九五，休否，大人吉。其亡其亡！繫於苞桑。」「無生」，《小雅・苕之華》：「苕之華，芸其黃矣，心之憂矣，維其傷矣！」「苕之華，其葉青青；知我如此，不如無生！」《毛詩序》：「苕之華，大夫閔時也。幽王之時，西戎東夷，交侵中國，師旅並起，因之飢饉，君子閔周室之將亡，傷己逢之，故作是詩也。」又《王風・兔爰》：「有兔爰爰，雉離于羅，我生之初，尚無為；我生之後，逢此百罹！尚寐無吪！」《詩序》云：「《兔爰》，閔周也。桓王失信，諸侯背叛，構怨連禍，王師傷敗，君子不樂其生焉。」《漢書・王莽傳贊》：「四海之內，囂然喪其樂生之心。夫生人之道盡，一國之人，皆欲無生，士君子逢之，將何以為情哉！桓君山云：「若此人者，但聞飛鳥之號，秋風鳴條，則傷心矣！」況此殘蟬，哀音嘒嘒乎？「如夢如夢」，「其亡其亡」，亦以象其聲也。

末二句謂殘蟬之聲幽咽，若斷若續，又尋常似己之孤呻悲吟，戛戛然裁箋以寫其斷情也。

《我詩》

亡國哀音怨以思，我詩如此殆天為！欲留一語傳他日，難寫民間盡短詩。
習苦蓼蟲惟不徙，食肥蘆雁得無危？傷心羣賊言經國，誰謂詩能見我悲！

此詩未刻入集中，乃最後期之作，殆是先生之絕筆詩也。初成時只示人以前六句，末二句於死後始公開，所以免時難也。此詩剛腸疾惡，警動橫肆，前半悲惻，似《四月》《苕華》；後半則勁快，疾惡如《菀柳》《巷伯》矣！「亡國哀音怨以思」：《詩大序》：「亡國之音哀以思，其民困。」（《禮・樂記》同。）「天為」，謂天意使然也。《孟子》：「莫之為而為者天也，莫之致而致者命也。」

「欲留一語傳他日，難寫民間盡短詩」：謂己雖欲以文章壽世，然時亂國困，百姓震愆，民事罄竹難書，故但為短詩，使易記誦，以傳之來日而已。「習苦蓼蟲惟不徙」：東方朔《七諫・怨世》：「桂蠹不知所淹留兮，蓼蟲不知徙乎葵菜。」左思《魏都賦》：「習蓼蟲之忘辛，翫進退之維谷。」鮑照《代放歌行》：「蓼蟲避葵堇，習苦不言非，小人自齷齪，安知曠士懷！」又陶公詩：「不言春作苦，常恐負所懷。」又：「豈不實辛苦，所懼非飢寒」。蓼蟲處辛烈，食苦惡，而不徙於葵菜以食甘美，君子履貞白之操，飯疏食，飲水，而不變志易行以求祿位，蓋欲以全身遠害也。彼德薄而位尊，智小而謀大，力小而任重者，居高官，享厚祿，食前方丈，頤指氣使；不知四海窮困，將同魚爛，濡首之厲，危不可支；如彼蘆雁，果腹食肥，將何免於弋人之烹乎？故曰「食肥蘆雁得無危」也。東坡《惠崇蘆雁》六言詩：「惠崇煙雨蘆雁，坐我蕭湘洞庭。」

結韻「傷心羣賊言經國，誰謂詩能見我悲！」：此二句如正平撾鼓，聲激而哀。蓋以生民陷於泥塗，國祚懸於朽索，亂離瘼矣！胡寧忍予？君子作歌，維以告哀；今所為詩，雖疾惡已甚，然深憂刻骨，子墨難傳。所能言者，亦何能盡見我心之悲乎？

先生早歲鼓吹革命，發義激昂，嘗出掌廣東教育。後以國事日非，不容施手，故修其初服，終始為儒，抗心希古，任其所尚。及陳伯南將軍治粵，崇愛儒術，課士以明經務本，復聘先生南歸，整頓教育；然先生以大樹將傾，非一繩所維，已婉言辭謝矣。迨先生之喪，餘杭章太炎先生為其墓銘，有曰：「余之辭，不足以增飾晦聞，雖然，使晦聞而用民國之政，必不偷薄以逮今日無疑也！」痛哉言夫！凡先生晚歲所為詩，每憂國亡無日，今神州陸沉，中原丘墟，先生不幸而言中矣！然移國之盜，劇於新莽，翟義之徒，隨時而動；而我王師，懷忠發憤，龍驤虎視，隔海相望，舳艫東指，朝發夕至，復國建邦，童孩亦辨，倒懸之解，不必冀諸真人起白水矣。

（以上黄晦聞）

陳湛銓講述　陳潔淮筆記

《德明書院校刊》第二期（一九六二年七月）。頁九至十五

（二十九）序　羅慷烈《北小令文字譜》

劉彥和曰：「文變染乎世情，興廢繫乎時序。」夫楚之騷，漢之賦，唐之詩，宋之詞，元之曲，皆翏翏自放，唱于喁喁。天時人事之所萃會，莫知誰主，而鬱為一代之奇響者也。余自蘆溝變起，遭世亂離，萍浮梗泛，觸感無端。于是猖狂恣睢，浪蕩于聲詩。

辛巳（一九四一）壬午（一九四二）間，與忼烈同游于无盦（詹安泰）先生之門。每於永夜蕭辰，山之隈，水之涯，恆以文字歌詠相縱肆，不復知其為悲為喜，是歡是哀。豈亦所謂有託而逃焉者耶！惟時於无盦先生前，嘗與忼烈相約，余將專力於詩文，忼烈則專詞曲。至今忽忽二十許年，余以塵事煎迫，詩文兩無成，而忼烈之於詞曲也，則駸駸乎邁往無涯，將造其極矣。比者忼烈於講學之餘，寫定《北小令文字譜》一書，都十餘萬言，將以梯航後學。《書》曰：「人之有技，若己有之。」況於忼烈者，余之先後同學，而舊盟宿約，常鐫於心。則聞其書之成也，有不避席斂衽，瞿然葉拱，而又鼓臂狂喜，驩然雀躍者乎！

今茲道喪文弊，義路茅塞，古學在叢棘間。而欲承學之士，越次冥升，超頓以入，相與乎幾聖域，登孔門，宣至德，揚極光，不猶彰五采於盲瞽，奏九成於聾聵。雖高且美，奈如天之不可階而升何。聲詩詞曲則不然，言在耳目之內，情寄八荒之表。文徽徽以說（悅）目，音泠泠而盈耳。意內言外，聞風起興。匹夫匹婦之愚，可以與知焉。故斯道之於今，其於誘後學而趨文術也。非進升之初階，爾靡之好爵耶？教亦多術矣，何莫由斯道也。忼烈以雋才巧心，寖饋於是者二十餘年，其為是譜也，豈可以折揚黃苓，錚錚細響目之哉！歲在玄黓，攝提貞於孟陬。辛丑（一九六一）穀旦。新會陳湛銓序

羅慷烈著《北小令文字譜》（香港：齡記書店，一九六二年）。序頁

（三十）陳湛銓教授於經緯書院春節聯歡會上的致辭
中國文化現勢　非有真正能夠抱殘守缺的人來鞏衞它不可

我在去冬週年校慶的典禮席上曾經說過：一個國家的治亂興亡，視乎政治之良否；政治之良否，視乎仕途之明暗；仕途之明暗，視乎官吏之忠奸；官吏之忠奸，視乎人才之賢不肖；人才之賢不肖，視乎人心之正邪；人心之正邪，視乎風氣習俗之善惡；風氣習俗之善惡，視乎教育文化之優劣成壞。這是沿波討源，自然之勢的。我國本位文化教育，是窮理盡性，變化氣質，是從人的心性根本做起，而上達至既中且正至善之境。人啟羣聖，代出名賢，載籍浩瀚，博大弘深，無疑是全世界各國中最優良最正善的。

不幸得很，自清中晚葉以來，末壞本移，仕途黑暗，人心風化開始敗亂。到了最近數十年來，更急轉直下，非經誣聖，敗道傷德教育輩出；直至現在，我國的本位文化教育已經瀕於沈墮傾覆的邊緣了！我們的羲軒子孫，孔孟儒眾，若果還不加倍發揚蹈厲，執金鼓而抗顏行，則日迴月週，聲愈而風銷易沉，不出數十年，就真的恐怕會「周餘黎民，靡有孑遺了！」

范武子《春秋穀梁序》說：「孔子覩滄海之橫流，迺喟言而歎曰：『文王既沒，文不在茲乎？』言文王之道喪，興之者在己。」現在世無孔子，興道難賴一人。我們應該父教其子，兄勉其弟，男女向風，少長同懷。人人以敦名教，昌正學，揚義風，息邪説為己任。持教者勤宣，在學者苦讀；富者施之財，貴者助之勢，強者固扞衞之以力，弱者亦歌頌之以言。施濟雖有不同功德，實屬無異。相率揄揚之，鼓舞之，勞之來之，輔之翼之。庶聲教長宣，宗風丕振。這樣，然後我國的名教正學才得光大，邦家族類才得盛強。中國的名教正學光大，邦家族類盛強，然後全世界含血之倫才真正得救呢！因為我國的聖教，是成己成物，協和萬邦，凡民有喪，匍匐救之的。

所以時至今日，一切海隅蒼生，每個人都應該竭盡所有力量，來担負起這個復興中國本位正善文化教育的重任！我們有限的同事友好，年來不度德，不量力，行傴仄，荷艱巨，毅然創辦了經緯書院。就是一本此衷，別無他求的。老實説，中國文化到了今日的田地，太須要真正能夠抱殘守缺的人來鞏衞它了！

三年多以前，香港政府補助聯合和崇基、新亞三專上書院，準備成立中文大學，這是一件極端可喜可歌頌的大事。後來我們雖然因故離開了聯合書院，但是仍然日夕期望，亟盼中文大學之成。因為「正其義不謀其利，明其道不計其功」，這是董子教的。可惜得很，經三院校多年來的努力改進下，至今仍未見官方發表中文大學正式成立確期；而香港大學方面，則於去夏突然宣佈取消了第二外國語（實即中文）為入學試必考科。這種橫灑冰泉以澆燃炭，於港大本身會招致嫌怨，於中文教育及社會人心有傷害之舉，似非明智者所應為！我以為在中國本位文化教育者方面言之：因邦國多故，時地異便，就讀中文中學的已日見其少了；而所有專上書院，又更漂搖抑塞，存在維艱。

若中文再不被當地最高學府所重視，則風行草偃，在不久的將來，所有中文院校，不會相率淪胥以敗嗎？在香港大學方面言之：此舉即令如何解釋，我總覺得多少有橫阻中文大學的起勢，漠視中國文化的嫌疑。我相信在港中之絕大多數或者可能是全部的中國人，不至於會贊成當地的最高學府鄙棄他們本來的，優良的，正善的文化罷！

香港歸英國政府統治百餘年，居民日益麕聚，順化從服，與政府合作無間，這是甚麼緣故呢？是英政府歷向廉悉民情，不變亂中國人之風俗習慣，尊重其優良文化（前金文泰總督之善政善教尤為港人所樂道），令到居民如處邦國，如在鄉里時，所以國人樂為之用。因此我建議港大當局亟宜聽信善言，收回將行之命，則社會幸甚！教育幸甚！

香港《華僑日報》華僑教育（一九六三年二月十日）

(三十一) 三學治要講義(一)

三學界說

我國文化，流長源遠，末茂本深【注一】，上下五千年，縱橫數萬里，載籍【注二】極博，為寰宇冠，以部類別之，有四部；以內容別之，有三學。四部者，經、史、子、集是也（說見《諸子學講義》第二頁注一。）三學者，義理之學，詞章之學，攷據之學是也。《易・繫傳上》曰：「聖人有以見天下之動，而觀其會通。」孟子曰：「博學而詳說之，將以反說約也。」（《離婁》下）揚子雲曰：「多聞則守之以約，多見則守之以卓；寡聞則无約也，寡見則无卓也。」（《法言・吾子》篇。）吾人研治國故，如甘心小就，則亦已矣！如其不然，則四部三學，所必宜會通，博而後約之，庶可以致廣大而盡精微矣。

【注一】

我國文化之起源，實無累億萬千年，（億，本字作意，《說文》：「意，滿也；一曰十萬曰意。」億，安也。「意，快也，從言中。」）莫知其所自始矣。特以「文久而滅，節族久而絕，」（兩見《荀子・非相》篇，其前云「文久而息」。）故及今載籍所存，足以徵信者，僅得四五千年耳！《列子・楊朱》篇云：「楊朱曰：太古之事，滅矣，孰志之哉！三皇之事，若存若亡；五帝之事，若覺若夢。三王之事，若隱若顯，億不識一；（識去聲，下同，記也。）當身之事，或聞或見，萬不識一；目前之事，或存或廢，千不識一。太古至於今日，年數固不可勝紀，但伏羲以來，三十餘萬歲，賢愚好醜，成敗是非，無不消滅，但遲速之間耳。」雖《列子》所說，茫昧無徵，其書亦可疑，三十餘萬歲之說未可遽信；然《史記・封禪書》有云：「古者封泰山，禪梁父者，七十二家，而夷吾所記者，十有二焉。」（唐司馬貞《史記索隱》：「今《管子》書《封禪》篇是。」則《史記》此說，蓋本諸《管子》也。今傳《管子》原已亡《封禪》篇，唐尹知章作注時，特據《史記》以實之耳。）

許君《說文解字敘》亦云：「書者，如也，以迄五帝三王之世，改易殊體，封于泰山者七十有二代，靡有同焉。」我國上古每易朝代，各聖帝明王，報天功而封泰山，報地功而禪梁父者，皆有文字刻石。在周以前，有文字可見者，共七十二代，以管子之博學多聞，亦只能識十二代文字而已！所不識者，多至六十代。然則我國之有文化，又豈止五千年而已乎？

又唐張守節《史記正義》引《韓詩外傳》云：「孔子升泰山，觀易姓而王。可得而數者七十餘人；不得而數者，萬數也。」（今《韓詩外傳》無此條，或《韓詩內傳》之誤，蓋內傳至唐時猶未佚也。）桓譚《新論》亦云：「泰山之上，有刻石凡千八百餘處，而可識者七十有二。」七十二代之說，除上引述外，其餘司馬相如《封禪文》、《河圖真紀鉤》及梁劉昭《續後漢書・祭祀志》並自注引《莊子》，皆有之，篇籍備載，不可誣也。

【注二】

載籍，即典籍，書籍，蓋書所以記言載事者也。《史記・伯夷列傳》：「夫學者載籍極博，猶考信於六藝，《詩》《書》雖缺，然虞夏之文可知也。《後漢書・班固傳》：「年九歲，能屬文，誦詩賦；及長，遂博貫載籍，九流百家之言，無不窮究。」

戴東原《與方希原書》云：「古今學問之途，其大致有三：或事於義理，或事於制數，或事於文章。」制數，即攷據，段玉裁《戴東原年譜》易為攷核。說云：「先生合義理、攷核、文章為一事，知無所蔽，行無少私；浩氣同盛於孟子，精義上駕乎康成、程朱，修辭俯視乎韓歐。」（段氏揄揚本師，語過其分，孟子所謂「阿其所好」者是也。）此三學分途之所自始

【注一】姚惜抱、曾滌生承之，至今名義定矣。

姚氏《述庵文鈔序》云：「鼐嘗論學問之事，有三端焉：曰義理也，攷證也，文章也。是三者，苟善用之，皆足以相濟；苟不善用之，則或至相害。今夫博學強識而善言德行者，固文之貴也；寡聞而淺識者，固文之陋也。然而世有言義理之過者，其詞蕪雜俚近，如語錄而不文；為攷證之過者，至繁碎繳繞，而語不可了。當以為文之至美，而反以為病者，何哉？其故由於自喜之太過，而智昧於所當擇也。夫天之生才雖美，不能無偏，故以能兼長者為貴；而兼之中又有害焉，豈非能盡其天之所與之量，而不以才自蔽者之難得與？」又《復

秦小峴書》云：「鼐嘗謂天下學問之事，有義理、文章、攷據之分，異趨而同為不可廢。……凡執其所能為，而呲其所不為者，皆陋也。必兼收之，乃足為善。」姚氏之論則是，然其學實偏於詞章，攷據非其所長也。

《曾滌生家書》致弟云：「自西漢以至於今，識字之儒，約有三途：曰義理之學，曰攷據之學，曰詞章之學。各執一途，互相詆毀。兄之私意，以為義理之學最大。義理明則躬行有要，而經濟有本；詞章之學，亦所以發揮義理者也；攷據之學，吾無取焉矣。【注二】此三途者，皆從事經史，各有門徑。」又《歐陽生文集序》（名勳，字子和。）云：「當乾隆中葉，海內魁儒畸士，崇尚鴻博，繁稱旁證，攷覈一字，累數千言不能休，別立幟志，名曰漢學。（即考據之學。）深擯有宋諸子義理之說，以為不足復存；其為文尤蕪雜寡要。姚先生獨排眾議，以為義理考據詞章，三者不可偏廢。必義理為質，然後文有所附，考據有所歸。」

又《聖哲畫像記》云：「姚姬傳氏言學問之途有三：曰義理，曰詞章，曰考據；戴東原氏亦以為言。如文、周、孔、孟之聖，左、莊、班、馬之才，誠不可以一體論矣；至若葛、陸、范、馬，在聖門，則以德行而兼政事也；周、程、張、朱，在聖門，則德行之科也；皆義理也。韓、柳、歐、曾、李、杜、蘇、黃，在聖門，則言語之科也；所謂詞章者也。許、鄭、杜、馬、顧、秦、姚、王，在聖門，則文學之科也；顧、秦於杜、馬為近，姚、王於許、鄭為近，皆攷據也。」（姚氏應歸之詞章，謂與許鄭為近，益非。曾氏私淑姬傳，猶未免於阿私也。)義理之學,以羣經為主,子、史次之,宋明理學又次之。詞章之學,詩文宜並重;然從事之序,則宜先文後詩,古文辭尤宜先焉;詞次之,曲為下。攷據之學,宜先通文字,聲、訓;許君《說文解字》一書,尤須精讀。小學既通,然後可得而遍讀三代兩漢之書,以固本窮源;則攷證名物,辨章義訓,無入而不自得矣。夫義理之學,即聖賢之學也;詞章之學者,聖賢之學之發揮也;攷據之學者,聖賢之學之實證也;三者其可廢乎?(参考注二。)

【注一】

《伊川語錄》云:「今之學者,歧而為三:能文者謂之文士,(即詞章家。)談經者謂之講師,(殆即訓詁家,猶後清人攷據之學,非指宋人之說經而主義理者也。)惟知道者乃儒學也。」此三學之濫觴,(《家語・三恕》篇:「夫江始出於岷山,其源可以濫觴;及其至於江津,不舫舟,不避風,則不可以涉。非唯下流水多耶?」)惟名義含混,未確切不移耳。

清儒茅鈍叟(名星來,字豈宿,前於戴震,有《近思錄集注》、《鈍叟文鈔》。)《近思錄集注後序》曰:「《近思錄集注》既成,或疑名物、訓詁,非是書所重,胡考訂援據之不憚煩為?曰:此正愚注之所以作也。自《宋史》分道學儒林為二,而後之言程朱之學者,往往但求之身心性命之間,而不復以通經學古為事;於是彼稍知究心學古者,輒用是為詬病,以謂:道學之說興,而經學寖微。噫!何其言之甚歟!夫道者,所以為儒之具也;而學也者,所以治其具者也。故人不學,則不知道;不知道,則不可以為儒,而不通知古今,則不足以言學。夫經，其本也；不通經，則雖欲博觀古今，亦泛濫而無所歸也。《宋史》離而二之，過矣。伊川分學者為三：曰文章，曰訓詁，曰儒者。夫六經，皆文章也；其異同疑似，為之博考而詳辨，即訓詁也。子曰：『有德者必言。』非儒者之文章乎？（此義理兼詞章也。）孟子曰：『不以文害辭，不以辭害志，以意逆志，是為得之。』非儒者之訓詁乎？（此義理兼考據，然孟子之意是臆度之，與援古作證不同。）然則文章也，訓詁也，而儒之所以為儒者，要未始不存乎其間；然伊川且必欲別儒於文章訓詁之外者，何也？蓋謂：求儒者之道於文章訓詁中則可；而欲以文章訓詁，盡儒者之道，則不可。其本末先後之間，固有辨也，奈之何進訓詁章句之學於儒林，而反別道學於儒之外？其無識，可謂甚也。」（譏評《宋史》。）伊川鈍叟之「儒學」、「儒者」，即聖賢之學，義理之學也；所謂「講師」、「訓詁」，即其後所稱考據之學也；而所云「文士」、「文章」，則不待言而知其即詞章之學矣。

【注二】

攷據之學宜居第三位，然云：「無取焉」，則是曾氏前期之說，後所持論，已自不同矣。其《家書・諭紀澤》云：「近日看《漢書》；余生平好讀《史記》、《漢書》、《莊子》、《韓文》四書。爾能看《漢書》，是余所欣慰之一端也。看《漢書》有兩種難處：必先通於小學訓詁之書，而後能識其假借奇字；必先習於古文辭章之學，而後能讀其奇篇奧句。爾於小學古文兩者，皆未曾入門；則《漢書》不能識之字，不能解之句多矣。欲通小學，須畧看《段氏說文》，

《經籍纂詁》二書。王懷祖(自注:「名念孫,高郵州人。」)先生有《讀書雜志》,中於《漢書》之訓詁,極為精博,為魏晉以來釋《漢書》者所不能及。欲明古文,須看《文選》及姚姬傳之《古文辭類纂》二書。」此已攷據與詞章並重矣;其云:「小學」、「訓詁」者,攷據之學也;「古文」者,詞章之學也。又《家訓 • 諭紀澤》云:「國朝大儒,如顧、閻、江、戴、段、王數先生之書,亦不可不熟讀而深思之。光陰難得,一刻千金。」

又云:「余於本朝大儒,自顧亭林之外,最好高郵王氏之學。王安國,(字書城號春圃。)以鼎甲官至尚書(一甲第二名,官至吏部尚書。)謚文肅,正色立朝。生懷祖先生念孫,經學精卓;生王引之,復以鼎甲官尚書,(一甲第三名,官至工部尚書。)謚文簡。三代皆好學深思,有漢韋氏(韋孟為楚元王傅,五世至韋賢;及其少子玄成,皆明經,位至丞相。)唐顏氏(北齊顏之推,博精羣籍,至唐,子游秦,撰《漢書決疑》。游秦兄子師古,亦博通,精文字訓詁之學。訓詁之學,取資游秦,注《漢書》,世號小顏焉。又著有《匡謬正俗》八篇。弟相時,亦以學聞。相時弟勤禮,工篆籀,尤精訓詁,與兄師古、相時,同時為弘文崇賢學士)之風,余自憾學問無成,有愧王文肅公遠甚。而望爾輩為懷祖先生,為伯申氏,(引之字。)則夢寐之際,未嘗須臾忘也。懷祖先生所著《廣雅疏證》、《讀書雜志》,家中無之。伯申氏所著《經義述聞》、《經傳釋詞》,《皇清經解》內有之。爾可試取一閱,其不知者,寫信來問。本朝窮經者,皆精小學,大約不出段王兩家之範圍耳。」又云:「本朝善讀古書者,余最好高郵王氏父子，曾為爾言之屢矣。今觀懷祖先生《讀書雜志》中，所攷訂之書：曰《逸周書》、曰《戰國策》、曰《史記》、曰《漢書》、曰《管子》、曰《晏子》、曰《墨子》、曰《荀子》、曰《淮南子》、曰《後漢書》、曰《老》、《莊》、曰《呂氏春秋》、曰《韓非子》、曰《楚辭》、曰《文選》，凡十六種。（應是十七種，曾氏漏舉《法言》，在《韓非》下。）又別著《廣雅疏證》一種。伯申先生《經義述聞》中所考訂之書：曰《易》、曰《書》、曰《詩》、曰《周官》、曰《儀禮》、曰《大戴禮》、曰《禮記》、曰《左傳》、曰《國語》、曰《公羊》、曰《穀梁》、曰《爾雅》，凡十二種。王氏父子之博，古今所罕，然亦不滿三十種也。余於《四書》《五經》之外，最好《史記》、《漢書》、《莊子》、《韓文》四種。好之十餘年，惜不能熟讀精考。又好《通鑑》、《文選》及姚惜抱所選《古文辭類纂》，余所選《十八家詩鈔》四種。共不過十餘種。（《四書》《五經》共九種，《史》《漢》《莊》《韓》四種，《通鑑》，《文選》，《姚選》，《十八家詩鈔》，合十七種。）早歲篤志為學，恒思將此十餘書，貫串精通，畧作劄記，仿顧亭林、王懷祖之法；今年齒衰老，時事日艱，所志不克成就；中夜思之，每用愧悔。……學問之途，自漢至唐，風氣畧同；自宋至明，風氣畧同；至國朝，又自成一種風氣。其尤著者，不過閻（自注「百詩」。下同。）、戴（東原）、江（慎修）、錢（辛楣）、秦（味經）、段（懋堂）、王（懷祖）數人，而風氣所扇，羣彥雲興。爾有志讀書，不必別標「漢學」之名目，而不可不一窺數君子之門徑。」又云：「爾於小學，麤（粗）有所得，深用為慰。欲讀周漢古書，非明於小學，無可問津。余於道光末年，始好高郵王氏父子之說，從事戎行，未能卒業，冀爾竟其緒耳。」又云：「爾《說文》將看畢，擬先看各經注疏，再從事於詞章之學。余觀漢人詞章，未有不精於小學訓詁者；如相如、子雲、孟堅，於小學皆專著一書；（司馬相如著《凡將》篇，揚雄著《訓纂》篇，班固續揚雄，作《十三章》。今皆亡，而《說文》為取古之字書矣。）《文選》於此三人之文，著錄最多。（司馬相如有《子虛賦》、《上林賦》、《長門賦》、《上疏諫獵》、《喻巴蜀檄》、《難蜀父老》、《封禪文》。揚雄有《甘泉賦》、《羽獵賦》、《長楊賦》、《解嘲》、《趙充國頌》、《劇秦美新》。班固有《兩都賦》兩篇、《答賓戲》、《典引》、《漢書・公孫弘傳贊》、《漢書・述高祖紀贊》、《述成紀贊》、《述韓彭英盧吳傳贊》、《封燕然山銘》。）余於古文，志在效法此三人，並司馬遷、韓愈五家。以此五家之文，精於小學訓詁，不妄下一字也。爾於小學，既粗有所見，正好從詞章上用功。《說文》看畢之後，可將《文選》細讀一過，一面細讀，一面鈔記，一面作文，以仿效之。凡奇僻之字，雅古之訓，不手鈔則不能記，不摹仿則不慣用。自宋以後能文章者，不通小學；國朝諸儒，通小學又不能文章。余早歲窺此門徑，因人事太繁，又久歷戎行，不克卒業，至今用為疾憾。」

又曰：「爾於小學訓詁，頗識古人源流，而文章又窺見漢魏六朝之門徑，欣慰無已！余嘗怪國朝大儒，如戴東原、錢辛楣、段茂堂、王懷祖諸老，其小學訓詁，實能超越近古，直逼漢唐，而文章不能追尋古人深處。達於本而闕於末，知其一而昧其二，頗覺不解。私竊有志，欲以戴、錢、段、王之訓詁，發為班、張、左、郭之文章。（自注：「晉人左思、郭璞，小學最深；文章亦逼兩漢，潘、陸不及也。」）……爾既得此津筏，以後更當專心一志，以精確之訓詁，作古茂之文章。由班、張、左、郭，上而揚馬，而莊騷，而六經，靡不息息相通。下而潘陸，而任沈，而江鮑徐庾，則詞愈雜，氣愈薄，而訓詁之道衰矣。至韓昌黎出，乃由班張揚馬而上躋六經，其訓詁亦甚精當。爾試觀《南海神廟碑》、《送鄭尚書序》諸篇，則知韓文實與漢文相近；又觀《祭張籍文》，（此悞。按：即《昌黎集》中之《祭張給事文》，是張徹，張籍後死於韓公。）《平淮西碑》諸篇，則知《韓文》實與《詩經》相近。近世學韓文者，皆不知其與揚馬班張一鼻孔出氣；你能參透此中消息，則幾矣。」又《日記》，《問學》云：「至鏡海先生處，（唐鑑，字鏡海，善化人，嘉慶進士，由檢討歷官江寧布政使，入為太常卿。咸豐初，命回江南，主書院講席。其學主朱子，力闢陽明，著《國朝學案小識》以示宗旨，又有《畿輔水利書》。）問檢身之要，讀書之法，先生言：當以《朱子全書》為宗。時余新買此書，問及，因道此書最宜熟讀，即以為課程，專體力行，不宜視為瀏覽之書。……又言：為學只有三門：曰義理，曰攷核，曰文章。攷核之事，多求粗而遺精，管窺而蠡測；文章之事，非精於義理者不能至；經濟之學，即在義理內。」

《日記》又曰：「有義理之學，有詞章之學，有考據之學。義理之學，即《宋史》所謂道學也，在孔門為德行之科。詞章之學，在孔門為言語之科。經濟之學，在孔門為政事之科。

四科闕一不可。」（經濟是外王之學，若純就聖學言，三學足矣。）凡上所引述曾氏語，皆三學並重，謂「考據無取焉」者，道光末年前，未讀王懷祖、伯申父子書時之語耳。又凡曾氏之所論述，皆治三學之要法，識卓論精，故引述稍長，不可忽視之也。

《論語‧里仁》：「子曰：『參乎，吾道一以貫之。』」又《衞靈公》：「子曰：『賜也，女以予為多學而識之者與？』對曰：『然，非與？』曰：『非也！予一以貫之。』」《易》曰：「文明以健，中正而應，君子正也；唯君子為能通天下之志。」（《同人卦‧彖辭》）義理、詞章、考據三者，分之則有三途，合之實為一貫，如循連環，不可解者也。

夫義理之學，固以羣經為主焉；然為詞章之學者，文章復有優於羣經者耶？屈、宋、賈、馬、劉、揚、班、張之辭賦，曹、阮、陶、鮑、李、杜、韓、蘇之詩篇；潘、陸、任、沈，劉、江、徐、庚之儷語；韓、柳、歐、蘇，曾、王、歸、姚之散文，可離絕義理而騁其翰藻耶？又離於羣經、子、史，一空總集、別集，尚何考據之有哉！

故學雖有三，而必當匯集眾流，一以貫之者也。張之洞曰：「由小學入經學者，其經學可信；由經學入史學者，其史學可信；由經學史學入理學者，其理學可信；以經學史學兼詞章者，其詞章有用；以經學史學兼經濟者，其經濟成就遠大。」（《書目答問》。此書原出繆荃孫手，見其《藝風堂自訂年譜》中。）南皮此論，開導來士以治學之途，淹通貫穿，陳義甚的。

小學，即文字聲訓之學，攷據之柄也。經學，是義理之總匯，子、史、理學，皆其別流。本固而葉茂，源通而流暢，後先不可亂也。詞章，惟經文為至純且粹，子書次之，史籍會聚亦豐；君子以言有物而行有恒，深於羣經子史，則其發為文章也，充實而有光輝矣。經世濟民，本由天命，茲所不論，然厚於德而深於學者，遭時所須，未有不能大造生民者也。劉彥和曰：「安有丈夫學文，而不達於政事哉！」徵諸羊舌肸，公孫僑、諸葛公、陸伯言，裴中立、韓退之、司馬君實、蘇子瞻、文宋瑞、曾滌生之倫，則彥和之言，非欺人矣。陳石士曰：「能以考據入文，其文乃益古。……然則以考證佐義理，義理乃益可據；以考證入詞章，詞章乃益茂美。」（《太乙舟文》卷五《復賓之書》。）此雖考據家言，然主義理而入詞章，曲能有誠，未可誣也。

詞章之學

夫三學，義理為上，詞章次之，攷據為下，無論已！然入學之途，則治《說文》，通小學，熟讀《四子書》，明《詩》《禮》後，徑由詞章之學入，亦未始非計；子雲、昌黎、朱子、陽明諸大儒，皆由詞章入道者也。

【揚雄《法言・吾子》：「或問『吾子少而好賦？』曰：『然！童子彫蟲篆刻。』俄而曰：『壯夫不為也！』」《漢書・揚雄傳》：「……顧嘗好辭賦，先是時，蜀有司馬相如，作賦甚弘麗温雅，雄心壯之，每作賦，常擬之以為式」。又：「雄以為賦者，將以風之；必推類而言，極麗靡之辭，閎侈鉅衍，競於使人不能加也；既，迺歸之於正，然覽者已過矣。往時武帝好神仙，相如上《大人賦》，欲以風帝，帝反縹縹有陵雲之志。由是言之，賦勸而不止，明矣。又頗似俳優淳于髡優孟之徒，非法度所存，賢人君子詩賦之正也，於是輟不復為。」《西京雜記》卷三：「揚子雲曰：『長卿賦不似從人間來，其神化所至耶？』子雲學相如為賦而弗逮，故雅服焉。」

韓愈《答竇秀才（存亮）書》：「愈少駑怯，於他藝能，自度無可努力；又不通時事，而與世多齟齬；念終無以樹立，遂發憤篤專於文學。」又《上李尚書（實）書》：「愈也少從事於文學。……」又《上兵部李侍郎（巽）書》：「性本好文學，因困厄悲愁，無所告語，遂得窮究於經傳《史記》百家之說。沈潛乎訓義，反復乎句讀，礱磨乎事業，而奮發乎文章。凡自唐虞以來，編簡所存，大之為河海，高之為山嶽，明之為日月，幽之為鬼神，纖之為珠璣華實，變之為雷霆風雨；奇辭奥旨，靡不通達。」又《上宰相（趙憬賈耽盧邁）書》：「今有人，生二十八年矣，名不著於農工商賈之版，其業則讀書著文，歌頌堯舜之道；雞鳴而起，孜孜焉亦不為利；其所讀，皆聖人之書；楊墨釋老之學。無所入於其心。其所著，皆約《六經》之旨而成文，抑邪與正，辨時俗之所惑，居窮守約，亦時有感激怨懟奇怪之辭。」又《答李翊書》：「……抑又有難者，愈之所為，不自知其至猶未也？雖然，學之二十餘年矣（謂文）。」又《答李秀才（師錫）書》：「然愈之所志於古者，不惟其辭之好！好其道焉爾！」又《答陳生（商）書》：「愈之志，在古道，又甚好其言辭。」又《與馮宿論文書》：「僕為文久，每自則，意中以為好，則人必以為惡矣；小稱意，人亦小怪之；大稱意，即人必大怪之也。時時應事作俗下文字，下筆令人慚，及示人，則人以為好矣；小慚者，亦蒙謂之小好；大慚者，即必以為大好矣；不知古文直何用於今世也！」又《答劉正夫書》：「有文字來，誰不為文？然其存於今者，必其能者也。」又《送陳秀才彤序》：「讀書以為學，纘言以為文，非以誇多而鬥靡也。蓋學所以為道，文所以為理耳。」又《題歐陽生（詹）哀辭後》：「愈之為古文，豈獨取其句讀不類於今者邪？思古人而不得見，學古道，則欲兼通其辭；通其辭者，本志乎古道者也。」又《考功員外盧君（東美）墓銘》：「……愈能為古文，業其家。」又《進學解》：「沈浸醲郁，含英咀華，作為文章，其書滿家。……先生之於文，可謂閎其中而肆其外矣。」

《宋史・道學傳》：「朱熹，字元晦，一字仲晦，……（孝宗）乾道六年（四十一歲），工部侍郎胡銓以詩人薦，以未終喪辭（五年喪母）。」《朱子語類》：「先生每觀一水一石，一草一木，稍清陰處，竟日目不瞬；飲酒不過兩三行，又移一處：大醉則趺坐高拱。經史子集之餘，雖記錄雜記，舉輒成誦。微醺，則吟哦古文，氣調清壯。某（朱子門人壽昌）所聞見，先生每愛讀屈原《離騷》，孔明《出師表》，淵明《歸去來並詩》，並杜子美數詩而已。」又：「道者，文之根本；文者，道之枝葉。惟其根本乎道，所以發之於文，皆道也。三代聖賢文章，皆從此心寫出，文便是道。」

黃宗羲《宋元學案・晦翁學案下》：「文字雖不可廢，惟涵養本原，而察于天理人欲之判，此是日用動靜之間，不可頃刻間斷底事（朱子《答呂子約語》）。」宋《黃震日鈔》云：「六經之文皆道；秦漢以後之文，鮮復關于道，甚者害道；韓文公始復古文，而猶未必盡純於道；我朝諸儒，始明古道，而又未盡發于文。晦庵先生……天才卓絕，學力閎肆，落筆成章，殆於天造。其剖析性理之精微，則日精月明；其窮詰邪説之隱遁，則神搜霆擊；其感慨忠義，發明《離騷》，則苦雨淒風之變態；其泛應人事，遊戲翰墨，則行雲流水之自然。究而言之，皆此道之流行，猶化工之妙造也。」清吳之振《宋詩鈔・文公集鈔序》云：「孝宗時，侍郎胡銓以詩人薦，同王庭珪內召，故朱子自注詩云：『僕不能詩，平生僥倖多類此。』（湛銓案：朱子《寄江文卿、劉叔通三絕句》之末章自注云：「僕不能詩，往歲為澹庵胡公以此論薦，平生僥倖多類此。」此文公謙詞耳。）然雖不役志於詩，而中和條貫，渾涵萬有，無事模鐫，自然聲振，非淺學之所能窺。此和順之英華，天縱之餘事也。錢德洪（陽明弟子）刻（陽明先生）文錄敘説：「先生之學凡三變，其為教也亦三變：少之時，馳騁於辭章；已而出入二氏；繼乃居夷處困，豁然有得於聖賢之旨，是三變而至道也。居貴陽時，首與學者為知行合一之說；自滁陽後，多教學者靜坐；江右以來，始單提致良知三字，直指本體，令學者言下有悟，是教亦三變也。」

又曰：「先生嘗語學者曰：『作文字亦無妨工夫，如詩言志，祇看爾意向如何？意得處自不能不發之言，但不必在辭語上馳騁，言不可以偽為。』」陳惟濬刻《文錄敘說》曰：「當今天下士，方馳騖於辭章；先生少年，亦嘗沒溺于是矣。卒乃自悔，惕然有志於身心之學；學未歸一，出入於二氏者又幾年矣；卒乃自悔，省然獨得於聖賢之旨。」

王畿（陽明弟子）刻《陽明先生年譜序》：「我陽明先師，崛起絕學之後，生而穎異神靈，自幼即有志於聖人之學。蓋嘗泛濫於辭章，馳騁於才能，漸漬於老釋，已乃折衷於羣儒之學。」湛若水（字元明，號甘泉，增城人，陽明友，白沙先生弟子。）《陽明先生墓誌銘》云：「初溺於任俠之習，再溺於騎射之習，三溺於辭章之習，四溺於神仙之習，五溺於佛氏之習。正德丙寅，（明武宗正德元年，陽明三十五歲。）始歸正於聖賢之學。」】

凡鴻儒巨製，必其德學性氣蘊積之所發揚，所謂「有德者必有言」，「和順積中而英華發外」者也。故善為文者，必肆志於學，日就月將，沈涵漸漬於其中，而溯波窮源，鮮不歸本於語孟六籍。斯由詞章入道，文成而德立；自然之理，並行而不相悖；揚韓朱王，其尤著焉爾！

章實齋曰：「至於文學，古人未嘗不欲其工。孟子曰：『持其志，無暴其氣。』學問為立言之主，猶之志也；文章為明道之具，猶之氣也。求自得於學問，固為文之根本；求無病於文章，亦為學之發揮。故宋儒尊道德而薄文辭，伊川先生謂工文則害道，明道先生謂記誦為玩物喪志，（《伊川語錄》：「古之學者為己，其終至於成物；今之學者為人，其終至於喪己。學也者，使人求於內也；不求於內而求於外，非聖人之學也。何謂不求於內而求於外？以文為主者是也。學也者，使人求於本也；不求於本而求於末，非聖人之學也。何謂不求於本而求於末？考詳畧，採同異者是也。是二者，皆無益於吾身，君子弗學。」是伊川於詞章攷據之學皆非議之也。又伊川《答朱長文書》：「後之人，始執卷，則以文章為先，平生所為，動多於聖人；然有之無所補，無之亦無所闕，乃無用之贅言也。不止贅而已，既不得其要，則離真失正，反害於道必矣。」此伊川謂多文則害道也，然亦就不得其要，離真失正者言之耳！其下文復云：「茍足下所作者皆合於道，足以輔翼聖人，為教於後；乃聖賢事業，何得為學之末乎！」則伊川所謂害道者，非謂真能文者也。又《明道學案》：「憂子弟之輕俊者，只教以經學念書，不得令作文字。子弟凡百玩好皆奪志，至於書札，於儒者事最近，然一向好著，亦自喪志。」）雖為忘本而逐末者言之，然推二先生之立意，則持其志不必無暴其氣。而出辭氣之遠於鄙倍，孔曾皆為不聞道矣！」（應是孟子非孔子。《文史通義·文理》。）

又曰：「去古久遠，不能學古人之所學，則既以誦習儒業，即為學之究竟矣。而攻取之難，勢亦倍於古人。故於專門攻習儒業者，苟果有以自見，而非一切庸俗所可幾，吾無責焉耳！學博者長於考索，豈非道中之實積？而騖於博者，終身敝精勞神以狥之，不思博之何所取也！才雄者健於屬文，豈非道體之發揮？而擅於文者，終身苦心焦思以構之，不思文之何所用也！言義理者，似能思矣，而不知義理虛懸無薄，則義理亦無當於道矣！此皆知其然，而不知所以然也。……天下不能無風氣，風氣不能無循環；一陰一陽之道，見於氣數者然也。所貴君子之學術，為能持世而救偏；一陰一陽之道，宜於調劑者然也。風氣之開也，必有所以取；學問文辭與義理，所以不無偏重畸輕之故也。風氣之成也，必有所以敝；人情趨時而好名，狥末而不知本也。是故開者雖不免於偏，必取其精者為新氣之迎；敝者縱名為正，必襲其偽者為末流之託，此亦自然之勢也。而世之言學者，不知持風氣，而惟知狥風氣；且謂非是不足邀譽焉，則亦弗思而已矣。」（《文史通義‧原學下》）章氏此論，足資參察。

方今道喪文敝，正學消殘，從學之士，無所指歸。其聰敏者，以儒學艱深而人生實難，故惟貨利職業是尚，群趨於西學與技藝之科矣，其佻脱者，雖從事於此，而四部三學，重峻森羅，如彼膚末，寧敢圖哉！又惟淺俗劣陋之新學是尚矣！況有覆國滅宗之醜類惡物為祟於其間耶。夫「治強易為謀，弱亂難為計」，處今之時，如欲興名教，昌正學，必自詩文誘導始矣。昌黎先生云：「人聲之精者為言，文辭之於言，又其精也，尤擇其善鳴者而假之鳴。」

若成周之聲詩；屈宋之辭賦；賈馬劉揚，班張左郭，潘陸之盛藻；漢魏六朝之詩及樂府；六朝之駢文；曹阮陶謝，江鮑李杜，王孟昌黎，香山、玉豁、樊川、東坡、山谷、放翁；遺山之詩篇，韓柳歐王蘇曾之古文辭，溫韋馮李、晏歐柳蘇；秦周姜張；吳王之詞，喤喤厥聲，肅雝和鳴，鼓之舞之，皆有足以動其心而使之悠然來學矣。

故三學雖首義理，而開示來學之途，則自詞章始。此章實齋所云開風氣，不無偏重畸輕者也。

羣經之文章論

《易・乾文言》曰：「君子進德修業。忠信，所以進德也；修辭立其誠，所以居業也。」此謂修辭須立誠也。又《家人》：「象曰：風自火出，家人。君子以言有物而行有恒。」此謂言須有物也。又《革卦・小象》曰：「大人虎變，其文炳也。……君子豹變，其文蔚也。」此謂大人君子，其文炳蔚也。又《艮》之六五曰：「艮其輔，言有序。」此謂言須有序也。

又《繫辭上傳》：「擬之而後言，議之而後動，擬議以成其變化。」此謂擬之而後言也。又《繫辭下傳》：「其稱名也小，其取類也大，其旨遠，其辭文，其言曲而中，其事肆而隱。」此謂旨遠辭文，言中事隱也。又：「將叛者其辭慚，中心疑者其辭枝，吉人之辭寡，躁人之辭多，誣喜之人其辭游，失其守者其辭屈。」此謂觀辭可以知人也。又《說卦傳》：「分陰分陽，迭用柔剛，故易六位而成章。」此謂陰陽剛柔迭用，而成《易》之文章也。（桐城陰陽剛柔文論之所自出。）又：「神也者，妙萬物而為言者也。」此以妙萬物而為言者，斯為神明之至也。

《書・舜典》：「帝曰：夔，命汝典樂。教胄子，直而溫，寬而栗，剛而無虐，簡而無傲。詩言志，歌永言，聲依永，律和聲。八音克諧，無相奪倫，神人以和。」此亦剛柔相濟之說也。又《說命下》：「人求多聞，時推建事，學於古訓，乃有獲。」又《旅獒》：「志以道寧，言以道接。」此謂學古接道乃有得也。又《畢命》：「政貴有恒，辭尚體要，不惟好異」，此謂文辭尚體要，不是好異也。《詩・魏風・葛屨》：「維是褊心，是以為刺。」（《詩序》：「葛屨，刺褊也。魏地陝隘，其民機巧趨利，其君儉嗇褊急，而無德以將之。」）又《園有桃》：「心之憂矣，我歌且謠。」（《詩序》：「園有桃，刺時也，大夫憂其君，國小而迫，而儉以嗇；不能用其民，而無德教，日以侵削。故作是詩也」）。又《小雅・何人斯》：「作此好歌，以極反側。」（《詩序》：「何人斯，蘇公刺暴公也。暴公為卿士而譖蘇公，故蘇公作是詩以絕之。」鄭箋：「暴也蘇也，皆畿內國名。」）又《四月》：「君子作歌，維以告哀。」（《詩序》：「四月，大夫刺幽王也。在位貪殘，下國構禍，怨亂並興焉。」）凡上四端，是謂詩可以抒其胸中之憂怨哀憤者也。

又《小雅・巷伯》：「寺人孟子，作為此詩，凡百君子，敬而聽之。」（《詩序》：「巷伯，刺幽王也。寺人傷於讒，故作是詩也。」）又《大雅・桑柔》：「雖曰匪予，既作爾歌。」（《詩序》：「桑柔，芮伯刺厲王也」。鄭箋：「芮伯，畿內諸侯，王卿士也。」又云：「予，我也。女雖觝距己言，此政非我所為。我已作女所行之歌，女當受之而改悔。」）以上二端，是謂詩可以發抒己意而訴諸眾也。

又《大雅・崧高》：「吉甫作誦，其詩孔碩，其風肆好，以贈申伯。」（《詩序》：「《崧高》，尹吉甫美宣王也。天下復平，能建國，親諸侯，褒賞申伯焉。」鄭箋：「尹吉甫、申伯，皆周之卿士也。尹，官氏，申，國名。」）

又《烝民》：「吉甫作誦，穆如清風；仲山甫永懷，以慰其心。」（《詩序》：「《烝民》，尹吉甫美宣王也。任賢使能，周室中興焉。」鄭箋：「穆，和也。吉甫作此，工歌之，誦其調，和人性，如青風之養萬物然。仲山甫述職，多所思而勞；故述其美，以慰安其心。」）以上二端，是謂詩可以持贈君子友朋，而歌頌其人之美德者也。

又《小雅・節南山》：「家父作誦，以究王訩，式訛爾心，以畜萬邦。」（《詩序》：「《節南山》，家父刺幽王也。」鄭箋：「家父，字，周大夫也。」又「訛，化；畜，養也。」）此謂詩可以諷諫其君，而欲其化惡向善也。又《魯頌・閟宮》：「新廟奕奕，奚斯所作，孔曼且碩，萬民是若。」（《詩序》：「《閟宮》，頌僖公能復周公之宇也。」班固《兩都賦序》：「皋陶歌虞，奚斯頌魯。」李善注：「《韓詩·魯頌》曰：『新廟奕奕，奚斯所作。』」）薛君（漢）曰：「奚斯，魯公子也。（名魚。《左傳》稱公子魚，奚斯其字也。）言其新廟奕奕然盛，是詩，公子奚斯所作也。」孔廣森曰：「愚案薛於此特明詩為奚斯作者，慮後人溷作詩於作廟。」此謂詩可以頌其君之美，且以勗勉萬民也。

《儀禮·聘禮》：「辭無常，孫而說；辭多則史，（鄭注：「史謂策祝。」）少則不達；辭苟足以達，義之至也。」《禮記·曲禮上》：「毋勦說，毋雷同，必則古昔，稱先王。」顧炎武曰：「毋勦說，毋雷同！此古人立言之本。」曹丕《典論·論文》：「斯七子者，於學無所遺，於辭無所假；咸以自騁驥騄於千里，仰齊足而並馳。」陸機《文賦》：「收百世之闕文，採千載之遺韻，謝朝華於已披，啟夕秀於未振。」又曰：「必所擬之不殊，乃闇合乎曩篇；雖杼軸於予懷，怵他人之我先；苟傷廉而愆義，亦雖愛而必捐。」

《文心雕龍·指瑕》篇：「又製同他文，理宜刪革。若掠人美辭，以為己力，寶玉大弓，終非其有。（《左氏春秋·定公八年》經文：「盜竊寶玉大弓」。杜預注：「盜，謂陽虎也。寶玉，夏后氏之璜；大弓，封父之繁弱。」《穀梁傳》：「大弓，武王之戎弓也。」）全寫則揭篋，旁采則探囊，（《莊子·胠篋》篇：「將為胠篋探囊發匱之盜而為守備，則必攝緘縢，固扃鐍，此世俗之所謂智也。」）然世遠者太輕，時同者為尤矣。」《魏書·祖瑩傳》：「常語人云：文章須自出機杼，成一家風骨，何能共人同生活也！」韓愈《南陽樊紹述墓誌銘》：

「惟古於詞必己出，降而不能乃剽賊，後皆指前公相襲，從漢迄今用一律。」又《進學解》自嘲云：「躓常途之促促，窺陳編而盜竊。」蘇軾《次韻孔毅父集古人句見贈》云：「退之驚笑子美泣，問君久假何時歸？」黃庭堅《贈謝敞王博諭》詩云：「文章最忌隨人後，道德無多祗本心。」

元好問《論詩絕句》云：「窘步相仍死不前，唱酬無復見前賢；縱橫正有凌雲筆，俯仰隨人亦可憐！」劉攽《中山詩話》云：「（真宗）祥符天禧中，楊大年（億）、錢文僖（維演）、晏元獻（殊）、劉子儀（筠），以文章立朝，為詩皆宗尚李義山，號西崑體，（謂美玉出於西方崑岡也。）後進多竊義山語句。賜宴，優人有為義山者，衣服敗敝，告人曰：『我為諸館職撏至此』，聞者歡笑。」又《禮器》：（鄭玄曰：「名為禮器者，以其記禮使人成器之義也。故孔子謂子貢：『汝器也。』曰：『何器也？』曰：『瑚璉也。』」）「禮（可通於成功之辭翰）有以多為貴者，……有以少為貴者，……有以大為貴者，……有以高為貴者，……有以文為貴者，……有以素為貴者。……禮之以多為貴者，以其外心者也。德發揚，詡萬物，大理物博；如此，則得不以多為貴乎？故君子樂其發也。禮之以少為貴者：以其內心者也。德產之致也精微，觀天下之物，無可以稱其德者；如此，則得不以少為貴乎？是故君子慎其獨也。古之聖人，內之為尊，外之為樂，少之為貴，多之為美。」

又《郊特牲》：「大羹不和，貴其質也；大圭不琢，美其質也；丹漆雕幾（音祈）之美，素車之乘，尊其樸也；貴其質而已矣！所以交於神明者，不可同於安褻之甚也。如此而後宜。」此可通於行文之尊崇德義通於神明者，宜體氣嚴莊，不可騁其文繡斧藻也。

又《樂記》云：「清廟之瑟，朱弦而疏越，壹倡而三歎，有遺音者矣；大饗之禮，尚玄酒而俎腥魚，大羹不和，有遺味者矣。是故先王之制禮樂也，非以極口腹耳目之欲也，將以教民平好惡而反人道之正也。」（意與前條同。）又：「是故情深而文明，氣盛而化神，和順積中而英華發外，惟樂不可以為偽。」（樂與詩合，亦可通解於文。）

又《雜記下》：「居其位，無其言，君子恥之；有其言，無其行，君子恥之。」又《祭統》：「夫鼎有銘，銘者自名也。自名以稱揚其先祖之美，而明著之後世者也。為先祖者，莫不有美焉，莫不有惡焉；銘之義，稱美而不稱惡，此孝子孝孫之心也，唯賢者能之。銘者，論譔其先祖之有德善功烈勳勞慶賞聲名，列於天下，而酌之祭器，自成其名焉，以祀其先祖者也。顯揚先祖，所以崇孝也；身比焉，順也；明示後世，教也。夫銘者，……古之君子，論譔其先祖之美，而明著之後世者也。以比其身，以重其國家如此！子孫之守宗廟社稷者，其先祖無美而稱之，是誣也；有善而弗知，不明也；知而弗傳，不仁也。此三者，君子之所恥也。」

又《哀公問》：「孔子對（魯哀公）曰：君子過言則民作辭，過動則民作則。君子言不過辭，動不過則。」此風草之意：謂君子立言宜有方，否則民化之：雖過，猶稱其辭，是率天下為亂也。

又《孔子閒居》：「子夏曰：『……敢問何謂五至？』孔子曰：『志之所至，詩亦至焉；詩之所至，禮亦至焉；禮之所至，樂亦至焉；樂之所至，哀亦至焉；哀樂相生。（樂者樂也；歡其愉樂，則必能恤其陵夷，故曰哀樂相生。）是故正明目而視之，不可得而見也；傾耳而聽之，不可得而聞也；志氣塞乎天地，此之謂五至。』」是哀樂之感，詩樂之極，存乎志之所至也。則所以為詩文者，思過半矣。

又《表記》：「子曰：……是故君子恥服其服而無其容，恥有其容而無其辭，恥有其辭而無其德，恥有其德而無其行。」又：「子曰：……虞夏之質，殷周之文，至矣！虞夏之文，不勝其質；殷周之質，不勝其文。」此與《論語》「文質彬彬，然後君子」可互參；亦上條恥有其辭而無其德意也。又：「君子不以辭盡人，（即《論語》「君子不以言舉人，不以人廢言」之意。），故天下有道，則行有枝葉；天下無道，則辭有枝葉。」鄭玄曰：「行有枝葉，所以益德；言有枝葉，是眾虛華也。」又《鄉飲酒義》：「天地嚴凝之氣，始於西南而盛於西北，此天地之尊嚴氣也，此天地之義氣也；天地溫厚之氣，始於東北而盛於東南，此天地之盛德氣也，此天地之仁氣也。」此非本文論，然姚惜抱、曾滌生論文氣之所本也。

《左傳・成公十四年》：「君子曰：《春秋》之稱：微而顯，志而晦，婉而成章，盡而不汙，懲惡而勸善。非聖人誰能修之？」此左氏之美聖文，亦辭義之極則也。又《襄公十六年》：「晉侯（平公）與諸侯宴於溫，使諸大夫舞，曰：『歌詩必類，齊高厚之詩不類。』」此謂歌詩足以見其心，知其人，《文心》所謂「高厚之詩，不類甚矣」者也。

又《襄公二十五年》：「仲尼曰：志有之，言以足志，文以足言；不言，誰知其志？言之無文，行而不遠。晉為伯，鄭入陳，非文辭不為功。慎辭哉！」此孔子美鄭子產之文辭能竟功，《文心》所謂「國僑以修辭扞鄭」是也。

又《襄公二十七年》：「志以發言，言以出信，信以立志。……鄭伯（簡公）享趙孟於垂隴，……趙孟曰：『七子從君，以寵武也；請皆賦以卒君貺，武亦以觀七子之志。』伯有賦《鶉之賁賁》。……文子以告叔向曰：『伯有將為戮矣！詩以言志，志誣其上，而公怨之；以為賓榮，其能久乎？』」此與高厚之詩不類齊觀，於何逃聲哉！

又《襄公三十一年》：「穆叔至自會，見孟孝伯，語之曰：『趙孟將死矣！其語偷，不似民主；且年未盈五十，而諄諄焉如八九十者，弗能久矣。』」此亦觀辭可以知人也。大抵人在少壯強仕之年，其文辭宜才氣發揚，議論雄直；不宜丁甯諄至，未老先衰。否則言雖委備，而不獲年何！（曾滌生《家書》致弟云：「如六弟（國華，字温甫。）之天姿不凡，此時作文，當求議論縱橫，才氣奔放，作為如火如荼之文，將來庶有成就。」又《家訓・喻紀澤兒》云：「少年文字，總貴氣象崢嶸，東坡所謂蓬蓬勃勃，如釜上氣。……總須氣勢展得開，筆仗使得強，乃不致束縛拘滯，愈緊愈呆。」）又：「『叔向曰：辭之不可以已也如是夫！子産有辭，諸侯賴之。若之何其釋辭也？《詩》曰（《大雅・板》篇）：『辭之輯矣，民之協（今作洽。）矣；辭之繹（今作懌。）矣，民之莫矣。（《毛傳》：「輯，和；洽，合；懌，說；莫，定也。」）其知之矣。』」杜預注：「謂詩人知辭之有益。」朱子曰：「辭輯而懌，則言必以先王之道矣；所以民無不合，無不定也。」

又《昭公二年》：「叔向曰：子叔子（魯大夫叔弓也。）知禮哉！吾聞之曰：『忠信，禮之器也；卑讓，禮之宗也。』辭不忘國，忠信也；先國後己，卑讓也。」此叔向美子叔子修辭之能不忘國而後己也。

又《昭公八年》：「叔向曰：『君子之言，信而有徵，故怨遠於其身；小人之言，僭而無徵，故怨咎及之。』」此謂立言宜信而有徵也。又《昭公十三年》：「晉人（昭公）將尋盟，齊人（景公）不可，晉侯使叔向告劉獻公（名摯，周景王之卿士。）曰：『抑齊人不盟，若之何？』對曰：『盟以底信，君苟有信，諸侯不貳，何患焉！告之以文辭，董之以武師，雖齊不可，君庸多矣。』」此謂文辭足以昭信而使諸侯不貳也。

又《昭公十五年》：「周景王謂晉大夫籍談曰：『籍父其無後乎！數典而忘其祖。』籍談歸，以告叔向，叔向曰：『王其不終乎！……禮，王之大經也。（孔疏：「經者，綱紀之言也。」）……言以考典（成其典法），典以志經（典法所以記禮經）；忘經而多言，舉典，將焉用之！（景王崩於昭公二十二年，王室亂。）」此謂數典固不宜忘其祖，然以不違大經為尤重也。

又《昭公三十一年》：「冬，邾黑肱以濫來奔，賤而書名，重地故也。君子曰：名之不可不慎也，如是夫！有所有名，而不如其已！以地叛，雖賤，必書地，以名其人，終為不義，弗可滅已！是故君子動則思禮，行則思義，不為利回，不為義疚；或求名而不得，而欲蓋而名章，懲不義也。齊豹為衞司寇，守嗣大夫，作而不義，其書為盜。邾庶其、莒牟夷、邾黑肱，以土地出，求食而已，不求其名，賤而必書。此二物者，所以懲肆而去貪也。若艱難其身，以險危大人，而有名章徹；攻難之士，將奔走之。若竊邑叛君，以徼大利，而無名；貪冒之民，將寘力焉。是以《春秋》書齊豹曰盜，三叛人、名，以懲不義，數惡無禮，其善志也。故曰：《春秋》之稱，微而顯，婉而辨，上之人能使昭明；善人勸焉，淫人懼焉。是以君子貴之。」此美聖文懲肆去貪，勸善懼淫，可為萬世法也。

《春秋公羊傳・隱公元年》：「《春秋》成人之美，不成人之惡。……《春秋》貴義而不貴惠，信道而不信邪；孝子揚父之美，不揚父之惡。」又《閔公元年》：「《春秋》，為尊者諱，為親者諱，為賢者諱。」

又《僖公二十二年》：「《春秋》辭繁而不殺者，正也。」又《昭公元年》：「《春秋》不待貶絕而罪惡見者，不貶絕以見罪惡也；貶絕然後罪惡見者，貶絕以見罪惡也。」此伸《春秋》大義，而垂示後世，使知立言之大法也。《春秋穀梁傳・僖公十六年》：「春，王正月，戊申朔，隕石于宋五。是月，六鷁退飛過宋都。」……君子之於物，無所苟而已。石鷁且猶盡其辭，而況於人乎？故五石六鷁之辭不設，則王道不亢矣。」此謂《春秋》立言不遺微細，其小者且舉，則大者無不舉矣。

又《僖公二十二年》：「人之所以為人者，言也；人而不能言，何以為人？言之所以為言者，信也；言而不信，何以為言？信之所以為信者，道也；信而不道，何以為信？道之所貴者時；其行，勢也。」此謂立言宜誠信而無背於道也。又《僖公二年》：「君子不以親親害尊尊，此《春秋》之義也。」又《成公九年》：「為尊者諱耻，為賢者諱過，為親者諱疾。」此亦伸《春秋》之義，與《公羊》意畧同也。

《論語・憲問》：「子曰：為命，裨諶草創之，世叔討論之，行人子羽脩飾之，東里子產潤色之。」此孔子美鄭之辭命，必經四賢更番致力而成，故能盡善盡美；吾人行文，允宜取法也。

又《衛靈公》：「子曰：辭達而已矣。」此與《儀禮・聘禮》「辭苟足以達，義之至也」意同。（其餘《論語》中之詩論，可參考文學史講義，孔孟詩說十五條。）《孟子・盡心上》：「孟子曰：孔子登東山而小魯，登太山而小天下；故觀於海者難為水，遊於聖人之門者難為言。觀水有術，必觀其瀾；日月有明，容光必照焉。流水之為物也，不盈科不行；君子之志於道也，不成章不達。」此言為道為學為文，宜知其大本也。

朱子曰：「言學當以漸，乃能至也。成章，所積者厚而文章外見也。達者，足於此而通於彼也。」又《離婁》下：「君子深造之以道，欲其自得之也。自得之，則居之安；居之安，則資之深；資之深，則取之左右逢其原。故君子欲其自得之也。」文章是道之發揮，能深造以道，則左右逢原矣。蘇子由曰：「孟子曰：『我善養吾浩然之氣』；今觀其文章，寬厚弘博，充乎天地之間，稱其氣之大小。……其氣充乎其中而溢乎其貌，動乎其言而見乎其文，而不自知也。」得之矣。又《徐子》曰：「仲尼亟稱於水曰：『水哉水哉！何取於水也？』孟子曰：『原泉混混，不舍晝夜，盈科而後進，放乎四海。有本者如是，是之取爾。苟為無本，七八月之間雨集，溝澮皆盈，其涸也，可立而待也。故聲聞過情，君子耻之。』」此亦觀知其本，資深逢原之説也。聲聞過情，君子恥之，可為有文無行者戒矣。

又《萬章》下：「孟子曰：伯夷，聖之清者也；伊尹，聖之任者也；柳下惠，聖之和者也；孔子，聖之時者也。孔子之謂集大成。集大成也者，金聲而玉振之也。金聲也者，始條理也；玉振之也者，終條理也。始條理者，智之事也；終條理者，聖之事也。智，譬則巧也；聖，譬則力也。由射於百里之外也，其至，爾力也；其中，非爾力也。」

朱子曰：「成者，樂之一終，《書》所謂『簫韶九成』是也。聲，宣也。振，收也。條理，猶言脈絡，指眾音而言也。智者，知之所及；聖者，德之所就也。八音之中，金石為重，故特為眾音之綱紀。擊鎛鐘以宣其聲，擊特磬以收其韻；宣以始之，收以終之。二者之間，脈絡通貫，無所不備；則合眾小成而為一大成，猶孔子之智無不盡而德無不全也。」此論孔子集群聖之大成，正可通於文辭，猶子美、昌黎集詩文之大成也。其要在謀始不可不臧，若不博審而思辨之，則其成也偏而不全，難乎其能備眾美，致中和矣。（其餘孟子之詩論，可參攷文學史講義，孔孟詩説三條。）

（未完）

《經緯書院校刊》第二期（一九六三年四月）。頁二三至三二。

（三十二）羣經通義講義（一）

原經

《說文》：「經，織也，從糸，巠聲。」【注一】「織，作布帛之總名也。」「緯，織橫絲也。」【注二】漢末劉熙《釋名・釋典藝》云：「經徑也，常典也。如徑路無所不通，可常用也。」魏張揖《廣雅・釋詁一》云：「經，常也。」又《釋詁四》曰：「經，示也。」又《釋言》：「經，徑也。」（王逸《離騷經序》同。）陸德明《易上經・釋文》云：「經者，常也，法也，徑也，由也。」宋戴侗《六書故》曰：「凡為布帛，必先有經而後有緯，是故『經始』，『經營』，『經常』之義生焉。」段玉裁曰：「必先有經而後有緯，是故三綱，五常，六藝，謂之天地之常性。」經之本義是織作布帛。而布帛所以衣被生民，「黃帝堯舜垂衣裳而天下治，蓋取諸乾坤。」（《易・繫辭傳下》）故凡天地固然之大法，人道正常不易之大義，舉謂之經也。

【注一】

此用大小徐本。《太平御覽》卷八百二十六資產部引《說文》曰：「經，織從絲也。」（《說文》「從，隨也。」引伸為直。「縱，緩也。」古「縱橫」字本作「從衡」。《詩・齊風・南山》：「蓺麻如之何，衡從其畝」是也。）段玉裁據《御覽》於「織」下補「從絲」二字，雖義較顯明，然亦可免。蓋經雖是從絲，而以之總括作成布帛，故以一織字解之，其義大；若明云織從絲，其義反狹矣！故仍本大徐，不用段氏，從其朔也。（大小徐先於《御覽》。）徐灝《說文解字注箋》亦曰：「下文云『緯，織橫絲也』，則此當有『從絲』二字，然可勿補也。蓋織以經為主，而後緯加之；經者，所以織也，經，其常也。戴氏侗曰：『凡為布帛，必先經而後緯，故經始，經營，經常之義生焉。』灝謂大經，猶言大綱，故經常亦曰綱常也。」

【注二】

段玉裁注本「橫」改作「衡」云：「衡，各本作橫，（《玉篇》及大小徐皆是。）今正。凡漢人用字，皆作從衡，許曰：『橫，闌足也』，不對植者言也。」按《說文》本作：「橫闌木。」闌木亦以供凭倚，正是橫直之意；與「牛觸橫大木」引伸為「權衡」之「衡」者義畧同。唯古「縱橫」字多作「從衡」，然「橫直」之「橫」字，不必皆作「衡」，許書用「橫」字尤多，可勝改哉？故此處仍用橫字耳。又段以「橫直」之「直」字為「植」，亦嫌矯強，蓋《說文》：「直，正見也。」「植，户植也。」《易・坤文言》曰：「直，其正也。東西之正為平，南北之正為直，「橫直」字正作「直」，不必作「植」也。

《易・屯卦象》曰：「雲雷屯君子以經綸。」荀彧注：「經者常也。」又陸德明《經典釋文》引黃穎曰：「經綸，匡濟也。」又孔穎達疏：「經，謂經緯。」《頤卦六二》：「顛頤，拂經。」

王肅注：「經，常也。」王弼注：「經，猶義也。」孔穎達疏：「經，義也。」《書・大禹謨》：「與其殺不辜，寧失不經。」孔安國傳：「經，常也。」又《酒誥》：「經德秉哲。」孔傳：「能常德持智。」《詩・小雅・小旻》：「匪先民是程，匪大猶是經。」毛傳：「經，常也。」又《大雅・靈臺》：「經始靈臺，經之營之。」毛傳：「經，度之也。」《周禮・天官・序官》：「惟王建國，辨方正位。體國經野。」鄭玄注：「經，謂為之里數。」又《天官・大宰》：「以經邦國。」注：「經，法也。」又《攷工記・輈人》：「輈欲弧而折，經而無絕。」鄭注：「經，亦謂順理也。」

又《匠人》：「國中九經九緯。」鄭注：「經緯，謂涂也。」賈公彥疏：「南北之道為經，東西之道為緯。」又《春官・宗伯龜人》疏：「凡天地之間，南北為經，東西為緯。」《禮記》有《經解》篇，即首述孔子釋《六經》之數。又《月令》：「毋失經紀。」鄭玄注：「經紀，謂天文進退度數。」又《禮器》：「故必舉其定國之數，以為禮之大經。」孔疏：「經，法也。」又：「君子之於禮也，有直而行也，有曲而殺也，有經而等也。」疏：「經，常也。」又「故經禮三百，曲禮三千，其致一也。」孔疏：「經禮，謂《周禮》也。」又《樂記》：「著誠去偽，禮之經也。」疏：「經，常也。」又《祭統》：「禮有五經，莫重於祭。」疏：「經者，常也。」陸氏《釋文》：「五經：吉、凶、軍、賓、嘉之禮。」又《中庸》：「凡為天下國家者有九經。」朱子注：「經，常也。」《大戴禮・易本命》：「凡地，東西為緯，南北為經。」

《左傳・隱公十一年》：「禮，經國家，定社稷，序民人，利後嗣者也。」疏：「經，謂紀理之。」

又《宣公十二年》：「民不罷勞，君無怨讟，政有經矣。」杜預注：「經，常也。」又：「兼弱攻昧，武之善經也。子姑整軍而經武乎！」杜注：「經，法也。」又《襄公二十一年》：「叔向曰：『會朝，禮之經也。』」疏：「經，訓常也，法也。」又《昭公十五年》：「叔向曰：『禮，王之大經也……言以考典，典以志經，忘經而多言，舉典，將焉用之！』」服虔注：「經，常也。」疏：「經者，綱紀之言也。」

又《昭公二十五年》：「夫禮，天之經也，地之義也，民之行也。」杜預注：「經者，道之常。」又：「為君臣上下，以則地義；為夫婦外內，以經二物。」鄭注：「夫治外，婦治內，各治其物。」經，蓋是治也。又：「禮，上下之紀，天地之經緯也，民之所生也。是以先王尚之。」杜注：「經緯、錯居以相成者。」孔疏：「言禮之於天地，猶織之有經緯，得經緯相錯乃成文，如天地得禮始成就。」

又《昭公二十八年》：「經緯天地曰文。」杜注：「經緯相錯，故織成文。」孔疏：「《易》稱聖人先天而天弗違，後天而奉天時。言德能順天，隨天所為，如經緯相錯，織成文章，故為文也。」(《昭公二十九年》亦有云：「經緯其民。」)《穀梁傳・莊公七年》：「恒星者，經星也。」范甯注：「經，常也。」《孝經・三才章》：「子曰：『夫孝，天之經也，地之義也，民之行也。」唐玄宗注：「經，常也。」

王應麟《玉海·四十一卷》引《孝經·鄭氏注》：「經者，不易之稱。」《孟子·盡心下》：「君子反經而已矣！經正則庶民興，庶民興，斯無邪慝矣。」趙岐注：「經，常也。」又《韓詩外傳》卷二引《孟子》曰：「夫道二，常之謂經，變之謂權。」又《盡心下》：「經德不回，非以干祿也。」趙注：「經，行也。」朱子注：「經，常也。」《逸周書·武稱》：「□強攻弱，而襲不正，武之經也。」晉孔晁注：「經，常也。」又《周祝》篇：「人出謀，聖人是經。」孔晁注：「經，經度之也。」《國語·鄭語》：「出千品，具萬方，計億事，材兆物，收經入，行姟極。」韋昭注：「經，常也，收其常入。」

又《楚語下》：「百姓千品，萬官億醜。兆民經入，晐數以奉之。」又：「王取經入焉，以食萬官。」注：「經，常也。」又《楚語上》：「故周詩曰：經始靈臺。」注：「經，謂經度之，立其基止也。」又：「若子方壯，能經營百事，倚相將奔走承序。」（左史倚相謂申公子亹之語）又：「吾子經營楚國。」（倚相答司馬子期語）注：「經，經緯也。」又《吳語》：「建旌提鼓，挾經秉枹。」注：「在掖曰挾。挾經，兵書也。」《管子·牧民》：「右士經」下，唐尹知章注：「經，常也。」

又《重令》：「朝有經臣，國有經俗，民有經產。」注：「經，常也。」又自第一篇《牧民》至第九篇《幼官圖》：題下皆題曰「經言」。（以後題「外言」者八篇，內言者九篇，「短語」十九篇，「區語」五篇，「雜篇」十三篇等。）又《五輔》篇云：「然後飾八經以導之禮。所謂八經者何？曰上下有義，貴賤有分，長幼有等，貧富有度。凡此八者，禮之經也。」又《戒》篇：「內不考孝弟，外不正忠信，擇其四經而誦學者，是亡其身者也。」注：「四經，謂《詩》，《書》，《禮》，《樂》。」《莊子・養生主》：「緣督以為經。」郭象注：「順中以為常也。」又陸氏《釋文》引李頤云：「經，常也。」

又《應帝王》：「肩吾（謂狂接輿）曰：告我君人者，以己出經式義度。」《釋文》引司馬彪曰「經，常也。」王念孫曰：「經式儀度，皆謂法度也。」又《漁父》：「客（謂孔子）曰：『吾請釋吾之所有，而經子之所以。』」陸氏《釋文》云：經，經營也。」又引司馬彪云：「經，理也。」又《天道》篇：「孔子西藏書於周室。……往見老聃，而老聃不許，於是繙十二經以說。」（十二經，一說六經六緯；一說是《易》上下經並《十翼》；一說是魯《春秋》之隱，桓，莊，閔，僖，文，宣，成，襄，昭，定，哀之十二公經也。）又《天運》篇：「孔子謂老聃曰：『丘治《詩》，《書》，《禮》，《樂》，《易》，《春秋》六經。』」（《天下》篇並分述六經之義。）《鬼谷子・抵巇》：「經起秋毫之末，揮之於太山之本。」梁陶弘景注：「經，始也。」《荀子・臣道》：「過而通情，和而無經，不卹是非，不論曲直，偷合苟容，迷亂狂生。夫是之謂禍亂之從聲，飛廉惡來是也。」唐楊倞注：「經，常也。」

又《解蔽》：「坐於室而見四海，處於今而論久遠，疏觀萬物而知其情，參稽治亂而通其度，經緯天地而材官萬物，制割大理而宇宙裡矣。……夫是之謂大人。」又《正名》：「心也者，度之工宰也；道也者，治之經理也乎。」楊注：「經，常也。」又《勸學》：「學惡乎始？惡乎終？曰：其數則始乎誦經，終乎讀禮；其義則始乎為士，終乎為聖人。」楊注：「經，謂《詩》《書》。」又「學莫便乎近其人；學之經，莫速乎好其人；隆禮次之。」楊注：「（經）學之大經。」王念孫曰：「經，讀為徑。」王先謙曰：「《呂覽》：《當染》，《有始》，《知分》，《驕恣》諸篇，高注並云：『經，道也。』學之經，猶言學之道耳。」《成相》篇云：『『治之經，禮與刑。』又云：『聽之經，明其請。』治之經，聽之經，猶言治之道，聽之道，此與學之經一例，是荀書自有此文法。」又：「將原先王，本仁義，則禮正其經緯蹊徑也。若挈裘領，詘五指而頓之，順者不可勝數也。」經緯蹊徑，謂南北東西之路也。

《韓非子・內儲說》，《外儲說》皆有「右經」，又《外儲說右上》：「吳起……使其妻組織，而幅狹於度，吳子使更之，其妻曰：『諾！』及成，復度之，果不中度。吳子大怒，其妻對曰：『吾始經之，而不可更也。』吳子出之。」經，即織也。

《呂氏春秋・慎行論・察傳》：「辭多類非而是，多類是而非。是非之經，不可不分；此聖人之所慎也。」高誘注：「經，理也。」又《慎行論・求人》：「（許由）遂之箕山之下，潁水之陽，耕而食，終身無經天下之色。」高注：「經，橫理也。」按，此經字是治也。

又《仲春紀・當染》：「故古之善為君者，勞於論人，而佚於官事，得其經也。」高注：

「經，道。」又《有始覽》：「天地合和，生之大經也。」高注：「經，猶道也。」又《恃君覽・知分》：「禹達乎死生之分，利害之經也。」高注：「經，道。」又《恃君覽・驕恣》：「欲無壅塞必禮士，欲位無危必得眾，欲無召禍必完備；三者，人君之大經也。」高注：「經，道也。」又《先識覽・察微》篇引「《孝經》曰：『高而不危，所以長守貴也，滿而不溢，所以長守富也。富貴不離其身，然後能保其社稷，而和其民人。』」此七句三十八字，赫然見於今《孝經・諸侯章》中，無一字出入；故宋儒黃震曰：「觀此所引，然則《孝經》，固古書也。」又《孝行覽》：「故愛其親，不敢惡人；敬其親，不敢慢人。愛敬盡於事親，光耀加於百姓，究於四海，此天子之孝也。」此八句亦見於《孝經・天子章》，然畧有出入，蓋非如《察微》篇之明引『《孝經》曰，』故稍可變化用之也。」汪中曰：「《孝行》、《察微》二篇，並引《孝經》，則《孝經》為先秦之書明。」

又《墨子》有《經上》、《經下》、《經説上》、《經説下》四篇；《莊子・天下》篇亦云：「相里勤之弟子，五侯之徒；南方之墨者，苦獲己齒，鄧陵子之屬；俱誦墨經，而倍譎不同，相謂別墨。」則管，墨，韓非，亦自稱所著為經也。此皆漢前羣經諸子中用經字，稱經書之概觀也。至於《論語・憲問》篇之「自經於溝瀆」，《莊子・刻意》篇之「熊經鳥申」，《荀子・彊國》篇之「救經而引其足」，皆訓為縊絞，則是經絲繩線之引申義，本篇無取焉矣。

統上觀之，凡經之正義正訓，（別説引申者不計。）有「常也」，「正也」，（正即常，正常不易。）「法也」，「義也」，「道也」，「徑也」，「涂也」，「由也」，「行也」，「始也」，「理也」，「治也」，「織也」，「經緯也」，「綱紀也」，「匡濟也」，「順理也」，「度數也」，「度之也」，「不易也」，「經營也」，「紀理也」，此經字之義訓也；若乎以經為書，則《國語》有「挾經」之兵書，《管子》有「經言」，有《詩》《書》《禮》《樂》之「四經」，《墨子》有墨經，經說，《莊子》有「《詩》《書》《禮》《樂》《易》《春秋》六經」，《荀子》有「誦經」，《韓非子》有「古經」，《呂氏春秋》明引《孝經》。則書之稱經，自古在昔，由來久矣。故清儒若崔述等輩，謂漢前不稱經者，已自背謬；近人拾其過言，以抑貶聖訓，（管夷吾、墨翟、韓非之自命者不入。）則道聽途說，膚末之學，不足道矣。

皮錫瑞（字鹿門，一字麓雲，湖南善化人，清末經今文學家。其說五經大義時可取，其云六經皆孔子所作則非也。）《經學歷史》曰：「孔子有帝王之德而無帝王之位，晚年知道不行，退而刪定六經，（不盡然。）以教萬世；其微言大義，實可為萬世之準則。後之為人君者，遵孔子之教乃足以治一國；所謂『循之則治，違之則亂』。後之為士大夫者，亦必遵孔子之教，乃足以治一身；所謂『君子修之吉，小人悖之凶』。」此萬世之公言，非一人之私論也。孔子之教何在？即在所作《六經》之內，（章太炎《文錄》謂皮氏「疑《易》《禮》皆孔子所為，愚誣滋甚」。是。）故孔子為萬世師表，六經即萬世教科書。惟漢人知孔子維世立教之義，故謂孔子為漢定道，為漢制作。（近人周予同注：「此說常見於西漢末年出世之緯書，如《春秋緯演孔圖》所謂『孔子仰推天命，俯察時變；卻觀未來，預解無窮；知漢當繼大亂之後，作撥亂之法以授之。』即其一例。」湛銓案：《春秋演孔圖》所說，亦但云孔子作《春秋》耳，非如皮氏所云盡作《六經》也。故謂《六經》皆與孔子有關，甚至謂《六經》之教即孔子之教則可；謂《六經》皆孔子作則不可。）當時儒者尊信《六經》之學可以治世，孔子之道可為弘亮洪業，贊揚迪哲之用。（《說文》：「迪，道也。」《書·大禹謨》：「惠迪吉，從逆凶，惟影響。」孔傳：「迪，道也。順道吉，從逆凶；吉凶之若影之隨形，響之應聲，言不虛。」周予同解迪為進也，至贊揚迪哲四字不可解，未知文義。）朝廷議禮議政，無不引經；公卿大夫士吏，無不通一藝以上。【注一】，雖漢家制度，王霸雜用，【注二】，未能盡行孔教；而通經致用，人才已為後世之所莫逮。蓋孔子之以六經教萬世者，稍用其學，而效已著明如是矣！自漢以後，闇忽不章，其尊孔子，章以虛名，不知其所以教萬世者安在；其崇經學，亦視為故事，不實行其學以治世。特以為歷代相承，莫之敢廢而已。由是古義茫昧，聖學榛蕪……王安石乃以《春秋》為斷爛朝報，而《春秋》廢矣。【注三】，凡此皆由不知孔子作六經（「作六經」三字應刪。）教萬世之旨，不信漢人之說，橫生臆見，詆毀先儒，始於疑經，漸至非聖。……經學不明，孔教不尊，非一朝一夕之故，其所由來者漸矣」。可也。

皮氏此論，其崇經尊聖之義足欽，其孔子作六經之說菲實；吾人取其善道，略其過言

【注一】

《史記‧儒林傳序》：「太常（秦名奉常，漢景帝『中六年』改名太常，掌宗廟禮儀，猶後世之禮部。博士屬之，掌通古今者。）擇民年十八以上，儀狀端正者，補博士弟子。郡，國，縣，道，邑，有好文學，敬長上，肅政教，順鄉里，出入不悖所聞者，令、相、長、丞，上屬所二千石。（郡守郡尉）二千石謹察可者，當與計偕，（謂與上計之史俱也。）詣太常，得受業如弟子。一歲，皆輒試，能通一藝以上，補文學掌故缺。其高第可以為郎中者，太常籍奏。即有秀才異等，輒以名聞。其不事學，若下材，及不能通一藝，輒罷之。而請諸不稱者罰。」

《漢書‧藝文志‧六藝畧後序》：「古之學者耕且養，二（應作三。）年而通一藝，存其大體，玩經文而已。是故用日少而畜德多，（《莊子‧天地》：『用力少見功多者，聖人之道』。）三十而五經立也。」

世變至今，學者雖不能如古人但通六藝而足。然而民初蔡元培氏出長教部，廢止讀經，而縱容胡適等輩卑侮大聖。於是吾華立國之大法，國人立身之大本，顛覆敗亡，遂肇今日滄海橫流之禍。追尋禍本，將誰誅乎？《詩‧六月序》曰：「小雅盡廢，則四夷交侵，中國微矣！」《禮‧經解》曰：「夫禮，禁亂之所由生；猶坊，止水之所自來也。故以舊坊為無所用而壞之者，必有水敗；以舊禮為無所用者去之者，必有亂患。」又《禮運》曰：「故壞國，喪家，亡人，必先去其禮。」夫廢《詩》去《禮》，已足喪亡；況羣經之教盡喪耶？揚子雲曰：「震風陵雨，然後知夏屋之為帡幪也；虐政虐世，然後知聖人之為郛郭也。」（《法言・吾子》）世之為民上，掌教化者，其亦知所以勉乎？

【注二】

《漢書・元帝紀》：「孝元皇帝，宣帝太子也。……八歲，立為太子。壯大，柔仁好儒，見宣帝所用，多文法吏，以刑繩下，……嘗侍燕從容曰：『陛下持刑太深，宜用儒生。』宣帝作色曰：『漢家自有制度，本以霸王道雜之，奈何純任德教，用周政乎？且俗儒不達時宜，好是古非今，使人眩於名實，不知所守，何足委任？』迺歎曰：『亂我家者，太子也！』」司馬温公曰：「王霸無異道。昔三代之隆，禮樂征伐自天子出，則謂之王；天子微弱，不能治諸侯，諸侯有能率其與國，同討不庭，以尊王室者，則謂之霸。其所以行之也，皆本仁祖義，任賢使能，賞善罰惡，禁暴誅亂；顧命位有尊卑，德澤有深淺，功業有鉅細，政令有廣狹耳！非若白黑甘苦之相反也。漢之不能復三代之治者，由人主之不為，非先王之道不可復行於後世也。夫儒有君子，有小人，彼俗儒者，誠不足與為治也；獨不可求真儒而用之乎？稷、契、皋陶、伯益、伊尹，周公、孔子，皆大儒也，使漢得而用之，功烈豈若是而止邪？孝宣謂太子懦而不立，闇於治體，必亂我家，則可矣；乃曰王道不可行，儒者不可用，豈不過哉！非所以訓示子孫，垂法將來者也。」（《資治通鑑卷二十七・漢紀十九》）。温公此論，嚴氣正性，直方而大，並錄於此，既足輔學助文，亦所以匡時弊也。

【注三】

宋周麟之（茂根）《跋孫覺（莘老）春秋經解》云：「初王荊公欲釋《春秋》以行天下，而莘老之書已出。一見而有惎心，（湛銓案：《說文》：「惎毒也」，音忌。）自知不能復出其右，遂詆聖經而廢之，曰：『此斷爛朝報也』。」按宋王應麟《困學紀聞》卷六云：「【湛銓案：尹和靖，尹焞，師魯從孫，少事伊川，嘗應舉，發策，有誅元祐諸臣議（司馬光、蘇軾等），焞不對而出，終身不就舉。欽宗靖康初，用种師道薦，召至，懇辭還山，賜號和靖處士。】「介甫不解《春秋》，以其難之也；廢《春秋》，非其意。」

清朱彝尊《經義考》卷百八十一引林希逸（湛銓案：希逸字肅翁，號竹溪，又號鬳齋。）曰：「尹和靖言介甫未嘗廢《春秋》，廢《春秋》以為斷爛朝報，皆後來無忌憚者託介甫之言也。」皆為安石平反。又朝報，猶言邸報，如今政府公報。（以上周予同注。《宋史・王安石傳》亦載云：「黜《春秋》之書，不使列於學官，至戲目為斷爛朝報」。）

羣經名義攷釋

《禮・王制》曰：「樂正崇四術，立四教，順先王《詩》《書》《禮》《樂》以造士。（鄭注：

『順此四術而教，以成是士也。』）春秋教以《禮》《樂》，冬夏教以《詩》《書》。」鄭注：「春夏，陽也，《詩》《樂》者聲，聲亦陽也。秋冬，陰也，《書》《禮》者事，事亦陰也。互言之者，皆以其術相成。」孔疏：「鄭以經云『春夏教以《禮》《樂》，』則秋教《禮》，春教《樂》；『冬夏教以《詩》《書》』，則冬教《書》，夏教《詩》。故云『春夏陽也，《詩》《樂》者聲，聲亦陽也。』云『秋冬陰也，《書》《禮》者事，事亦陰也』者，《書》者，言事之經，《禮》者、行事之法，事為安靜，故云『《書》《禮》者事，事亦陰也。』（《文王世子》篇謂春誦，夏絃，秋學《禮》，冬讀《書》，與此畧異；蓋《詩》《樂》相兼，《書》《禮》亦相兼，故互文見之耳。）又《經解》云：「孔子曰：『入其國，其教可知也。其為人也，溫柔敦厚，《詩》教也；疏通知遠，《書》教也；廣博易良，《樂》教也；絜靜精微，《易》教也；恭儉莊敬，《禮》教也；屬辭比事，《春秋》教也。故《詩》之失愚，《書》之失誣，《樂》之失奢，《易》之失賊，《禮》之失煩，《春秋》之失亂。其為人也，溫柔敦厚而不愚，則深於《詩》者也；疏通知遠而不誣，則深於《書》者也；廣博易良而不奢，則深於《樂》者也；絜靜精微而不賊，則深於《易》者也；恭儉莊敬而不煩，則深於《禮》者也；屬辭比事而不亂，則深於《春秋》者也。』」

《論語・泰伯》篇：「興於《詩》，立於《禮》，成於《樂》。」又《述而》篇：「子曰：加我數年，五十以學《易》，可以無大過矣！」下一條云：「子所雅言：《詩》《書》執禮，皆雅言也。」《孟子・離婁下》：「王者之迹息而《詩》亡；《詩》亡，然後《春秋》作。晉之《乘》，楚之《檮杌》，魯之《春秋》，一也。其事則齊桓、晉文，其文則史；孔子曰：『其義，則丘竊取之矣。』」

《韓詩外傳》卷五：「儒者儒也，儒之為言無也，不易之術也。千舉萬變，其道不窮，六經是也。若夫君臣之義，父子之親，夫婦之別，朋友之序，此儒者之所謹守，日切磋而不舍也。」《白虎通・五經》云：「經所以有五何？經，常也，有五常之道，故曰五經。《樂》仁，《書》義，《禮》禮，《易》智，《詩》信也。人情有五性，懷五常，不能自成；是以聖人象天五常之道而明之，以教人成其德也。」又曰：「《五經》何？《易》，《尚書》，《詩》，《禮》，《春秋》也。」（唐徐堅等《初學記・文學經典》引《白虎通》曰：「五經，《易》，《尚書》，《詩》，《禮》，《樂》也。」注云：「古者以《易》，《書》，《詩》，《禮》，《樂》，《春秋》為六經，至秦焚書，《樂經》亡；今以《易》，《詩》，《書》，《禮》，《春秋》為五經。又《禮》有《周禮》，《儀禮》，《禮記》，曰三禮。《春秋》有《左氏》，《公羊》，《穀梁》三傳。與《易》，《書》，《詩》通數，亦謂之九經。」虞世南《北堂書鈔》所引與《初學記》同，參前一條及下條「春秋何？常也，則黃帝已來」。則《白虎通》原文有《樂》無《春秋》為是。宋李昉等《太平御覽・學部敘經典》引《白虎通》云：「五經何謂也。《易》，《尚書》，《詩》，《禮》，《樂》也。古者以《易》，《書》，《詩》，《禮》，《樂》，《春秋》為《六經》，至秦焚書，《樂經》亡；今以《易》，《書》，《詩》，《禮》，《春秋》為《五經》；又《禮》有《周禮》《儀禮》。」亦有《樂》無《春秋》，然引《初學記》之注入正文，則但鈔徐氏書而不檢《白虎通》之誤也。)

《漢書・藝文志・六藝畧後序》云：「六藝之文，《樂》以和神，仁之表也；《詩》以正言，義之用也；《禮》以明體，明者著見，故無訓也；《書》以廣聽，知之術也；《春秋》以斷事，信之符也。五者，蓋五常之道，相須而備，而《易》為之原；故曰：『《易》不可見，則乾坤或幾乎息矣。』(《繫辭上傳》)言以天地為終始也。」此則劉向之說，故與《白虎通》又畧異也。

劉熙《釋名・釋典藝》云：「《易》、易也，言變易也。(說詳後，)《禮》，體也，得其事體也。……《詩》，之也，志之所之也。……《尚書》，尚，上也，以堯為上始而書其時事也。《春秋》，言春秋冬夏，終而成歲；舉春秋則冬夏可知也。《春秋》書人事，卒歲而究備；春秋溫涼中，(春為陽中，秋為陰中。)象政和也，故舉以為名也。《爾雅》，爾，呢也；呢，近也。雅，義也；義，正也。五方之言不同，皆以近正為主也。《論語》，記孔子與諸弟子所語之言也。」此畧見於經藝小學之書者也。(《漢・志》一條次《白虎通》者，舉以相參耳。)

其餘見於子史者，畧舉似之如下：

《國語・楚語上》：「莊王使士亹傅太子箴，(士亹，楚大夫。箴，韋昭注作審，恭王名也)，……問於申叔時，(韋昭注：叔時，楚賢大夫申公。)叔時曰：「教之春秋，(古史。也。)而為之聳善而抑惡焉，以戒勸其心；教之世，而為之昭明德而廢幽昏焉，以休懼其動；教之《詩》，而為之導廣顯德，以耀其明志；教之《禮》，使知上下之則；教之《樂》，以疏其穢而鎮其浮；教之令，使訪物官；教之語，使明其德，而知先王之務，用明德於民也；教之故志，使知廢興者而戒懼焉；教之訓典，使知族類，行比義焉。」（韋昭注：「世，謂先王之世繫也；令，謂先王之官法時令也；語，治國之善語；故志，謂所記前世成敗之書；訓典，五帝之書。」）

《莊子・天下篇》：「《詩》以道志，《書》以道事，《禮》以道行，《樂》以道和，《易》以道陰陽，《春秋》以道名分。」《荀子・勸學》篇：「《書》者，政事之紀也；《詩》者，中聲之所止也；《禮》者，法之大分，羣類之綱紀也。……《禮》之敬文也，《樂》之中和也，《詩》《書》之博也，《春秋》之微也，在天地之間畢矣。」又《榮辱》篇：「況夫先王之道，仁義之統，《詩》《書》《禮》《樂》之分乎？彼固天下之大慮也。將為天下生民之屬，長慮顧後，而保萬世也。其汸（古流字）長矣，其溫（《說文》：溫，仁也。）厚矣，其功盛姚（通遙。）遠矣！非孰修為之君子，莫之能知也。故曰：短綆不可以汲深井之泉，知不幾者不可與及聖人之言。夫《詩》《書》《禮》《樂》之分，固非庸人之所知也。」

又《儒效》篇：「曷謂一？曰：執神而固。曷謂神？曰：盡善挾治之謂神，萬物莫足以傾之之謂固；神固之謂聖人。聖人也者，道之管也。天下之道，管是矣；百王之道，一是矣；故《詩》《書》《禮》《樂》之歸是矣。《詩》、言是其志也；《書》、言是其事也；《禮》，言是其行也；《樂》，言是其和也；《春秋》，言是其微也。」

又《大畧》篇：「故《春秋》善胥命，【《魯桓公三年・公羊傳》：「夏齊侯（僖公）衞侯（宣公）胥命于蒲。胥命者何？相命也。何言乎相命？近正也。此其為近正，奈何？古者不盟，結言而退。何休曰：『胥、相也。時盟不歃血，但以命相誓。』」】而詩非屢盟，其心一也。（《詩・小雅・巧言》：「君子屢盟，亂是用長。」楊倞曰：「言其一心而相信，則不在盟誓也。」又《左氏傳・桓公十二年》：「君子曰：苟信不繼，盟無益也。詩云：『君子屢盟，亂是用長。』無信也。）善為《詩》者不說，善為《易》者不占，善為《禮》者不相，其心同也。」

陸賈《新語・道基》篇：「於是後聖乃定五經，明六藝，【注一】承天統地，窮事盡微；原情立本，以緒人倫；宗諸天地，以修篇章；垂諸後世。……故聖人防亂以經藝，……《春秋》以仁義貶絕，《詩》以仁義存亡，《乾》《坤》以仁和合八卦，以義相承；《書》以仁敘九族君臣，以義制忠；《禮》以仁盡節；《樂》以禮升降。仁者道之紀，義者聖之學，學之者明，失之者昏，背之者亡。」賈誼《新書・六術》篇：「外體六行（仁、義、禮、智、信、樂。）以與《詩》、《書》、《易》、《春秋》、《禮》、《樂》六者之術，以為大義，謂之六藝。令人緣之以自修，修成則得六行矣。」又《道德說》：「《書》者，此之著者也；《詩》者，此之志者也；《易》者，此之占者也；《春秋》者，此之紀言也；《禮》者，此之體者也；《樂》者，此之樂者也。《書》者，著德之理於竹帛而陳之，令人觀焉，以著所從事；故曰：《書》者，此之著者也。《詩》者，志德之理而明其指，令人緣之以自成也：故曰：《詩》者，此之志者也。

《易》者，察人之精，德之理，與弗循，而占其吉凶；故曰：《易》者，此之占者也。《春秋》者，守往事之合，德之理，與不合，紀其成敗，以為來事師法；故曰：《春秋》者，此之紀者也。《禮》者，體德理而為之節文，成人事；故曰：《禮》者，此之體者也。《樂》者，《書》，《詩》，《易》，《春秋》，五者之道備，則合於德矣，合則驩然大樂矣；故曰：《樂》者，此之樂者也。」

《淮南子·主術訓》：「孔丘墨翟，修先聖之術，通六藝之論，口道其言，自行其志。」（《要畧》亦云：「墨子學儒者之業，受孔子之術。」）又《泰族訓》：「六藝異科而皆同道：溫惠柔良者，《詩》之風也；淳龐敦厚者，《書》之教也；清明條理者，《易》之義也；恭儉尊讓者，《禮》之為也；寬裕簡易者，《樂》之化也；刺幾辯義者，《春秋》之靡也。故《易》之失鬼，《樂》之失淫，《詩》之失愚，《書》之失拘，《禮》之失忮，（《御覽》作亂。）《春秋》之失訾。六者，聖人兼用而財制之，失本則亂，得本則治。」

又，「夫觀六藝之廣崇，窮道德之淵深，達乎無上，至乎無下，運乎無極，翔乎無形，廣於四海，崇於太山，富於江河。曠然而通，昭然而明，天地之間，無所繫戾，其所以監觀，豈不大哉？」（又《說山訓》云：「為孔子之窮於陳蔡而廢六藝則惑，為醫之不能自治其病，病而不就藥，則勃矣！」高誘注云：「六藝，禮樂射御書數。」高誘注非是，六藝，六經也，全書屢見。）

董仲舒《春秋繁露·玉杯》：「君子知在位者之不能以惡服人也，是故簡六藝以贍養之。《詩》《書》序其志，《禮》《樂》純其美，《易》《春秋》明其知，六學皆大而各有所長。《詩》道志，故長於質；《禮》制節，故長於文；《樂》詠德，故長於風；《書》著功，故長於事；《易》本天地，故長於數；《春秋》是非，故長於治人。」

又《精華》：「所聞《詩》無達詁，《易》無達占，《春秋》無達辭。從變從義，而一以奉仁人。」【注二】《史記·太史公自序》：「夫《春秋》上明三王之道，下辨人事之紀，別嫌疑，明是非，定猶豫，善善惡惡，賢賢賤不肖，存亡國，繼絕世，補敝起廢，王者之大者也。《易》著天地陰陽，四時五行，故長於變。《禮》經紀人倫，故長於行。《書》記先王之事，故長於政。《詩》記山川谿谷，禽獸草木，牝牡雌雄，故長於風。《樂》，樂所以立，故長於和。《春秋》辯是非，故長於治人。是故《禮》以節人，《樂》以發和，《書》以道事，《詩》以達意，《易》以道化，《春秋》以道義。」

《揚雄·法言·寡見》篇：「或問《五經》有辯乎？曰：惟《五經》為辯；說天者，莫辯乎《易》；說事者，莫辯乎《書》；說體者，莫辯乎《禮》；說志者，莫辯乎《詩》；說理者，莫辯乎《春秋》。捨斯，辯亦小矣！」又曰：「或曰：良玉不雕，美言不文，何謂也？曰：玉不雕，璠璠不作器；言不文，典謨不作經。」又《問神》篇：「或曰：經可損益歟？曰：《易》始八卦，而文王六十四，其益可知也。【注三】《詩》《書》《禮》《樂》《春秋》，或因或作，而成於仲尼，其益可知也。」又曰：「虞夏之書，渾渾爾；（李軌注：「深大。」）商書，灝灝爾；（李軌注：「夷曠」。）周書，噩噩爾；（李注：「不可借也。」），按即嚴肅皃。）下周者，其書譙乎！【李注：「下周者秦，言酷烈也。」按《說文》「譙，嬈譊也。（嬈，擾，戲弄也。）誚，古文譙。」下周者其書譙，是借秦譏新，謂其徒事嬈擾戲弄，不知所云也。】或問聖人之經，不可使易知與？曰：「不可！天俄而可度，則其覆物也淺矣；地俄而可測，則其載物也薄矣。大哉！天地之為萬物郭，《五經》之為眾說郛。」又曰：「書不經，非書也；言不經，非言也。言書不經，多多贅矣！（此以經為正也。）」又：「或問經之艱易？曰：『存亡。』或人不諭，曰：『其人存則易，亡則艱』。」又《吾子》篇：「舍舟航而濟乎瀆者，末矣！舍五經而濟乎道者，末矣。」又《五百篇》：「或問天地簡易，而聖人法之，何五經之支離？曰：支離蓋其所以為簡易也。已簡已易，焉支焉離？」

王符《潛夫論・讚學》篇：「君子敦貞之質，察敏之才，攝之以良朋，教之以明師，文之以《禮》《樂》，導之以《詩》《書》，讚之以《周易》，明之以《春秋》，其不有濟乎？」又曰：「是故聖人以其心來造經典，後人以經典往合聖心也。故修經之賢，德近於聖矣。」

鄭玄《六藝論》（《太平御覽》卷六百八學部敘經典引。）曰：「《詩》者，弦歌諷諭之聲也；《禮》者，序尊卑之制，崇讓合敬也；《春秋》，古史所記之制，動作之事也。」晉蘇彥蘇子（同上引。）曰：「立君臣，設尊卑，杜將漸，防未萌，莫過乎《禮》；哀王道，傷舊政，莫過乎《詩》，導陰陷，示悔吝，莫過乎《易》；明善惡，著廢興，吐辭令，莫過乎《春秋》；景遠近，賦九州，莫過乎《尚書》；和人情，動風俗，莫過乎《樂》。」

宋顏延年《庭誥》（《太平御覽》卷六百八學部敘經典。）：「觀書貴要；觀要貴博；博而知要，萬流可一。詠歌之書，取其連類合章；比物集句，採風謠以達民志，《詩》為之祖。褒貶之書，取其正言晦美，轉制衰王，微辭豐旨，貽意盛聖，《春秋》為上。《易》首體備，能事之淵。」

梁劉勰《文心雕龍・宗經》篇：「夫《易》惟談天，入神致用。故《繫》稱旨遠辭文，言中事隱，韋編三絕，固哲人之驪淵也。《書》實記言，而訓詁茫昧，通乎《爾雅》，則文意曉然。故子夏歎《書》，昭昭若日月之明，離離如星辰之行，言昭灼也。《詩》主言志，訓詁同書，摛風裁興，藻辭譎諭，溫柔在誦，故最附深衷矣。《禮》以立體，據事剬範，章條纖曲，執而後顯；採掇片言，莫非寶也。《春秋》辨理，一字見義，五石六鷁，以詳畧（當作備。）成文；雉門兩觀，以先後顯旨；其婉章志晦，諒以邃矣。《尚書》則覽文如詭，而尋理即暢；《春秋》則觀辭立曉，而訪義方隱。此聖人之殊致，表裏之異體者也。」又：「故論、說、辭、序；則《易》統其首；詔、策、章、奏，則《書》發其源；賦、頌、歌、讚，則《詩》立其本；銘、誄、箴、祝，則《禮》總其端；紀、傳、銘（當作語。）、檄，則《春秋》為根。並窮高以樹表，極遠以啟疆，所以百家騰躍，終入環內者也。（全篇宜參讀。）」

北齊顏之推《顏氏家訓・文章》篇：「夫文章者，源出《五經》：詔、命、策、檄，生於《書》者也；序、述、論、議，生於《易》者也；歌、詠、賦、頌，生於《詩》者也；祭、祀、哀、誄，生於《禮》者也；書、奏、箴、銘，生於《春秋》者也。」韓愈《進學解》：「周誥殷盤，佶屈聱牙；《春秋》謹嚴，《左氏》浮誇；《易》奇而法；《詩》正而葩。」邵雍《觀物・內篇》：「夫是天之盡物，聖人之盡民，皆有四府焉。昊天之四府者，春、夏、秋、冬之謂也；陰陽升降於其間矣。聖人之四府，《易》《書》《詩》《春秋》之謂也，《禮》《樂》汙隆於其間矣。」

王守仁嵇山書院《尊經閣記》：「經，常道也。其在於天謂之命，其賦於人謂之性，其主於身謂之心。心也，性也，命也，一也。通人物，達四海，塞天地，亘古今；無有乎弗具，無有乎弗同，無有乎或變者也，是常道也。其應乎感也，則為惻隱，為羞惡，為辭讓，為是非；其見於事也，則為父子之親，為君臣之義，為夫婦之別，為長幼之序，為朋友之信。是惻隱也，羞惡也，辭讓也，是非也；是親也、義也、別也、序也、信也；一也。皆所謂心也、性也、命也。通人物、達四海、塞天地、亘古今，無有乎弗具，無有乎弗同，無有乎或變者也。是常道也！是常道也！以言其陰陽消息之行焉，則謂之《易》；以言其紀綱政事之施焉，則謂之《書》；以言其歌詠性情之發焉，則謂之《詩》；以言其條理節文之著焉，則謂之《禮》；以言其欣喜和平之生焉，則謂之《樂》；以言其誠偽邪正之辯焉，則謂之《春秋》。是陰陽消息之行也，以至於誠偽邪正之辯也，一也，皆所謂心也，性也，命也。通人物，達四海，塞天地，亘古今；無有乎弗具，無有乎弗同，無有乎或變者也；夫是之謂《六經》；《六經》者非他，吾心之常道也。故《易》也者，志吾心之陰陽消息者也；《書》也者，志吾心之紀綱政事者也；《詩》也者，志吾心之歌詠性情者也；《禮》也者，志吾心之條理節文者也；《樂》也者，志吾心之欣喜和平者也；《春秋》也者，志吾心之誠偽邪正者也。君子之於《六經》也，求之吾心之陰陽消息而時行焉，所以尊《易》也；求之吾心之紀綱政事而時施焉，所以尊《書》也；求之吾心之歌詠性情而時發焉，所以尊《詩》也；求之吾心之條理節文而時著焉，所以尊《禮》也；求之吾心之欣喜和平而時生焉，所以尊《樂》也；求之吾心之誠偽邪正而時辯焉，所以尊《春秋》也。……」(《漢書・藝文志・六藝畧》與及《隋書・經籍志》經部各條可參讀，文長不錄矣。)

凡上所述，皆就羣書諸名賢所著篇章之有涉於兩經至六經者，舉其凡，綜觀而玩索之，則羣經之名與義斯得矣；名義斯得，寧不應拳拳服膺而不失之耶？孟子曰：「君子反經而已矣！經正則庶民興；庶民興，斯無邪慝矣。」(《盡心下》朱子曰：「反、復也；經，常也，萬世不易之常道也。」萬世不易之常道，羣經是也。) 信哉言夫！信哉言夫！

【注一】

經之稱藝及《六經》之為六藝，殆無早於陸氏《新語》矣。除此處《道基》篇外，其《本行》篇復云：「夫子……案紀圖籍，以知性命，表定六藝。」皆以六藝為《六經》也。或舉《孔叢子・儒服》篇之「平原君曰：『儒之為名，何取爾。』子高曰：『取包眾美，兼六藝，動靜不失中道耳。』」以為前乎陸氏，斷乎不可也！蓋《孔叢子》一書，《漢書・藝文志》不著錄，自宋洪邁、陳振孫、朱熹、高似孫，明宋濂、清姚際恆、紀昀、惠棟、王謨，以至近人顧實、羅根澤等，皆謂為偽書，論已定矣。吾人雖好古旁求，不欲輕棄其言，但可以東漢以後人語視之耳。又即置《孔叢》之為偽書不論，其全書只《儒服》見六藝二字，且言「兼」不言「通」，接上「包眾美」來，則正是《周官》禮樂射御書數之六藝，非《六經》也。

《周禮・地官・大司徒》：「以鄉三物教萬民而賓興之，（鄭玄注：物猶事也，興猶舉也。民三事教成，鄉大夫舉其賢者能者以飲酒之禮賓客之；既、則獻其書於王矣。）」一曰六德：知，仁，聖，義，忠，和；二曰六行：孝，友，睦，姻，任，恤；三曰六藝：禮，樂，射，御，書，數。（鄭注：「知、明於事；仁、愛人以物；聖、通而先識；義、能斷時宜；忠、言以中心；和、不剛不柔。善於父母為孝，善於兄弟為友；睦、親於九族；姻、親於外親；任、信於友道；恤、振憂貧者。）」《孔叢》之：「包眾美，兼六藝」，明自《周禮》來、「眾美」、蓋指六德六行也。

【注二】

《荀子・大畧》篇：「善為《詩》者不說，善為《易》者不占，善為《禮》者不相。」《詩緯・汎歷樞》：「《詩》無達詁，《易》無達言，（當是占字之誤。）《春秋》無達辭。」劉向《說苑・奉使》篇：「傳曰：《詩》無達詁，《易》無通吉，《春秋》無通義。」

王應麟《困學紀聞》卷六《春秋》引作：「《易》無達吉，《詩》無達詁，《春秋》無達例。」與董子此篇畧異，想是一時誤憶也。

【注三】

重要問題，說詳下。

羣經之作者

（一）《周易》

《易》本於三畫之八卦，兩兩相重，而成六畫之六十四卦；卦皆有六爻，（爻即畫。）於是有三百八十四爻；卦爻皆有辭。此原來之《周易》上下經也。《繫辭上傳》曰：「子曰：『書不盡言，言不盡意。』『然則聖人之意，其不可見乎？』子曰：『聖人立象以盡意，設卦以盡情偽，《繫辭》焉以盡其言，變而通之以盡利，鼓之舞之以盡神。』」又《繫辭下傳》：「古者包犧氏之王天下也，仰則觀象於天，俯則觀法於地，觀鳥獸之文，與地之宜，近取諸身，遠取諸物，於是始作八卦，以通神明之德，以類萬物之情。作結繩而為罔罟，以佃以漁，蓋取諸《離》。包犧氏沒神農氏作……蓋取諸《益》。……蓋取諸《噬嗑》。神農氏沒，黃帝堯舜氏作，……蓋取諸《乾》《坤》。……蓋取諸《渙》。……蓋取諸《隨》。……蓋取諸《豫》。……蓋取諸《小過》。……蓋取諸《睽》。……蓋取諸《大壯》。……蓋取諸《大過》。……蓋取諸《夬》。」夫通神明，類萬物，始作三畫之八卦者，庖犧也；取諸《離》以佃漁者，亦庖犧也；此孔子之言也。《離》有三畫之☲有六畫之䷝；然云以佃以漁，漁罔居上，佃罔居下，則所取者是六畫之離矣；是重三為六，重卦亦自庖犧始也。況神農，黃帝，堯，舜之「備物致用，立成器以為天下利」者，皆取諸六畫之卦，非庖犧氏啟之而誰乎？

故畫卦者（由三畫之八卦廣而為六畫之六十四卦），盡庖犧也。《易・繫辭》所云「立象以盡意，設卦以盡情偽之聖人也。唐孔穎達《周易正義》論重卦之人云：「重卦之人，凡有四說，王輔嗣等以為伏犧重卦【伏犧重卦之說，不始於王輔嗣也，《淮南子・要畧》云：「今《易》之乾坤，足人窮道通意也。八卦可以識吉凶，知禍福矣；然而伏犧為之六十四變，（高誘注：「八八變為六十四卦，伏犧示其象。」）周室增以六爻，（謂文王周公演羲皇六十四卦之象而作卦爻辭也。）所以原測淑清之道，而攟逐萬物之祖也。」】鄭玄之徒以為神農重卦；【清王鳴盛《蛾術編卷三說錄三》《重卦不始於文王伏羲已有條》云：「司馬貞《三皇本紀》；太皞庖犧氏始畫八卦，炎帝神農氏遂重為六十四卦。（此其節畧之文）……《乾鑿度》（《易緯》）云：『垂皇策者羲』，詳觀《乾鑿度》之文，明是伏羲畫八卦，即自重為六十四卦，康成注《乾鑿度》必不以重卦為出神農；穎達欲推重王弼，故誣康成也。」】孫盛以為夏禹重卦；史遷等以為文王重卦。其言夏禹及文王重卦者，案《繫辭》：神農之時，已有蓋取《益》與《噬嗑》。以此論之，不攻自破。其言神農重卦，亦未為得；今以論文驗之，案《說卦》云：「『昔者聖人之作《易》也，幽贊於神明而生蓍』，凡言作者，創造之謂也，神農以後，便是述修，不可謂之作也；則幽贊用蓍，謂伏犧矣。……故今依王輔嗣以伏犧既畫八卦，即自重為六十四卦，為得其實。」此說是也。謂神農重卦者，以庖犧取諸離為三畫卦之誤也；謂夏禹重卦者，以三《易》始自夏《易》《連山》之誤也。（若然者，則最低限度神農取諸《益》為無徵。）

凡言重卦自神農，自夏禹者，皆不足信矣；惟云文王重卦，則說者頗多，幾成定論，此不可不辯也。（主此說者，是謂夏殷無《易》，而吾國文化有發揚光大滯遲之概矣。）《史記・三代世表》：「亶父生季歷，季歷生文王昌，益《易》卦。」又《周本紀》云：「西伯蓋即位五十年，其囚羑里，蓋益《易》之八卦為六十四卦。」又《日者列傳》：「自伏羲作八卦，周文王演三百八十四爻，而天下治。」揚雄《法言・問神》篇云：「或曰：『經可損益歟？』曰：『《易》始八卦，而文王六十四，其益可知也。』」又《問明》篇云：「成湯，丕承也；文王，淵懿也。或問『丕承？』曰：『由小致大，不亦丕乎？革夏以天，不亦承乎？』『淵懿？』曰：『重易六爻，不亦淵乎？浸以光大，不亦懿乎？』」

班固《漢書・藝文志・六藝畧・易經類》云：「……至於殷周之際，紂在上位，逆天暴物；文王以諸侯順命而行道，天人之占，可得而效。於是重《易》六爻，作上下篇；孔氏為之《彖》、《象》、《繫辭》、《文言》、《序卦》之屬十篇。」王充《論衡・正說》篇：「說《易》者，皆謂伏羲作八卦，文王演為六十四。……伏羲得八卦，非作之；文王得成六十四，非演之也。（謂伏羲氏得《河圖》，周人因之曰《周易》。）」又《對作》篇云：「《易》言伏羲作八卦，前是未有八卦，伏羲造之，故曰作也；文王圖八，自演為六十四，故曰衍。」是史遷，揚雄，班固，王充之倫，皆謂重卦自文王也。故皮錫瑞之《經學通論》及近人蔣伯潛之《經學纂要》皆主之。（蔣氏蓋本皮說。）皮氏且云：「錫瑞案：解經以最初之說為主。」其意以為伏羲重卦，說由王弼，而馬揚班王皆在輔嗣前；不知《淮南・要畧》已有「伏羲為之六十四變」之說，而《淮南王書》固前乎《史記》也。又況說《易》者，無前而確於孔子之十翼者乎？《繫傳》稱庖犧，黃帝，堯，舜取諸各卦之言已見於前矣；《說卦傳》復云：「昔者聖人之作《易》也，幽贊於神明而生蓍。」又曰：「昔者聖人之作《易》也，……兼三才而兩之，故《易》六畫而成卦；分陰分陽，迭用柔剛，故《易》六位而成章。」

又《繫辭上傳》云：「是故四營而成易，【反一於櫝，中分四十九策，左右揲之，為第一營；（其用四十有九，分而為二以象兩也。）掛一以象三為第二營；揲之以四以象四時為第三營，歸奇於扐以象閏，及再閏而掛為第四營。】十有八變者成卦。」孔穎達曰：「凡言作者創造之謂也;神農以後,便是述修,不可謂之作也。則幽贊用蓍,謂伏犧矣。」又曰:「既言聖人作《易》,兼三才而兩之,又非神農始重卦矣。」孔說是也。又《周禮・春官・宗伯下》:「太卜,……掌三易之法:一曰《連山》,二曰《歸藏》,三曰《周易》。其經卦皆八,其別皆六十有四。」鄭玄注:「別者,重之數。」又引杜子春(後漢初人,鄭衆、賈逵師,傳《周禮》。)曰:「《連山》宓戲,《歸藏》黃帝。」

《鄭志》(鄭玄撰,其子小同編。)云:「趙商問:『子春云:《連山》宓戲,《歸藏》黃帝,敢問杜子春何由知之?』答曰:『非無明文,改之無據,故著子春說而已。近師皆以為夏殷周。』唐賈公彥《周禮疏》云:「後鄭(鄭玄)專以為伏犧畫八卦,神農重之;諸家以為伏犧畫八卦,還自重之。」是杜子春亦以為伏犧重為六十四卦,而賈公彥且云諸家皆以為伏犧還自重之也。即《連山》《歸藏》是夏。殷《易》,則重卦不始自文王,蓋彰彰矣。

(以上重卦)

重卦已自伏犧矣,卦爻辭誰作乎?夫周人揲蓍,三《易》俱在,然《連山》《歸藏》,亡佚已久,無論已;至於《周易》所繫之辭,則卦辭文王,爻辭周公也。孔穎達《周易正義・序論卦爻辭誰作》云:「其《周易・繫辭》(謂卦爻所繫之辭,《繫辭上傳》所謂「聖人設卦,觀象繫辭焉而明吉凶」是也。)凡有二說:一說,所以卦辭爻辭並是文王所作,知者,案《繫辭》（此是《繫辭傳》）云：「《易》之興也，其於中古乎？」（魏孟康《漢書・藝文志注》云：「伏犧為上古，文王為中古，孔子為下古。」孔氏《禮記正義・禮運疏》云：「伏犧為上古，神農為中古，五帝為下古；若《易》歷三古，則伏犧為上古，文王為中古，孔子為下古。」）「作《易》者其有憂患乎？」又曰：「《易》之興也，其當殷之末世，周之盛德邪？當文王與紂之事邪？」又《乾鑿度》云：「垂皇策者犧，卦道演德者文，（張守節《史記正義》引作「益卦演德者文。」亦謂益辭於卦耳，益卦非必謂重卦也。）成命者孔。」《通卦驗》又云：「蒼牙通靈，昌之成；孔演命，明道經。」【又孔氏《禮記正義・禮運疏》云：「易緯云：『蒼牙通靈昌之成，運孔演命明道經。』」（所引《易緯》較《周易正義》多一運字，成七言，故分句不同。）蒼牙則伏犧也；昌則文王也；孔則孔子也。故《易・繫辭》云：『《易》之興也，其於中古乎？』謂文王也。】準此諸文，伏犧制卦，文王《繫辭》，孔子作十翼，《易》歷三聖，只謂此也。（《漢書・藝文志》：「《易》道深矣！人更三聖，世歷三古。」）故史遷云：「文王囚而演《易》。」即是「作《易》者其有憂患乎？」鄭學之徒，並依此說也。

二說，以為驗爻辭多是文王後事，案《升卦・六四》：「王用亨於岐山。」武王克殷之後，始追號文王為王，若爻辭是文王所制，不應云「王用亨於岐山」。【王弼《易注》云：「岐山之會，順事之情，無不納也。」孔疏云：「文王岐山之會，故曰『王用亨於岐山』也。」清王鳴盛《蛾術編・說錄三》引荀爽《易注》謂「竝無文王之說。」迮鶴壽然之；近人蔣伯潛且云：「升緯但云王，不云文王；其云岐山，亦猶孔孟言輒稱泰山」。按，此必文王無疑，孔説是也。三代時諸侯不稱王，如謂此非文王，則是殷王紂矣！焉有殷王紂亨于岐山者乎？《繫傳》曰：「其稱名也，雜而不越，於稽其類。」謂用《易・升卦》稱殷王紂亨于岐山，則是不倫不類之甚者，斷乎不可也。（崔憬《易注》以為是太王，亦是武王克殷後追王之稱，明爻辭是周公作矣。）《竹書紀年》云：「帝辛（紂王）二十一年春正月，諸侯朝周。」又：「三十六年春正月，諸侯朝于周。」則王輔嗣所云「岐山之會，順事之情」者為有徵，是文王矣。】

又《明夷・六五》：「箕子之明夷」，武王觀兵之後，箕子始被囚奴，文王不宜豫言箕子之明夷。【《史記・周本紀》：「西伯崩，太子發立，是為武王。……九年，東觀兵至於盟津（即孟津）。……是時諸侯不期之會盟津者八百諸侯。……乃還師歸。居二年，聞紂昏亂，暴虐滋甚，殺王子比干，囚箕子。……於是武王……東伐紂。」（《殷本紀》同。）此爻辭非文王作之鐵證矣。而惠棟《周易述》，王鳴盛《蛾術編》復用漢蜀人趙賓之妄説，以為「箕子實當作荄茲。」迮鶴壽亦然之，大誤矣。《漢書・儒林傳》云：「蜀人趙賓，好小數書，後為《易》，飾《易》文，以為『箕子明夷』，陽陰氣亡箕子。箕子者，萬物方荄茲也。」趙賓此説，必漢儒皆不謂然，故見譏於孟堅，顏師古注《漢書》已斥之矣。師古云：「《易・明夷・卦彖》曰：『內文明而外柔順，以蒙大難，文王以之。利艱貞，晦其明也。內難而能正其志，箕子以之。』而六五爻辭曰：『箕子明夷，利貞。』此箕子者，謂殷父師，說《洪範》者也。而賓妄為之說耳。荄茲，言其根方滋茂也。荄音該，又音皆。」晉鄒湛曰：「訓箕為荄，詁子為滋，漫衍無經，不可致詰。」（陸德明《經典釋文》引）惠定宇、王西莊、迮鶴壽仍是趙賓之妄說，豈以為孔子之《彖辭傳》亦不足信乎？（蔣伯潛亦云：「箕子為荄茲之通借，故箕本作萁，漢代趙賓已有此解。」則並趙賓以「箕子」為「荄茲」，同音相叚之說亦不知，而為蛇添足，以為箕本作萁矣，不亦重可笑乎？）】

又《既濟》九五：「東鄰殺牛，不如西鄰之禴祭。」說者皆云：西鄰為文王，東鄰謂紂。文王之時，紂尚南面，豈容自言己德，受福勝殷？又，欲抗君之國，遂言東西相鄰而已。【按《禮記・坊記》：「子曰：敬則用祭器，故君子不以菲廢禮，不以美沒禮。（謂不以美厚踰越乎禮）故食，禮、（陳皓《禮記集說》食禮斷句，讀食如飼，非是。）主人親饋，則客祭；不親饋，則客不祭。故君子，苟無禮，雖美不食焉。《易》曰：『東鄰殺牛，不如西鄰之禴祭，實受其福。』」鄭玄注云：「東鄰，謂紂國中也；西鄰，謂文王國中也。此辭在《既濟》，《既濟》離下坎上，離為牛，坎為豕；西鄰禴祭，則用豕與？言殺牛而凶，不如殺豕受福，喻奢而慢，不如儉而敬也。」又《漢書・敘傳》班固《幽通賦》云：「東厸（師古曰：『厸，古鄰字也。』）虐而殲仁兮，王合位乎三五。」師古引東漢應劭注云：「東鄰，紂也；殲，盡也；王，武王也。欲從五位三所，即國語歲，月，日，星，辰之所在也。（詳見《國語・周語下》

及吳韋昭注，文長不錄矣。）」又《漢書・郊祀志下》，「杜鄴（字子夏，見《漢書》卷六十《杜欽傳》。）謂大司馬王商曰：『東鄰殺牛，不如西鄰之禴祭』，言奉天下之道，貴以誠質，大得民心也。」云大得民心，則西鄰是指文王也；故師古曰：「東鄰，謂商紂也，西鄰，周文王也。」是杜鄴，班固，鄭玄，應劭，顏師古等皆以東鄰為紂，西鄰為文王或武王，若周未有天下，文王服事殷，不得以西鄰與東鄰相抗，以自斥其不臣；是爻辭作於周公之又一鐵證也。】

又《左傳》韓宣子適魯，見《易象》云：「吾乃知周公之德。」周公被流言之謗，亦得為憂患也。【謂《繫辭傳》「作《易》者其有憂患乎」及「又明於憂患與故」也。按，見《左傳・昭公二年》：「晉侯（平公）使韓宣子（韓起）來聘，且告為政而來見禮也；（杜預注：「代趙武為政；雖盟主，而脩好同盟，故曰《禮》。」）觀書於大史氏，見《易象》與魯《春秋》曰：『《周禮》盡在魯矣，吾乃今知周公之德與周之所以王也』。」杜注：「《易象》、上下經之《象辭》；魯《春秋》，《史記》之策書。《春秋》遵周公之典以序事，故曰《周禮》盡在魯矣。」孔穎達疏云：「《易・繫辭》云：『《易》之興也，其當殷之末世，周之盛德邪？當文王與紂之事邪？』鄭玄云：『據此言，以《易》是文王所作，斷可知矣。且史傳讖緯，皆言文王演《易》，演、為其辭以演說之，《易經》必是文王作也。但《易》之爻辭，有『箕子之明夷，利貞』，箕子明傷，乃在武王之世，文王不得言之。又云『王用享於岐山，』又云：『東鄰殺牛，不如西鄰之禴祭，實受其福，』二者之意，皆斥文王，（斥，顯也。）若是文王作經，無容自伐其德，故先代大儒，鄭眾、賈逵等，或以為卦下之《彖辭》（即《卦辭》）文王所作，爻下之《象辭》（即《爻辭》。）周公所作。』」又杜預《春秋左氏傳序》：「韓宣子適魯，見《易象》與魯《春秋》，曰：『《周禮》盡在魯矣！吾乃今知周公之德與周之所以王』。」孔穎達疏云：「《易・下繫辭》云：『《易》之興也，其當殷之末世，周之盛德，當文王與紂之事，』則謂易象，爻彖（彖謂卦）之辭也。」鄭玄據此文，以為《易》是文王所作；鄭眾，賈逵，虞翻，陸績之徒，以《易》有「箕子之明夷」，「東鄰殺牛」，皆以為易之爻辭，周公所作。」韓宣子所見之《易象》，雖或義兼卦爻辭；美周公之德，雖不專指易爻象；然據孔疏所引鄭君語，則鄭眾，賈逵，虞翻，陸績，皆以爻辭為周公作也。】

驗此諸說，以為卦辭文王，爻辭周公，馬融、陸績等並同此說，今依而用之。所以只言三聖，不數周公者，以父統子業故也。（猶禹湯文武之稱三王。）《禮・稽命徵》（緯書）曰：「文王見禮壞樂崩，道孤無主，故設禮經三百，威儀三千。」其三百三千，即周公所制《周官》《儀禮》，明文王本有此意，周公述而成之；故繫之文王。然則《易》之爻辭，蓋亦是文王本意，故《易緯》但言文王也。孔沖遠之說，以爻辭作於周公，其理甚備，故特將順其美，而為之疎通其義焉。

又迮鶴壽於王鳴盛《蛾術編・說錄三爻辭非周公所作條》下校注云：「左氏云：韓宣子

適魯，見《易象》曰：『吾乃知周公之德』，則爻辭明是周公所作。宣子以魯為周公之後，故特提周公。』……《泰》之六五云：『帝乙歸妹，以祉元吉』，虞翻曰：『《震》為帝，《坤》為乙，(《說卦傳》「帝出乎《震》」，又《洛書》之數，乙癸配《坤》，《坤》柔順而居上，故以《坤》為乙。)帝乙，紂父。歸，嫁也，震為兄(長男)，兌為妹(少女)，故嫁妹。祉，福也，五變體為《離》，(《泰》之第五爻陰變為陽，則三四五爻互體成《離》。)《離》為大腹(見《說卦傳》)則妹嫁而孕，得位正中，(第五爻變陽則正而且中。)故以祉元吉。」

文王，紂之臣也，因於羑里而演《易》，其敢舉朝庭之事，公然繫於卦爻乎？《歸妹》之六五又云：「帝乙歸妹，其君之袂，不如其娣之袂良。」不幾于諷刺乎？唯周公遭流言之謗，避居東都，殷已滅亡，故得以帝乙之事形之於筆。倘謂帝乙不作是解，(或作成湯，湯名天乙。)則先生(謂王鳴盛。)所極信者虞翻，而翻故曰紂父矣。(帝乙即謂成湯，如殷未亡，亦不宜用。)」按：如卦爻辭作于文王，除上舉外，餘爻尚多疑悟，嫌費日力，暫不備舉矣；且如《隨卦・上六》一爻，《易緯・乾鑿度》(《四庫提要》謂書出於先秦，較他緯獨為醇正。)云：「孔子曰：《隨・上六》：『拘繫之，乃從維之，王用享於西山。』《隨》者，二月之卦，隨德施行，藩決難解，(鄭玄注云：「言二月之時，陽氣已壯，施生萬物，而陰氣漸微，不能為難，以障閉陽氣，故曰『藩決難解』也」。)

萬物隨陽而出，故上六欲待九五拘繫之，維持之；明被陽化，而陰隨之也。譬猶文王之崇至德，顯中和之美，拘民以禮，係民以義；當此之時，仁恩所加，靡不隨從，咸悅其德，得用道之王，故言「王用享於西山。」（鄭玄注：「是時紂存，未得東巡，故言西山。」）

《隨》之上六「王用享於西山」，與升之六四「王用享於岐山同，西山即岐山，在紂之西，故云西山也。《乾鑿度》引孔子語，「王」，明是指文王，焉有文王自作爻辭而稱王，且云用享於西山，無忌憚至於此哉？故爻辭必作自周公，非文王也。至皮錫瑞氏之《經學通論》以為「卦爻之辭，並屬孔子所作。」是猶孔子以前《易》徒具卦爻畫，無文字；春秋戰國以前人，自天子以至於庶民，其所以占者，皆直契羲皇深衷，觀象而逕可以盡其意；《書・洪範》、《周禮》、《左傳》、《國語》所載用筮之文，皆為無稽矣！其所尊孔，乃所以誣孔，吾見其日從事於聖人，而去之彌遠也！

（以上卦爻辭）

《漢書・藝文志》著錄「《易經》十二篇，施孟梁丘三家」。顏師古曰：「上下經及十翼，故十二篇。」上經者，自《乾》《坤》至《坎》《離》；下經者，自《咸》《恒》至《既、未濟》。（《易緯・乾鑿度》「上經象陽，故以《乾》為首，《坤》為次……下經以法陰，故以《咸》為始，《恒》為次」。）括羲皇之卦象，及文周之卦爻辭也。十翼者，《上彖》，《下彖》，《上象》，《下象》，《上繫》，《下繫》，《文言》，《說卦》，《序卦》，《雜卦》也。

《易緯・通卦驗》：「孔子作《上彖》《下彖》，《上象》《下象》，《上、下繫辭》，《文言》，《說卦》，《序卦》，《雜卦》，為十翼。」又《易緯》《乾、坤鑿度》附錄云：「仲尼……五十究《易》，作十翼，明也，明易幾教，若曰：終日而作，思之於古聖（羲皇），頤思於姬昌，法旦（周公）。」（皮錫瑞謂「十翼之說，於古無徵，《漢書・藝文志》『《易經》十二篇』，又曰：『孔子為之《彖》《象》《繫辭》《文言》《序卦》之屬，』是已分為十篇，尚不名為十翼；孔疏以為『鄭學之徒，並同此說』。是十翼出東漢以後，未可信據。」謬矣。《易緯》最低限度是西漢成、哀之際說《易》之經師所為，安得謂十翼出自東漢以後乎？盧見曾曰：「或曰：《緯書》非學者所尚。是不然，聖人作經，賢人緯之，經粹然至精，緯則有駁有醇。成哀之緯，其辭駁；先秦之緯，其辭醇。」）

《史記・孔子世家》：「孔子晚而喜《易》，《序》，《彖》，《繫》，《象》，（或以「序」「繫」二字作動詞解，非是。張守節《史記正義》云：「《序》、《易・序卦》也。」）《說卦》、《文言》。讀《易》，韋編三絕。」《漢書・藝文志》云：……「孔氏為之《彖》，《象》，《繫辭》，《文言》，《序卦》之屬十篇。」《史記》所舉者九，無雜卦，《漢書》所舉者八，且無《說卦》；然云十篇，則已該括於其中矣；特以行文簡練，故隱而不言耳。故十翼者，孔子之所作也。

孔穎達《周易正義序・第六・論夫子十翼》云：「其《彖》《象》等十翼之辭，以為孔子所作，先儒更無異論。但數十翼，亦有多家，既文王《易經》，本分為上下二篇，則區域各別，《彖》《象》釋卦，亦當隨經而分。故一家數十翼云：『《上彖一》，《下彖二》，《上象三》，《下象四》。《上繫五》、《下繫六》、《文言七》、《說卦八》、《序卦九》、《雜卦十》。』鄭學之徒，並同此說，故今亦依之。」十翼作自孔子，宋以前無異議。《漢志》著錄云：「《易經》十二篇、施、孟、梁丘三家。」惟其十翼乃孔子作，故得配文周之上下經二篇而總稱經，西漢經師施讎、孟喜、梁丘賀三家所傳之書並同之也。

疑《繫辭》、《文言》非孔子作者，自歐陽修始。（不疑《彖辭》、《象辭》。其《易或問》且云：「孔子生於周末，懼文王之志不見於後世，而《易》專為筮占用也；乃作《彖》《象》，發明卦義。……微孔子，則文王之志沒而不見矣。」）其《易或問》云：「或問《繫辭》果非聖人之作，前世大儒君子不論，何也？曰……十翼之說，不知起於何人，自秦漢以來，大儒君子不論也。（歐公但云十翼不知起於何人耳，非如皮氏云於古無徵也，故上文專責之。）……『何謂』『子曰』者，講師之言也；吾嘗以譬學者矣：『元者善之長，亨者嘉之會，利者義之和，貞者事之幹，此之謂《文言》也。方魯穆姜之道此言也，在襄公之九年，（穆姜，魯宣公夫人，成公母，通於叔孫僑如，欲廢成公，其人淫姣，辯而不德。）後十有五年而孔子生。左氏之傳《春秋》也，故多浮誕之辭；然其用心，亦必欲其書之信後世也。使左氏知《文言》為孔子作也，必不以追附穆姜之說而疑後世。蓋左氏者，不意後世以文言為孔子作也。」（《歐陽文忠公集‧居士集》卷十八）

又《易童子問》卷一：（三卷，見《歐陽文忠公集》）「童子問曰：『《乾》、元亨利貞，何謂也？』曰：『眾辭淆亂質諸聖；彖者，聖人之言也。』童子曰：『然則乾無四德，而文言非聖人書乎？』曰：『魯穆姜之言也；在襄公之九年。』」又《易童子問》卷三：「童子問曰：『《繫辭》非聖人之作乎？』曰：『何獨《繫辭》焉，《文言》《說卦》而下，皆非聖人之作；而眾說淆亂，亦非一人之言也。』」又：「童子曰：『敢問四德？』曰：『此魯穆姜之所道也。……然則四德非《乾》之德，《文言》不為孔子之言矣。』」按：《乾文言》：「初九曰：潛龍勿用，何謂也？子曰：龍德而隱者也。……九二曰：見龍在田，利見大人，何謂也？子曰：龍德而正中者也。……」等之「何謂」「子曰」者，乃孔子自為問答以闡發爻義之辭，凡《公羊傳》之「某某者何？某某某也」者，皆祖述諸此。「子」字則後儒所增，明其為夫子之言而已，曷足怪乎！至《左氏傳》所說穆姜之言，歐公以為孔子無取以入說之理；不知元亨利貞四德之義蘊，於古豈無訓說乎？穆姜所述，殆本諸師傳，舊有此正解，故孔子經緯乾坤，亦取此義訓也。豈必為穆姜之自為說乎？

王充《論衡・正說》篇：「至孝宣皇帝之時，河內女子發老屋，得《逸易》、《禮》、《尚書》各一篇，奏之，宣帝下示博士，然後《易》《禮》《尚書》各益一篇。」《隋書・經籍志》：「昔宓羲氏始畫八卦，以通神明之德，以類萬物之情，蓋因而重之，為六十四卦。及乎三代，實為三《易》：夏曰《連山》，殷曰《歸藏》，周文王作《卦辭》，謂之《周易》。周公又作《爻辭》；

孔子為《彖》，《象》，《繫辭》，《文言》，《序卦》，《說卦》，《雜卦》，而子夏為之傳，及秦焚書，《周易》獨以卜筮得存，（《史記・秦始皇本紀》：「三十四年……丞相李斯曰：『非博士官所職，天下敢有藏詩書百家語者，悉詣守尉雜燒之；有敢偶語詩書，棄市……所不去者，醫藥卜筮，種樹之書。』」）唯失《說卦》三篇，後河內女子得之。」因《論衡》有宣帝時河內女子得《逸易》一篇之言，論者以為是《說卦》，韓康伯注本又合《說卦》《序卦》《雜卦》為一卷，故《隋志》以為失《說卦》三篇，河內女子得之；後之好事者遂復疑此三篇，謂非孔氏之傳，云是偽託矣！王鳴盛闢之，論述甚允，其《蛾術編》《說錄三》《說卦》三篇非河內女子所得漢初已有》條云：「《隋志》以《說卦》三篇與《書・太誓》一篇，同為宣帝時河內女子所得，此說蓋本之後漢王充《論衡》，其實非也。劉歆《移太常博士書》，言《太誓》後得，不指何年；（李善《文選注》引劉歆《七畧》曰：「孝武皇帝末，有人得《泰誓》書於壁中者，獻之，與博士；使讚說之，因傳以教」今《泰誓》篇是也。」）

然《泰誓》，自漢初已有之：婁敬說高祖，即引其語；（《史》《漢》《婁敬傳》載敬說高祖都秦故地，謂「武王伐紂，不期而會孟津之上八百諸侯」之語，蓋本之《泰誓》也。）董仲舒對策又引之，（董生《賢良對策》上引書曰：「白魚入于王舟，有火復于王屋，流為烏。」顏師古曰：「今文尚書《泰誓》之辭也。」）《說卦》三篇既與同得，則非宣帝時可知。《史記・世家》已有《說卦》之名，則司馬遷已見之；《漢志・易・十二篇下》，即云「施孟梁邱三家。」然則經二篇，十翼十篇，施讎、孟喜、梁邱賀已如此；（三人皆受易於田王孫，田氏易受之丁寬，寬、景帝時人。）是漢初已有，歐陽永叔疑十翼之名起於後世，宋儒多不信《說卦》三篇，元俞玉吾（俞琰，字玉吾，號石澗，宋亡不仕，應是宋人，有《周易集說》，《易圖纂要》等書。）至以《序卦》《雜卦》之名始于韓康伯，妄甚，不足辨。」

歐陽公雖尊聖過當，疑《繫辭》《文言》等非孔子作，然猶以為有益於學而不可廢也；其《易童子問》卷三云：「童子曰：『然則繫衍叢脞之言，與夫自相乖戾之說，（凡《文言》《繫辭》等之反復伸釋，善誘無已者，皆至聖垂訓後世，若慈親之教愛子，所謂「無有師保，如臨父母」也。王褒賦云：「……翩緜連以牢落兮，漂乍棄而為他，要復遮蹊徑兮，與謳謠乎相龢。故聽其巨音，則周流氾濫，并包吐含，若慈父之畜子也。」斯其比矣；而歐公謂之叢脞乖戾，豈不過甚矣哉！）其書皆可廢乎？』曰：『不可廢也。古之學經者，皆有大傳，今《書》《禮》之傳尚存，（謂伏勝之《尚書大傳》及《禮記大傳》也。）此所謂《繫辭》者，漢初謂之《易大傳》也；至後漢，已為《繫辭》矣。……《繫辭》者，謂之《易大傳》，則優於《書》《禮》之傳遠矣；謂之聖人之作，則僭偽之書也。蓋夫使學者知《大傳》為諸儒之作，而敢取其是而捨其非，則三代之末，去聖未遠，老師名家之世學，長者先生之餘論，雜於其間者在焉，未必無益於學也。』」斷《繫辭》《文言》等非孔子作，乃歐公之過言；然觀過知仁，歐公之過，是過於崇聖，而未達聖言往復再三之義耳！非敢為狂惑，毀經敗道者比也。

乃近人有錢穆氏者，誣謗五經，尤詆《周易》，其《國學概論・孔子與六經》云：「《易》與孔子無涉。」是以羣書先儒之言皆不足信，似其獨能親炙孔子，未嘗見其於《易》贊一字者也。又云：「卜筮如拆字，《繫辭》如籤詩。《易》之內容，其實如斯。」卜筮連言以指揲蓍，是不知何者為卜？何者為筮？字義不明，詁訓全昧，一謬也；謂揲蓍如拆字，是未嘗一涉筮法，不知揲蓍為何事，二謬也；《繫傳》固以卦爻辭為《繫辭》，然後人撰文，必不以爻辭當之，今以《繫辭》作爻辭，三謬也；《上繫》曰：「聖人有以見天下之賾，而擬諸其形容，象其物宜，是故謂之象。聖人有以見天下之動，觀而其會通，以行其典禮，《繫辭》焉以斷其吉凶，是故謂之爻。言天下之至賾而不可惡也，言天下之至動而不可亂也；擬之而後言，議之而後動，擬議以成其變化。」文周之卦爻辭皆生於象，凡所繫之辭，必緊喻本卦本爻，不得移此說彼；（互見者必互通）今謂爻辭如籤詩，以為凡人凡事皆可通；是不知有所謂象，四謬也。「《易》之內容」即「《易》之實」；「其實」，即「《易》之內容」（其指《易》：實是內容。）矣；而云「《易》之內容，其實如斯」，是何等語勢乎？五謬也。凡四句十八字，其謬有五，觀止矣！況毀經籍，侮聖人，其心術有不堪問者邪？亭林先生疾詞人之淫辭艷曲，以為「誘惑後生，傷敗風化，宜與非聖之書，同類而焚，庶可以正人心術。」（《日知錄・重厚》）錢竹汀《疾小說家導人以惡》云：「喪心病狂，無所忌憚。子弟之逸居無教者多矣，又有此等書以誘之，曷怪其近於禽獸乎？」夫詞人艷曲及小說家之言，且為兩先生所深惡痛絕，又況敗壞《五經》，輕詆聖言者哉。

錢氏之《國學概論》又云：「按今：五十以學《易》（湛銓案：《論語・述而》篇：「子曰：『加我數年，五十以學《易》，可以無大過矣！』子所雅言，《詩》、《書》、執禮，皆雅言也」。亭林先生《日知錄・孔子論易》云：「記者於夫子學《易》之言，即而繼之曰：『子所雅言，《詩》、《書》、執禮，皆雅言也。』是知夫子平日不言《易》，而其言《詩》、《書》、執禮者，皆言《易》也。」汪中《經義知新記》云：「《詩》、《書》、執禮、《樂》正，以教學人習之，故雅言，《易》象、《春秋》，則微言也。……孔子贊之修之，而後商瞿左邱明傳之，故曰：『仲尼沒而微言絕，』」亭林先生發《論語》之微旨，精義入神；汪容甫本其意而稍廣之，皆深契聖心，嘉惠來士者。）古論作「《易》」，《魯論》作「亦」，連下讀。比觀文義，《魯論》為勝。則孔子無五十學《易》之說也。顧氏謂孔子平日不言《易》是矣，而曰其言《詩》、《書》、執禮，皆言《易》，則不得其意而強說之也。」又錢氏之《先秦諸子繫年・孔子五十學易》辨云：「惠棟《論語古義》云：『《魯論》《易》為亦，君子愛日以學，及時而成。五十而學，斯為晚矣。然秉燭之明，尚可寡過，此聖人之謙辭也。』……古者無《六經》之目，《易》不與《詩》《書》《禮》《樂》同科，孔子實未嘗傳《易》，今十傳，皆不出孔子。世家亦但言《易》，子四十七不仕而修《詩》《書》《禮》《樂》，並不及《易》。世家又謂『孔子晚而喜《易》，序《易傳》，』蓋皆不足信。」湛銓案：陸德明《經典釋文》據鄭玄《論語注》（唐時尚存，《宋史・藝文志》始不著錄，近人羅振玉之鳴沙石室古籍叢殘中刻有敦煌殘本。）云：「《易》，如字。魯讀《易》為亦，今從古。」「《易》如字者，謂讀《易》為《周易》之《易》」不讀為容易之「易」也，（「易」之本音是「羊益切」，入聲；轉讀為去聲耳。）「魯讀《易》為亦，今從古」者，謂《魯論》「易」字作「亦」，不可從；今從古論，作易為是也，漢世所傳《論語》有三：古文《論語》，班固《漢志》自注云「出孔子壁中」者也；曰齊《論語》，今文；曰魯《論語》，亦今文。

何晏《論語集解序》云：「魯共王（名餘，景帝子。）時，嘗欲以孔子宅為宮室，壞，得古文《論語》，【《漢書・魯恭王傳》：「恭王初，好治宮室，壞孔子舊宅，以廣其宮，聞鐘磬琴瑟之聲，遂不敢復壞，於其壁中得古文經傳」。又《藝文志》：「武帝末，（當云景帝末。恭王以景帝前三年由淮陽王徙王魯。）魯共王壞孔子宅，欲以廣其宮，而得古文《尚書》及《禮記》《論語》《孝經》，凡數十篇，皆古字也。共王住入其宅，聞鼓琴瑟鐘磬之音，於是懼，乃止不壞。」又劉歆《移書讓太常博士》云：「及魯恭王壞孔子宅，欲以為宮，而得古文於壞壁之中。」許慎《說文解字序》亦云：「壁中書者，魯恭王壞孔子宅，而得《禮記》、《尚書》、《論語》、《春秋》、《孝經》」。魯王壞孔壁得書事亦兩見於王充《論衡・正說》篇及《案書》篇，無可疑者。則古論原出孔子壁中，自較魯人所傳而漢人以隸體寫定之《魯論》為可信也】古論唯博士孔安國為之訓解，而世不傳。至順帝時，南郡太守馬融，亦為之訓說；漢末，大司農鄭玄，就《魯論》篇章，考之齊古，（《魯論》二十篇；《齊論》二十二篇，多出《問王》《知道》；《古論》二十篇，與《魯論》本同，惟分《堯曰下章》《子張問》以為一篇。）為之注」，是鄭君注《論語》，篇數依魯而底本用古也。【《隋志》以為用張侯論（張禹。本受《魯論》，兼講《齊論》），未然，蓋涉「就《魯論》篇章」句而誤】

「魯讀易為亦」不並云齊者，是《齊論》同作易也。單云「從古」者，較《齊論》為足徵信，故畧而不言也。自鄭君去魯從古，何晏仍之，論定久矣。三論、《隋志》已不著錄，陸德明亦不得而見；而錢氏不溯所從來，徑云：「今按古論作易，《魯論》作亦」，是以為三論易傳本猶在也。至惠氏古義，徒存《魯論》之借字，（借「亦」為「易」鄭玄所注先秦緯書《易緯·乾鑿度》正以「演亦」為「演《易》」，可證。）原無足取；惟阮元之《論語注疏校勘記》引惠棟云：「外黃令（《後漢書》「外」作「內」）《高彪碑》云：『恬虛守約，五十以學。』。此從《魯論》，『亦』字連下讀也。」（錢氏尚未見此，否則又多一證矣。）則「亦」字似非「易」之借字矣；不知「五十以學」，正是隱藏學「易」，乃歇下語耳！其上句之「恬虛守約」是何等事乎？「五十以學」句，承上而藏，隱以之顯；含思要眇，婉轉關生。

惠氏於詞章之學，未契深機，遽據以是正古論，可謂郢書燕説，南轅北轅矣。孔子曰：「吾十有五，而志於學」，何至欲天假年，五十而後學乎？乃錢氏云：「比觀文義，《魯論》為勝」，其所觀者，果何義耶？亭林先生謂孔子言《詩》、《書》、執禮者皆易，蓋以《易》為群經之原，諸經之義皆在其中也；而錢氏謂為「不得其意而強説之」焉有尊德性，道問學，致廣大，盡精微之亭林先生且不得其意，而於學原無所解之錢氏為得之者乎？噫！小人之好議論，不樂成人之美，如是哉！其云「古無《六經》之目，《易》不與《詩》《書》《禮》《樂》同科」者，蓋以為六學始自漢儒，此則於莊書未嘗寓目一過也。（雖纂箋《莊子》，但剪貼耳！）云：「《世家》亦但言孔子四十七不仕而修《詩》《書》《禮》《樂》，並不及《易》。」此何待言！若孔子四十七已修《易》，則返魯後「備王道、成六藝」，「晚而喜《易》，序《彖》《繫》《象》，《說卦》《文言》。讀《易》，韋編三絕。曰：『假我數年，若是，我於《易》則彬彬矣』」之言，為大相逕庭，全無足取矣！尚安在其為信史也？錢氏之《國學概論》又云：「經之稱昉《墨子》，有《經上、下》篇，《荀子》儒家，始稱經，（應云儒家則《荀子》始稱經）始以《春秋》與《詩》《書》《禮》《樂》連稱，然猶不知《六經》，又不以《易》為經。」「……以《禮》《樂》《詩》《書》《春秋》並舉，而不及《易》。荀子不知有《六經》也。」「證之以荀子之書，則知其時固無《六經》之稱也。」

凡此諸端，了無一是；徒見其欲去《易》以斷吾國文化之遠源，貶經以逞錢氏私學之超聖耳！《管子》書首九篇自《牧民》至《幼官圖》，謂之經言；《牧民》篇中，復有《士經》；而《戒》篇云：「博學而不自反，必有邪！孝弟者，仁之祖也；忠信者，交之慶也。內不考孝弟，外不正忠信，澤其《四經》而誦學者，是亡其身也。」唐尹知章注云：「《四經》，謂《詩》《書》《禮》《樂》。既無孝弟忠信，空使《四經》流澤，徒為誦學者，即《四經》可以亡身也。」(王念孫《讀書雜志》謂「《四經》即孝弟忠信」,非是。蓋《四經》非有其書,則誦字無根,尹說是。)

《管》《墨》二書皆非盡出原手,而《管》必先《墨》,是稱經不始於《墨子》也。謂儒家則《荀子》始稱經,又有二謬焉:

一、《春秋左氏傳・昭公十五年》:「叔向曰:禮,王之大經也。一動而失二禮,無大經矣!言以考典,典以志經;忘經而多言,舉典,將焉用之?」又《哀三年傳》云:「夏五月辛卯,司鐸火,火踰公宮,……子服景伯至,命宰人出《禮書》以待命;命不共,有常刑。……季桓子至,……曰:『舊章不可亡也。』」曰《禮書》,曰『舊章』,是有其書矣,則叔向所云『王之大經』,非書之稱耶?」(《周禮・天官冢宰》:「大宰之職,掌建邦之六典,以佐王治邦國。一曰治典,二曰教典,三曰禮典,四曰政典,五曰刑典,六曰事典。」鄭玄注云:「典、常也,經也,法也,王謂之禮經,常所秉以治天下也。」)又《隱公七年傳》云:「春,滕侯卒。不書名,未同盟也。凡諸侯同盟,於是稱名,故薨則赴以名,告終嗣也,以繼好息民。謂之禮經。」杜預注:「此言凡例,乃周公所制禮經也。」劉文淇曰:「禮經即周典。」經典二字,明見於《周禮》與《左氏春秋》,不能盡舉;二書非儒者所奉乎?乃云《荀子》始稱經,何也?

二、《漢書・藝文志・諸子畧》儒家之所著錄,《孟子》列第十一位,《荀子》十二,其前有十書，內《子思》二十三篇；《史記・孔子世家》云：「子思作《中庸》。」《隋書・音樂志》上：「沈約曰：漢初，典章滅絕，諸儒捃拾溝渠牆壁之間，得片簡遺文，與禮事相關者，即編次以為禮，皆非聖人之言（謂非孔子之言），《月令》取《呂氏春秋》；《中庸》、《表記》、《坊記》、《緇表》，皆取《子思子》；《樂記》取《公孫尼子》。（七十子弟子。《漢志》儒家著錄二十八篇，今惟《樂記》載在《禮記》中，餘殘，馬國翰《玉函山房輯佚書》輯有《公孫尼子》一卷。）」

按：《子思子》一書，六朝時具在，時人自可省覽，決非空言可知。又書至唐時猶存七卷，馬總《意林》鈔《子思子》十條，一見於《表記》，一見於《坊記》中，則沈約謂《禮記》中之《中庸》《表記》《坊記》《緇衣》四篇，錄自《子思子》，為信而有徵矣。錢氏知有《中庸》，而不知《表記》《坊記》《緇衣》亦皆出《子思子》，故毀《易》貶經，肆無忌憚！

今舉此錄自《子思子》之三篇所引《易》文如下：《坊記》云：「《易》曰：東鄰殺牛，不如西鄰之禴祭，實受其福。」此《易・既濟》九五爻辭也。《表記》云：「《易》曰：初筮告，再三瀆，瀆則不告」，此《易・蒙》卦卦辭也。又曰：「《易》曰：不家食，吉。」此《易・大畜》卦辭也。又云：「《易》曰：不事王侯，高尚其事。」此《易・蠱卦》上九爻辭也。《緇衣》云：「《易》曰：不恒其德，或承之羞」；「恒其德偵，婦人吉，夫子凶。」上二句，《易・恒卦》九三爻辭；下三句，則六五爻辭也。凡茲所引，皆出《子思子》書中，每條並皆上稱「子云」或「子曰」，而後引《易》作證，則漢前諸儒果不重《易》，不知有《易》，不與《詩》《書》《禮》《樂》同科乎？《子思子》何家耶？不前於《荀子》耶？至謂荀子不知《六經》，不以《易》為經，舉不及《易》，荀子時固無《六經》之稱，則轉益紕謬矣！《荀子·非相》篇云：「……《易》曰：『括囊，无咎无譽。』腐儒之謂也。」此引《易·坤卦》六四爻辭也。

又《大畧》篇云：「《易》之《咸》，見夫婦。夫婦之道，不可不正也，君臣父子之本也。咸，感也；以高下下，以男下女，柔上而剛下。」此說《易·咸卦》之義也。又云：「《易》曰：『復自道，何其咎？』《春秋》賢穆公，以為能變也。」此引《小畜》卦初九爻辭以證《春秋》之所以賢秦穆也。又云：「不足於行者，說過；不足於信者，誠言。故《春秋》善胥命，而《詩》非屢盟，其心一也；善為《詩》者不說，善為《易》者不占，善為《禮》者不相，其心同也。」此《易》與《詩》《禮》《春秋》諸經對舉也。故劉向《孫卿書敘錄》云：「孫卿善為《詩》《禮》《易》《春秋》。」豈虛也哉！而錢氏竟云荀子不知有《易》，不以《易》為經；誣儒先，侮大《易》，肆狂言，誤後學。此膚末自喜，作而不讀之患也。至云《荀子》時固無六經之稱者，其意亦以為人不重《易》，不以配經耳！夫推尊大《易》，明見徵引者，固已遠見於子思子矣；即縱橫辯說之士，亦何嘗不動見稱引乎？《史記·范雎蔡澤列傳》載澤說雎云：「進退盈縮，與時變化，聖人之常道也。故國有道則仕，國無道則隱。聖人曰：『飛龍在天，利見大人。』『不義而富且貴，於我如浮雲。』」此引《易·乾》卦九五爻辭也。

又云：「《易》曰：『亢龍有悔』，此言上而不能下，信而不能詘，往而不能自返者也。」此引《乾》之九五爻辭而並伸其義也。蔡澤非與荀卿同時乎？又《呂氏春秋・有始覽・務本》云：「《易》曰：復自道，何其咎？吉。」以言本無異則動卒有喜。」此引《小畜》初九爻辭以釋之也。

又《愼大覽》云：「武王勝殷，得二虜而問焉。……一虜對曰：『……吾國之妖甚大者，子不聽父，弟不聽兄，君令不行，此妖之大者也。』武王避席再拜之。此非貴虜也，貴其言也。故《易》曰：『愬愬，履虎尾，終吉。』（今《易》「愬愬」在「終吉」上）」此引《履》之九四爻辭以昭愼也。又《恃君覽・召類》云：「《易》曰『渙其羣，元吉。』渙者，賢也；群者，衆也；元者，吉之始也。」渙其羣元吉者，其佐多賢也。」此引《渙》之六四爻辭而釋之也。

又《愼行論・壹行》云：「孔子卜（卜筮二字連言則異，獨舉則互見。）得《賁》，孔子曰：『不吉。』子貢曰：『夫《賁》亦好矣！何謂不吉乎？』孔子曰：『夫白而白，黑而黑，夫賁又何好乎？』故賢者所惡於物，無惡於無處。」此述孔子占《易》而並釋《賁》卦之義也。

《呂氏》亦與《荀子》同時，三引《易》爻，一舉孔子占《易》；而可云荀子時人不重《易》，不以配經，固無《六經》之稱耶？未止此也，《莊子・天道》篇云：「孔子西藏書於周室，……往見老聃，而老聃不許；於是繙十二經以說。（十二經，解見《諸子學講義》。）」又《天運》篇云：「孔子謂老聃曰：『丘治《詩》《書》《禮》《樂》《易》《春秋》六經，自以為久矣，孰知其故矣。』」又《徐無鬼》篇云：「女商曰：『先生（徐無鬼）獨何以說吾君（魏武侯）乎？吾所以說吾君者：橫說之，則以《詩》《書》《禮》《樂》，從說之，則以《金板》《六弢》。』」成玄英疏云：「《詩》《書》《禮》《樂》，六經。」【證諸《天下》篇（見下條），成疏是：蓋舉四包六也。】

又《天下》篇云：「其在於《詩》《書》《禮》《樂》者，鄒魯之士，搢紳先生，多能明之。《詩》以道志，《書》以道事，《禮》以道行，《樂》以道和，《易》以道陰陽，《春秋》以道名分。」觀此，則荀子時果無六經之稱耶？《易》不與《詩》《書》《禮》《樂》同科耶？抑莊子後於荀子歟？羣書所載，彰彰若此，而錢氏肆行誣謗，習而不改，（余五年前曾撰文責之，冀其能變；然其書至今猶供書肆發售，罔有悛心；不知其果何所仗恃？而用心何若也！）敗教傷義，害甚秦焚，學術風氣至此，壞爛極矣！（未完）

《經緯書院校刊》第二期（一九六三年四月）。頁三三至四七

（三十三）諸子學講義（一）

諸子學界說

吾國載籍，舊分經、史、子、集四部，其傳遠矣。【注一】「經」是羣書之原，中國文化之所自出，至矣盛矣！蔑以加矣！「史」始《太史公書》，前乎此，則具在於羣經或散見於諸子書中，所謂史料者是；至謂《六經》皆史，則殊不然也。【注二】「子」是周秦間王官世守失其職，百家各馳其說，為專門之著述，經窮智究慮，成一家之言，然其原亦皆出於六藝也。（說見下。）「集」亦私人之著述，然最為晚出，蓋以文不專一體，理不趨一途，總襍紛綸，無所歸類，故綜其平生，合其述作，別立一部，名之曰集耳，此文章家言也。若夫後秦諸子，其所論撰如仍屬專門，則又與周秦諸子書等，不得以集部視之矣。《隋志》云：「諸子為經籍之鼓吹，文章乃政化之黼黻」，信然。

《漢書・藝文志》云：「至成帝時，以書頗散亡，使謁者陳農，求遺書於天下，詔光祿大夫劉向，校經傳諸子詩賦；步兵校尉任宏，校兵書；太史令尹咸，校數術；侍醫李柱國，校方技。每一書已，向輒條其篇目，撮其旨意，錄而奏之。（即下文之《輯略》也。）會向卒，哀帝復使向子侍中奉車都尉歆，卒父業。歆於是總羣書而奏其《七略》：故有《輯略》（是每一書之總論，猶清代之《四庫全書總目提要》也。）有《六藝略》，有《諸子略》，有《詩賦略》，有《兵書略》，有《術數略》，有《方技略》。」除《輯畧》是羣書總論外，實共六類，以諸子次六藝，蓋其支與流裔也。班固《漢書・藝文志》仍之，一、六藝，二、諸子，三、詩賦，四、兵書，五、數術，六、方技。劉宋王儉別撰《七志》：一、《經典志》，二、《諸子志》，三、《文翰志》，四、《軍書志》，五、《陰陽志》，六、《術藝志》，七、《圖譜志》。蕭梁阮孝緒有《七錄》：一、《經典錄》，二、《記傳錄》，三、《子兵錄》，四、《文集錄》，五、《技術錄》，六、《佛錄》，七、《道錄》。唐魏徵撰《隋書・經籍志》，則分為四部：一、《經部》，二、《史部》，三、《子部》，四、《集部》。凡兵書、天文、曆數、五行、醫方。（即《漢志》之兵書、數術、方技等畧。）皆併入子部矣。（後世仍之。）故諸子書於吾國載籍中，四部居一，固足以羽翼羣經；而其間治國治人，格物致知之精論，以至文章經義之真美，皆足以使吾人終生研求而未之能盡者！未可以外道忽之也。

又吾國載籍，除以種類別之，可分四部外；若以內容別之，則有三學：一曰義理之學，二曰詞章之學，三曰攷據之學。治諸子書，首重義理，然欲深明其義，洞達其理，則非通其名物訓詁，典章制度不可！此即考據之學也。而於其間，游揚其聲音之工，涵詠其文字之美，則又是詞章之學也。故治一學，而實三學具焉。何休曰：「治古學，貴文章者，謂之俗儒。」（《公羊解詁序》）然既通其故訓，得其義理，又何可廢文辭而不道哉！

近世界書局編印《諸子集成》（中華版在後。）《論語》《孟子》在焉；雖冠其首，於義乖矣！《論語》紀大聖及七十子之言行，由漢迄清，皆入經部，不容貶損！《孟子》入經，自五代蜀主孟昶始；（石刻十一經，不列《孝經》《爾雅》而入《孟子》）至二程子而益彰；至朱文公集注《四書》，而《孟子》已成寶典，亦不得還精金於礦沙中，使與諸子並也。今茲論述，以類相從，周秦諸子固足欽矣，餘若陸賈《新語》，《淮南子》，《韓詩外傳》，（應入子部儒家）桓寬《鹽鐵論》、劉向《新序》、《說苑》、揚雄《法言》、王充《論衡》、王符《潛夫論》、荀悅《申鑒》、葛洪《抱朴子》、顏之推《顏氏家訓》、王通《中說》（即《文中子》。）等，皆所不棄也。

【注一】

四部之名，始見於曹丕《典論》自敘，有云：「上雅好詩書文籍，雖在軍旅，手不釋卷。每每定省從容，常言：『人少好學則思專，長則善忘，長大而能勤學者，唯吾與袁伯業耳。（袁遺，字伯業，袁紹從兄。）』余是以少誦詩論，及長，而備歷《五經》四部，《史》《漢》諸子百家之言，靡不畢覽。」

《隋書・經籍志》：「魏秘書郎鄭默，始制《中經》（《晉書・荀勗傳》「領秘書監，與中書令張華，依劉向《別錄》，整理紀籍。……及得汲郡中古文竹書，詔勗撰次之，以為《中經》」）。秘書監勗。又因《中經》，更著《新簿》，分為四部，總括羣書。一曰甲部：紀六藝及小學等書。二曰乙部：有古諸子家，近世子家、兵書、兵家、術數。三曰丙部：有史記舊事、皇覽部雜事。四曰丁部：有詩、賦、圖讚、汲冢書。」《晉書・文苑・李充傳》「為大著作郎，于時典籍混亂，充刪除煩重，以類相從，分作四部，甚有條貫，秘閣以為永制。」《舊唐書・經籍志》：「四部者，甲、乙、丙、丁之次也。甲部為經……乙部為史……丙部為子……丁部為集」。《新唐書・藝文志》：「兩都各聚書四部，以甲、乙、丙、丁為次，列經史子集四庫，其本有正有副，軸帶帙籤皆異色以別之。」按：唐時以甲為經、乙為史、丙為子、丁為集，與荀勗所定之乙為子，丙為史異；其後宋元明清，其分四部，均仍唐制，惟類目分併，詳畧不同耳。荀氏以子先史，蓋以時相次；而唐人以史先子，豈以其陳義重而篇幅多邪？（《隋書・經籍志》：已先史後子，然《隋志》是魏徵所撰，則仍是唐制也。）

【注二】

「六經皆史」之說，始見於明人李贄之《焚書》中，贄妖人不足稱；而章學誠《文史通義・易教上》承之，近人章炳麟《國故論衡・原經》且云：「言六經皆史者，賢於《春秋》制作之論，巧歷所不能計也。」悖矣！孟子曰：「王者之迹熄而《詩》亡，《詩》亡然後《春秋》作。晉之《乘》，楚之《檮杌》，魯之《春秋》，一也。其事則齊桓晉文，其文則史；孔子曰：『其義則丘竊取之矣。』」（《離婁下》）尹洙曰：「言孔子作《春秋》，亦以史之文，載當時之事也；而其義則定天下之邪正，為百王之大法。」

孟子發仲尼之微旨，為萬古不易之論，何以加之哉！蓋六經、雖唐虞夏商周之史實存焉；然其要在義，聖人以之經緯人倫，曲成萬物，為吾華立國，國人立身之大法大本，何得復以史書視之哉！其他《論語》《孟子》亦然，既已視同六籍，義尊為經，不得復列諸「子部」也。《六經》皆史之說，貶抑聖訓，汩亂綱常，章炳麟以為賢於《孟子》，此之謂「可以共學，未可與適道」，宗師之謂何？吾國晚近五十年來，妖人邪說已不可勝誅，而以師道自任，宏揚國故者亦復如是，又何怪於滄海橫流，生人之道盡哉！故欲救平亂風，丕張正教，必自尊聖宗經，明恥立義始矣。

明經然後讀子

諸子既乃六經之支與流裔，天下豈有無本無原之學哉！故明經為智者先務之急矣。諸君子若經義已明，大本既立；則順讀諸子，宜可以益智廣才，無相奪倫矣。若經教未通，根源未具，宜即抖擻精神，黽勉從事，循次而疏通之，內本外末，發原通流，先立乎其大者，則其小者不能奪，斯可以由義居仁，旁行而不流矣。

舉譬言之：經是人身之整體；諸子者，猶人身四肢五官百骸之任一端耳。以樹木言之，經猶百圍大木之本根；諸子者，其枝葉花果也。以水言之，經猶長江、大河、滄海；諸子則江河所分流之百川也。明經猶《中庸》之至誠，理本而末齊，循源而流暢矣；讀子，猶《中庸》

之其次致曲，由末返本，沿波討源，學之而當，亦達至道；然周而無漏，中而不倚者希矣。《中庸》：「唯天下至誠，為能盡其性；能盡其性，則能盡人之性；能盡人之性，則能盡物之性；能盡物之性，則可以贊天地之化育；可以贊天地之化育，則可以與天地參矣。其次致曲，曲能有誠，誠則形，形則著，著則明，明則動，動則變，變則化，唯天下至誠唯能化。」

揚子雲曰：「觀書者，譬諸觀山及水：升東岳而知眾山之峛施【注一】也，況介丘乎？浮滄海而知江河之惡沱【注二】也，況枯澤乎？舍舟航而濟乎瀆【注三】者末矣；舍《五經》而濟乎道者末矣。棄常珍而嗜乎異饌者，惡覩其識味也！委大聖而好乎諸子者，惡覩其識道也！山徑之蹊，不可勝由矣；向牆之戶，不可勝入矣。曰：『惡由入？』曰：『孔氏。孔氏者，戶也。』曰：『子戶乎？』曰：『戶哉！戶哉！吾獨有不戶者矣。』」（《法言・吾子》篇。）子雲此論，雖稍失之局，然原本《五經》，篤信仲尼，擇善而固執之，未始不足以撥亂世而反之正也。

【注一】

峛施，即邐迆。迆，後作迤。《爾雅・釋丘》：「邐迤，沙丘。」郭璞注：「旁行連延。」陸德明《經典釋文》：「邐，呂紙切；迤，余紙切。」《說文》無峛施，有邐迤。邐下云：「行邐邐也。」迆下云：「袤行也。」吳質《答東阿王書》：「夫登東嶽者，然後知眾山之邐迤也。」即用《法言》此語。

【注二】

惡沱，猶言洿涂。涂，後作塗。班固《答賓戲》云：「振拔洿塗，跨騰風雲。李善注云：「《說文》曰：『洿，濁水不流也。』塗，泥也。」《說文》無塗、途字，涂本水名，水土間雜者為泥涂，後人乃造從土之塗字，又造從辵之途字耳。又洿涂與邐迆皆疊韻，揚子作沱，亦讀如涂，一聲之轉，洿涂，濁水不流之貌，急言之曰洿，長言之則曰洿涂，李善訓塗為泥，非是。

【注三】

《爾雅・釋水》「江河淮濟為四瀆。四瀆者，發源注海者也。」

諸子之學術淵源

評述諸子學術者，無早於《莊子・天下》篇。其述墨翟、禽滑釐；宋銒、尹文；彭蒙、田駢、慎到；關尹、老聃及其本人也，皆云：「古之道術有在於是者，某某聞其風而悅之。」是諸子之學術，皆有淵源，其來有漸也。其分別表出「天人」「神人」「至人」「聖人」「君子」「百官」及「民」七等後，即云「古之人其備乎！配神明，醇天地，育萬物，和天下，澤及百姓，明於本數，係於末度，六通四辟，小大精粗，其運無乎不在。」則其所謂「古之人」，非義、軒、堯、舜、禹、湯、文、武、周、孔諸大聖耶?其云「其明而在數度者,舊法世傳之,史尚多有之。(或在史字斷句,亦通。)」是指周官之典守也。【注一】至謂「其在於《詩》《書》《禮》《樂》者,鄒魯之士,搢紳先生,多能明之。《詩》以道志,《書》以道事,《禮》以道行,《樂》以道和,《易》以道陰陽,《春秋》以道名分。其數散於天下而設於中國者,百家之學,時或稱而道之。」是謂大道在孟子及魯國諸儒,而諸子百家之學原出《六經》也。【注二】故《漢書·藝文志·諸子畧》謂「某家者流,蓋出於某某之官」,及「諸子十家……亦六經之支與流裔」之說,自是的論。

近人胡適,喧競名地,學無淵源,惟非聖毀經是事,撰《諸子不出於王官論》云:「若謂九流皆出於王官,則成周小吏之聖知,定遠過於孔丘墨翟?」不知《漢志》所云某家者流,蓋出於某某之官者,是指某官所守之典籍,為某家學術淵源之所自出耳!豈必執經問難,從而師事之,以受其義訓哉!王官所守之典籍,六學之類是也;孔子好古敏求,述而不作,豈無所承乎?胡氏非經誣古,發辭偏宕!於學復植根不深,漂浮無本;故於《莊子·天下》篇、《漢書·藝文志》之所論述,無所解義,以為諸子出於王官,一如弟子之受業於先生;此非皮相目論,末學膚受者流耶?如胡氏言,則今日之圖書管理員,皆閱覽者之師矣!可乎哉?且云諸子不出於王官之所守,是謂諸子之前無典籍;唐虞之隆,殷湯之盛,宗周之郁郁乎文,皆為虛構;而吾國自春秋戰國以前,原無文化;諸子直皆是無書可讀,不學而能者!

乖謬若是，而能震鑠一時，後生嚮風者；豈非荀卿所謂「姦人之雄」（《非相》篇）「治世之所棄，而亂世之所從服」耶？（《儒效》篇。）善乎章實齋之言曰：「夫雅樂不亡於下里，而亡於鄭聲，鄭聲工也；良苗不壞於蒿萊，而壞於莠草，莠草似也，學術不喪於流俗，而喪於偽學，偽學巧也。天下不知學術，未嘗不虛其心以有待也，偽學出，而天下不復知有自得之真學焉，此孔子之所以惡鄉愿，而孟子之所為深嫉似是而非也。」（《文史通義・感遇》篇）

章實齋又曰：「諸子百家，其所以持之有故，言之成理者，則以其本原所出，皆不外於周官之典守；其支離而不合道者，師失官守，末流之學，各以私意恣其說爾！非於先王之道，全無所得，而自樹一家之學也。」（《文史通義・易教下》）又曰：「後世文字，必溯源於六藝。六藝非孔氏之書，乃周官之舊典也。《易》掌太卜，《書》藏外史，《禮》在宗伯，《樂》隸司樂，《詩》領於太師，《春秋》（舊史）存乎國史。（以上皆春官宗伯之職司，詳見注一。）夫子自謂述而不作，明乎官司失守，而師弟子之傳業，於是判焉。」（《校讎通義・原道》。）胡氏未讀《周禮》，故有諸子不出於王官之論，及其論既出，有識者譁然訕笑；則又出其慣技，謂《周禮》為偽書，乖戾極矣！

【注一】

《荀子・榮辱》篇：「循法則度量，刑辟圖籍；不知其義，謹守其數，慎不敢損益也；父子相傳，以持王公；是故三代雖亡，治法猶存，是官人百吏之所以取祿秩也。」又《君道》

篇：「官人守數，君子養原。」（數即法則度量，刑辟圖籍及六經之數也，《勸學》篇云：「其數則始乎誦經，終乎讀禮。」又曰：「誦數以貫之。」《莊子・天下》篇亦述《六經》之義後，即云「其數散於天下而設於中國。」可證。）

《周禮・春官・宗伯》：「太卜……掌《三易》之法：一曰《連山》；二曰《歸藏》；三曰《周易》。」又：「外史……掌四方之志，掌三皇五帝之書。」（鄭玄注：「志，記也。謂若魯之《春秋》，晉之《乘》，楚之《檮杌》」）《左傳・昭公十二年》：「（楚）左史倚相趨過，（靈）王曰：『是良史也！子（右尹子革）善視之！是能讀《三墳》、《五典》、《八索》、《九邱》。』」孔安國《尚書序》：「伏羲、神農、黃帝之書，謂之《三墳》，言大道也；少昊、顓頊、高辛、唐、虞之書，謂之《五典》，言常道也；……八卦之説，謂之《八索》，求其義也；九州之志，謂之《九邱》、丘，聚也，言九州所有，土地所生，風氣所宜，皆聚此書也。」又：「大宗伯之職，掌建邦之天神、人鬼、地示之禮（其下有吉禮、凶禮、軍禮、嘉禮、賓射之禮等。）

又：「大司樂……以樂德教國子，中、和、祇、庸、孝、友，以樂語教國子，興道、諷誦、言語；以樂舞教國子，舞雲門、大卷、大咸、大磬、大夏、大濩、大武；以六律、六同、五聲、八音，六舞大合樂，以致鬼、神、示，以知邦國，以諧萬民，以安賓客，以説遠人，以作動物。」

又：「大師……教六詩：曰風、曰賦、曰比、曰興、曰雅、曰頌。以六德為之本，（知、仁、聖、義、忠、和。）以六律為之音。」又：「大史：掌建邦之六典。（治典、教典、禮典、政典、刑典、事典。）

「小史：掌邦國之志。」（鄭玄引鄭衆注云：「志，謂記也……史官主書，故韓宣子聘于魯，觀《書》大史氏。」賈公彥疏云：「引韓宣子者，按《昭公二年・左氏傳》：『晉（侯使）韓起來聘……觀《書》於大史氏，見《易》象與魯《春秋》。』引之者，證史官掌邦國之志。此經小史掌志，引大史證之者，大史，史官之長，共其事故也。」）

【注二】

《莊子・天道》篇：「孔子西藏書於周室，……往見老聃而老聃不許，於是繙十二經以說。（繙，反覆說之也。十二經：一說是《六經》《六緯》，一說是《易》上下經並十翼，一說魯《春秋》之隱、桓、莊、閔、僖、文、宣、成、襄、昭、定、哀之十二公經也。）又《天運》篇：「孔子謂老聃曰：『丘治《詩》《書》《禮》《樂》《易》《春秋》六經，自以為久矣，孰知其故矣。』」

鄒魯之士：鄒是指孟子，《史記・孟子荀卿列傳》：「孟軻，鄒人也。」孟子與莊子同時而年稍長，孟莊不相非，道實同源異流耳。莊周之學，蓋出於《易》，原本孔子，故其《天地》篇兩稱孔子為夫子也。（陸德明《經典釋文》曰：「司馬（彪）云：『莊子也』一云『老子也。』」成玄英疏亦云：「夫子者，老子也。」然其下文復有：「夫子問於老聃曰」等語，陸氏釋文云：「夫子，仲尼也。」是矣！)

魯指孔氏之徒，與孟子同時而年稍後者，約是第五六代，故先鄒後魯，蓋孟子是時齒德俱尊，聲名揚溢也。《史記・孟子荀卿列傳》謂孟子：「受業子思之門人。」《漢書・藝文志・諸子畧》儒家：「《孟子》十一篇」，班固自注云：「名軻，鄒人，子思弟子。」《史》《漢》異說，後世無由論定，孟子果親受業於子思子乎？抑太史公之言為是乎？吾嘗徵之於孟子矣，《離婁下》云：「君子之澤，五世而斬；小人之澤，五世而斬。予未得為孔子徒也！予私淑諸人也。」孔子之學，傳之曾子是二世，子思是三世，子思之門人是四世，至孟子是五世，五世而澤斷，必失其真，故孟子謂：「予未得為孔子徒。」而冥搜孤往，抗志青雲，以直契聖心也。孟子曰：「待文王而後興者，凡民也，若夫豪傑之士，雖無文王猶興。」即是之謂。

諸子之分類

九流十家之類別，乃劉子政父子，班孟堅之徒為之耳！漢以前無是說也。諸子書皆《六經》之支與流裔，何家派之有乎！然莊生云：「天下大亂，賢聖不明，道德不一，天下多得一察焉以自好；譬如耳目鼻口，皆有所明，不能相通；猶百家眾技也，皆有所長，時有所用。雖然，不該不徧，一曲之士也。」

大抵最顯著者，原出於《易》是道家，老莊是也；（老莊不盡同，於《易》亦各得其偏端耳，說詳後。）原出於《書》《禮》之典章制度者是法家，李斯、韓非之徒是也；（皆荀卿弟子，李斯無傳書。）原出於《禮》之形名義數者，是名家，惠施、公孫龍之徒也；（惠施與莊周交誼至篤，學或同其宗本，而好尚則異，故《莊子·天下》篇末幅特著其說，其辭若有憾焉，其實乃深惜之也。公孫龍，《莊子·秋水》篇稱其「少學先王之道，長而明仁義之行」，則本亦儒者也。）原出於《書》《春秋》之修辭聘會，盡應對之能者是縱橫家，（張）儀、（蘇）秦、鄒陽之屬是也；原出於《詩》《春秋》之曆象日月星辰者是陰陽家，鄒衍之徒是也；原出於《書》《春秋》之記言記事者是史家，陸賈、司馬遷之徒是也；（《漢志》入《六藝略·春秋家》）原出於《周禮》司馬法者是兵家，孫武、吳起之徒是也；（《漢志》入《兵書略》）原出於《詩》者是辭賦家，屈、宋、司馬相如之徒是也；（《漢志》入《詩賦略》。）其兼該六學，原本先王，敦篤仁義者為儒家，荀卿、董生、劉向、揚雄之徒是也。

茲由《莊子·天下》篇起，至清代《四庫全書》止之最重要分類，錄述之如下：

甲、《莊子·天下》篇，除首述鄒魯之士，搢紳先生之明《六經》者，約是《漢志》之儒家不計外，其下分列六派：

一、墨翟，禽滑釐；(禽滑釐是墨翟弟子，無傳書。)

二、宋鈃，尹文，(宋鈃即《孟子》之宋牼，《莊子·逍遙遊》及《韓非子·顯學》或稱宋榮子，《漢志》列小說家，然據《莊子·天下》篇及《孟子·告子下》《荀子·非十二子》篇《解蔽》篇等觀之，則半是道家，半是墨家也。尹文《漢志》入名家。)

三、彭蒙，田駢，慎到；(彭蒙無傳書，不詳。田駢，《漢志》入道家。慎到，《漢志》入法家。)

四、關尹，老聃；(《漢志》入道家。)

五、莊周；(莊子本身。《漢志》入道家，然據其自敘，則是直接古聖王神明之傳，而為倜儻之儒也。)

六、惠施(《漢志》入名家。)

乙、《荀子·非十二子》篇，凡六類：

一、它囂，魏牟；(它囂，無傳書，不詳。魏牟，即公子牟，《漢志》入道家。)

二、陳仲，史鰌；(陳仲，即《孟子》之陳仲子；史鰌，即《論語》之史魚，皆無傳書。陳仲子絕欲苦行，史魚激直尸諫，皆近墨家，而陳仲則兼近道家也。)

三、墨翟，宋鈃，（見前）

四、田駢、慎到（見前）

五、惠施、鄧析；（惠施見前，鄧析、《漢志》入名家。）

六、子思、孟軻。（荀卿非子思、孟子，大誤。《韓詩外傳》卷四亦非十子，無子思，孟子，它囂，陳仲，史鰌；而多出范雎，田文，莊周。無子思、孟子、史鰌是，多莊周似非。說詳以後論莊子。）

綜上二類觀之，要不出儒、道、墨、法、名五家也。

丙、《淮南子·要畧》：

一、儒者之學；二、墨子；三、管子之書；（《漢志》入道家，《隋志》起入法家。）四、晏子之諫；（《漢志》、《隋志》、《舊唐書·經籍志》，《新唐書·藝文志》，《宋史·藝文志》，皆入儒家；《四庫全書》改入史部傳記類名人之屬。其實《晏子春秋》一書，合於墨者，較儒尤多也。）五、縱橫修短；六、刑名之書，（明舉申子，非名家之形名也。）七、商鞅之法；八、劉氏之書。（即《淮南子》。合儒者十之三四，合道者十之六七。）條舉有八，實不外儒、道、墨、法、縱橫五家耳。

丁、司馬談《論六家要指》：（見《史記・太史公自序》）一、陰陽；二、儒；三、墨；四、法；五、名；六、道德。

戊、《漢書・藝文志・諸子畧》：一、儒；二、道；三、陰陽；四、法；五、名；六、墨；七、縱橫；八、雜；九、農；十、小説。（本於劉歆《七略》。）

己、《隋書・經籍志・子部》：一、儒；二、道；三、法；四、名；五、墨；六、縱橫；七、雜；八、農；九、小説；十、兵；十一、天文；十二、曆數；十三五行；十四、醫方。

庚、《舊唐書・經籍志》及《新唐書・藝文志・子部》：一、儒；二、道；三、法；四、名；五、墨；六、縱橫；七、雜；八、農；九、小説；十、天文；十一、曆算；十二、兵書；十三、五行；十四、雜藝術；十五、類書；十六、明堂經脈；十七、醫術。

辛、《宋史・藝文志・子類》：一、儒；二、道；三、法；四、名；五、墨；六、縱橫；七、農；八、雜；九、小説；十、天文；十一、五行；十二、蓍龜；十三、曆算；十四、兵書；十五、雜藝術；十六、類事；十七、醫書。

壬、清《四庫全書・子部》：一、儒；二、兵；三、法；四、農；五、醫；六、天文算法；七、術數；八、藝術；九、譜錄；十、雜；十一、類書；十二、小説；十三、釋；十四、道。

重要參考書

取購置或尋閱易者，最主要者於書名上加○

（編者案：陳教授原稿並沒加上○）

儒家：

○《荀子集解》：王先謙，通行本。（此書已括唐楊倞注，清謝墉集解（實出盧文弨手，郝懿行補注，王念孫、引之父子、劉台拱、陳奐、俞樾、郭嵩燾諸家讀荀語，甚便初學，惟孫詒讓《札迻》卷六，內有荀子二十九則未收耳。）

《荀子攷異》：一卷，宋，錢佃撰，清顧廣圻校，商務影印咸豐本。

《荀子新書輯注》：四卷，清顧宗伊，《曲臺四庫輯注》本。（孔子三朝記輯注、曾子古本輯注、子思子遺編輯注。道光二十八年本。）

《荀子佚文》：一卷，清王仁俊輯，《經籍佚文》本。

《荀子詩説》：一卷，清俞樾，《春在堂全書》本，《曲園雜纂》五十卷之六。

《荀子平議》：四卷，清俞樾《諸子平議》通行本。

《荀子大義錄》一卷，□薛炳，會稽徐氏《初學堂羣書輯錄》本。

《荀子斠補》：四卷，附佚文輯補一卷，劉師培《劉申叔先生遺書》本。

《荀子補釋》：一卷，劉師培。《劉申叔先生遺書》本。（近台灣各書局板行。）

《荀子詞例舉要》：一卷，劉師培。《劉申叔先生遺書》本。（近台灣各書局板行。）

《荀子眉箋》：高亨稿本。

《讀荀子小箋》：楊樹達稿本（以上二書見梁啟雄《荀子簡釋》書目引。）

《荀子訂補》：鍾泰。

《荀子新證》：于省吾（近台灣各書局板行。）

《荀子簡釋》：梁啟雄，通行本。

《荀子議兵篇節評》：一卷，清劉光蕡，《煙霞草堂遺書》本。

《荀子正名篇詁釋》：劉念親，《華國》月刊卷一（十至十一頁），卷二（一至九頁）。

《荀子勸學篇講疏》：陳湛銓。香港商業廣播電台講本，附《荀卿評傳》，不分卷，約十餘萬言。

附注：

明歸有光《輯評》一卷，明焦竑注釋，翁正春《評林》三卷，明謝汝韶注三卷，清方苞刪定《荀子》一卷。惠棟有《校批明刊本荀子》十冊，潘景鄭謂眉間識語，雖寥寥數十字，詞旨精奧，可埒王氏《讀荀雜志》（即《讀書雜志》內荀子部分）；又有《荀子微言稿本》一卷，與此識語互有發明。丁晏有《朱筆點校世德堂本荀子》，二十卷，間有校語甚精。桐城吳汝綸亦有點勘。其餘王懋竑《讀書記疑》，王紹蘭《讀書雜記》，陶鴻慶《讀諸子札記》等，於荀子皆有涉入，均未收入王氏《荀子集解》內。

章炳麟《國故論衡》中《明解故上》云：「章學誠感槩，欲法劉歆，弗能卒業。後生利其疏通，以多識目錄為賢：故有署識品目，粗記次弟，聞作者姓氏，知彫鏤年月；不窺其編，而自以為周覽者，即摦落之為害也。」（摦、徐鉉《說文》新附字「橫大也。胡化切。」章學誠有《史籍攷》，三百三十五卷，未刊，殘稿藏美國國會圖書館。敘錄總目則已刊在劉承幹嘉業堂於民國十一年所刊之《章氏遺書》內。）

夫欲知讀書門徑，不可不知精注精校本，則目錄之學為不可廢。然晚近三數十年來，學者又多本廢而末尋，棄書不讀，日惟稗販書目，以相炫耀為能；於是先儒讀書自得之樂，無復存矣！章學誠曰：「風尚豈盡無所取哉！其開之者，嘗有所為；而趨之者，則襲其偽也。」今茲所錄，畧啟方隅；與其徒記書目，不如但閱正文之為愈也。

○《法言義疏》：漢揚雄撰書十三卷、晉李軌注，五代北宋間人音義，清末吳縣汪榮寶義疏。（台灣・世界書局通行本。）

附注：

昌黎先生云：「孔子傳之孟軻，軻之死，不得其傳焉；荀與楊也，擇焉而不精，語焉而不詳。（《原道》）又云：「孟氏醇乎醇者也：荀與楊，大醇而小疵。（《讀荀》）」則昌黎先生固以楊配荀，以接孔孟之正傳者也。《揚子・法言》，自晉李軌注後，唐柳宗元，宋宋咸、吳秘，司馬光分別作注，合稱五臣注者是也。

《揚子法言》：十三卷，附音義一卷，晉李軌注，宋□□音義。商務《四部叢刊》、中華《四部備要》通行本。（選最普遍者，下同）

《揚子新注》：一卷。唐柳宗元。明陶宗儀《說郛》本。

《法言》：十卷。宋宋咸注。商務《叢書集成初編》本。

《法言集注》：十卷。宋司馬光。《四庫全書》本，于敏中等《摛藻堂四庫全書薈要》本。

（不易見，聊存其目耳。）

《新纂門目五臣音注揚子法言》：十卷。晉李軌，唐柳宗元，宋宋咸，宋吳秘，宋司馬光注。明顧春《世德堂六子全書》本（老、莊、列、荀、法言、中說），清王子與《十子全書》本（老莊荀列管韓淮南法言中說鶡冠）又掃葉山房有《翻印六子全書》本。

《揚子》：合漢符□之《符子》，梁元帝《金樓子》，漢崔實之《嵖岈子》為一卷。明歸有光輯評，熹宗天啟六年歸氏刊《諸子彙函》本（凡九十四字，不易見）。

《揚子法言》：一卷。明謝汝韶注。神宗萬曆六年《吉藩崇德書院刊・謝氏二十家子書》本。

《揚子》：一卷。明焦竑注釋，明翁正春評林。明詹聖譯刊注釋《九子全書》本（老、淮南、列、莊、荀、楊、呂氏、韓非、文中）。

附注：

王念孫《讀書雜志》、洪頤煊《讀書叢錄》、俞樾《諸子平議》、孫詒讓《札迻》內各有校注《法言》若干條，可參閱。

《中說》：十卷。即《文中子》，隋王通撰，宋阮逸注。《四部叢刊・四部備要》通行本。此書議論純正，時見精義，明人童佩，焦竑皆謂非偽書（見焦竑《焦氏筆乘》續三）。

《文中子》：一卷。明歸有光輯評。歸氏《諸子彙函》本。

《文中子》：一卷。明焦竑注釋，明翁正春評林。注釋《九子全書本》。

《讀文中子》：一卷。清俞樾。《春在堂全書》本。

《文中子平議補錄》：清俞樾。《諸子平議補錄》卷十二。

附注：

王應麟曰：「《世說》、其言清以浮，有天下分裂之象；《中說》，其言閎以實，有天下將治之象。」（困學紀聞卷十諸子。）斯言允矣。而章炳麟非之，以為深寧之論，「此古之所謂皮相者。」且云：「《中説》，時有善言，其長夸詐則甚矣！」(《檢論》、案唐。) 噫！此今士好奇，固為危言覈論者也。

(以上三種是子部儒家之最精純者)

《孔子家語》：十卷。魏王肅注。《四部叢刊・四部備要》通行本。

《孔叢子》：十卷。附釋文一卷。舊題漢孔鮒撰，宋宋咸注。《四部叢刊・四部備要》通行本。

以上二書，雖皆出後人偽託；然所錄述者多皆本諸前籍，不盡誣，未可廢也。

《新語》：二卷。漢陸賈撰。《四部叢刊・四部備要》通行本。又世界書局、中華書局，所收之《諸子集成》作三卷。

《韓詩外傳》：十卷。漢韓嬰撰，《四部叢刊》本。又有《校注》十卷，(清周廷寀)《補逸》一卷。(清趙懷玉)《拾遺》一卷(清周宗杬) 商務《叢書集成初編》本。

附注：

此書舊入經部詩類，然與內傳異；全書是儒家傳記類，畧與劉向之《列女傳》、《新序》、《説苑》同，故可入子部儒家。

《春秋繁露》：十七卷。漢董仲舒撰，清淩曙注。《皇清經解續編》本。近台灣世界書局有影印單行本。

《鹽鐵論》：十卷。漢桓寬撰，明張之象有注本十二卷，清張敦仁有考證三卷，（顧廣圻代撰）清俞樾有平議一卷，（補錄）王先謙有校刻本，附《校勘小識》一卷。近人王利器有《鹽鐵論校注》通行本，甚便閱覽。

《新序》：十卷。漢劉向撰。《四部叢刊·叢書集成初編》本。清王仁俊輯有《佚文》一卷，清盧文弨有《校補》一卷。近人石光瑛先生有《新序校釋》十卷，最便閱覽，中山大學出版社活字本，未見重印。

《說苑》：二十卷。漢劉向撰。《四部叢刊·四部備要》本。清王仁俊輯有《佚文》一卷，清盧文弨有《校補》一卷，清俞樾有《平議》一卷（補錄）。

《潛夫論》：十卷。後漢王符撰。《四部叢刊》本。《四部備要》，《諸子集成》有清汪繼培箋本。王仁俊輯有《佚文》一卷；俞樾有《讀潛夫論》一卷，《平議補錄》一卷。

《申鑒》：五卷。後漢荀悅撰，明黃省曾注，《四部叢刊·四部備要》本。一名《小荀子》。清盧文弨有《校正》一卷，清錢培名有《札記》一卷。近世界、中華兩書局所收入《諸子集成》者是清王謨所刻《漢魏叢書·吳傳道校》本。

《中論》：二卷。後漢徐幹撰。《漢魏叢書》本，《四部叢刊》本。清陳鱣輯有《逸文》一卷，

《札記》一卷，《叢書集成初編》本。（王仁俊《佚文》一卷，《經籍佚文》本）俞樾有《讀中論》一卷，《中論平議補錄》一卷。

《顏氏家訓》：七卷。北齊顏之推撰，清趙曦明注，盧文弨補注，盧氏《抱經堂》本。清郝懿行有《斠記》一卷，《太原省立圖書館排印》本。近人李笠先生有補注，《廈門大學講義》本。（李詳有補注若干條，載《國粹學報》。）

道家：

《老子·道德經》：二卷。周李耳撰，魏王弼注，通行本。

《道德經義疏》：唐成玄英。近人劉承幹所刊《道藏》本。羅振玉《鳴沙石室古籍叢殘》本。

《道德真經集解》：四卷。金趙秉文、《叢書集成初編》本。

《老子翼》：八卷。明焦竑。《叢書集成初編》本。

《老子本義》：二卷。清魏源。《叢書集成初編》本，《諸子集成》已收入。

《老子校詁》：四卷。近人馬敘倫，原名《老子覈詁》，《古籍出版社》通行本。

附注：

校注訓釋老子者，累數百家，不欲多舉矣。學者但涉王輔嗣注，便可粗通老義；於其餘數書，相參證可也。（洪頤煊《讀書叢錄》，王念孫《讀書雜志》，俞樾《諸子平議》，孫詒讓《札逸》，譚獻《復堂日記》，陶鴻慶《讀諸子札記》諸書，皆可參閱。）

《莊子集釋》：周莊周撰，清郭慶藩《集釋》。此書已括晉郭象注，唐成玄英疏，唐陸德明釋文。復輯有晉人，唐人《逸注》及清人盧文弨，王念孫，洪頤煊，俞樾，李楨等之《校釋》，於莊子諸述著中，搜求最為繁博，甚便觀覽。光緒二十年長沙思賢學舍所刊《湘陰郭氏》本。《諸子集成》已收入。

《莊子佚文》：一卷，清王仁俊輯，《經籍佚文》本。

《莊子注》：一卷，晉司馬彪注，清王仁俊輯。王氏《玉函山房輯佚書・續編》本。

《莊子翼》：八卷，《附錄》一卷。明焦竑。近人翁長森、蔣國榜《金陵叢書》本。（甲集。共四集）

《莊子解》：二十三卷。明王夫之。《船山遺書》本。

《莊子通》：一卷。明王夫之。《船山遺書》本。

《南華經解》：三十三卷。清宣穎。清李祖望《半畝園叢書》本。

《莊子章義》：五卷。附錄一卷。清姚鼐，《惜抱軒遺書》本。

《莊子注》：二卷。清王闓運。《湘綺樓全書》本。

《莊子集解》：清王先謙。《諸子集成》本。

《莊子點勘》：十卷。清吳汝綸《點勘》，桐城吳先生《點勘諸子七種》本。（老、管、墨、莊、荀、韓、太玄）

《莊子新解》：一卷。近人廖平。《新訂六譯館叢書》本。（尊孔類）

《莊子經說敘意》：一卷。廖平。《新訂六譯館叢書》本。（尊孔類）

《莊子斠補》：一卷。劉師培。《劉申叔先生遺書》本。

《莊子解詁》：一卷。章炳麟。《章氏叢書》本。

《莊子故》：八卷。馬其昶。《馬氏家刻集》本。李國松《集虛草堂叢書》本。

《莊子補注》：四卷。奚桐。《南京排印》本。

（以上二種是子部道家之最主要者）

《文子纘義》：十二卷。周辛鈃撰。宋杜道堅《纘義》。《叢書集成初編》本。《四部備要》本。又有唐徐靈府注，題作《通玄真經》，《叢書集成初編》本，《四部叢刊・三編》本。俞樾有《讀文子》一卷，《春在堂全書》本。《文子平議補錄》一卷，《諸子平議補錄》本。

《關尹子》：一卷。周尹喜撰，《叢書集成初編》本。《四部備要》本。又有《文始真經言外經旨》三卷，宋陳顯微撰。《叢書集成初編》本。

《列子》：八卷。周列禦寇撰。晉張湛注。《叢書集成初編》本。《諸子集成》本。又題作《沖虛至德真經》，《四部叢刊》本。俞樾有《列子平議》。《諸子平議》本。

《鶡冠子》：三卷。周□□撰。宋陸佃解。《四部叢刊》本，《叢書集成初編》本，《四部備要》本。《萬有文庫》本，俞樾有《讀鶡冠子》一卷，《春在堂全書》本，《鶡冠子平議》一卷，《諸子平議補錄》本。

法家：

《管子校正》：二十六卷。周管仲撰。唐尹知章（舊題房玄齡）注，清戴望校正。《諸子集成》本。此書原刊自同治十三年，家刻本，收羅諸家校釋頗富。

《管子義證》：八卷，清洪頤煊。洪氏《傳經堂叢書》本，近人徐乃昌《積學齋叢書》本。

《管子識誤》：一卷，清宋翔鳳。近人陳乃乾輯《周秦諸子斠注十種》本。【中國學會影印本。宋錢佃《荀子考異》，清劉台拱《荀子補注》，清郝懿行《荀子補注》，清宋翔鳳《管子識誤》。近人鍾廣（楊鍾羲）《弟子職音誼》，清蘇時學《墨子刊誤》，清梁玉繩《呂子校補》，清蔡雲《呂子校補獻疑》，清陳昌齊《呂氏春秋正誤》，《列子釋文》附考異（唐殷敬順《釋文》，宋陳景元《補遺》，清任大椿《考異》）】

《管子校》：一卷。清許光清。《叢書集成初編》本。

《管子平議》：六卷。清俞樾《諸子平議》。

《讀管子》：一卷。清許玉瑑。許氏《詩契齋十種手稿》本。（《詩鈔》六卷，《駢文》一卷，《叢稿》一卷，《晉蠹》三卷。《日知小錄》：《讀管子》一卷，《讀水經注》一卷，《讀史記》一卷，《讀漢書》一卷，《讀文選》一卷，《讀書日記》一卷。）

《管子點勘》：二十四卷。吳汝綸。《桐城吳先生點勘諸子七種》本。

《管子評傳》：十三章，梁啟超。世界書局《諸子集成》本。

《管子餘義》：一卷。章炳麟。《章氏叢書》本。

《管子斠補》：一卷，劉師培。《劉申叔先生遺書》本。

《管子集校》：八十六卷。附錄一卷。許維遹等。科學出版社。此書不載原書全文，但摘句附校注耳。此書兼具儒道兩家義，（《漢書・藝文志》入道家，《隋書・經籍志》改入法家）多正論，號為難讀。除上畧開諸書外，餘如宋人黃震之《日鈔》，王應麟之《困學紀聞》，清人王念孫之《讀書雜志》，張文虎之《舒藝室隨筆》，孫詒讓之《札迻》，陶鴻慶之《讀諸子札記》，近人姚永概之《慎宜軒筆記》等皆宜參讀也。

《韓非子集釋》：二十卷，周韓非撰，近人陳奇猷集釋。《中華書局排印》本。此書收羅繁富，考訂精當，為晚近人著述之可取者，賢於王先慎之《集解》遠矣。

《韓非子佚文》：一卷，清王仁俊輯。《經籍佚文》本。（陳奇猷有佚文，在書後附錄中，餘文尚有十篇。）

《韓非子集解》：二十卷，清王先慎撰。《諸子集成》本。

《韓非子平議》：一卷，清俞樾。《諸子平議》本。

《韓非子點勘》：二十卷，清吳汝綸。《桐城吳先生點勘諸子七種》本。

《韓非子斠補》：一卷。劉師培。《劉申叔先生遺書》本。

韓非背其師道，乖謬於聖人，非正學也。然辭氣勁快，事類繁多，所謂「無益經典，而有助文章」者歟？（餘目可參閱陳氏《集釋》書後。）

（以上二種是子部法家之最主要者）

《商君書解詁》：周商鞅撰。近人朱師轍《解詁》，《古籍出版社》本。俞樾有《商子平議》一卷，《諸子平議》本。孫詒讓《札迻》，陶鴻慶《讀諸子札記》皆有校注若干條。此書議論乖僻，且無甚精義，但以其確是先秦古籍，存之可也。

《慎子》：一卷，周慎到撰，清錢熙祚校并輯佚文。《叢書集成》本，《四部備要》本，《諸子集成》本。（《漢志》著錄四十二篇，隋唐各志猶存十卷，今則殘佚畧盡，存目有七篇，皆非其全也。）

《申子》：一卷，周申不害撰。清馬國翰《玉函山房輯佚書輯》本。（《漢志》著錄六篇，《隋志》已無著錄，亡佚久矣。）

名家：

《公孫龍子形名發微》：十卷，周公孫龍撰，近人譚戒甫《發微》，《漢志》著錄《公孫龍子》十四篇，至宋時已亡八篇，今僅存《跡府》、《白馬》、《指物》、《通變》、《堅白》、《名實》六篇，其書大旨疾名器乖實，乃假物以混是非，借白馬以齊物我，持論雄贍，足以聳動天下，故《莊》《列》《荀卿》並著其言。有宋謝希深注，明楊慎評，明歸有光輯評，明鍾惺輯評，清辛從益注。俞樾有《讀公孫龍子》一卷，《春在堂全書》本。《公孫龍子評議補錄》一卷，《諸子平議補錄》本。近人王啟湘（原名時潤）有《公孫龍子校詮》三卷，附錄一卷，台灣《世界書局》本。

《尹文子》：一卷，附《校勘記逸文》一卷，周尹文撰，清錢熙祚校勘並輯逸，《諸子集成》本，《四部備要》本。明歸有光輯評，《諸子彙函》本。近人王啟湘有《尹文子校詮》二卷，《附錄》一卷，台灣《世界書局》本。《漢志》著錄《尹文子》一篇，今本存《大道》上下兩篇，恐非其舊矣。

《鄧析子》：周鄧析撰，《四部備要》本一卷。《四部叢刊》二卷。明楊慎有評注，明歸有光有輯評，俞樾有《鄧析子平議錄補》一卷，《諸子平議補錄》本。近人馬敘倫有《鄧析子校錄》二卷，《補遺》一卷，《天馬山序叢書》本。近人王啟湘有《鄧析子校詮》二卷，《附錄》

一卷，台灣《世界書局》本。

《惠子》：一卷，周惠施撰，清馬國翰《玉函山房輯佚書》本。

墨家：

《墨子閒詁》：十五卷，《附錄》一卷，《後語》二卷。周墨翟撰，清孫詒讓《閒詁》，《諸子集成》本。近人李笠先生有《墨子閒詁校補》，《商務》本。《漢志》著錄七十一篇，今闕有題者八篇，無題十篇，共七十八篇，實存五十三篇，孫氏《閒詁》采集羣說，裁斷精覈，附錄《後語》尤有統貫。

附注：

明歸有光有輯評，明郎兆玉有評，清畢沅有校注，清王景義有《墨商》三卷，《補遺》一卷，清蘇時學有《墨子刊誤》二卷，清俞樾有《墨子平議》三卷，清吳汝綸有《點勘墨子》十六卷，清王闓運有《墨子注》七卷，清曹耀湘有《墨子箋》十五卷，近人王樹柟有《墨子斠注補正》二卷，廖平有《墨辯解故序》一卷，劉師培有《墨子拾補》二卷，張之純有《評注墨子》一卷。清張惠言有《墨子經說解》二卷，近人梁啟超有《墨經校釋》一卷，葉瀚有《墨經詁義》二卷，《墨經詁義初稿》一卷，《墨辨斠注》一卷，《墨辨斠注初稿》一卷，《墨辨斠注殘稿》一卷，《墨辨釋要札記》一卷，附《墨辨釋詞擬目》，《墨守要義》一卷，《墨學派衍考證》

一卷，《墨說要指》一卷。高亨有《墨經校詮》五卷。

《晏子春秋》：八卷，周晏嬰撰，《四部叢刊》本。又七卷，清孫星衍校，《叢書集成初編》本。又七卷，附孫星衍校並撰《音義》二卷，清黃以周《校勘記》二卷，《四部備要》本。又《晏子春秋校注》八卷，近人張純一，《諸子集成》本。又清王仁俊輯有《晏子佚文》一卷，明楊慎有評點，明歸有光有輯評，明馬權奇有刪評，清盧文弨有校正，清俞樾有評議。近人劉師培有《晏子春秋斠補定本》，《晏子春秋斠補》二卷，附佚文補輯一卷，校記一卷，《晏子春秋補釋》一卷。

附注：

晏本在墨前，此書自《漢書・藝文志》至《宋史・藝文志》皆入儒家，《四庫全書》改入史部傳記類名人之屬。然其書合於墨者尤多於儒，是以《法言・五百篇》云：「莊揚蕩而不法，墨晏儉而廢禮」，亦晏墨並舉，故附於此耳！

墨家之屬，尚有《史佚書》一卷，周尹佚撰。《田俅子》一卷，周田俅撰。《隋巢子》一卷，周隋巢子撰。《胡非子》一卷，周胡非撰。《纏子》一卷，周纏子撰。皆輯入清馬國翰《玉函山房輯佚書》中，近台灣《世界書局》有影印本。(《晏子春秋校注》後附墨家佚書輯本五種)。

縱橫家：

《鬼谷子》：三卷。周鬼谷子撰，梁陶弘景注，《附錄》一卷，又秦恩復《篇目考》一卷，附於篇首。《四部備要》本。清王仁俊，有《鬼谷子佚文》一卷，明楊慎有《評注》，明歸有光及鍾惺各有《輯評》，俞樾有《評議補錄》。

《戰國策》：三十三卷。漢劉向校定，高誘注，附清黃丕烈《校記》三卷。《四部備要》本，《叢書集成初編》本。又《戰國策》十卷，宋鮑彪校注，元吳師道重校，《四部叢刊》本。清陸隴其有《戰國策去毒》二卷，清張尚瑗有《讀戰國策隨筆》一卷，清張琦有《戰國策釋地》二卷，清程恩澤有《戰國策地名攷》二十卷，清顧觀光有《國策紀年》一卷。

附注：

《漢書·藝文志·六藝畧·春秋家》著錄《戰國策》三十二篇，《隋書·經籍志》改入史部雜史類。此書實是先秦縱橫家之總匯，蘇（秦）張（儀）輩之餘論在焉，合附於此。

雜家：

《呂氏春秋集釋》：二十六卷，《附攷》一卷。秦呂不韋撰，漢高誘注，清畢沅《輯校》，近人許維遹《集釋》。此書網羅諸家注語校説頗備，甚便初學，《文學古籍刊行社》通行本。

《呂氏春秋》：二十六卷。漢高誘注。《四部叢刊》影印明宋邦乂本。（各本《呂氏春秋》之子目皆在篇後，此本獨逡在篇前。）

《呂氏春秋》：二十六卷。《附攷》一卷。漢高誘注，清畢沅輯校，《四部備要》本，《諸子集成》本。

《呂子校補》：二卷。《續補》一卷。清梁玉繩撰，陳其榮續補，清朱記榮《槐廬叢書》本，中國學會影印《周秦諸子斠注十種》本，清蔡雲有《呂氏校補獻疑》一卷，在《周秦諸子斠注十種》內，又有《續呂子校補獻疑》一卷，元和蔡氏所著書本。

《呂氏春秋正誤》：一卷，清陳昌齊。清伍崇曜《嶺南遺書》本，《周秦諸子斠注十種》本。

《呂氏春秋補校》：一卷，清茆泮林，清王士濂《鶴壽堂叢書》本。

《呂氏春秋平議》：三卷。清俞樾，《諸子平議》本。

《呂氏春秋高注補正》：一卷，近人李寶洤。李氏《漢堂類稿》本。

《呂氏春秋補注》：一卷。近人楊昭儁，楊氏《淨樂宧叢書》本。

附注：

清人王念孫之《讀書雜志餘編》，呂調陽之《呂氏春秋釋地》，孫鏘鳴之《呂氏春秋高注補正》，吳汝綸之《呂氏春秋點勘》，孫詒讓之《札逡》，陶鴻慶之《讀諸子札記》，及近人劉咸炘之《呂氏春秋發微》，馬敘倫之《讀呂氏春秋記》，吳檢齋之《呂氏舊注校理》，孫蜀丞之《呂氏春秋舉正》等，皆已收入《許氏集釋》中。

高誘《呂氏春秋序》曰：「秦始皇帝尊不韋為相國，號稱仲父，不韋乃集儒者，使著其所聞，為《十二紀》、《八覽》、《六論》，合十餘萬言，備天地萬物古今之事，名為《呂氏春秋》。暴之咸陽市門，懸千金其上，有能增損一字者與千金，時人無能增損者。（以上可參考《史記》卷八十五《呂不韋列傳》。）誘以為時人非不能也，蓋憚相國，畏其勢耳！（桓譚《新論》云：「秦呂不韋請迎高妙，作《呂氏春秋》；漢之淮南王，聘天下辯通，以著篇章。書成，皆布之都市，懸之千金，以延示衆士，而莫有能變易者，乃其事約艷，體具而言微也」。此與高氏意異。王充《論衡・自紀》篇云：「《呂氏》《淮南》，懸於市門，觀讀之者，無訾一言，……《淮南》《呂氏》之不無累害，所由出者，家富官貴也。夫貴、故得懸於市；富、故有千金副。觀讀之者，惶恐畏忌，雖見乖不合，焉敢譴一字」？此與高氏同也。然此書所尚，以道德為標的，以無為為綱紀，以忠義為品式，以公方為檢格，與孟軻、孫卿、淮南、揚雄相表裏也，宋馬端臨《文獻通考》曰：「《十二紀》者，本周公書，後寘於《禮記》，善矣，而目之為呂令者，誤也」。元陳澔《禮記集說》曰：「其書也，亦當時儒生學士有志士者所為，猶能彷彿古制，故記禮者有取焉。」）

《淮南鴻烈集解》：二十一卷。漢劉安撰，漢高誘注，近人劉文典集解。《商務排印》本。（共六冊，前二十一卷為五冊，第六冊為附錄，清錢塘之《天文訓補注》也）。劉氏此書成於民國十二年，搜采頗富，甚便循讀。

《淮南鴻烈解》：二十一卷，高誘注。《叢書集成初編》本。

《淮南子》：二十一卷。高誘注，清莊逵吉校。《諸子集成》本，《四部備要》本。

《許慎·淮南子注》：一卷。漢許慎注，清孫馮翼輯。《叢書集成初編》本。

《淮南鴻烈閒詁》：二卷。許慎注。近人葉德輝輯。葉氏《觀古堂所著書》本及《郋園先生全書》本。

《淮南集證》：二十一卷。高誘注。近人劉家立集證。《中華書局排印》本。此書成於中華民國拾年，較劉文典氏書為稍前，兩書功力相伯仲，皆淮南功臣，於王念孫《讀書雜志》，劉台拱《淮南子補校》，盧文弨《鍾山札記》，洪頤煊《讀書叢錄》，桂馥《札樸》，梁玉繩《瞥記》，譚獻《校莊逵吉本注語》，俞樾《淮南內篇平議》，陶方琦《淮南許注異同詁》，孫詒讓《札迻》，蔣超伯《南漘楛語》，李哲明《淮南義訓疏補》等，皆已采入，惟陶鴻慶之《讀諸子札記》中有《讀淮南內篇札記》二卷未收耳。

《淮南子正誤》：十二卷，清陳昌齊。陳氏《賜書堂全集》本。

《淮南子》：二卷。明歸有光輯評，歸氏《諸子彙函》本。

《淮南子》：二卷。明焦竑注釋，明翁正春評林。《注釋九子全書》本。

《淮南子要畧篇釋》：一卷。近人方元。《惠陽方氏山館排印國學別錄》本。（除此書外，尚有《荀子・非十二子篇釋》及《史公・論六家要指篇釋》各一卷。）

（以上二種，是子部雜家之最主要者）

附注：

高誘《淮南鴻烈解序》曰：「天下方術之士，多往歸焉。於是遂與蘇飛、李尚、左吳、田由、雷被、毛技、伍被、晉昌等八人及諸儒大山小山之徒，共講論道德，總統仁義，而著此書。其書近老子，淡泊無為，蹈虛守靜，出入經道。言其大也，則燾天載地；說其細也，則淪於無垠，及古今治亂，存亡禍福，世間詭異瓌奇之事。其義著，其文富，物事之類，無所不載。然其大較，歸之於道，號曰鴻烈。鴻，大也；烈，明也，以為大明道之言也。

故夫學者，不論《淮南》，則不知大道之深也；是以先賢通儒，述作之士，莫不援采，以驗經傳。」而《淮南・要畧》則自謂「觀天地之象，通古今之論，權事而立制，度形而施宜，原道德之心，合三王之風」。大抵《呂氏》《淮南》，儒道相參，徵引萬類，旁及百氏，《呂氏》合儒者十之六七，《淮南》合儒者十之三四，故揚子雲謂之「乍出乍入」也。然二書皆閎深博衍，雖未純於儒，而右文之士，於此取資，則飲河巢林，可取給而足，可謂「富哉言乎」者也。

《尸子》：二卷。周尸佼撰，清孫星衍輯。《四部備要》本。

《子華子》：二卷。周程本撰。《叢書集成初編》本。

《論衡》：三十卷。東漢王充撰。《四部叢刊》本，《叢書集成初編》本，《四部備要》本，《諸子集成》本。近台灣《世界書局》排印近人劉盼遂之《論衡集解》三十卷，附錄不分卷，較便觀覽。此書時復誣聖非天，發辭偏宕，雖雜正論，瑜不掩瑕，讀者慎之。

附注：

《後漢書‧王充傳》曰：「王充，字仲任，少孤，鄉里稱孝。充好論說，始若詭異，終有理實。以為俗儒守文，多失其真，乃閉門潛思，絕慶弔之禮，戶牖牆壁，各著刀筆，著《論衡》八十五篇，二十餘萬言，釋物類同異，正時俗嫌疑。」

劉知幾《史通‧序傳》云：「王充《論衡》之《自紀》也，述其父祖不肖，為州閭所鄙；而已答以瞽頑舜神，鯀惡禹聖；夫自敘而言家世，固當以揚名顯親為主，茍無其人，闕之可也。至若盛矜於己，而厚辱其先，此何異證父攘羊，學子名母？必責之以名教，實三千之罪人也。」

《四庫全書總目提要》云：「充書大旨，詳於《自紀》一篇，蓋內傷時命之坎坷，外疾世俗之虛偽，故發憤著書，其言多激。《刺孟》《問孔》二篇，至於奮其筆端，以與聖賢相軋，可謂悖矣！又露才揚己，好為物先，至於述祖父頑狠，以自表所長，傎亦甚焉！其他論辨，如日月不圓諸説，雖為葛洪所駁，載在《晉志》，然大抵訂譌砭俗，中理者多，亦殊有裨於風教。」

錢大昕《潛研堂文集·跋論衡》云：「《論衡》八十五篇，作於漢永平（明帝年號，按書實成於章帝時）間，自蔡伯喈（邕）王景興（朗）葛稚川（洪）之徒，皆重其書。（李賢《後漢書·王充傳》注引晉袁山松《後漢書》曰：「充所作《論衡》，中土未有傳者；蔡邕入吳，始得之。恆秘玩以為談助。其後王朗為會稽太守，又得其書，及還許下，時人稱其才進；或曰：『不見異人，當得異書。』問之，果以《論衡》之益，由是遂見傳焉。」又引《抱朴子》曰：「時人嫌蔡邕得異書，或搜求其帳中隱處，果得《論衡》，抱數卷持去，邕丁寧之曰：『唯我與爾共之，勿廣也。』」）以予觀之，殆所謂小人而無忌憚者乎！觀其《問孔》之篇，掎摭至聖；《自紀》之作，訾毀先人，既已專蹈不韙，而《宣漢》、《恢國》諸作，諛而無實，亦為公正所嗤，（《宣漢》篇以漢高光武比周之文武；謂漢文、漢武、漢宣、漢明、漢章諸帝，過於周之成、康、宣王。《恢國》篇謂恢論漢國，在百代之上，勝周多矣等是也。）其尤紕繆者，謂「國之存亡，在期之長短，不在政之得失。世治非賢聖之功，衰亂非無道之致。賢君之立，偶在當治之世；無道之君，偶生於當亂之時。善惡之證，不在禍福（見《治期》篇）。」

嗚呼！何其悖也！後世誤國之臣，是今而非古，動謂天變不足畏，詩書不足信，先王之政不足法，其端蓋自充啟之，小人哉！」又錢氏《十駕齋養新錄》卷六云：「其答或人之啁，稱『緜惡禹聖,叟頑舜神,顏路庸固,回傑超倫,孔墨祖愚,丘翟聖賢。』蓋自居於聖賢,而訾毀其親。可謂有文無行,名教之罪人也。充而稱孝,誰則非孝?」

錢氏此論,嚴氣正性,貶絕凶端,非苟訾也。而章炳麟許是書賢於董生揚子,以為有漢一人,至今匙逮。過矣!

《抱朴子》:內篇二十卷,外篇五十卷,晉葛洪撰。《四部叢刊》本,《叢書集成初編》本,《諸子集成》本。清王仁俊輯有《佚文》一卷,《經籍佚文》本。明歸有光《輯評》、《諸子彙函》本。清觀頮道人有《抱朴子駢言》一卷,《閏竹居叢書》本。俞樾有《讀抱朴子》一卷,《春在堂全書》本;又《抱朴子平議補錄》一卷,《諸子平議補錄》本。孫詒讓《札迻》有校注十二則。此書內篇是道家,多神仙方術之說;外篇則儒家語,有足多者焉。

《金樓子》:六卷。梁元帝蕭繹撰。近台灣世界書局影印清鮑廷博《知不足齋叢書》本。商務《叢書集成初編》本。明歸有光有《輯評》,《諸子彙函》本。

兵家:

《孫子十家注》:十三卷。附《敘錄》一卷,《遺說》一卷。周孫武撰。清畢以珣《敘錄》,宋鄭友賢《遺說》,宋吉天保、清孫星衍、吳人驥校。《叢書集成初編》本,《四部備要》本,

《諸子集成》本。十家注者，魏曹操、梁孟氏、唐李筌、杜牧、陳皞、賈林、宋梅堯臣、王晳、何延錫、張預也。歸有光有《輯評》，俞樾有《孫子平議補錄》。

附注：

此書乃傳世兵書之最古最完整者，為歷代兵家之祖，文亦勁快。劉勰《文心雕龍‧程器》篇云：「孫武兵經，辭如珠玉，豈以習武而不曉文也。」蘇洵《上田樞密書》云：「詩人之優柔，騷人之清深，孟韓之温醇，遷固之雄剛，孫吳之簡切。」則兵家善書，亦未始不足以為行文之助也。

《吳子》：六卷。周吳起撰，清孫星衍校。《諸子集成》本。又有二卷者，《四部叢刊》本，《叢書集成初編》本，《四部備要》本。

《司馬法》：三卷。周司馬穰苴撰。《四部叢刊》本，《四部備要》本。

《尉繚子》：五卷。周尉繚撰。《叢書集成初編》本。

小說家：

《世說新語》：三卷。劉宋劉義慶撰，梁劉孝標注。《四部備要》本。《四部叢刊》本多出清沈巖《校語》一卷，《諸子集成》本分為六卷。明楊慎輯有《世說舊注》一卷，《叢書集成初編》本。

附注：

此書摘記漢晉人軼事瑣語，敘述名雋，為清言淵藪。孝標注亦徵引賅博，多所糾正，為攷證家詞章家所重。劉彥和曰：「事豐奇偉，辭富膏腴，無益經典，而有助文章。」《世說》是也。

《山海經箋疏》：十八卷，《圖讚》一卷，《訂譌》一卷，《敘錄》一卷。撰人不詳，晉郭璞《圖讚》及注，清郝懿行箋疏。《四部備要》本。清吳承志有《山海經地理今釋》六卷，近人劉承幹《求恕齋叢書》本。清王仁俊有《山海經佚文》一卷，《經籍佚文》本。

《穆天子傳》：六卷，附錄一卷。撰人不詳，晉郭璞注，清洪頤煊校。《四部備要》本，《叢書集成初編》本。清檀萃有《穆天子傳注疏》六卷，首一卷，末一卷。清方功惠《碧琳瑯館叢書》本，近人黃肇沂《芋園叢書》本。清陳逢衡有《穆天子傳注補正》六卷，呂氏《觀象廬叢書》本。清丁謙有《穆天子傳地理考證》六卷，《中國人種所從來攷》一卷，《穆天子傳紀日干支表》一卷，《浙江圖書館叢書》本。近人劉師培有《穆天子傳補注》一卷，《劉申叔先生遺書》本。

《西京雜記》：六卷。舊題漢劉歆撰，或題晉葛洪撰，實梁吳均撰。《漢魏叢書》本，《四部叢刊》本。

《拾遺記》：十卷。一題《王子年拾遺記》。前秦王嘉撰，《漢魏叢書》本。（未完）

《經緯書院校刊》第二期（一九六三年四月）。頁四八至五九

(三十四) 中文教育的意見

尊重文化是為德政　橫加鄙棄何以順民
對港大取消中文科入學試表惋惜　並指出目前專上中文教育之危機

陳湛銓在席上對港大取消中文入學試意見如下：

三年多以前，開明的，有遠見的香港政府，補助聯合和崇基、新亞三專上書院，準備成立中文大學，這是一件極端可喜可歌頌的大事。

可惜得很，經三院校多年來的努力改進下，至今仍未見官方發表中文大學正式成立確期；而香港大學方面，則於去夏突然宣佈取消了第二外國語（實即中文）為入學試必考科。這種橫灑冰泉以澆燃炭，於港大本身會招致嫌怨，於中文教育及社會人心有傷害之舉，似非明智者所應為！

我以為在中國本位文化教育者方面言之：因邦國多故，時地異便，就讀中文中學的已日見其少了；而所有專上書院，又更漂搖抑塞，存在維艱。若中文再不被當地最高學府所重視，則風行草偃，在不久的將來，所有中文院校，不會相率淪胥以敗嗎？

在香港大學方面言之：此舉即令如何解釋，我總覺得多少有橫阻中文大學的起勢，漠視中國文化的嫌疑。我相信在港中之絕大多數或者可能是全部的中國人，不至於會贊成當地的最高學府鄙棄他們本來的、優良的、正善的文化罷？據我所知，自消息宣佈之日起，直到今天，大抵港中文化教育界人士，言談所及，幾於非憤慨於中，便是搖頭歎息。中國人之傳流天性，是安於現境，涵容堅忍，而不好生端惹事。但亦有勇知恥，念本思源，好義而惡不仁。若變亂其風俗習慣，敝屣其語言文字，是必不能忍的，作為當地最高學府的施教者，何必令到絕大多數純良的中國人，不平於心，不敢言而敢怒呢！

何況敢言者有已言，不敢言者終當敢言咧！中西文化互相尊重，各取他方所長不好麼？香港歸英國政府統治百餘年，居民日益麕聚，順化從服，與政府合作無間，這是什麼緣故呢？是英政府歷向廉悉民情，不變亂中國人之風俗習慣，尊重其優良文化（前金文泰總督之善政善教尤為港人所樂道），令到居民如處邦國中，如在鄉里時，所以國人樂為之用，至死矢靡它罷了。

因此我建議港大當局亟宜聽信善言（如聯合書院鄭校長等之建議）。收回將行之命，則社會幸甚，教育幸甚！（錄自大眾報）

《經緯書院校刊》第二期（一九六三年四月）。頁一一二

(三十五) 陳湛銓監督慷慨致詞

我國的本位文化教育已瀕於沈墜傾覆的邊緣
世無孔子與道難賴一人應共荷艱巨力圖挽救

謝康樂說：「天下良辰美景，賞心樂事，四者難并。」今日是夏曆癸卯年的元月穀旦，是我校師生春節聯歡的佳時，我們選擇了風和日暖的今天，鳥語花香的此地——又一村，這是良辰美景；於此中，我們來一次痛快的逍遙聯遊，歈吟並坐，猜謎弋獎，道賀稱觥。這是賞心樂事，四美齊了，我們各個人的心情，實在都有說不出來的愉快之感。

《春秋》傳說：「夏數得天」。孔子說：「行夏之時」。雖然現在舉世都行了公曆，但是這個獨得天正和我國已經奉行過數千年的夏曆，仍然是根於民心，與公曆並行而不廢的。這幾天來，寒流匿跡，春日載陽，海國歡騰，爆竹聲激，天心和人意似合了轍，人面與物色都改了觀；這不是說明了物就意移，境隨識轉嗎？從這點看來，人們若果具有發強剛毅的偉願，本無動搖的信心，奮猛直前，不達不休，我相信《易》經說：「自天祐之，吉無不利」那是必然的。

這裡是又一村，命名是本於陸放翁的一首〈遊西山村〉七律，原句是「山重水複疑無路，柳暗花明又一村」。俗人每每訛傳，把「山重水複」誤讀為「山窮水盡」，這是很不對的。試問既窮且盡，無路可通，到了阮步兵慟哭而返的境界，又怎會前至柳暗花明的一村呢？用重複二字就不同了，他的意思是說經歷了一段段艱辛曲折的途程，然後一旦豁然開朗，達到了一個意想不到的好境界。我和諸位老同事及高年級的同學們，都差不多經歷過了很曲折的山重水複的階段，現在該是柳暗花明的時候了嗎？

我在去冬週年校慶的典禮席上曾經說過：一個國家的治亂興亡，視乎政治之良否；政治之良否，視乎仕途之明暗；仕途之明暗，視乎官吏之忠奸；官吏之忠奸，視乎人才之賢不肖；人才之賢不肖，視乎人心之正邪；人心之正邪，視乎風氣習俗之善惡；風氣習俗之善惡，視乎教育文化之優劣成壞。這是沿波討源，自然之勢的。我國本位文化教育，是窮理盡性，變化氣質，是從人的心性根本做起，而上達至既中且正至善之境。

上啟群聖，代出名賢，載籍浩瀚，博大弘深，無疑是全世界各國中最優良最正善的；不幸得很，自清中晚葉以來，末壞本移，仕路黑暗，人心風化開始敗亂。到了最近數十年，更急轉直下，非經誣聖敗道傷教者輩出：直至現在，我國的本位文化教育，已經瀕於沈墜傾覆的邊緣了！我們的羲軒子孫，孔孟儒家，若果還不加倍發揚蹈厲，執金鼓而抗顏行，則日迴月週，聲愈銷而風易沈，不百數十年，就真的恐怕會「周餘黎民，靡有孑遺了！」

范武子《春秋穀梁序》說：「孔子覩滄海之橫流，廼喟然而歎曰：『文王既沒，文不在茲乎?』言文王之道喪,興之者在己。」現在世無孔子,興道難賴一人,我們應該父教其子,兄勉其弟,男女向風,少長同懷,人人以敦名教,昌正學,揚義風,息邪説為己任。持教者勤宣,在學者苦讀,富者施之財,貴者助之勢,強者固扞衞之以力,弱者亦歌頌之以言,施濟雖有不同,功德實屬無異。相率揄揚之,鼓舞之,勞之來之,輔之翼之,庶聲教長宣,宗風丕振。這樣,然後我國的名教正學才得光大,邦家族類才得盛強;中國的名教正學光大,邦家族類盛強,然後全世界含血之倫才真正得救呢!

因為我國的聖教,是成己成物,協和萬邦,凡民有喪,匍匐救之的。所以時至今日,一切海隅蒼生,每個人都應該竭盡所有力量來担負起這個復興中國本位正善文化教育的重任!我們有限的同事友好,年來不度德,不量力,行傴仄,荷艱巨,毅然創辦了經緯書院,就是一本此衷,別無他求的。老實説,中國文化到了今日的田地,太須要真正能夠抱殘守缺的人來鞏衞它了!

三年多以前,開明的,有遠見的香港政府,補助聯合和崇基、新亞三專上書院,準備成立中文大學,這是一件極端可喜可歌頌的大事。後來我們雖然因故離開了聯合書院,但是仍然日夕期望,亟盼中文大學之成。因為「正其義不謀其利,明其道不計其功」,這是董子(仲舒)教的。可惜得很,經三院校多年來的努力改進下,至今仍未見官方發表中文大學正式成立確期;而香港大學方面,則於去夏突然宣佈取消了第二外國語(實即中文)為入學試必考科。這種橫洒冰泉以澆燃炭，於港大本身會招致嫌怨，於中文教育及社會人心有傷害之舉，似非明智者所應為！

我以為在中國本位文化教育者方面言之：因邦國多故，時地異便，就讀中文中學的已日見其少了；而所有專上書院，又更漂搖抑塞，存在維艱。若中文再不被當地最高學府所重視，則風行草偃，在不久的將來，所有中文院校，不會相率淪胥以敗嗎？在香港大學方面而言：此舉即令如何解釋，我總覺得多少有橫阻中文大學的起勢，漠視中國文化的嫌疑。我相信在港中之絕大多數或者可能是全部的中國人，不至於會贊成當地的最高學府鄙棄他們本來的，優良的，正善的文化罷！

據我所知，自消息宣佈之日起，直到今天，大抵港中文化教育界人士，言談所及，幾於非憤慨於中，便是搖頭歎息。中國人之傳統天性，是安於現境，涵容堅忍，而不好生端惹事。但亦有勇知恥，念本思源，好義而惡不仁。若變亂其風俗習慣，敝屣其語言文字，是必不能忍的。作為當地最高學府的施教者，何必令到絕大多數純良的中國人，不平於心，不敢言而敢怒呢！何況敢言者有已言，不敢言者終當敢言咧！

中西文化互相尊重，各取他方所長不好麼？香港歸英國政府統治百餘年，居民日益麕聚，順化從服，與政府合作無間，這是什麼緣故呢？是英政府歷向廉悉民情，不變亂中國人之風俗習慣，尊重其優良文化（前金文泰總督之善政善教尤為港人所樂道），令到居民如處邦國中，如在鄉里時，所以國人樂為之用，至死矢靡它罷了。因此我建議港大當局亟宜聽信善言（如聯合書院鄭校長等之建議）。收回將行之命，則社會幸甚，教育幸甚！

不知不覺間，說話太多了，現在和各位多飲杯新春熱茗，謹祝各位康強逢吉，德業猛進。

李鴻烈筆記

《經緯書院校刊》第二期（一九六三年四月）。頁五至六

（三十六）經緯書院第一屆畢業禮講辭

今日是本校第一屆畢業同學舉行盛大典禮的嘉辰吉日，本人實抱着且喜且慚的心情來主持這個典禮盛會。

所歡欣者，是目覩各同學經歷了多年的苦學，現今學業上已完成了一大階段，這是學業方面的有成。而在很快的將來，各位當能躬行實踐，一本生平所學，以造福社會人民，這很可能的是未來的事業方面的成就。

甚麼是事業呢？《易經・繫辭傳》說：「形而上者謂之道，形而下者謂之器，化而裁之謂之變，推而行之謂之通，舉而措之天下之民，謂之事業。」所以一切為他一切利人，才配稱之事業。在這典禮中，各位畢業同學今日是事業上的暫告完成，而是未來事業上的履端伊始。這是果上轉因，即是說：結了現在學業上的好果，再種未來事業上的善因。《荀子・致仕》篇說：「水深而回，樹落則糞本；弟子通利則思師。」本人忝為人師，目覩各同學如嘉樹之欣欣向榮，將再結更大的佳果，真有說不出來的歡欣。

所慚懼者，本人由四歲到現在，做學生二十年，從事大專教育二十三年。雖可說是從未離開過學校；但碌碌四十餘年，德業成就，兩俱有限，而謬為人師，忝長本校。在今日這個典禮中，面對諸賢達嘉賓，實不勝兢兢業業，如臨如履之情，這是慚懼者一。

在過去二十三年講學中，不是因資料不足，而感覺茫然無所發揮，便是因資料煩瑣，而不能取精用宏，所以幾乎沒有感覺過有某一次很滿意的講授。尤其是對本校各同學，本人雖然是一向拚命苦教，但熱誠有餘，收效不足，自問沒有甚麼學問交給各位畢業同學。故凡各畢業同學所得的學問，大抵是得於各教授者為多。今日與各同學於此間相聚一堂，良深愧對！這是所慚懼者二。

不過本人雖然德業有限，沒有什麼交給各位，但一往赤心立誠，行道有勇，所以雖感慚懼，而仍然是無愧於天的。

本人十四年前初來港時，感覺到神州陸沈，中原邱墟，故國之文物蕩然，亟欲邀集同道，辦一間國學院，來真真正正提倡國學，訓練人才。但為種種條件所限制，故不果。兩年前，經諸友之督促及鼓勵，故遂不度德，不度力，毅然創辦了本校。時至今日，中國最正最善的固有本位文化，在香港漸趨沒落。這種現象是極端可怕的！雖然我們要接受西方文明，研究科學，向西方文明迎頭趕上；但一方面亦極須要發揚我們的精神文明，傳播國學，以影響外國。所以非有一部分有志之士，甘心埋首書叢，抱殘守缺，來保全我們的最正善的固有文化不可。

我剛才說過：「形而上者謂之道，形而下者謂之器，化而裁之謂之變，推而行之謂之通」。道與器必須並重，且要用精神文明來駕馭物質才可。否則就人為物化，滅天理而窮人欲了。《禮記·樂記》篇：「夫物之感人無窮，而人之好惡無節，則是物至而人化物也。人化物也者，滅天理而窮人欲者也。於是有悖逆作偽之心，有淫佚作亂之事。是故強者脅弱，眾者暴寡，知者詐愚，勇者苦怯，疾病不養，老幼孤獨不得其所，此大亂之道也。」

今日舉世滔滔，人慾橫流，飛風盛行，就是精神建設趕不上物質，人心無所維繫的原故。無疑的，精神文明是東方特優，尤其是我國的國學。故欲挽救我國以至全人類的未來劫運，非高度發揚我們的固有文化不可，這是本校創辦目的之一。

根據報章刊載，僑居海外各地的華僑，特別能夠保持我國優良的傳統風俗習慣和文化。美國政府的兒童罪犯調查統計，在美國各城市之華人社會，唐人街之華人子弟，其犯事紀錄，比任何種族為低，差不多是沒有。美國教育家評論，這是由於華僑能保全中華民族禮義傳統的深厚力量所致。故美國人在第二次世界大戰以前，對唐人街是望而生畏，絕不入足。但在戰後，卻向唐人街學習我僑胞倫理道德和精神教育了。

今日西方人士，對我們的文化及優良傳統，如許重視，而我們中國人，身在香港，反而不自加珍惜，是視其傾危衰落而不救。故先王羣聖之道，幾及我輩之身而墜。試問我們如何對得住羣聖先烈，乃祖乃宗，和艱苦在外的華僑呢？這是本校創辦目的之二。所以，我常常說：今日的青年學子，其能從事國學，而用功勤劬的，他才是豪傑之士，最具志氣的人。

本人與諸生相處，瞬逾二載。據訓導處報告，諸生從未有犯罪及不良行為紀錄。我以為其因素，約有下列二端：一、諸生多已從事職業，又或大都站在教育崗位，身為人師，已可作中小學生表率。在校研習國故，當非有讀書之名，而無讀書之實之時下惡劣少年所可比擬。二、諸生在各教授的人格學問相感召之下，久已在潛移默化中，日遷善而不知為之者。縱有少數不良份子，或稍懶惰的，也因同學們羞與為伍，故衹有亦步亦趨。「事不容姦，人懷自勵」，其一二不可救藥者，則只有自動離校。

又本校已養成了優良的學習風氣，據各教授在香港大專任教多年的感覺中，學生讀書風氣之佳，研求學問情緒之熱烈，實以本校為最。這是足以向社會人士告慰，而不至有負各家長們所期望的。又座中各畢業同學，據生活指導組統計，已就業的達百分之九十，其餘則繼續在本港國學研究所及英國聖安得魯聖公會大學進修，極少失業的。實由於同學間能夠互助，互相引薦所致，這是值得嘉許的。

本校的校訓是「崇德廣業」，語出《易經・繫辭上傳》：「子曰：《易》其至矣乎！夫《易》，聖人所以崇德而廣業也。知崇禮卑，崇効天，卑法地；天地設位，而《易》行乎其中矣。成性存存，道義之門。」又說：「富有之謂大業，日新之謂盛德」。甚麼是大業富有呢？富有，并非是多貨財，而是厚積道德學問文章之謂。《禮記・儒行》篇說：「儒有不寶金玉，而忠信以為寶；不祈土地，立義以為土地；不祈多積，多文以為富。」這是讀書人富有的真義。

我們若果富有道德學問文章，推而施於日用行事，以成就其造福人羣的事業，這是廣業。什麼是盛德日新呢？日新，是我們的心性學問文章，日日進步，生生不窮之謂。這樣由少而壯，由壯而老，純全我們的心性，累積我們的學問，發揮我們的文章，以成就我們的盛大至德，這是盛德日新。崇德是效天，廣業是法地，而我們的校名是經緯，《春秋·左氏傳》說：「經緯天地曰文。」經天是崇德，緯地是廣業。我們的校名和校訓，是一致的，可以互為解釋的。

希望各位同學，本着校名校訓的真諦，尊崇你們的德性，廣大你們的事業。內而格物，致知，誠意，正心，修身，外而齊家，治國，平天下。由個人之心性學問修養做起，推而廣之以移風易俗，造福人羣，經天緯地。本人雖不材，願與各同學共勉之。

香港《華僑日報》華僑教育（一九六三年九月廿三日）

（三十七）經緯書院三周年校慶演講辭

經緯書院三周年校慶　校長陳湛銓致詞

強調中文教育之重要　庶撥亂反治　矯正人心

本校開課已將兩月了，入這學期來，在學人數增加了七八十位。讀書風氣旺盛，人人精神昂揚，真心向學，樂此不疲。本人和各教授在這種氣氛裏，又焉得不更加拚命從事呢？從今以往，我們教者苦教，讀者苦讀，日就月將，當必有成。瞻望未來，我們經緯書院是絕對有光明的前途的。

一間專上書院，應該有他的特點。我們經緯書院的特點，是注重中國文學，功課特殊充實，教授特殊優良和拼命施教。中文系課程每年開至二十餘門，科目逐年更換，義理、詞章、考據三學並重，幾於應有盡有。各同學讀滿四年，於凡文學、聲韻、訓詁、《論語》、《孟子》、《五經》、《四史》及史評、詩詞、駢散文等，都依次盡讀。我們時時反躬修省，務求對得住各位同學和家長以至社會人士所期望的。《尚書》說：「皇天無親，惟德是輔（《蔡仲之命》）」。又說：「惟天無親，克敬惟親（《太甲》下）」。陶公說：「奉上天九成命，師聖人之遺書，發忠孝於君親，生信義於鄉閭，推誠心而獲顯，不矯然而祈譽（《感士不遇賦》）」。我們對學術，對事，對人，一本誠敬，直道而行，盡心盡力而為之。皇天不負苦心人，我們是必能達到興正學，昌高文的聖潔願望的。

我們很感激香港政府最高當局和教育司署的重要主持人，向來尊重中國本位文化，時發善言，鼓勵國人學習；這是何等賢明呢！孔子說：「吾聞之，天子失官，學在四夷猶信」，這不是今日之論嗎？所以，在今日安定的香港，我們應該共同鼓舞起來，分担復興中國文化的使命，宣揚羣聖賢的大道，來康世福民，移風易俗。

就今年香港來説，我發現了兩件最難得，最可喜的事：第一件是天主教在九龍塘牛津道創辦了一間規模宏大，設備完善的中文中學培聖中學。第二件是聯合書院校長鄭棟材先生，他是香港名人，而屢發讜言，聲宏實大，力呼負起復興中國文化的神聖使命，他真是孟子所謂雖無文王猶興的豪傑之士了。

《易・中孚》九二曰：「鳴鶴在陰，其子和之」。孔子釋之曰：「君子居其室，出其言善，則千里之外應之，況其邇者乎！（《繫辭上傳》）《詩》曰：「鼓鐘于宮，聲聞于外。」（《小雅・白華》）又曰：「鶴鳴于九臯，聲聞于天。」本人見善若驚，茲謹以提倡中國文學的一員，來向天主教的賢明主持人和培聖中學李校長及聯合書院鄭校長致其無限的敬意，並謹以至誠向全香港的中文中學祝福。

風氣不會一成不變，大抵是隨人心而轉移。物至必反，《剝》極則《復》。只要我們努力，則武城絃歌之風，在不久的將來，必將盛見於香港，這是可預卜的。

我無意貶損英文中學和輕視西方物質文明，但在今日的香港社會，人為物化，功利是尚，滅天理而窮人欲，不有所檃括矯飾，則「秋風不用吹華發，滄海橫流到此身」了！董生說：「是故重累，責之以矯枉世而直之，矯者不過其正乏轉直，知此而義畢矣。」（《春秋繁露·玉杯》）目前要移風易俗，矯飾枉世，不但要中文中學興旺，並且要英文中學，都多多注重中文，這才可以正人心，撥亂世而反之正呢！

本校今學期加開佛學系，欲合孔子和釋迦的救世精神來挽救世運。孔子說：「天下何思何慮？天下同歸而殊塗，一致而百慮，天下何思何慮？（《易·下繫》）遠公說：「如來之與周孔，發致雖殊，潛相影響，出處成異，終期必同，故雖曰道殊，所歸一也。」（《沙門不禮王者論》）」這是的論。

而且佛教雖發源於印度，但發揚光大卻在中國，所以可以說佛學也是國學的一部份；何況中西方各聖人的救世精神所至，是並無國界區宇之分呢？所以我常常覺得，吾儒之文周孔孟，佛教之釋迦，西方之耶穌，皆是聖人，皆是救世領袖。諸聖平等，情無彼我。我向來是只見其同，不見其異的。文中子說：「天地生我而不能鞠我，父母鞠我而不能成我，成我者夫子也。這不啻天地父母，通於夫子，受罔極之恩。」我們所篤信奉行的同是善道正教，契機準有不同，旨歸實無異趣。

我和本校各教授，願與佛教諸大德，天主教諸神父，基督教諸牧師，分別推行善道，奉行正教。

香港《華僑日報》華僑教育（一九六三年十一月十三日）

(三十八)周易坎離二卦

《易》以《乾》《坤》為入門。而亦以《乾》《坤》為堂奧。故《繫辭傳》云:「《乾》《坤》其《易》之門邪!」。又曰:「《乾》《坤》其《易》之緼邪!」。學《易》者浸淫于《乾》《坤》,溯游乎六子,而得其要義之所在,斯《易》之全體大用,無不明矣。《乾》《坤》之外,有六純卦,即《震》、《巽》、《坎》、《離》、《艮》、《兑》。所謂六子者是也。六子乃由《乾》《坤》所生。故《説卦(傳)》云:「《乾》,天也,故稱乎父;《坤》,地也,故稱乎母。《震》一索而得男,故謂之長男;《巽》一索而得女,故謂之長女。《坎》再索而得男,《坎》謂之中男;《離》再索而得女,故謂之中女。《艮》三索而得男,故謂之少男;《兑》三索而得女,故謂之少女。」

茲列之如下:

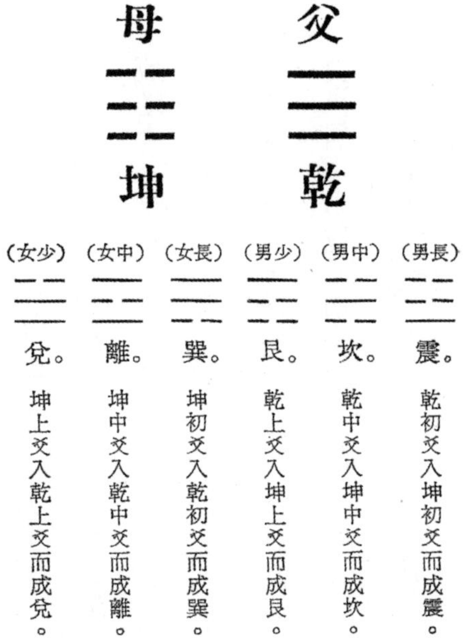

伏犧始作八卦，重爻而成六十四卦，所謂先天之學也。其八卦方位如下：乾、兑、離、震；巽、坎、艮、坤。

邵康節曰：「《乾》南，《坤》北，《離》東，《坎》西，《震》東北，《兑》東南，《巽》西南，

《艮》西北。自《震》至《乾》為順，自《巽》至《坤》為逆。」文王後天八卦方位：《乾》、《坎》、《艮》、《震》；《巽》、《離》、《坤》、《兌》。

邵康節曰：「此文王八卦，乃入用之位。後天之學也。」（《易》圖方位，與今地圖所用方位相異，而實相同也。）

觀伏羲之八卦方位與文王八卦方位有不同處。文王以《離》《坎》二卦代《乾》《坤》。乃欲求其中和，剛柔相濟之意。《乾》《坤》二卦重疊互置，則可成《否》《泰》兩卦。其目的在成地天《泰》卦。成《泰》卦則天氣下行，地氣上達，天地交泰，上下和矣。《坎》《離》二卦互置，則成《既濟》《未濟》，然《坎》《離》《未濟》，爻皆失位，非正。故欲成水火《既濟》，則爻皆得位矣。《乾》《坤》欲成《泰》，《坎》《離》欲成《既濟》，此之謂也。《易》以二五兩爻為居中得位。初、三、五為陽位，二、四、上為陰位。陽爻居陽位，陰爻居陰位為正。陽爻居陰位，陰爻居陽位為不正。陽以奇數，陰以偶數。故陽爻以居五，陰爻以居二為中且正。得中而又得正，《易》之至善止於是矣。士君子為學處世，所求乎《易》者，亦止於是矣。《乾》《坎》同為陽卦。以上（內）卦為在朝。《坤》《離》同為陰爻，以外（上）卦為在野，（《乾》為天，故言上下。《坤》為地，故言內外。朝野之別，此四卦則如是，其餘各卦未必盡然。）又六子之位，各有主爻。如《震》卦以初九為主爻，《巽》卦以六四為主爻。……）其來有自。蓋六十四卦之中，適有一卦可全代《乾》《坤》及六子之位者，則水火《既濟》是也。

陽爻以居初三五為正，陰爻以居二四上為正。而水火《既濟》一卦，陰陽爻皆得位，而《乾》《坤》及六子之位亦皆在焉。

《易》陽爻稱九，陰爻稱六，固有其數在焉。《繫辭傳》云：「天一，地二，天三，地四，天五，地六，天七，地八，天九，地十。」天地之數各五。一、三、五、七、九為陽數；二、四、六、八、十為陰數。然一、二、三、四、五為五行之生數。有氣機而無形質，故不用。十為數之終，亦不用。是以陰陽之數有十，其用只六、七、八、九耳。陽數始七，陰數始八。

陽動主進，故為九。陰靜主退，故為六。陰陽之數未極，故七八為少。陰陽之數已窮，故九六為老，所謂少陰少陽老陰老陽也。《繫辭傳》云：「《易》，窮則變，變則通」。故陽道窮阨，則宜反進為退。九退一為八，少陰之數，所謂剛而能柔也。陰道窮阨，則宜反退為進。六進一為七，少陽之數，所謂柔而能剛也。《易》爻稱九六，不稱七八，取其能變，非必已窮。此陰陽動靜窮通之本義。凡六十四卦三百八十四爻，遇凶咎悔吝者，行此進退變化之道，則可歸於無咎矣。此學《易》者所宜玩索有得，深資體驗也。

《易》道幽微要妙，窮究天人。學者能通乎《周易》，則死生窮通之數，往來興替之道，靡不畢見。可以贊天地之化育，可以與天地參矣。夫《易》之研摩，有三道焉。一曰象，二曰理，三曰數。自王輔嗣以清言注《易》，語焉不詳。更創為得意忘《象》之論，後世學者宗之，以為《象》可忘矣。遂使千餘年來，《易》道淪翳，此實王輔嗣揭舉忘《象》之過也。誠然，若真得其意，當可忘《象》。然學《易》者，《象》如不明，則無以見《易》。故明《象》實學《易》者先務之急也。《乾》《坤》兩卦，無所不包，故可不言《象》。至於六子及其他各卦，非明《象》則辭無所繫。而庸妄者且比於籤詩矣。《繫辭傳》云：「書不盡言，言不盡信。然則聖人之意，其不可見乎？子曰：聖人立《象》以盡意，設卦以盡情偽，《繫辭》焉以盡其言，變而通之以盡利，鼓之舞之以盡神。」此孔子明言《易》象之要者也。然則《象》之於《易》，何可廢哉！學者玩《易》能明乎《象》，則理自存乎其中，而卦爻辭皆有所繫着矣。宋儒說

《易》偏主於理，而不見《象》。故宋儒之《易》，徒纏繞《易傳》耳，於經義未見也。數、是指揲蓍及四象、八卦、《既濟》方位、《河圖》、《洛書》之數。

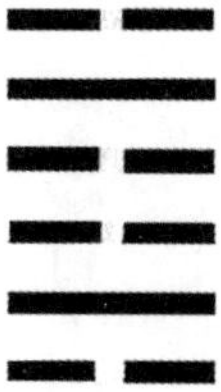

坎下
坎上

《坎》為陽卦，陽爻入《坤》以代地用。與陰爻入《乾》代天用之《離卦》，同為求得其中和之意。《坎》之主爻在九五，蓋陽爻居陽位，中而且正也。以全卦論之，與《乾卦》同為上卦在朝，下卦在野。此卦乃曉喻士君子以處險之道。

《習坎》：

坎，陷也，險也。習、《說文》云：「鳥數飛也。」習坎，重險也，上下皆陰爻，中為陽爻，一陽陷於兩陰之中，故曰重險也。此卦雖謂處於險中，然妙藏生機。蓋二三四五爻互卦為《頤》。頤，養也，是善能處於險則生機存焉矣。《左氏・僖公二十二年傳》云：「明恥教戰，求殺敵也。」《孫子・九地》篇云：「投之亡地而後存，陷之死地而後生。」《孟子》曰：「入則無法家拂士，出則無敵國外患者，國恒亡。然後知生於憂患，而死於安樂也。」故士君子雖在險地，如能深會處險之道，勿急躁鹵莽以求脫，而安靜貞正以自為，則可歸於無咎矣。

有孚

孚，信也。《坎》為水，為月，如潮汐之受月球吸引力，而有定時之起落，故云有孚。唐李益詩云：「早知潮有信，嫁與弄潮兒。」是也。此喻士君子當守一貫之道，自可通而無礙矣。故下云「維心亨，行有尚」也。

維心亨

《說卦》云：「坎為堅多心，為通。」亨，通也。能堅一其志，則誠信在中。有誠有信，自可通矣。

行有尚

尚，功也。既有誠信，又能堅而不越，執德不移，故所行必有功也。本卦之二三四爻為《震》。震為足，故云行。二動而五應，得中得正，故有功，故云尚。

（以上文王卦辭）

《彖》曰：『習坎』，重險也。

《彖辭》孔子所作。彖者，材也。就其內含之材料而判斷之也。此卦以三畫言之，上下皆陰爻。以全卦（六畫卦）言之，亦上下皆坎，故為重險。虞翻曰：「兩象也。天險地險，故曰重險。」兩象，上下兩象。上為天，下為地，故天險地險而為重險也。

『水流而不盈,行險而不失其信。』

此二句乃孔子釋卦辭「有孚」之意。盈,滿也。不盈,無滿盈隆起之意。水性趨下,入於坎中,滿則他行,不留於坎中使之崇隆也。故《孟子》曰:「徐子曰:『仲尼亟稱於水曰:「水哉水哉!」何取於水也。』《孟子》曰:『原泉混混,不舍晝夜,盈科而後進,放乎四海。有本者如是,是之取爾』」。諸葛亮《戒外甥書》云:「雖有淹留,何損於美趣,何患於不濟。」皆可為水流句注腳。「行險而不失其信」,謂士君子履險道而不失其常性也。《易・大過・象》曰:「澤滅木,大過。君子以獨立不懼,遯世無悶。」《論語》曰:「自古皆有死,民無信不立。」又云:「造次必於是,顛沛必於是」《荀子・修身》篇云:「良農不為水旱不耕,良賈不為折閱不市,士君子不為貧窮怠乎道。」又《天論》篇云:「天不為人之惡寒也輟冬,地不為人之惡遼遠也輟廣,君子不為小人之匈匈也輟其行,天有常道矣,地有常數矣,君子有常體矣。君子道其常,小人計其功。」《莊子・秋水》篇云:「夫水行不避蛟龍者,漁父之勇也。陸行不避兕虎者,獵夫之勇也。白刃交於前,視死若生者,烈士之勇也。知窮之有命,知通之有時。臨大難而不懼者,聖人之勇也。」又《讓王》篇云:「古之得道者,窮亦樂,通亦樂。所樂非窮通也。道德於此,則窮通為寒暑風雨之序矣。」以上所引,皆可為「水流」二句之義發矣。

『維心亨』,乃以剛中也。

維心亨，解見前。「乃以剛中也」，是釋心亨之義。剛中指二五兩爻，陽剛居中，猶聰明正直而得中道，是以心亨也。大抵《易》道，扶陽剛而抑陰柔，即遏惡揚善之意。《左傳》云：「神，聰明正直而壹者也。」《論語》曰：「子曰：吾未見剛者。或對曰：申棖。子曰：棖也欲，焉得剛？」。故知真性陽剛，得之者鮮矣。

『行有尚』，往有功也。

行有尚，解見前。往有功，乃釋行有尚之義。誠信在中，故往而有功也。

天險不可升也。地險山川丘陵也。王公設險以守其國。險之時用，大矣哉！」

天險不可升。天險指九五，乃《乾》位，為天。天無形以見其險，謂人君若能守險以德，則如天險之不可升也。

地險山川丘陵。此卦三四五爻為艮。《說》卦云：「艮為山」，「坎為水」，故云山川丘陵也。

王公設險以守其國。王、天下之長。公、諸侯之君。《爾雅・釋詁》：「林、烝、天、帝、皇、王、后，辟、公、侯。君也。」險指天險、地險。謂既守之以德，又守之以形勢也。艮為山，坎為水。王公設險之象也。

《孟子》：「滕文公問曰：『滕，小國也。間於齊楚，事齊乎？事楚乎？』孟子曰：『是謀，非吾所能及也。無已，則有一焉：鑿斯池也，築斯城也（此言地險），與民守之，效

死而民弗去，則是可為也。』。」（此言天險）

《孫子・形勢》篇：「古之善戰者，先為不可勝，以待敵之可勝。不可勝在己，可勝在敵。故善戰者，能為不可勝，不能使敵必可勝。故曰：勝可知，而不可為。不可勝者守也，可勝者攻也。」

《史記》：「魏武侯顧謂吳起曰：『美哉乎山河之固（地險），此魏國之寶也』。吳起對曰：『在德（天險）不在險（地險）。』」《陸機・辨亡論》：「古人有言曰：『天時不如地利。』《易》曰：『王侯設險以守其國。』言為國之恃險也。又曰：『地利不如人和。』『在德不在險。』言守險之由人也。」

險之時用大矣哉。王肅曰：「守險以德，據險以時，成功大矣」。李道平曰：「體《坎》伏《離》，《兑》秋，《震》春，《坎》冬，《離》夏。《隨》時設險。《坤》為用，故曰時用」。

《象》曰：「水洊至，《習坎》。君子以常德行，習教事。」

《象》辭為孔子所作，乃釋全卦之卦象。洊，再也。《說文》無洊字，蓋本作瀳，水至也。按：瀳亦當是㴸之假借，《說文》：「㴸，雷震㴸㴸也。」（今《易・震》卦作「洊雷，震」）。孔子於六純卦（六子）中之《象》辭於《離》卦則言「明兩作、離。大人以繼明照於四方」。《震》卦《象》辭。「洊雷，震。君子以恐懼修省。」《艮》卦《象》辭。「兼山、艮。君子以思不出其位」。《巽》卦《象》辭。「隨風、巽。君子以申命行事」。《兑》卦

《象》辭。「麗澤、兑。君子以朋友講習」。而此《坎》卦則言。「水洊至。習《坎》。」與五純卦異。於卦名上多一習字。此聖人立言，所以示人字義繁簡之異。一字不同，或加或減，其意則大不同矣。此處加一習字，乃以誨人慎乎處險，而亦練其堅忍之性。猶《孟子》謂「天將降大任於斯人也。必先苦其心志，勞其筋骨，餓其體膚，空乏其身。行拂亂其所為，所以動心忍性，增益其所不能。」之意。又太史公曰：「君子安常履素，風雨晦冥，不改其度。」皆使常其德行，不為貧賤憂患而移易其志也。習教事者，即物成務，達己達人之意。《左氏傳》：「明恥教戰，求殺敵也。」《論語》云：「子曰：『善人教民七年，亦可以即戎矣』。又云：『以不教民戰，是謂棄之。』故於國而言，則為明恥教戰。在己而言，則是窮研至道，推善與人之意。《書・說命》：「斆學半，念終始典於學。厥德脩罔覺。」

初六：「習坎，入於坎窞，凶。」

此爻居於《坎》之最下，《坎》中之窞最為凶險之象。故云入於坎窞，凶。窞。《說文》云：「坎中小坎也。從穴。從臽。《易》曰：『入於坎窞』」。正引此。《論語》云：「子曰：『篤信好學，守死善道。危邦不入，亂邦不居。天下有道則見，無道則隱。』」危邦不入，可為此爻釋義。

《象》曰「：『習坎入坎』，失道『凶』也。」

此《象》乃釋初六之象，與前釋全卦之象者異。故此等《象》辭可稱小象，全卦之《象》辭可稱大象。此謂既知其險，則危處不當入，而竟入之。是失其處險之道，故當凶也。

九二：「坎有險，求小得。」

一陽陷於兩陰之中，故有險。而所以謂之「求小得」者，亦《孟子》「朝不食，夕不食，飢餓不能出門戶……周之，亦可受也。免死而已矣。」之意。

《象》曰：「『求小得』，未出中也。」

未出中者，謂尚未背乎中道，故尚可求小得也。《孟子》：「仕非為貧也。而有時乎為貧。……為貧者，辭尊居卑，辭富居貧。辭尊居卑，辭富居貧，惡乎宜乎？抱關擊柝。」此求小得之義也。

六三：「來之坎坎，險且枕。入於坎窞，勿用。」

此爻謂處亂世者，雖在野，而聲名顯赫。則宜介絕交游，不與人間事。南陽之諸葛公，栗里之陶公是也。之，往也。來之坎坎，謂來往皆險也。【由上（外）而下（內）謂之來。從下（內）而上（外）謂之往。】枕，《釋文》云：「古文作沈。」按：《說文》：「沈，陵上滈水也。」（滈，久雨也。）「湛，沒也。」故沈字亦當作湛。險且湛，謂豈徒險哉，將且湛身也。

來則至於底，往則非正應。是來往俱有險，名大處險，故不宜妄動也。故言勿用。《乾

·文言》曰：「不易乎世，不成乎名，遯世無悶，不見是而無悶。」勿用，遯世無悶之意。

來往既不能有功，故亦可以休矣。而況動則湛身哉！故宜勿用也。

《象》曰：「『來之坎坎』，終无功也。」

六四：「樽酒，簋，貳用缶。納約自牖，終无咎」

【按：簋音九。此數句為有韻之文。簋、缶、牖、咎叶韻。蓋簋《說文》云：「黍稷方器也。從竹，從皿，從皀（皀，穀之馨香也。）朹。古文簋。」古文朹。從木，九聲。則簋古讀如九。《詩·秦風·權輿》：「於我乎每食四簋。今也每食不飽。」與此同讀。】此臣位也，陰爻居陰位，得正。承九五正陽，為君臣相得，合謀救國之象。范蠡、文種生聚教訓。卒濟句踐沼吳之功是也。《書·君陳》：「爾有嘉謀嘉猷，則入告爾后（君也）於內，爾乃順之於外。曰：『斯謀斯猷，惟我后之德。』」《左傳·隱公二年》：「苟有明信，澗溪沼沚之毛，蘋蘩蘊藻之菜，筐筥錡釜之器，潢汙行潦之水，可薦於鬼神。可羞於王公。」又《荀子·議兵》篇：「故以桀詐桀，猶功拙有幸焉。以桀詐堯，譬之若以卵擊石，以指撓沸，若赴水火，入焉焦沒矣。故仁人上下，百將一心，三軍同力，臣之於君也，下之於上也，若子之事父，弟之事兄，若手臂扞頭目而覆胸腹也。詐而襲之，與先驚而後擊之，一也。」皆可釋此爻含義。言君臣同心協力，終必有出險之日。《說》卦「坎為水」。古以水為玄酒，故云。二三四爻互震。《說》卦「震為木，為蒼筤竹。」

「於稼為蕃鮮」。故云「樽」「簋」。又「《坎》為豕」。又三四五爻互艮。《說》卦「艮為狗」。此餗（今俗作餸。餗餸雙聲。）菜之物。蓋蕃鮮之菜，犬豕之肉，需以器盛之，以遺之君。故云。（簋今作簠。讀如鬼。）

二三四五爻互為大離。《說》卦。「離、為大腹。」故云缶。《說文》云：「貳，副益也」《震》與大離承坎。以簋缶（盛飯餗）隨酒承歡，故云貳。

三四五爻互《艮》。《說》卦：「艮為手。」故云納。（納本作內。《說文》云：「內，入也」「納，絲溼納納也。」今粵語言物之溼，猶謂溼納納。蓋即納字也。此正是古音古義，唯粵語尚存之。）二三四爻互震。《說》卦：「震、為善鳴。」故云約。（約，謂嘉謀嘉猷。）艮又為門闕。故云自牖。

四處《震》之極位。為反生，得正。動極而得正反生，故云無咎。

又二三四五爻為大離，互卦為《頤》。《坎》互《頤》。則是雖處重險之中，而中藏生機之象，正以此爻表之。《易》曰：「《頤》，貞吉。觀頤，自求口實。《彖》曰：《頤》，貞吉，養正則吉也。觀《頤》，觀其所養也。自求口實，觀其自養也。天地養萬物，聖人養賢以及萬民。《頤》之時義大矣哉」。此之謂也。

《象》曰：「『樽酒簋貳』，剛柔濟也。」

剛指九五，柔指六四。陽居陽位，陰居陰位。兩俱得正。（四承五，五乘四。乘承皆正。）

君臣相悅，同心協力，故云剛柔際也。又三四五爻為《艮》。艮，止也。伏《兑》。兑、悅也。正君臣相悅，密謀交歡。待時而動之象。

九五：「坎不盈，祇既平，无咎。」

三四五為《艮》。艮、止也，故云不盈。盈、滿也。慎守潔誠之道。既安且平，不求近功，以俟大舉匡復，則无咎矣。

陸德明《經典釋文》云：「祇，鄭云：『當作坻，小丘也』。京作禔，《說文》同。」《說文》云：「禔。安福也。從示，是聲。《易》曰。『禔既平。』」是祇與禔異字而同意。既、猶且也。祇既平。謂安且平也。

《艮》卦《彖》辭。「時止則止，時行則行。動靜不失其時。」故云无咎。

《象》曰：「『《坎》不盈』，中未光大也。」（各本無光字。唐李鼎祚《集解》本有之。孔疏云：「釋不盈之義。雖復居中，而無其應。未得光大，所以《坎》不盈滿也。故以有光字為是。」）

《坎》伏《離》。離為日，為明。然伏而不顯，故云未光大也。伏謂陰陽爻相反，而卦象潛伏其下。此爻雖得中得正，而仍處於《艮》之極（艮，止也。）《坎》之中。水入坎中，未能盈溢，故滯而不動，仍未可為。但宜勤於修省，故未光大也。

上六：「係用徽纆，寘於叢棘，三歲不得，凶。」

此爻以陰居極，逾越九五，是人君失位之象。蓋君人者，身在險地。若不常德習教，而凝陰無陽，暴戾不道，則將失其位矣。伊尹放太甲於桐之類是也。（伊尹放太甲於桐。太甲自怨自艾，適三年而後返。）又前爻六四居五陽之下，為君臣相得之象。此則六陰越五陽而上之，亦為強臣越次陵君，其繫之囹圄宜矣！使三歲不悟而返乎善，則且至凶亡，豈徒三歲不得哉？《周禮・秋官・大司寇》：「凡害人者，寘之圜土，而施職事焉，以明刑恥之。其能改過，反於中國，不齒三年。其不能改而出圜土者，殺。」又《司圜》：「其能改者，上罪三年而舍，中罪二年而舍，下罪一年而舍。其不能改而出圜土者殺。雖出，不齒三年。」

《說》卦：「《坎》為矯輮」。故云徽纆。馬融云：「徽纆，索也」。劉表云：「三股為徽，兩股為纆。」又《說》卦：「其於木也，為堅多心。」故云叢棘。又「坎為多眚」「為盜」。故云「係徽纆」。「寘叢棘」也。伏離為日。旦暮積謂之歲。（《荀子・儒效》）先天八卦之序。《離》居第三。故云三歲不得。

《象》曰：「『上六』失道。『凶』『三歲』也。」

失道，謂失其為君或為臣之道也。李道平曰：「《論語》曰：『上失其道，民散久矣。如得其情，則哀矜而勿喜』。爻言三歲不得，謂不得其情也。蓋上六陰柔失道，久繫不得其情，故凶三歲。」

三四五爻互《艮》。《說》卦：「艮為徑路」。上六在《艮》外，故云失道。

䷝ 離下 離上

此卦乃文治康平之象。《坎》為險陷。互《頤》為養。生機存焉，是生於憂患也。（於六四點出之）。《離》為文明，互大過為棺槨，死機在焉，是死於安樂也。（於九四點出之）。聖人之憂世深矣，（《易下・繫》：「古之葬者，厚衣之以薪，葬之中野，不封不樹。喪期无數。後世聖人易之以棺槨，蓋取諸《大過》」。）李道平曰：「蓋《坎》《離》能用《乾》《坤》之中，既《未濟》則又得《坎》《離》之合，而實《乾》《坤》之變，故六十四卦，《乾》《坤》居其首，《坎》《離》居其中，《既、未濟》居其終，而坎離實乾坤之樞紐歟？」

《離》。利貞，亨。

《說》卦：「《離》也者，明也。萬物皆相見，南方之卦也。聖人南面而聽天下，嚮明而治。蓋取諸此也。」《逸周書・謚法》曰：「照臨四方曰明，僭訴不行曰明。」《離》乃喻文明之象，而有死機。故伏《大過》（伏《大過》於二三四五爻見之。離包巽、兑，坎包艮、震，六子俱備，故坎離代乾坤之用也。）猶《孟子》所謂死於安樂也。利貞。貞、正也，利於正也。離代乾，經天不息，故云利貞。「天道下濟而光明」。（《謙卦・彖辭》），故云亨。李道平曰：「凡乾坤詘信之卦皆同。此五柔麗伏陽中正。故利貞，坤通乾。故亨也。」

畜牝牛，吉。

坎處險，離處明。坎二陰居上下，中為陽爻，故柔而能剛。離乃一陰附於兩陽之中，故剛而能柔。故人君於國，應以柔制中，毋過剛烈也。

二五兩爻，自坤入乾為用。坤為牛，取其最馴，故云畜牝牛吉。

（以上文王卦辭）

《象》曰：「《離》。麗也。

麗，附麗也，隸也，陰附麗於陽也。二五兩爻，乃自坤入乾，故云麗。麗、本字作麗。《說文》：「麗、艸木相坿，麗土而生。從艸，麗聲。《易》曰：「百穀艸木麗於土。」

日月麗乎天，

《說》卦：「離為日。」伏坎為月。二五自坤入乾，乾為天，故云日月麗乎天。

百穀草木麗乎土。（土，一作地）

二三四爻互巽。《說》卦：「巽為木，柔爻為草，剛爻為木，故云草木。巽伏震，《說》卦：「震為稼」。「為蕃鮮」。又震驚百里，故云百穀草木。二本坤位，故云麗乎土。

《說》卦：「萬物出乎震」。《序卦》：「有天地，然後萬物生焉。盈天地之間者唯萬物。」故云百穀草木麗乎土。

重明以麗乎正，乃化成天下。

重明，謂兩離。明而又明之意。體離伏坎，「離為日」，「坎為月」，亦重明也。麗謂坤之六二附乾之九二，六五附九五。正猶貞也，指離（即二與五兩爻）二五自坤入乾，謂聖人察日月之經天，將以明德為世用也。

《乾》卦《彖辭》：「乾道變化，各正性命。」《賁》卦《彖辭》：「觀乎天文以察時變，觀乎人文以化成天下。」又《乾》卦孔子釋九四爻辭：「夫大人者，與天地合其德，與日月合其明，與四時合其序，與鬼神合其吉凶。」皆與此同意。（以上釋利貞）

柔麗乎中正，故「亨」

柔，謂二五兩陰爻也。六五得中，六二中而且正，故亨也。【《坤》《離》兩卦。同以下（內）卦為在朝。上（外）卦為在野。】即「龍德而正中者也」（《乾》卦九二孔子釋辭。）之意。

是以『畜牝牛吉』也。」

畜牝牛，取其馴順。剛中而能柔，故亨也。

《象》曰：「明兩作，《離》，大人以繼明照於四方。」

此大象也。釋全卦之象。離、明也。兩、謂兩離，亦得謂日月也。乾五之坤成坎，坤二之乾成離。故坎伏離，離亦伏坎。離為日，坎為月，是日月之象。故云明兩作離。陽氣稱大人。乾之九二、九五是也。乾以九五為居中得位，坤則以六二為居中得位。離以乾入坤而代乾用，以六二為主爻，故此《象》以大人（指六二）稱之。伏坎為月，月乃繼日之光，故云繼明。《中庸》云：「如日月之代明。」代明，即繼明也。《孟子》：「日月有明。容光必照焉。」《逸周書・謚法》曰：「照臨四方曰明，譖訴不行曰明。」故曰大人以繼明照於四方也。

初九：「履錯然，敬之，无咎。」

此以初陽居內卦之下，喻初出仕入朝，見文武百官之盛，宜敬業樂羣，修其忠信之道。敬之，之，往也。謂敬行其道，進德修業是也。乾之三四兩爻皆云進德修業，可見其意。初九震位，震為足，為行。初在下，履亦然。其外二三四互巽，巽為進退，故云履錯然。火主禮，其性炎上，禮以敬為主。之，往也。震為行，巽為進退，故云敬之。《坤文言》：「君子敬以直內，義以方外，敬義立而德不孤。」故云无咎。《乾》之九三，乾乾夕惕，能內省外修，則无咎矣。吳曰慎曰：「子張學干祿是履錯，夫子教之慎言行，寡尤悔，是敬之无咎也。」

《象》曰：「『履錯』之『敬』，以辟『咎』也。」

離伏坎。《說》卦：「坎為多眚。」能持敬以往，則可以避咎矣。王弼曰：「錯然。敬慎之貌也。處離之始，將進其盛，故宜慎所履。以敬為務，辟其咎也。」此爻最重敬字。因離處文明之治，安謐之地，易陷於安逸而招禍也。《書．無逸》：「君子所其無逸。」《孟子》：「生於憂患，死於安樂。」《淮南子．人間訓》：「堯戒曰：『戰戰慄慄，日甚一日。人莫躓於山，而躓於垤。』」《管子．小稱》鮑叔牙曰：「使公（齊桓公）無忘出如莒時也。」皆所以誡君子居安思危，毋以逸豫而亡身也。

六二：「黃離元吉。」

二，坤位。坤二之乾成離，其色黃，中正之色也。陰爻居陰位，得中得正。離為日，「聖人之道，猶日之中矣。」上與五對，五雖非正，然得中位。坤五曰：「黃裳元吉。」《坤．文言》曰：「君子黃中通理，正位居體，美在其中。而暢於四支，發於事業，美之至也。」故云黃離元吉。

元吉，可有二解。元，大也。元吉，即大吉也。又元，始也。元吉，即吉之始也。《法言．先知》：「聖人之道，猶日之中矣，不及則未，過則仄」。日之中。此爻是也。過則仄，九三是也。

此爻居重剛之中，人主能以柔道濟之，外剛內柔之象，故吉也。而於道言之。禹皋伊傅周召即其人也。

《象》曰：「『黃離元吉』，得中道也。」

中道，謂六二也。六二自坤來，入於乾二之中位，居中得正。故云得中道也。侯果曰：「此本坤爻，故云黃離，來得中道。所以元吉也」。

九三：「日昃之離，

此爻以時日為喻，是斜陽之象。於國言之，則在盛極而衰之時。於人言之，則在桑榆晚景也。荀爽曰：「初為日出，二為日中，三為日昃（昃乃 之俗，解見下。）以喻君道衰也。」日為君象。由日中而至於斜陽。乃君道之衰廢也。三四五互兑，兑在西方。故云日昃之離。《說文》：「𣅟。日在西方時側也。從日，仄聲。《易》曰：『日昃之離。』」按：𣅟可作昃。今俗作昗，非是。

不鼓缶而歌，則大耋之嗟，凶。」

此爻既已處極位，又復為陽爻，以《易》道言之，則宜反進為退。三退為二，長居黃離，守其陰道，樂天知命，不為誇圖，斯吉，反之則得悔咎而凶矣。鼓缶而歌，謂安而忘危，耽於聲色之樂。昔齊桓公、唐玄宗、宋徽宗之末年是也。王右軍云：「年在桑榆，自然至此，正賴絲竹陶寫。恒恐兒輩覺，損歡樂之趣。」正是鼓缶而歌之義也。大耋之嗟，謂歎來日苦短，不務政事，妄圖長生。燕昭王、漢武帝、梁武帝之妄求神仙之類是也。故士君子如占得此爻者，雖年在耋耄，宜安常自樂，守其恬淡之道，无用嗟咨，妄冀非分也。《繫辭》云：「樂天知命故不憂。」《中庸》曰：「君子居《易》以俟命。」此之謂也。

九三是艮位，「艮為手」。離為大腹，乃瓦缶之象，故云鼓缶。然艮伏而不見。故云不。

三四五互兑，兑為口舌，二三四互巽為風，為聲，故云歌。

《說文》：「耋，年八十曰耋。从老省，从至。」九三處內離之極，窮高極亢之象，故云大耋。互兑為口舌，互巽為風聲，為呼號，故云嗟。

二三四五爻互大過，死之象，故云凶。

《九家易》曰：「歌者口仰向上，謂兑為口而向上取五也。日昃者，向下也。今不取二而取五，則上九耋之。……火性炎上，故三欲取五也」。處極亢之位，而仍欲上而取五，應退而不退，不應進而進。則必至大耋之嗟，日暮途遠之歎矣。

《象》曰：「『日昃之離』，何可久也！」

三處終極，日近黃昏，故云何可久也。李商隱詩：「夕陽無限好，只是近黃昏。」此其意也。《九家易》曰：「日昃當降，何可長久。三當據二以為鼓缶，而今與四同取於五，故曰不鼓缶而歌也。」

九四：「㐬如，其來如，焚如，死如，棄如。」

此爻是陽居陰位，宜柔順而剛暴。在家庭則是不肖之逆子，在社會則為犯科之惡客，凶莫甚焉。《坎卦》以六三為最險，水流下也。《離卦》以九四為凶，火炎上也。

《說文》云：「𠫓。不順忽出也。從到（今俗倒）子。《易》曰。『𠫓如。其來如』。不孝子𠫓子不容於內也。㐬、古文𠫓」。按：突出之突。本作𠫓。今俗以突為之。非是。《孝經・五刑章》：「五刑之屬三千，而罪莫大於不孝。」《周禮・秋官・司寇・掌戮》：「掌斬殺賊諜而搏之，凡殺其親者焚之。」此爻所以取義於子者，火有養母之法。《白虎通》曰：「子養父母何法，法夏養長木。」夏以火王，其精在天，其溫煖之氣在地，故養生百木也。

二三四互巽，巽為進退。火性炎上，故云㐬如。其來如。來，五謂四也。

《周禮》殺其親者焚之。四在上離之下，在下離之上，兩火交攻，故云焚如。

二三四五互大過，棺槨之象，故云死如。

三四五互兑，為毀折。又伏艮，為徑路，謂毀棄其屍於郊野，使不得葬，故云棄如。

如淳曰：「焚如、死如、棄如，謂不孝子也。不畜於父母，不容於朋友，故焚殺棄之。」

《象》曰：「『㐬如，其來如』，无所容也。」

處文明之世，而為不孝子，為盜。（二三四五為大坎，為盜。）故必無所容而至焚死棄折也。

六五：「出涕沱若，

坎雖處險，而互大離，有陽光，六四之自牖是也。離雖處治，而互大坎，有陰氣。六五之涕沱是也。

此本君位，而柔爻居之，諸侯之懷柔，休戚與民同者是也。達其至誠之道，吉凶與民同患，恤其陵夷，而出涕沱若，則終得吉矣。又柔爻附於君位，在野有絕大潛力而輸誠於君者亦是也。

戚嗟若，吉

離伏坎，為水。又三四五互兑，為澤。二三四五又為大坎。故云出涕沱若，沱若、猶云滂沱如也。

離伏坎。又二三四五為大坎。坎為加憂，為心病。三四五互兑，兑為口舌。二三四互巽，為風聲，故云戚嗟若。

五動則上卦成乾，全卦為天火同人。《同人》九五：「同入先號咷而後笑。」故云吉也。

《象》曰：「『六五』之『吉』，離王公也。」

五本君位，在天下言之則為王，於諸侯言之則稱公。五以陰爻居君位，諸侯之輔翼於天子，在野勢力之附離於諸侯皆是，故云離王公也。

王肅注云：「離、王者之後為公，是也。」

上九：「王用出征，有嘉折首，獲匪其醜，无咎。」

有文事者必有武備。上九是以陽爻處外離之極位，是在野而潛力絕大歸為國用者。商湯、周發之師，合天下諸侯之力，誅其君而弔民是也。《書・胤征》：「火災崑岡，玉石俱焚。天吏逸德，烈於猛火。殲厥渠魁。脅從罔治，舊染污俗。咸與維新。」是此爻之義也。

離為甲冑，為戈兵。上九陽居陰位，捨己從人，以為國用，故云王用出征。離為科上槁。又上六是兑位，為毀折，故云折首。離又為日，照於四方。兑位為悦，故云有嘉。醜，類也。獲匪其醜，謂但誅首惡，不罪其眾也。

《漢書・陳湯傳》劉向上疏曰：「《易》曰：『有嘉折首，獲匪其醜。』言美誅首惡之人，而諸不順者皆來從也。」正釋此爻之義。

《象》曰：「『王用出征』，以正邦也。」

謂王用之出征而正其國也，殲厥渠魁，與眾維新，故云以正邦也。

陳湛銓講、陳汝柏筆記

《學海書樓講學錄》第四集（一九六四年）。頁二二一至二四四。

（三十九）莊學述要（一）

（一）弁 言

學人於《莊子》書畧有二蔽：稍聞緒言，怪其奇肆，云是異端，視等妖逆。此拘者之流，其蔽一也。性好詭巧，學無根源，淺酌餘波，謂超羣聖。此誕者之流，其蔽二也。

莊生是倜儻之儒，其琴張曾晳牧皮之流乎！【注一】古無家派，俱出羣經，九流十家，後儒所分耳！

【注一】

《韓非子・顯學》：「自孔子之死也，有子張之儒，（顓孫師，字子張，孔子弟子。）有子思之儒，有顏氏之儒，有孟氏之儒，有漆雕氏之儒，（漆雕開，字子開，孔子弟子。）有仲良氏之儒，（良亦作梁，傳曾子之學者。在孟子後。）有孫氏之儒，（即荀子）有樂正氏之儒。（樂正子春，曾子弟子。）……儒分為八。」

《孟子・盡心下》：「如琴張曾晳牧皮者，孔子之所謂狂矣。」趙岐注：「琴張，子張也。子張之為人，踸踔譎詭，（踸踔，無常也。見《莊子・秋水》。）《論語》曰：「師也辟」，（《先進》）故不能純善而稱狂也。又善鼓琴，號曰琴張。曾晳，曾參父，牧皮行與二人同，皆事孔子學者也。」按《論語・先進》篇述曾皙言志，作沂水春風之想，悠焉隱居者流，孔子喟然與之；而孟子舉琴張與之同風，琴張即子張，賈逵、鄭眾皆云然；子張之學，顯於後世，韓非以之稱首；則莊生者，豈其流亞歟？

莊子之學，原出於《易》，與老子同源異流。【注一】詳其本趣，亦孔氏之徒，而自以為得其精且全者，其說詳於《天下》篇。【注二】《漢志》六經支與流裔之說，蓋的論也。【注三】

【注一】

《老子》始出於《易》之用九及《謙》《艮》等卦，《莊子》則遭世益亂，故欲離事自全，出於《乾》之初九、《坤》之六四及《遯卦》等。劉彥和曰：「觀其時文，雅好慷慨，良由世積亂離，風衰俗怨，並志深而筆長，故梗概而多氣也。」（《文心雕龍・時序》篇）莊生之文，可謂云爾已矣！曾滌生曰：「莊周、司馬遷、柳宗元三人者，傷悼不遇，怨悱形於簡冊，其於聖賢自得之樂，稍違異矣；然彼自惜不世之才，非夫無實而汲汲時名者比也。」（《聖哲畫像記》）庶幾近之哉！（詳論在第四篇《莊子之憤世語》中）

【注二】

《天下》篇：「天下之治方術者多矣，皆以其有、為不可加矣。『古之所謂道術者，果惡乎在？』曰：『無乎不在。』曰：『神所由降？明所由出？』『聖有所生，王有所成，皆原於一。』不離於宗，謂之天人；不離於精，謂之神人；不離於真，謂之至人；以天為宗，以德為本，以道為門，兆於變化，謂之聖人；以仁為恩，以義為理，以禮為行，以樂為和，薰然慈仁，謂之君子；以法為分，以名為表，以參為驗，以稽為決，其數一二三四是也，百官以此相齒；以事為常，以衣食為主，蕃息畜藏，老弱孤寡為意，皆有以養，民之理也。（以上分人為七等）古之人其備乎！（義軒堯舜禹湯文武周孔諸大聖也。廖平專歸之孔子，亦可。）配神明，醇天地，育萬物，和天下，澤及百姓，明於本數，係於末度，六通四辟，小大精粗，其運無乎不在。其明而在數度者，舊法世傳之，史尚多有之；其在於《詩》《書》《禮》《樂》者，鄒魯之士，搢紳先生，多能明之。《詩》以道志，《書》以道事，《禮》以道行，《樂》以道和，《易》以道陰陽，《春秋》以道名分。其數散於天下而設於中國者，百家之學，時或稱而道之。（此支與流裔之所本）天下大亂，賢聖不明，道德不一，天下多得一察焉以自好；譬如耳目鼻口，皆有所明，不能相通，猶百家眾技也，皆有所長，時有所用；雖然，不該不徧，一曲之士也。判天地之美，析萬物之理，察古人之全；寡能備於天地之美，稱神明之容；是故內聖外王之道，闇而不明，鬱而不發，天下之人，各為其所欲焉，以自為方。悲夫！百家往而不反，必不合矣；後世之學者，不幸不見天地之純，古人之大體，道術將為天下裂。」（以下分述墨翟禽滑釐、宋鈃尹文、彭蒙田駢慎到、關尹老聃，以次至獨與天地精神往來之本人，最後深惜其良友惠施之以善辯為名，而孔子不與，非以己為真接其傳者耶？

又《天地》篇兩稱孔子為夫子，且有「夫子問於老聃曰」云云，其尊仲尼可知矣。）

【注三】

《漢書・藝文志・諸子畧》：「今異家者，各推所長，窮知究慮，以明其指；雖有蔽短，合其要歸，亦六經之支與流裔。」

蘇子瞻以為陰助，【注一】曾滌生歸諸哲人，皆是。曾氏謂六經之外有七書，七書、莊子與焉，【注二】亦知言哉。

【注一】

蘇軾《莊子祠堂記》：「余以為莊子蓋助孔子者，要不可為法耳。……故莊子之言，皆實予而文不予，陽擠而陰助之，其正言蓋無幾；至於詆訾孔子，未嘗不微見其意。其論天下道術，自墨翟禽滑釐、彭蒙慎到田駢、關尹老聃之徒，以至於其身，皆以為一家，而孔子不與，其尊之也至矣。」（此上舉《史記》謂莊子「作《漁父》《盜蹠》《胠篋》，以詆訾孔子之徒。以明老子之術。」云是「此知莊子之粗者。」）

【注二】

曾氏嘗謂「六經以外有七書，能通其一，便為成學；七者兼通，則間氣所鍾，不數數見也。七書者，《史記》、《漢書》、《莊子》、《韓文》、《文選》、《說文》、《通鑑》也。」（廣注《經

史百家雜鈔・序引》）

儒道同出文周，原無抵牾，特儒偏而道偏，仲尼稍後出而視老益純全；然同德比義，而相師友，其推尊先輩者甚至。【注一】莊生之頌老，亦仲尼之意乎？

【注一】

《史記・孔子世家》：「適周問禮，蓋見《老子》云。」又《老莊申韓列傳》：「孔子適周，將問禮於老子……孔子去，謂弟子曰：『鳥，吾知其能飛；魚，吾知其能游；獸，吾知其能走。走者可以為罔，游者可以為綸，飛者可以為矰；至於龍，吾不能知其乘風雲而上天。吾今日見老子，其猶龍邪！』」

孟子莊周，並世同時，而不相非；亦猶孔老契機，莫逆於心耶？【注一】

【注一】

《莊子・大宗師》：「子祀、子輿、子犁、子來……四人相視而笑，莫逆於心，遂相與為友。」「子桑戶、孟子反、子琴張……三人相視而笑，莫逆於心。」

《莊子》書中，有非聖者，有是聖者，何其圓鑿方枘，鉏鋙而不相入耶？蓋凡所是者胥真聖，

所非者惟偽聖。《易》曰：「聖人之大寶曰位。」彼竊國者非以此自命乎？此莊生所以謂之「聖人不死，大盜不止」也。【注一】

【注一】

語出《莊子・胠篋》篇，循讀一過，疾惡之論備矣，豈真侮聖人哉！

《老子》守雌致柔，【注一】是為在上位者安民自保立教；莊生獨全其天，是為才士之遭世不諧者立命。莊老不侔，此其最也。

【注一】

《老子》：「知其雄，守其雌，為天下谿；為天下谿，常德不離，復歸於嬰兒。知其白，守其黑，為天下式；為天下式，常德不忒，復歸於無極。知其榮，守其辱，為天下谷；為天下谷，常德乃足，復歸於樸。樸散則為器，聖人用之則為官長，故大器不割。」又：「專氣致柔，能嬰兒乎？滌除玄覽，能無疵乎？愛民治國，能無知乎？天門開闔，能為雌乎？」老氏之言，猶是世間法也。

《盜跖》篇最為儒者集矢口實。不知盜跖之於孔子，相懸逾百年，實生不同時，無相逢理。莊生發為斯論，蓋喻元惡之非上聖，亦有辭焉然耳！

全書今存三十三篇，（《漢書》著錄五十二篇。）只《説劍》陳義嫌淺，餘篇並多精論，不可但守內篇也。

儒者固非《盜跖》、《漁父》、《胠篋》，亦非《讓王》。《讓王》是莊生之旨歸，所謂「肥遯无不利」者也。迂者何足以知之？

聖人不出，大道解裂，天下既無真是真非，則不若無非無是，此莊生小天地齊萬物之所為說也。

文中子曰：「《詩》《書》盛而秦世滅，非仲尼之罪也；虛玄長而晉室亂，非老莊之罪也；齋戒修而梁國亡，非釋迦之罪也。易不云乎。『苟非其人，道不虛行。』」（《中説・周公》篇。）典午之亂，肇自王何，【注一】成於夷甫，【注二】非老莊之罪，亦非竹林之罪也。【注三】河汾此論，可謂達理矣。

【注一】

范寧《罪王何論》：「王何（王弼、何晏）蔑棄典文，不遵禮度，游詞浮說，波蕩後生；飾華言以翳實，騁繁文以惑世。搢紳之徒，翻然改轍；洙泗之風，緬然將墜。遂令仁義幽淪，儒雅蒙塵，禮壞樂崩，中原傾覆。」

【注二】

《晉書・王衍傳》：「王衍，字夷甫，神情明秀，風姿詳雅。總角嘗造山濤，濤嗟歎良久。

既去，目逆而送之曰：『何物老嫗，生寧馨兒。(寧馨，晉宋方言如此也。) 然誤天下蒼生者，未必非此人也。』常自比子貢，兼聲名藉甚，傾動當世。妙善玄言，唯談老莊為事，每捉玉柄麈尾，與手同色，義理有所不安，隨即改更。世號口中雌黃。歷官河南尹，中書令，遷尚書僕射，領吏部，後拜尚書令，司空，司徒。雖居宰賦之重，不以經國為念，而思自全之計。及石勒、王彌寇洛，以衍都督征討諸軍事，持節假黃鉞以距之。舉軍為勒所破，排牆殺之。衍將死，顧而言曰：『嗚呼！吾曹雖不如古人，向若不祖尚浮虛，勠力以匡天下，猶可不至今日。』」又《桓温傳》：「眺矚中原，慨然曰：『遂使神州陸沈，百年丘墟，王夷甫諸人不得不任其責。』」

【注三】

戴逵《放達非道論》：「若元康 (晉惠帝年號) 之人，可謂好遯跡而不求其本，故有捐本狥末之弊，舍實逐聲之行；是猶美西施而學其顰眉，慕有道 (郭泰) 而折其巾角。所以為慕者，非其所以為美，徒貴貌似而已矣！

夫紫之亂朱，以其似朱也，故鄉愿似中和，所以亂德；放達似惠連，所以亂道。(皆見《論語》) 然竹林之為放，有疾而為顰者也；元康之為放，無德而折巾者也。可無察乎？」

處今之世，功利侈張，人性淹沒；則莊子外形骸，忘物我，獨與天地精神往來之致，差可以矯枉世而直之。【注一】郭子玄曰：「雖復貪婪之人，進躁之士，暫而攬其餘芳，味其溢流，彷彿其音影，猶足曠然有忘形自得之懷；況探其遠情，而玩永年者乎？」(《莊子序》)故莊書者，亦藥世之清涼劑也。

【注一】

董仲舒《春秋繁露·玉杯》：「是故重累，責之以矯枉世而直之；矯者不過其正弗能直，知此而義畢矣。」

脫遇亂世，不逢真儒，唯讀《易》《庸》，不可涉《莊》。如其不爾，易生狂疾。文辭精深閎肆，畧與《孟子》相頡頏，並世兩雄，餘子莫能鼎足也。宜精讀原書，悠揚涵泳，使自得之。不可但觀近人咫說，自滯邊端也。

(二) 莊子之生平及其著述

莊子之生平，因書闕有間，文獻不足徵，其詳不可得而說矣。茲就《太史公書》所具載者，列而表出之，間附攷證箋疏，庶幾猶得其畧焉。《史記·老莊申韓列傳》云：

莊子者，蒙人也，名周。

【《漢書・地理志下》梁國有縣八，其四曰蒙。班固原注云：「莽曰蒙恩」。按蒙，本殷之北亳地，春秋屬宋，宋亡入楚，漢置蒙縣，晉時為石勒所陷，縣遂廢，故城在今河南省商丘縣東北。

唐司馬貞《史記索隱》引劉向《別錄》云：「莊子、宋之蒙人也。」《淮南子・脩務訓》：「是故鍾子期死而伯牙絕絃破琴，知世莫賞也；（亦見《列子・湯問》篇及《呂氏春秋・孝行覽・本味》篇）惠施死而莊子寢說言，見世莫可為語者也。」（見《莊子・徐无鬼》篇）高誘注：「惠施，宋人，仕於梁，為惠王相。莊子名周，宋蒙縣人，作書廿（應作卅）三篇，為道家之言。」張衡《髑髏賦》：「答曰：吾宋人也，姓莊名周。」《漢書・藝文志・諸子畧》道家「《莊子》五十二篇」下，班固自注云：「名周，宋人」。近人馬敘倫《莊子宋人考》云：「惟宋亡後，魏楚與齊爭宋地，或蒙入於楚，楚置為蒙縣，漢則屬於梁國歟？莊子之卒，蓋在宋之將亡，則當為宋人也。」太史公於莊生所出，係邑不係國，後人以蒙於戰國時為楚地，故或誤以莊生為楚人；不知莊生存時，宋猶未亡，實宋人非楚人也。至唐陸德明《經典釋文》以莊子為梁國蒙縣人者，只是釋地，以蒙縣屬漢之梁國耳，非謂莊生乃戰國時魏人也。【魏惠王三十一年徙都大梁，（今河南開封）故亦稱魏為梁。】

周嘗為蒙漆園吏，與梁惠王、齊宣王同時。

唐張守節《史記正義》云：「《括地志》（唐蕭德言、顧胤等撰，今佚。）云：『漆園故城，在曹州寃句縣北十七里。』此云莊周為漆園吏，即此。按其城古屬蒙縣。」《漢書·地理志上》寃句縣屬濟陰郡，北齊至唐屬曹州，在今山東西南部菏澤縣西南，與河南省接界。漆園蓋古屬蒙縣也。又宋樂史《太平寰宇記》卷十三云：「漆園城，在寃句縣北五十里，莊周為吏之所，舊置監。今漆園城，城北有莊周釣臺。」據《史記·六國表》魏惠王二十九年為齊宣王之元年，魏惠王終於三十六年，即齊宣王八年，《史記》泛稱莊生與梁惠王、齊宣王同時，殆指其盛年言之。又據《史記·六國表》及《魏世家》孟子見梁惠王是在三十五年，（即齊宣王七年，游齊在適梁前。）惠王稱孟子曰叟，似孟子尤長於惠王；而惠王年已六十五，（據《六國表》，惠王生於魏文侯二十五年，年三十一即位。）當長於莊子；則莊子者，亦與孟子同時，然其盛年則約當於孟子之晚歲也。）

其學無所不闚，然其要本，歸於老子之言。

《說文》：「闚，閃也。」「閃，闚頭門中也。」「窺，小視也。」闚窺，音義畧同。

莊周本是倜儻之儒，儒道俱出文周，同源異流耳。莊生頌老，亦猶仲尼師尊老氏之意也。（說見弁言）其學之要本在《易》，老氏亦然，史遷語其流而未詳其本，後人皆爾，豈真知哉！

故其著書，十餘萬言，大抵率寓言也。

《漢書·藝文志·諸子畧》道家著錄「《莊子》五十二篇」。今存內篇七，外篇十五，雜篇十一，共三十三篇，六萬一千四百四十三字。陸德明《經典釋文》云：「《漢志》《莊子》五十二篇，即司馬彪孟氏所注是也。（孟氏不詳。司馬彪、《晉書》有傳，字紹統，西晉初人，宗室高陽王睦之長子。有《續漢書》，《九州春秋》，《莊子注》，皆佚。《莊子注》蓋亡於南宋也。）言多詭誕，或似《山海經》，或類占夢書，故注者以意去取。其內篇眾家並同，自餘或有外而無雜；惟郭子玄所注，特會莊生之旨，故為世所貴。」《莊子》原有五十二篇，今存三十三篇，已佚十九篇，故《史記》本傳有《畏累虛》、《亢桑子》，（見下）《北齊書·杜弼傳》謂曾注《莊子·惠施》篇，（或指《天下》篇末幅）《經典釋文》引郭象言有《閼奕》，《意修之首》、《危言》、《游鳧》、《子胥》，今皆無其篇；而《後漢書注》、《文選注》、《藝文類聚》、《太平御覽》等書所引《莊子》語，亦時不見於今本《莊子》中矣。

司馬貞《史記索隱》：「大抵、猶言大畧。其書十餘萬言，率皆立主客，使之相對語，故云偶言；又音寓，寓、寄也，故《別錄》云：『又作人姓名，使相與語，是寄辭於人，故《莊子》有《寓言》篇。』」

《莊子．天下》篇云：「以天下為沈濁，不可以莊語，以卮言為曼衍，以重言為真；以寓言為廣。」《寓言》篇云：「寓言十九，（郭象注云：「寄之他人，則十言而七見信。」）重言十七，（郭注：「世之所重，則十言而九見信。」）卮言日出，和以天倪。（成玄英疏：「卮，酒器也；日出，猶日新也；天倪、自然之分也；和、合也。」）寓言十九，藉外論之。（成疏：「藉，假也，所以寄之也。人十言九信者，為假託外人論說之也。」）

作《漁父》、《盜跖》、《胠篋》，以詆訾孔子之徒，以明老子之術。

《盜跖》、《胠篋》解見上。《漁父》篇載孔子與漁父為主客，相往復，外王內聖，同歸殊塗，所謂「知東西相反而不可以相無」也。其刻畫孔子對漁父盡敬，正見莊生之心，其篇中不云乎？「彼非至人，不能下人。」又曰：「道之所在，聖人尊之。今漁父之於道，可謂有矣，吾敢不敬乎？」其推尊夫子，廓然道大無不容，可謂至矣。善乎郭子玄之言云：「夫孔子之所放任，豈直漁父而已哉！將周流六虛，旁通無外，蠉動之類，咸得盡其所懷；而窮理致命，固所以為至人之道也。」蘇子瞻《莊子祠堂記》云：「《史記》：『……作《漁父》、《盜跖》、《胠篋》，以詆訾孔子之徒，以明老子之術，』此知莊子之粗者。」信哉！太史公之於道，於是乎為皮相目論矣。

《畏累虛》、《亢桑子》之屬，皆空語，無事實。

司馬貞《史記索隱》：「按《莊子·畏累虛》，篇名也，即老聃弟子畏累。……亢音庚。亢桑子、王劭（晉人，王導子。）本作庚桑。司馬彪云：『庚桑，楚人姓名。』」張守節《史記正義》云：「《莊子·雜篇·庚桑楚》以下，皆空設言語，無有實事也。」按雜篇共十一篇，除末篇《天下》是莊生自序不計外，首《庚桑楚》，以次是《徐无鬼》、《則陽》、《外物》、《寓言》、《讓王》、《盜跖》、《說劍》、《漁父》、《列禦寇》，凡十篇。

然善屬書離辭，指事類情，用剽剝儒墨；雖當世宿學，不能自解免也。

《說文》：「屬，連也。從尾，蜀聲。之欲切」屬書，猶屬文，謂連綴文字以成篇章也。離，摛之叚借，說文「摛，舒也。丑知切。」摛辭，謂舒布辭藻也。

指事類情：謂假設物事以類其情實也。《易·下繫》：「其稱名也，雜而不越，於稽其類。」《易》爻多指物以喻人事，莊生則多設為主客之論以喻其志也。

剽剝儒墨：《說文》：「剽、砭刺也。」「剝，裂也。」謂剽擊解裂儒墨末學之相非也。

其言洸洋自恣以適己，故自王公大人，不能器之。

《莊子·天下》篇自敘云：「芴漠无形，變化无常，死與生與？天地並與？神明往與？芒乎何之？忽乎何適？萬物畢羅，莫足以歸。古之道術有在於是者，莊周聞其風而説之。以謬悠之説，荒唐之言，無端崖之辭，時恣縱而不儻，不以觭見之也。……獨與天地精神往來，而不敖倪於萬物。不譴是非，以與世俗處。其書雖瓌瑋，而連犿无傷也；其辭雖參差而諔詭可觀。彼其充實，不可以已。上與造物者遊，而下與外死生無終始者為友。……」

楚威王聞莊子賢，使使厚幣迎之，許以為相。莊周笑謂楚使者曰：「千金，重利；卿相，尊位也。子獨不見郊祭之犧牛乎？養食之數歲，衣以文繡，以入太廟。當是之時，雖欲為孤豚，豈可得乎？子亟去，無污我！我寧游戲污瀆之中自快，無為有國者所羈，終身不仕，以快吾志焉。」

《莊子·列禦寇》：「或聘於莊子，莊子應其使曰：『子見夫犧牛乎？衣以文繡，食以芻叔。及其牽而入於太廟雖欲為孤犢，其可得乎？』」

《莊子·秋水》：「莊子釣於濮水，楚王使大夫二人往先焉，(《經典釋文》引司馬云：「楚王，威王也。」)曰：『願以竟內累矣。』莊子持竿不顧，曰：『吾聞楚有神龜，死已三千歲矣，王巾笥而藏之廟堂之上。此龜者，寧其死為留骨而貴乎？寧其生而曳尾於塗中乎？二大夫曰：『寧曳尾塗中。』莊子曰：『往矣！吾將曳尾於塗中。』」《韓非子・喻老》：「楚莊王欲伐越，（顧廣圻以莊王為威王，是。）莊子諫曰：（《文選・廣絕交論》李善注引作莊周子）王之伐越何也？曰：『政亂兵弱』莊子曰：『臣患智之如目也：能見百步之外，而不能自見其睫。……』」據《史記・六國表》，齊宣王之四年為楚威王元年，威王立十一年卒，則莊子雖不仕楚，亦嘗為威王上客也。

（三）莊子之正論

蘇子瞻謂：「莊子蓋助孔子者，……皆實予而文不予，陽擠而陰助之，其正言蓋無幾。」（《莊子祠堂記》，見上）《莊子・天下》篇自敘亦云：「以天下為沈濁，不可與莊語。」然則周之書，果無「莊語」「正言」，而皆「謬悠」「恣縱」，「不近人情」，「狂而不可信」，「猶河漢而无極」乎？茲先揭其正論，於孔子陽不擠而文亦予者於下；庶幾使為莊學者，知生殆倜儻之儒，琴張曾皙者流，亦儒家之教外別傳也。

《齊物論》云：「六合之外，聖人存而不論；【注一】六合之內，聖人論而不議；【注二】）；《春秋》經世，先王之志，聖人議而不辯。【注三】

【注一】

六合，天地四方也。六合之外，謂眾生性分之表，人情物理之外者，如天地日月星辰神鬼之類是也。夫形物之外，杳冥難徵；故聖人於此，知見而存之，而不論其所以然。

【注二】

六合之內，謂眾生性分，形物所具在者。聖人隨分而論其所已然，而不擬議其所自始也。

【注三】

志，記也。謂《春秋》乃紀述先王經緯民彝物理之書，（此《春秋》是指五帝三王之史）聖人據舊史而議其往事，是者議其是，非者議其非；而不辯是為非，辯非為是也。《易・上繫》曰：「聖人有以見天下之賾，（《說文》無賾字，賾者蹟之叚借，蹟者迹之或體。謂物之紛陳，微顯鉅細之迹也。）而擬諸其形容；象其物宜，是故謂之象。聖人有以見天下之動，而觀其會通，以行其典禮。是故謂之爻。（《易・下繫》：「爻也者，效此者也；象也者，像此者也。」）言天下之至賾，而不可惡也；（惡，荀爽作亞，是。謂後人不可以意次第之而亂其序也。）言天下之至動，而不可亂也。擬之而後言，議之而後動，擬議以成其變化。」《易》與《春秋》是聖人微言，可互參。

《人間世》云：「仲尼曰：（此答楚大夫葉公子高語。葉公，楚葉縣尹，姓沈，名諸梁，字子高。）天下有大戒（法也）二：其一命也，其一義也。子之愛親，命也，不可解於心；【注一】臣之事君，義也，無適（往也）而非君也，無所逃於天地之間。是之謂大戒。是以夫事其親者，不擇地而安之，孝之至也；夫事其君者，不擇事而安之，忠之盛也。自事其心者，哀樂不易施乎前，【注二】知其不可奈何，而安之若命，德之至也。為人臣子者，固有所不得已；行事之情，而忘其身，何暇至於悅生而惡死？」

【注一】

解乃懈之叚借，《說文》：「懈，怠也。（解，判也。）」《詩・大雅・烝民》「夙夜匪解，以事一人。」孔疏：「早起夜臥，非有懈倦之時。」《孝經・卿大夫》章引作「懈」，唐玄宗注：「懈，惰也。」又《禮・雜記下》：「孔子曰：少連大連善居喪，三日不怠，三月不解，期悲哀，三年憂，東夷之子也。」鄭玄注：「解，倦也。」

【注二】

易施：易，讀為變易之易；施，讀為轉移之移。易施，猶云移易也。謂忠臣孝子之事君親，盡其心而已矣，死生不足為哀樂也。

《德充符》：「仲尼曰：人莫鑑於流水，而鑑於止水，唯止，（謂止水。）能止眾止。（眾止，謂人之來止以鑒照者。）受命於地，唯松柏獨也，在冬夏青青；【注一】受命於天，唯舜獨也，正。【注二】幸能正生，以正眾生。」【注三】（答魯之賢者常季語，陸氏《釋文》謂或云孔子弟子。）

【注一】

《論語・子罕》：「子曰：歲寒，然後知松柏之後凋也。」《莊子・讓王》：「孔子曰：『……天寒既至，霜雪既降，吾是以知松柏之茂也。』」

【注二】

郭象注：「言特受自然之正氣者至希也。下首則唯有松柏，上首則唯有聖人；故凡不正者，皆來求正耳。若物皆有青全，則無貴於松柏；人各自正，則無羨於大聖而趣之。」

【注三】

幸，順也。幸能正生，謂舜得之自然以正其生也。《說文》：「幸、吉而免凶也。以屰夭。夭，死之事，故死謂之不幸。」「屰，不順也。從干。下山，屰之也。」（逆，迎也。）

《荀子・解蔽》：「故好書者眾矣，而倉頡獨傳者，一也；好稼者眾矣，而后稷獨傳者，一也；好樂者眾矣，而夔獨傳者，一也；好義者眾矣，而舜獨傳者，一也。」

《德充符》：「申徒嘉曰：（鄭之賢人，兀者也。與子產同師伯昏无人，）……聞之曰：鑑明則塵垢不止，止則不明也；久與賢人處，則無過。」【注一】

【注一】

成玄英疏：「夫鏡明則塵垢不止，止則非明照也；亦猶久與賢人居則無過，若有過，則非賢哲。」《論語‧學而》：「……就有道而正焉，可謂好學也矣。」《荀子‧勸學》：「故君子居必擇鄉，遊必就士，所以防邪僻而近中正也。」

《德充符》：「魯哀公問於仲尼曰：『衛有惡人焉，(形貌醜陋也) 曰哀駘它。丈夫與之處者，思而不能去也；婦人見之，請於父母曰：『與為人妻，寧為夫子妾』者，十數而未止也。……是何人者也？』仲尼曰：『……是必才全而德不形者也。』哀公曰：『何謂才全？』仲尼曰：『死生、存亡、窮達、貧富、賢與不肖、毀譽、飢渴、寒暑，是事之變，命之行也；(成疏：「並是事物之變化，天命之流行。」) 日夜相代乎前，而知不能規乎其始者也。(規，窺之叚借，《說文》：窺，小視也。」故不足以滑和，不可入於靈府，**【注一】**使之和豫通而不失於兑，**【注二】**使日夜无郤，**【注三】**而與物為春，是接而生時於心者也，**【注四】**是之謂才全。』『何謂德不形？』曰：『平者，水停之盛也，(郭注：天下之平，莫盛於停水也。) 其可以為法也，內保之而外不蕩也。**【注五】**德者，成和之脩也；**【注六】**德不形者，物不能離也。』**【注七】**哀公異日以告閔子曰：『始也吾以南面而君天下，**【注八】**執民之紀，而憂其死，吾自以為至通矣；今吾聞至人之言，恐吾無其實，輕用吾身，而亡其國。吾與孔丘，非君臣也，德友而已矣。**【注九】**』」

【注一】

陸氏《釋文》：「滑，音骨。」則滑者，淈之叚借，《說文》：「淈，濁也。一曰：滑泥。（滑，多汁也。讀若哥。）一曰：水出貌。古忽切。」《屈原・漁父》：「世皆濁，何不淈其泥而揚其波。」猶用本字也。郭注：「苟知性命之固當，則雖死生窮達，千變萬化，淡然自若，而和理在身矣。」成疏：「滑，亂也。雖復事變命遷，而隨形任化，淡然自若，不亂於中，和之道也，」

靈府句：郭注：「靈府者，精神之宅也。夫至足者，不以憂患經神，若皮外而過去。」成疏：「靈府者，精神之宅，所謂心也。經寒涉暑，治亂千變萬化；與物俱往，未嘗槩意，豈復關心耶？」按，靈府，莊書亦稱靈臺，《庚桑楚》：「備物以將形，藏不虞以生心，敬中以達彼，若是，而萬惡至者，皆天也，而非人也；不足以滑成，不可內於靈臺。」意與此同。郭注成疏皆云靈臺者心也。《釋文》曰：「靈臺，郭云：『心也。』案，謂心有靈智，能住持也。許慎云：『人心以上，氣所往來也。』」

【注二】

成疏：「兑，徧悦也。體窮通，達死生；遂使所遇和樂，中心逸豫；兑然自得，不失其適悦也。」按兑，古之懽説字，《禮・緇衣》引《書・説命》正作兑命。又《易・兑卦》：「《彖》曰：兑，説也。」又《説卦傳》：「説言乎兑」。「兑，説也。」《序卦傳》：「兑者，説也。」

《管子・七臣七主》：「愚臣深罪厚罰以為行，重賦斂，多兑道以為上。」尹知章注：「兑，悅也。《荀子・修身》：「饒樂之事則佞兑而不曲。」又《不苟》：「見由則兑而倨」楊倞注皆云：「兑，說也。」《說文》：「兑，說也。從儿㕣聲。」

【注三】

成疏：「郤，閒也。駘它流轉，日夜不停；心心相係，亦無閒斷也。」《釋文》：「郤，去逆反。李云：（晉李頤也）閒也」。按，《說文》：「郤，晉大夫叔虎邑也。綺　切。」「卻，節欲也。去約切。」「𢓜），徼（𢓜），受屈也。其虐切。」三字不同，郤訓為閒，則是隙之叚借，《說文》：「隙，壁際孔也。綺　切。」

【注四】

郭注：「順四時而俱化。」成疏：「是者，指斥（明也）以前事也。才全之人，接濟羣品，生長萬物，應赴順時，無心之心，逗機而照者也。」《釋文》：「司馬云：『接至道而和氣在心也。』李云：『接萬物而施生，順四時而俱作。』」

【注五】

郭注：「內保其明，外無情偽，玄鑒洞照，與物無私，故能全其平而行其法也。」成疏：「而不波蕩者，可以軌徹工人，洞鑒妍醜也。」

【注六】

郭注：「事得以成，物得以和，謂之德也。」成疏：「夫成於庶事，和於萬物，非盛德孰能之哉？必也先須修身立行，後始可成事和物；物得以和而我不喪者，方可以謂之德也。」按：成，亦平也。上文云平，此云成，變文耳。《詩·小雅·節南山》：「誰秉國成」，《大雅·緜》篇：「虞芮質厥成。」《毛傳》皆云：「成，平也。」又《春秋·桓二年》經文：「以成宋亂。」杜預注：「成、平也。」《左氏傳·隱公六年》：「鄭伯請成於陳。」杜注：「成，猶平也。」

【注七】

郭注：「無事不成，無物不和，此德之不形也，是以天下樂推而不厭。」《釋文》：「離，力智反。」

【注八】

《易·説卦傳》：「離也者，明也；萬物皆相見，南方之卦也。聖人南面而聽天下，嚮明而治，蓋取諸此也。」

【注九】

德友：成疏：「友仲尼以全道德，禮司寇以異君臣。」按，孔子為魯司寇時，是定公，非哀公也。

《天地》篇：「夫子曰：【注一】夫道覆載萬物者也，洋洋乎大哉！君子不可以不刳心焉。【注二】

【注一】

此夫子是稱舉孔子也。成疏云：「夫子者，老子也。莊子師老君，故曰夫子也。」非是。本篇下文復有「夫子問於老聃曰」云云，陸氏《釋文》謂「夫子、仲尼也。」是矣。莊子師仲尼，為倜儻之儒，是又一證也。

【注二】

刳心：成疏：「刳，去也，洒也。……可不法道之無為，洗去其心之累者邪？《易‧上繫》曰：「聖人以此洗心，退藏於密。」與此意同。《說文》：「刳，判也。」刳心，謂剖判其心滌除疵累也。又唐馮贄雲《仙散錄》載《陶淵明別傳》云：「淵明嘗聞田水聲，倚杖久聽，歎曰：『秫稻已秀，翠色染人，欲剖胸襟，一洗荊棘。此水過吾師丈人矣。』」正此處刳心之意也。

《天地》篇：「大聖之治天下也，搖蕩民心，【注一】使之成教易俗，舉滅其賊心，【注二】而皆進其獨志，若性之自為，而民不知其所由然。【注三】」

【注一】

搖蕩，猶搖動，謂感動之也。《易・咸卦・彖辭》：「天地感而萬物化生，聖人感人心而天下和平。觀其所感，而天地萬物之情可見矣。」

【注二】

舉，皆也。賊，害也。《書・冏命》：「繩愆糾謬，格其非心，俾克紹先烈。」《荀子・大畧》：「孟子三見宣王不言事，門人曰：『曷為三過齊王而不言事？』孟子曰：『我先攻其邪心。』皆此意。

【注三】

《孟子・盡心上》：「王者之民，皡皡如也；殺之而不怨，利之而不庸，民日遷善而不知為之者！夫君子所過者化，所存者神，上下與天地同流，豈曰小補之哉！」即此意。

《天地》篇：「孝子不諛其親，忠臣不諂其君，臣子之盛也。親之所言而然，所行而善，則世俗謂之不肖子；君之所言而然，所行而善，則世俗謂之不肖臣，而未知此其必然邪？世俗之所謂然而然之，所謂善而善之，則不謂之道諛之人也，【注一】然則俗故嚴於親而尊於君邪？謂己道人，則勃然作色；謂己諛人，則佛然作色。而終身道人也，終身諛人也。合譬飾辭聚眾也，是終始本末不相坐。【注二】垂衣裳，設采色，動容貌，以媚一世，而不自謂道諛；與夫人之為徒，通是非，而不自謂眾人，愚之至也。知其愚者，非大愚也；知其惑者，非大惑也。大惑者終身不解,大愚者終身不靈。三人行而一人惑,所適者猶可致也,惑者少也;二人惑,則勞而不至,惑者勝也。而今也以天下惑,予雖有祈嚮,不可得也,不亦悲乎?」

【注三】

【注一】

此莊生「惡乎隨俗浮沈,與時俛仰者也。」觀此,則淈泥揚波,餔糟歠醨,非其素懷矣。成玄英疏云:「嚴,敬也。(按:亦尊也。)此明達從不定也。世俗然善,則諫爭是也。夫違俗從親,謂之道諛;而違親從俗,豈非諂佞邪?且有逆有順,故見是見非;而達順既空,未知正在何處?又違親從俗,豈謂尊嚴君父?」郭慶藩曰:「道人,即諂人也。《漁父》篇曰:『希意道言,謂之諂。』道與諂同義。《荀子·不苟》篇:『非諂諛也;』《賈子·先醒》篇:『君好諂諛,而惡至言;』《韓詩外傳》並作『道諛』,諂與道,聲之轉。」

【注二】

坐,入於罪也。郭注:「夫合譬飾辭,應受道諛之罪,而世復以此得人,以此罪眾;亦為從俗者,恒不見罪坐也。」成疏:「夫合於譬喻,飾於浮詞,人皆競趨,故以聚眾,能保其終始,合其本末,眾既從之,故不相罪坐也。」

【注三】

莊生大惑大愚之歎,千秋名論也。成疏:「解、悟也。靈、知也。適,往也。致,至也。

祈、求也。」予雖有祈嚮：謂己雖有所祈求嚮往也。語氣自順，而俞樾以「祈」為「所」字之誤，非是。

《天道》篇：「天道運而无所積，故萬物成；【注一】帝道運而无所積，故天下歸；聖道運而无所積，故海內服。明於天，通於聖，六通四辟於帝王之德者，其自為也，昧然无不靜者矣。【注二】聖人之靜也，非曰靜也，善，故靜也；萬物无足以鐃心者，故靜也。【注三】水靜則明燭鬚眉，平中準，大匠取法焉；水靜猶明，而況精神、聖人之心靜乎？天地之鑑也，萬物之鏡也。夫虛靜恬淡，寂寞無為者，天地之平，而道德之至，故帝王聖人休焉。休則虛，虛則實，實者倫矣。【注四】虛則靜，靜則動，動則得矣。【注五】靜則无為，无為也，則任事者責矣。【注六】无為則俞俞，俞俞者，憂患不能處，年壽長矣。【注七】夫虛靜恬淡，寂寞无為者，萬物之本也：明此以南鄉，堯之為君也；【注八】明此以北面，舜之為臣也；以此處上，帝王天子之德也；以此處下，玄聖素王之道也；【注九】以此退居而閑游，江海山林之士服；以此進為而撫世，則功大名顯，而天下一也。靜而聖，動而王，无為也而尊，樸素而天下莫能與之爭美。【注十】夫明白於天地之德者，此之謂大本大宗，與天和者也；【注十一】所以均調天下，與人和者也。與人和者，謂之人樂；與天和者，謂之天樂。」

【注一】

運，動也，轉也。積，滯也。此猶《易・乾象》所謂「天行，健；君子以自強不息」也。

【注二】

成疏：「任物自動，故曰自為。晦迹韜光，其猶昧闇。動不傷寂，故無不靜也。」昧然，即《中庸》「君子之道，闇然而日章」之意。

【注三】

此即《大學》「止於至善」及「知止而後有定，定而後能靜」之意。「善」字最為凝重，徒靜而非止於善，則是枯禪之墜頑空矣。《說文》：「鐃，小鉦也。」此通作撓，「擾也。」

【注四】

郭注：「倫，理也。」成疏：「既休慮息心，乃與虛空合德；與虛空合德，則會於真實之道；真實之道，則自然之理也。」

【注五】

此即《大學》「靜而後能安，安而後能慮，慮而後能得」之意。

【注六】

郭注：「夫無為也，則羣才萬品，各任其事而自當其責矣。故曰『巍巍乎舜禹之有天下，而不與焉，』此之謂也。」

【注七】

《書・堯典》：「帝曰：俞！」孔傳：「俞，然也。」俞俞，郭注：「從容自得之貌。」陸氏《釋文》引《廣雅》云：「喜也。」（今《廣雅・釋訓》：「喻喻，喜也。」又：「愉愉，和也。」）

【注八】

《易・說卦》：「離也者明也，萬物皆相見，南方之卦也。聖人南面而聽天下，嚮明而治，蓋取諸此也。」

【注九】

郭注：「有其道，為天下所歸，而無其爵者，所謂素王自貴也。」素王，始見於此。

【注十】

靜而聖，動而王，即《天下》篇之「內聖外王」也。《易・坤文言》：「君子黃中通理，正位居體，美在其中；而暢於四支，發於事業。美之至也。」亦即莫與爭美之意。

【注十一】

成疏：「夫靈府明靜，神照絜白，而德合於二儀者，固可以宗匠蒼生，根本萬有，冥合自然之道，與天和也。」

《天道》篇：「君先而臣從，父先而子從，兄先而弟從，長先而少從，男先而女從，夫先而婦從。夫尊卑先後，天地之行也，故聖人取象焉。天尊地卑，神明之位也；【注一】春夏先，秋冬後，四時之序也；萬物化作，萌區有狀，【注二】盛衰之殺，變化之流也。夫天地至神，而有尊卑先後之序，而況人道乎？宗廟尚親，朝廷尚尊，鄉黨尚齒，行事尚賢，大道之序也。【注三】語道而非其序者，非其道也；語道而非其道者，安取道？」

【注一】

《易・上繫》：「天尊地卑，乾坤定矣；卑高以陳，貴賤位矣。」《禮・樂記》：「天尊地卑，君臣定矣；卑高以陳，貴賤位矣。」莊生之學，源出於《易》，此又一證也。

【注二】

區，音鉤。《禮・樂記》：「天地訢合，陰陽相得，煦嫗覆育萬物；然後草木茂，區萌達。」鄭注：「屈生曰區。」陸氏《釋文》：「區，依注音句，古侯反。」孔疏：「云屈生曰區者，謂鉤曲而生出，菽豆是也。」

【注三】

《孟子・公孫丑下》：「天下有達尊三：爵一，齒一，德一。朝廷莫如爵，鄉黨莫如齒，輔世長民莫如德」。與此畧同。

《天道》篇：「昔者舜問於堯曰：『天王【注一】之用心何如？』堯曰：『吾不敖无告，不廢窮民，苦死者，而哀婦人，此吾所以用心已。』【注二】舜曰：『美則美矣，而未大也。』堯曰：『然則何如？』舜曰：『天德而出寧，日月照而四時行，若晝夜之有經，雲行而雨施矣。』【注三】堯曰：『膠膠擾擾乎？【注四】子，天之合也；我，人之合也。』【注五】夫天地者，古之所大也，而黃帝堯舜之所共美也。故古之王天下者，奚為哉？天地而已矣。」【注六】

【注一】

成疏：「天王，猶天子也。」《春秋》經傳屢稱天王，皆指周天子也。

【注二】

不敖无告：郭注：「无告者，所謂頑民也。」成疏：「敖，侮慢也。无告，謂頑愚之甚，無堪告示也。」苦死者：成疏：「民有死者，輒悲苦而慰之。」哀婦人：成疏：「哀、憐也。婦有孤寡，並皆矜愍，善嘉養恤也。」

【注三】

郭注：「與天合德，則雖出而靜。」又：「此皆不為而自然也。」《易・乾文言》：「夫大人者，與天地合其德，與日月合其明，與四時合其序，與鬼神合其吉凶。」又《乾卦・彖辭》：「雲行雨施，品物流形。」

【注四】

郭注：「自嫌有事。」成疏：「膠膠擾擾，皆擾亂之貌也。領悟此言，自悟多事，更相發起，聊此撝謙。」《中庸》：「博厚配地，高明配天，悠久無疆。如此者，不見而章，不動而變，無為而成。天地之道，可一言而盡也，其為物不貳，則其生物不測。」

【注五】

成疏：「堯自謙光，推讓於舜，故言子之盛德，遠合上天；我之用心，近符人事。夫堯舜二君，德無優劣，故寄此兩聖，以顯方治耳。」

【注六】

《易・乾卦・彖辭》：「大哉乾元！萬物資始，乃統天。」《坤卦・彖辭》：「至哉坤元！萬物資生，乃順承天。」《益卦・彖辭》：「天施地生，其益無方。」成疏：「唯天為大，唯堯則之。故知軒頊唐虞，皆以德合天地為其美也。」

《秋水》篇：「夫水行不避蛟龍者，漁父之勇也；陸行不避兕虎者，獵夫之勇也；白刃交於前，視死若生者，烈士之勇也；知窮之有命，知通之有時，臨大難而不懼者，聖人之勇也。」

【注一】(孔子《答子路》語)

【注一】

郭象曰：「情各有所安，聖人則無所不安。」成玄英曰：「聖人知時命，達窮通，故勇敢於危險之中，而未始不安也。」

《山木》篇：「林回【注一】棄千金之璧，負赤子而趨。或曰：『為其布與？赤子之布寡矣；為其累與？赤子累多矣！棄千金之璧，負赤子而趨，何也？』林回曰：『彼以利合，此乃天屬也。夫以利合者，迫窮禍患，害，相棄也；以天屬者，迫窮禍患，害，相收也。夫相收之與相棄，亦遠矣。且君子之交淡若水，小人之交甘若醴；君子淡以親，小人甘以絕。彼无故以合者，則无故以離。』」

【注一】

林回，假國之賢人，假遭晉滅，百姓逃亡，林回棄擲寶璧，負子而走。君子之交數語，亦千秋名論也。

《田子方》篇：「百里奚爵祿不入於心，故飯牛而牛肥，使秦穆公忘其賤與之政也；【注一】有虞氏死生不入於心，故足以動人。」【注二】

【注一】

《孟子・萬章上》：「萬章問曰：『或曰：百里奚自鬻於秦養牲者，五羊之皮。食牛，以要秦穆公，信乎？』孟子曰：『否，不然！好事者為之也。』」朱子引范氏曰：「古之聖賢，未遇之時，鄙賤之事，不恥為之。如百里奚為人養牛，無足怪也。惟是人君不致敬盡禮，則不可得而見，豈有先自汙辱以要其君哉？莊周曰：『百里奚爵祿不入於心，故飯牛而牛肥，使穆公忘其賤而與之政。』亦可謂知百里奚矣。」

【注二】

成疏：「有虞，舜也。遭後母之難，頻被躓頓，而不以死生經心。至孝有聞，感動天地，於是堯妻以二女，委以萬乘，故足以動人也。」

《田子方》篇：「楚王與凡君坐，少焉，楚王左右曰凡亡者三。【注一】凡君曰：『凡之亡也，不足以喪吾存。』【注二】夫凡之亡，不足以喪吾存；則楚之存，不足以存存。由是觀之，則凡未始亡，而楚未始存也。」【注三】

【注一】

成疏：「楚文王共凡僖侯同坐，論合從會盟之事。凡是國名，周公之後，國在汲郡界，今有凡城是也。楚大凡小，楚有吞夷之意，故使從者以言感也。」按：《詩・大雅・板》篇《毛詩序》：「板，凡伯刺厲王也。」鄭玄箋：「凡伯，周同姓，周公之胤也，入為王卿士。」孔穎達疏：「僖二十四年《左傳》曰：『凡、蔣、邢、茅、胙、祭、周公之胤也。』……《春秋・隱七年》：『天王使凡伯來聘。』世在王朝，蓋畿內之國。」

【注二】

成疏：「自得造化，恬然不懼，可謂周公之後世不乏賢也。」

【注三】

凡雖有賢君，而國小地狹，不足回旋，故勢將為楚所吞噬；然凡君正身以率下，無忝其先人，其精神意氣，長存於天地之間，雖亡猶存也。

《庚桑楚》篇：「為不善乎顯明之中者，人得而誅之；為不善乎幽閒之中者，鬼得而誅之。【注一】明乎人，明乎鬼者，然後能獨行。」【注二】

【注一】

成疏：「夫人鬼幽顯，乃曰殊塗；至於推誠履信，道理無隔。若彼乖分失真，必招報應，雠怨相感，所以遭誅，則杜伯彭生之類是也。」（杜伯事，見《墨子·明鬼下》。彭生事，見《左傳·莊公九年》。）

【注二】

郭注：「幽顯無愧於心，則獨行而不懼。」

《庚桑楚》篇：「欲靜則平氣，欲平則順心；有為也，欲當則緣於不得已。不得已之類，聖人之道。」【注一】

【注一】

郭注：「平氣則靜，理足；順心則神，功至。緣於不得已，則所為皆當。故聖人以斯為道，豈求無為於恍惚之外哉？」

《徐无鬼》篇：「女商謂徐无鬼曰：【注一】子不聞夫越之流人乎？去國數日，見其所知而喜；去國旬月，見所嘗見於國中者喜；及期年也，見似人者而喜矣。不亦去人滋久，思人滋深乎？【注二】夫逃虛空者，藜藋柱乎鼪鼬之逕，【注三】踉位其空，【注四】聞人足音，跫然而喜矣，又況乎昆弟親戚之謦欬其側者乎？」【注五】

【注一】

成疏：「姓徐字无鬼，隱者也；姓女名商，魏之宰臣。」

【注二】

觀此則莊生坐忘之論，其理則爾，而情有未然矣。

【注三】

郭慶藩曰：「藜，蒿也；藋（音荻）即今所謂灰藋也。《爾雅》：「拜，蔏藋。」郭注：「蔏藋似藜」。案：藜藋皆生於不治之地，其高過人，必排之而後得進，故《史記‧仲尼弟子傳》曰：「排藜藋。」（今原憲傳「藋」作「藿」）此言柱乎鼪鼬（音生又）之逕，亦極謂其高也。

【注四】

郭嵩燾曰：「舒之言曰蹌踉，急之言曰踉。」王先謙曰：「踉蹌而處其空地。」

【注五】

陸氏《釋文》引李頤曰：「謦欬，喻言笑也。但呼聞所好猶大悅，況骨肉之情？歡之至也。」

《徐无鬼》篇：「招世之士興朝，中民**【注一】**之士榮官，筋力之士矜難，勇敢之士奮患，枯槁之士宿名。**【注二】**法律之士廣治，禮教之士敬容，仁義之士貴際。**【注三】**農夫无草萊之事則不比。**【注四】**商賈无市井之事則不比。庶人有旦暮之業則勸，百工有器械之巧則壯。錢財不積則貪者憂，權勢不尤則夸者悲，勢物之徒樂變。**【注五】**遭時有所用，不能无為也。」**【注六】**

【注一】

中民：《釋文》引李頤云：「善治民也。」

【注二】

《釋文》云：「宿，積久也。王云：『枯槁一生以為娛，其所寢宿，唯名而已。』」按：宿名，謂寢臥於高名而安之也。《管子·白心》篇：「臥名利者寫生危，」宿名猶臥名也。俞樾強以宿為縮，解作取也；既妄用叚借，義亦浮淺，不可從。

【注三】

成疏：「世有迍邅，時逢際會，則施行仁義，以著名勳。際，會也。」

【注四】

成疏：「比，和樂。」按，《易・雜卦》：「《乾》剛《坤》柔，《比》樂《師》憂。」韓康伯注：「親比之樂。」又《比卦・彖辭》：「比，輔也，下順從也。」不比，謂不親輔，不從事也。俞樾強以比為庀，解作治也。按，《說文》無庀字，本皆作比，俞氏逐末，不可從。

【注五】

成疏：「夫禍起則權勢尤，故以勢凌物之徒，樂禍變也。」

【注六】

郭注：「凡此諸士，用各有時，時用則不能自己也。苟不遭時，則雖欲自用，其可得乎？故貴賤無常也。」

《徐无鬼》篇：「管仲有病，桓公問之曰：『仲父之病病矣，可不謂云至於大病？則寡人惡乎屬國而可？』管仲曰：『公誰欲與？』公曰：『鮑叔牙。』曰：『不可！其為人，絜廉善士也，其於不己若者，不比之。又一聞人之過，終身不忘。使之治國，上且鉤乎君，下且逆乎民，其得罪於君也，將弗久矣。』【注一】公曰：『然則孰可？』對曰：『勿已，則隰朋可。其為人也，上忘而下畔，【注二】愧不若黃帝，而哀不己若者。以德分人為之聖，以財分人謂之賢；以賢臨人，未有得人者也；以賢下人，未有不得人者也。其於國，有不聞也；其於家，有不見也。勿已，則隰朋可。』」（《管子・戒》篇畧同）

【注一】

成疏：「上以忠直鈎束於君，下以清明忤逆百姓，不能和混，故君必罪之。」

【注二】

畔，崖岸也。謂其在上則忘其高，為下則岸然不自以為卑也。

《則陽》篇：「故聖人、其窮也，使家人忘其貧；其達也，使王公忘爵祿而化卑。」

《則陽》篇：「古之君人者，以得為在民，以失為在己；以正為在民，以枉為在己。故一形有失其形者，退而自責。」【注一】

【注一】

成疏：「若有一物失所，虧其形性者，則引過歸己，退而自責。」

《寓言》篇：「莊子謂惠子曰：『孔子行年六十而六十化，【注一】始時所是，卒而非之，未知今之所謂是之非五十九非也。』惠子曰：『孔子勤志服知也』。【注二】莊子曰：『孔子謝之矣，而其未之嘗言。』【注三】孔子云：『夫受才乎大本，復靈以生。【注四】鳴而當律，言而當法，利義陳乎前，而好惡是非，直服人之口而已矣；使人乃以心服，而不敢蘁立，定天下之定。」【注五】已乎已乎！吾且不得及彼乎！』」【注六】

【注一】

《則陽》篇：「蘧伯玉（名瑗，衛之賢大夫，孔子德友。）行年六十而六十化，未嘗不始於是之而卒詘之以非也，未知今之所謂是之非五十九非也。」《淮南子・原道訓》：「故蘧伯玉年五十，而有四十九年非。何者？先者難為知，而後者易為攻也。」高誘注：「今年所行是也，則還顧，知去年之所行非也。歲歲悔之，以至於死，故有四十九年非。所謂月悔朔，日悔昨也。」可合參。

【注二】

成疏：「服，用也。惠施未達，抑度孔子，謂其勵志勤行，用心學道，故至斯智，非自然任化者也。」

【注三】

郭注：「謝變化之自爾，非知力之所為；故隨時任物，而不造言也。」《論語・陽貨》：「子曰：『予欲無言。』子貢曰：『子如不言，則小子何述焉。』子曰：『天何言哉！四時行焉，百物生焉，天何言哉！』」朱子曰：「聖人一動一靜，莫非妙道精義之發，亦天而已，豈待言而顯哉！」

【注四】

成疏：「夫人稟受才智於大道妙本，復於靈命，以盡生涯；豈得勤志役心，乖於造物？此是莊子述孔丘之語，訶詆惠施也。」

【注五】

郭注：「我順眾心，則眾心信矣，誰敢逆立哉？吾因天下之自定而定之，又何為乎？」《釋文》：「蘁，逆也。」按，《說文》無「噩」、「蘁」、「愕」字，蓋本作咢，「譁訟也。」又作遻，「相遇驚也。」

【注六】

成疏：「已，止也；彼，孔子也。重勗惠子，止而勿言；吾徒庸淺，不能逮及。此是莊子歎美宣尼之言。」觀此，則莊生推尊仲尼者至矣！

此與《田子方》篇之「夫子奔逸絕塵，而回瞠若乎後矣」同意。（《田子方》：「顏淵問於仲尼曰：『夫子步亦步，夫子趨亦趨，夫子馳亦馳，夫子奔逸絕塵，而回瞠若乎後矣！』夫子曰：『回何謂邪？』曰：夫子步，亦步也；夫子言，亦言也；夫子趨，亦趨也；夫子辯，亦辯也；夫子馳，亦馳也；夫子言道，回亦言道也。夫子奔逸絕塵，而回瞠若乎後者：夫子不言而信，不比而周，无器而民滔乎前，而不知所以然而已矣。」）

已乎已乎，即《論語・子罕》：「雖欲從之，末由也已」之意，謂仲尼不可冀及，猶天之不可階而升也。

《讓王》篇：「曾子居衞，縕袍无表，顏色腫噲，【注一】手足胼胝，三日不舉火，十年不製衣，正冠而纓絕，捉衿而肘見，納履而踵決。曳縰而歌《商頌》，聲滿天地，若出金石。天子不得臣，諸侯不得友。【注二】故養志者忘形，養形者忘利，致道者忘心矣。」

【注一】

縕袍：《釋文》引司馬彪云：「謂麻縕為絮，《論語》(《子罕》) 云『衣敝縕袍』是也」。

腫噲：郭慶藩曰：「《釋文》引司馬云：『種噲，剝錯也。』王云：『盈虛不常之貌。』據《說文》：『噲，咽也；一曰：嚵噲也。』疑字當為癐，病甚也，(《說文》無) 通作殨。腫決曰殨。(《說文》：「殨，爛也。」)《說文》：『瘣，病也；一曰：腫旁出。』噲，殨瘣，並一聲之轉。」

【注二】

《禮・儒行》：「儒有上不臣天子，下不仕諸侯，慎靜而尚寬，強毅以與人，博學以知服，近文筆，砥厲廉隅，雖分國，如錙銖，不臣不仕。其規為有如此者。」

《讓王》篇：「孔子窮於陳蔡之間，七日不火食，藜羹不糝，【注一】顏色甚憊，而弦歌於室。

……子路曰：『如此者，可謂窮矣！』孔子曰：『是何言也！君子通於道之謂通，窮於道之謂窮；今丘抱仁義之道，以遭亂世之患，其何窮之為！故內省而不窮於道，臨難而不失其德；天寒既至，霜雪既降，吾是以知松柏之茂也。【注二】陳蔡之隘，【注三】於丘其幸乎！』孔子削然反琴而弦歌，子路抗然執干而舞。【注四】子貢曰：『吾不知天之高也。地之下也！』古之得道者，窮亦樂，通亦樂，所樂非窮通也。【注五】道德於此，則窮通為寒暑風雨之序矣。」【注六】（宜參讀《論語·衛靈公》篇、《史記·孔子世家》及《呂氏春秋·孝行覽·慎人》篇。）

【注一】

《說文》：「糂，以米和羹也；一曰：粒也。桑感切。」「糣，籀文糂。」「糝、古文糂。」

【注二】

《論語·子罕》：「子曰：歲寒，然後知松柏之後彫也。」

【注三】

陸氏《釋文》：「隘，音厄，又於懈反。」按隘，如字；入聲即為厄。《說文》：「隘，陋也。从(𨺅)(兩阜之間也，似醉切。)益聲。益，籀文隘字。烏懈切。」「隘，籀文隘。」「戹，隘也。」戹即今俗之厄字，隘戹轉注。

【注四】

《釋文》：「削然，如字。李（頤）云：『反琴聲。』亦作梢，音消。」（盧文弨曰：「宋本梢作俏。」按《呂氏春秋》季作「烈」。）「抎，李云：『奮舞貌』。司馬云：『喜貌』」（《呂氏》作「抗」）成疏：「削然，取琴聲也；抎然，奮勇貌也。既師資領悟，彼此歡娛也。」

【注五】

《呂氏春秋・孝行覽・慎人》篇所載與此畧同，通，作達，高誘注云：「言樂道也。」

【注六】

俞樾《諸子平議・莊子三》：「道德於此，則窮通，為寒暑風雨之序矣」條下云：樾謹按，德當作得。《呂氏春秋・慎人》篇作『道得於此，則窮達一也，為寒暑風雨之序矣。』疑此文『窮通』下亦當有『一也』二字，而今奪之。」湛銓按。德即得也。《呂覽》作「得」，是變文。《說文》本字作悳，「外得於人，內得於己也。」《廣雅・釋詁三》：「德，得也。」王念孫《疏證》云：「德者，《樂記》云：『（禮樂）皆得，謂之有德，德者得也。』《鄉飲酒義》云：『德也者，得於身也。』《大戴禮・盛德》篇云：『能得德法者為有德。』《說文》作悳，同。」《釋名・釋言語》：「德，得也，得事宜也。」《老子》：「上德不德，是以有德。」王弼注：「德者得也。」又：「是以萬物莫不尊道而貴德。」王注：「德者，物之所得也。」《莊子・天地》篇亦云：「物得以生，謂之德。」郭注：「任其自得，斯可謂德也。」成疏：「德者、得也，謂得此也。」餘例尚多，不能備舉。德即得字，不必改德為得也。又「一也」二字，是《呂氏》齊氣，宜依《莊》正《呂》。王先謙曰：「成云：『得道之人，處窮通而常樂。』是成所見本德作得，與《呂覽》同。」按，成玄英是解德為得，非所見本作德字也。

《天下》篇：「古之人其備乎！【注一】配神明，醇天地，育萬物，和天下，澤及百姓，明於本數，係於末度，六通四辟，小大精粗，其運無乎不在。其明而在數度者，舊法世傳之，《史》《尚》多有之；【注二】其在於《詩》《書》《禮》《樂》者，鄒魯之士，搢紳先生，多能明之。【注三】《詩》以道志，《書》以道事，《禮》以道行，《樂》以道和，《易》以道陰陽，《春秋》以道名分。【注四】其數散於天下而設於中國者，百家之學，時或稱而道之。【注五】天下大亂，賢聖不明，道德不一，天下多得一察焉以自好；【注六】譬如耳目鼻口，皆有所明，不能相通，猶百家眾技也，【注七】皆有所長，時有所用；雖然，不該不徧，一曲之士也。【注八】判天地之美，析萬物之理，察古人之全；寡能備於天地之美，稱神明之容；是故內聖外王之道，闇而不明，鬱而不發，天下之人，各為其所欲焉，以自為方。悲夫！百家往而不反，必不合矣；後世之學者，不幸不見天地之純，古人之大體，道術將為天下裂。」【注九】

【注一】

備者，備上文天人、神人、至人、聖人、君子、百官、民七品，隨適而安，及下配神明澤百姓等也。古之人者，義、軒、堯、舜、禹、湯、文、武、周公、孔子諸大聖也。廖平專歸諸孔子，亦善。

【注二】

數度，即上文之本數末度。《天運》篇：「孔子曰：吾求之於度數，五年而未得也。」又《天道》篇：「禮法度數，刑名比詳，治之末也。」數度度數，其義無別。此是顯迹，道之粗者。舊法世傳，周官苗裔之屬也；《史》《尚》多有，專責不失，世守法則度量刑辟圖籍者，如司馬氏世典周史之類是也。

【注三】

由粗入精，舉四兼六。鄒魯之士，鄒，謂孟子；魯，指仲尼之徒之與孟子同時而稍後者。搢紳先生，謂其他儒者也。

【注四】

莊書除此處分舉《六經》及釋其義外，《天道》篇云：「孔子西藏書於周室，……往見老聃，而老聃不許，於是繙十二經以說。」（繙，反覆說之也。十二經：一說是《六經》《六緯》，一說是《易》上下經並十翼，一說是魯《春秋》之隱、桓、莊、閔、僖、文、宣、成、襄、昭、定、哀之十二公經也。）又《天運》篇云：「孔子謂老聃曰：丘治《詩》、《書》、《易》、《禮》、《樂》、《春秋》六經，自以為久矣，孰知其故矣。」又《徐无鬼》篇云：「女商（謂徐无鬼）曰：先生獨何以說吾君（魏武侯也）乎？吾所以說吾君者，橫說之，則以《詩》、《書》、

《禮》、《樂》；從說之，則以《金板》《六弢》。」（成疏：「《詩》、《書》、《禮》、《樂》，六經；《金板》《六弢》，《周書》篇名也。」）

是莊生屢舉諸經，淵源有自矣。《史記・太史公自序》云：「是故《禮》以節人，《樂》以發和，《書》以道事，《詩》以達意，《易》以道化，《春秋》以道義。」是本於《天下》篇而稍變之者。

【注五】

此說明諸子百家之學，其本源皆出於《六經》也。《漢書・藝文志・諸子畧》云：「今異家者，各推所長，窮知究慮，以明其指；雖有蔽短，合其要歸，亦《六經》之支與流裔。」其說蓋自莊生啟之。

【注六】

王念孫《讀書雜志・餘編上》云：「郭象『天下多得一』為句，《釋文》曰：『得一，偏得一術。』念孫案：『天下多得一察焉以自好，』當作一句讀。下文云：『天下之人，各為其所欲焉以自為方，』句法正與此同。一察，謂察其一端而不知其全體，下文云：『譬如耳目鼻口，皆有所明，不能相通，』即所謂一察也。若以『一』字上屬為句，『察』字下屬為句，則文不成義矣。」

俞樾《諸子平議・莊子三》云：「當從王讀。惟以『一察』為一端，義亦未安。察當讀為際，一際猶一邊也。《廣雅・釋詁》際邊並訓方，是際與邊同義，得其一際，即得其一邊，不知全體之謂。察際並從祭聲，古音相同，故得通耳。下文云：『不該不徧，一曲之士也，』

一際與一曲，其義相近。」湛銓案：王說已允，俞氏蛇足，不可從。「一察」，即下文緊接之「皆有所明，不能相通」。謂其只察見於一端，而不察見古人之全也。「一察」與其後「察古人之全」，義正相對，何得復妄用叚借，改讀為際乎？

凡讀古籍，除本字無義，或確欠圓融者，得以形譌或聲轉求之；若其本字已通，不可復多所叚借，以變亂正文；逞臆說以塗改古籍者，尤為大忌。此遜清漢學家之失也。俞氏平議，多拘牽拗曲，刻意誅求，竅鑿渾沌，釋正入迷，學者慎勿輕信也。

【注七】

《天地》篇：「故通於天地者，德也；行於萬物者，道也；上治人者，事也；能有所藝者，技也。技兼於事，事兼於義，義兼於德，德兼於道，道兼於天。」揚雄《法言・君子》篇：「通天地人曰儒，通天地而不通人曰伎。」（《說文》：「伎，與也。」「技，巧也。」古籍亦多借伎為技。）

【注八】

《說文》：「該，軍中約也。」「垓，兼垓，八極地也。」「晐，兼晐也。」古籍多叚借為晐，今俗作賅。一曲之士，謂其但察一端，偏曲而不晐偏也。

【注九】

判天地之美三句，是學術之真正指歸，內聖外王之道，古人之大體也。而百家闇鬱不能，徒執一端，往而不返，故莊生憂之，以為循茲以往，道術將為天下裂矣。然則莊生者，固自以為直承配神明之「古之人」，而得《六經》之純全；非徒滯於一邊，知天而不知人者矣。【《荀子・解蔽》篇云：「墨子蔽於用而不知文，宋子蔽於欲而不知得，（得即德字。謂宋鈃只知人須情欲寡淺，而不知須德性礱礪也。）申子蔽於勢而不知知，惠子蔽於辭而不知實，莊子蔽於天而不知人。」】（未完）

《學海書樓講學錄》第四集（一九六四年）。頁二七三至三一二

（四十）經緯書院畢業同學錄序（第二屆）

自中原板蕩，孔填不寧，岱宗起稽天之浸，闕里被東陵之酷；周行縱於詭隨，義類困於疆禦，亂如比憮！正學聲銷。然乘木舟虛，同人利涉，莫非王土，聊永今朝。而海隅蒼生，侯不昏墊，作祝靡究，曾是莫聽！紅紫眩於蒼蠅，鄭衛惑乎朱曠；責披髮於伊川，競鳴絃於北鄙；乾倫攸畋，至道從撕，通德於南，同於寠數，開闢以來，未之聞也。

嗟乎！陶甄委諸孔壬，疏附叢於蒐慼；八風無德音之傳，三辰惟欃槍之掃；咎徵既其恒暘，有昊恤其長醉。不有發強剛毅，擇善固執之朋，同德比義，盍簪而舉救之；則聖宗鴻業，物典民彝，有不如彼泉流，淪胥以敗耶？

《春秋傳》曰：「桓公不能救，則桓公恥之！」又曰：「有可以安社稷，利國家者，則專之可也」。同人等儆鼎足之覆餗，虞旅人之焚巢，粟膚芒背，劌目鉥心。於乃竭情盡慎，闠立本校，反身修古，樹之風聲。諸君子賁趾敦臨，敬道樂學，撞鐘攻木，亦既有年；今且畢其所業矣，亦已知類通達，強立而不反乎？

《易》曰：「情義入神，以致用也。」孫卿子曰：「水深而回，樹落則糞本，弟子通利則思師？」然《淮南》云：「君子為善，不能使福必來；不為非，不能使禍無至。福之至也，非其所求，故不伐其功；禍之來也，非其所生，故不悔其行。」章實齋亦云：「責古之君子，但欲其明進退之節，不苟慕乎榮利而已；責後之君子，必具志士溝壑，勇士喪元之守而後可。」「顯晦，時也；窮通，命也。才之生於天者有所獨，而學之成於人者有所優，一時緩急之用，與一代風尚所趨，不必適相合」。吾輩無所於求，奚有於報？存震載肅，何德於人？」諸君子但居貞以守，直道而行，窮古竟今，無慚所學。靡顏膩理，不足移其情；陋室編蓬，不以煩其慮。夫如是，則看似尋常，而過人遠矣：豈必通利大行，懷我好音哉！

《禮》曰：「儒有不隕穫於貧賤，不充詘於富貴」。揚子雲曰：「勇於義而果於德，不以貧富貴賤死生動其心。」遭世亂離，人狃於變，不恒其德，或承之羞。蓼蟲不徙乎葵藿，虬枝獨奮於勁風。知傾否之匪遙，惟斯文其可戶。諸君子亦將有味乎言歟？

原載香港《華僑日報》華僑教育 一九六四年七月十六日

(四十一) 經緯書院第二屆畢業典禮演講辭

文章正脈看將斷，風雨危絃苦自彈！

經緯書院校長陳湛銓　述創校宗旨深寓感慨

尋墜緒之茫茫　獨旁搜而遠紹　慨然興為往聖繼絕學之志

今日是本校第二屆畢業典禮佳辰，蒙各位嘉賓熱烈參加典禮，本人和全體教授同學實感榮藉。

在香港辦專上教育，除了得政府支援或有極大的財力資助外，是極難辦得起來的。我們於三年前，在無所憑藉下，竟毅然創辦了本校，為甚麼呢？范武子說：「孔子覩滄海之橫流，迺喟然而嘆曰：『文王既沒，文不在茲乎？』言文王之道喪，興之者在己。」韓退之說：「尋墜緒之茫茫，獨旁搜而遠紹；障百川而東之，迴狂瀾於既倒。」張橫渠說：「為天地立心，為生民立命，為往聖繼絕學，為萬世開太平。」

我們中國數千年來，先王先聖，列祖列宗所傳下來的經緯天地，造福生民，立己立人，放諸四海而皆準的正宗偉大文化。到了今天，已成了一髮千鈞，岌岌欲墜之局。我們是讀書種子，學聖賢之學，躬履斯運，這個「為往聖繼絕學」的責任，恐怕是要當仁不讓，把它肩起來了罷。這是我們的創校目的，是我們經緯書院的精神。

一個國家之亂亡及社會風氣之惡濁，其癥結是在人心之不正；而人心之不正，是在於學術之敗壞。自二次大戰後直至今天，科學日益昌明，人心日益敗壞，蒿目當世，由本港以至全球，飛禍橫行，不可嚮邇。這是精神建設趕不上物質文明的緣故。

所以欲「繩愆糾謬，格其非心。」除了「刑亂國，用重典」的治標法外，非火速興聖學，昌正教，從根本來施以人格教育，以收拾人心不可。所以我們中國的聖賢之學必須抬頭，必須弘揚丕張之以達於無外；否則不特是本港社會的災難，亦是全人類的災難呢！所以我主張本港各學校，由小學起，就應該特別注重中文，尤其是經訓。到了中學畢業，最好能讀了《孝經》及《四書》，青年有了這幾部書在胸中涵泳，飛風自絕。很多浮薄青年，聞及經學，便罵為迂腐。這是他們自絕於人靈，飲了狂藥，中了魔而不自知罷。

《韓詩外傳》說：「千舉萬變，其道不窮，六經是也。若失君臣之義，父子之親，夫婦之別，朋友之序。此儒者之所謹守，日切磋而不舍也。」孟子說：「人之有道也，飽食煖衣，逸居而無教，則近於禽獸。聖人有憂之，使契為司徒，教以人倫：父子有親，君臣有義，夫婦有別，長幼有序，朋友有信。」一凡涵泳過經訓，好學中國文學的青年，是斷乎不會變成阿飛的。

不過國學人才，到了今天，日益零落，就算真的注重中文，實施經訓，又從何處聘得良好師資呢？所以我們不顧一切困難，開立本校，就是希望訓練些國學人才，保留多些讀書種子。尤其希望本港各中小學負責人，傾意注重中文，先打好了學生的底子，否則就算進了我們經緯書院，用心攻讀，但短短四年，四部三學，總總林林，恐怕不容易心領神會呢！還好，我和各教授都是拼命苦教，不怕學生程度不好，只怕他不肯用心攻讀；如能用心攻讀，是必能趕得上的。

本校雖然短短的開辦了三年，但已經歷了不少艱辛。我從前有兩句詩這樣說過：「三年已閱無窮世，一室閒回自在春。」前一句可說是象徵本校的過去；後一句呢？今日面對各嘉賓和各同學，真可為今日詠了。人生的真事業，真學問，無不從艱難困苦中來，趙文子說：「譬如農夫，是穮是蔉，雖有饑饉，必有豐年。」（《左傳・昭公元年》）《易經》說：「明夷，利艱貞。」（《明夷卦辭》）孔子說：「利艱貞，晦其明也。內難而能正其志，箕子以之。」（《明夷卦彖辭》）揚子雲說：「請問孟軻之勇，曰：勇於義而果於德，不以貧富貴賤死生動心，於勇也，其恕乎！」（《法言・淵騫》篇）我和各教授多年來都是站穩腳跟，挺起胸堂，鼓鑄着真氣，以風節學問來與各同學日切磋而不舍的。希望各同學一本平生所學，終身切磋不舍，亦站穩腳跟，挺起胸堂，勇往直前，來行道救世，移風易俗，為往聖繼絕學，為萬世開太平。本人從前又曾有兩句詩句：「文章正脈看將斷，風雨危弦苦自彈。」希望在不久的將來，就見到絃歌盛張，正勝邪消。

《詩》曰：「翩彼飛鴞，集于泮林。食我桑葚，懷我好音（《魯頌・泮水》篇）」。荀子說：「水深而回，樹落則糞本，弟子通利則思師。」（《致仕》篇）我們是無所於祈，何有於報？各同學以後但能仰不愧，俯不怍；大行不加，窮居不損；移小報為大報，將報師報校之心，以報答古先王聖賢，來造福國家社會罷。

還有，在功利侈張的今日，各位將來立足在社會上，不一定就能夠如世人之所謂得志，有高度的物質享受呢！希望各位明白，我們讀書人之所謂得志，是在胸中有自得之樂。莊子說：「樂全之謂得志。古之所謂得志者，非軒冕之謂也，謂其無以蓋其樂而已矣。今之所謂得志者，軒冕之謂也；軒冕在身，非性命也；物之儻來，寄者也。」（《繕性》篇）所以大程子說：「昔受業於周茂叔，得令尋仲尼顏子樂處，所樂何事？」（《明道學案》）其後小程子作《顏子所好何學論》云：「聖人之門，其徒三千，獨得顏子為好學。夫《詩》《書》六藝，三千子非不習而通也，然則顏子所獨好者，何學也？學以至聖人之道也。」

我們要排除世俗之樂，沈酣胸中自得之樂，成為一個偉大的人，做出了舉而措之天下之民的真事業，這才是無慚所學。至於貴賤貧富禍福吉凶，一切可置之度外，無縈於心，然後能「清明在躬，氣志如神」呢？所以，莊子說：「百里奚爵祿不入於心，故飯牛而牛肥，使秦穆忘其賤與之政也；有虞氏死生不入於心，故足以動人。」（《田子方》）要能夠爵祿不入於心，死生不入於心，才能夠成就真學問真事業的。

一個讀書人的真正成就，是不能以一般世俗的尺度來衡量的。黃山谷《答王太虛書》有云：「古之人不得躬行於高明之勢也，則心亨於寂寞之宅，功名之途，不能使萬夫舉首，則言行之實，必能與日月爭光。」各位同學以後繼續努力讀書，身體力行，但求有言行之實以昭示人前，便足不朽，正不必有高明之勢呢！若必求高明之勢，不擇手段以取之；則是為機變之巧的無恥小人，將為士類所不齒了。

宋儒、黃東發嘗對宋度宗言當時之大弊云：「曰民窮，曰兵弱，曰財匱，曰士大夫無恥。」民窮兵弱，財匱之故，實皆生於士大夫無恥，故南宋之亡，其理可見了。所以顧亭林先生說：「人之不廉，而至於悖禮犯義，其原皆生於無恥也。故士大夫無恥，是謂國恥。」又說：「飽食終日，無所用心，難矣哉！今日北方之學者是也；羣居終日，言不及義，好行小惠，難矣哉！今日南方之學者是也。」則明朝之亡，其故又可知了；所以學術敗壞，士大夫無恥，是國家亂亡，社會風氣惡濁的癥結所在呢！

現在社會的病象日深，我們要移風易俗，請先從我們本身明恥立義做起。我最後借《莊子》數語來贈給各位畢業同學：「少君之費，寡君之欲，雖無糧，而乃足。君其涉於江而浮於海，望之而不見其崖，愈往而不知其所窮，送君者皆自崖而反，君自此遠矣。」（《山木》篇）希望各位想透其中之含義，將受用不窮。

香港《華僑日報》華僑教育　一九六四年十一月十六至十七日

(四十二) 答《「秋水時至」四字辨疑》

附注：原題有誤，蓋無「百川灌河」句，則不能顯黃河之漲是大雨使然也。

日前讀報，知有學海書樓聽眾阮雲門君者，每週日必趨就大會堂，聆余講《秋水》篇凡三閱月。據云：「舉凡陳氏所自認乃渠個人之獨到見解者，必將筆而錄之。並隨即悉心研究，其果確切無訛也，自當信而從之。設若仍有疑義，允宜提出辨難，務求徹底澄清而後已。此固余一向是者是之，非者非之之治學精神，想陳氏必能曲諒之也。」又云：「繼此以往，余將陸續有以就正於陳氏。」

阮君入門三閱月，於余授課前後，無晤言之歡，未嘗「允宜提出辨難」也。不知阮君是在學青年歟？抑是已為人師者歟？憶余初釋「秋水時至，百川灌河」一語時，旨在於欲其義之圓融無滯，故經多年往復思維，以莊生之用周曆釋之，雖是創解，然自問尚無不合也。

夫夏周異曆，正朔改則四時移，於前籍中累千數百見；豈好為異說，以欺惑其所愛之聽眾哉！當時在座者，不下三百人，中多在學青年，且有僅十餘齡者，聞余略舉最易曉之五例後，皆聆言而悟矣；而阮君獨疑，滋可異也！《弟子職》曰：「若有所疑，奉手問之。」阮君既不悟，原應於下課後或下次開講前面問，斯由其道至則接之，余當不憚辭費，重為闡釋，必至其開悟始已！夫如是也，則阮君之惑，不亦可以渙然冰釋，怡然理順矣乎？何意捨此不循，隨其迷心而師之，以是為非，而以非為是，妄造□繆已甚之三曆表，張之報端，以就正於其所謂「夙慕」，「一向敬佩」之人哉？章實齋曰：「好名之甚，必壞心術。」竊阮君之意，豈矢於抵隙乘瑕，以嚮聲釣世耶？

其尤為同座諸君子所不諒者，是堅僻自用，造為蜚語惡言，謂「陳氏竟自謂考出周曆之秋，為（今之）五六七月（此不待攷。是千真萬確，質諸鬼神而無疑者！）究竟何以如此？余不妨坦白指出：是殆由一種錯覺所造成。……從而一誤而再誤，而強作解人矣。」又云：「恐後學不察，信以為真，則莊周死而有知，寧不啼笑皆非？」又云：「倘對陳氏之一時錯覺，竟任令其含糊了事……」凡此三端，是何等語乎？是「夙慕」「敬佩」而入門三閱月者所應為歟？狂悖至此，而尚欲其人之能曲諒耶？莊生曰：「大惑者終身不解！大愚者終身不靈！」阮君如是在學青年，猶可說也；如亦已為人師，則閱余此文後，將何以自處乎？

余承學海書樓主持人邀請講學迄今忽忽十四年，向少選授會考及升大課文，蓋不欲與時賢相牾也。頃授《莊子・秋水》篇，蓋欲與港大校外課程之莊子學說相輔而行，以彌補日力耳！豈飾智以驚愚，修身欲明汙，臨深而為高，加少而為多哉！如阮君所代語：「秋水時至（二語），自來學者均未能作圓滿之解釋。」是借崔譔、向秀、司馬彪、郭象、李頤、孟氏、王叔之、成玄英、陸德明，以次至宣穎、王念孫、孫詒讓、俞樾、王先謙、陶鴻慶、郭嵩燾、慶藩、馬其昶、章炳麟諸前賢或置之不釋，或釋之而義未圓融耳！豈止此亦有辱於來學之阮君耶？

阮君云：「陳氏並徵引《尚書》『夏以孟春為正，殷以季冬為正，周以仲冬為正。』」按，余引此文時，明書伏勝之《尚書大傳》，今《尚書》安有此文。阮君不讀《尚書》則亦已矣，何竟以濟南伏生之《尚書大傳》即以為是《尚書》乎！港中多通人，使不相知者見之，不覺於陷余哉！此一事也。阮君又云：「細按陳氏所引，自無不合，核與《史記》所載：『夏正以正月，殷正以十二月，周正以十一月。』殆完全相同。」阮君既嘗檢《史記》曆書，胡竟不能解此三語耶？張翠屏釋之曰：「三代改正，子丑寅迭為正月，《伊訓》書十二月，不書正，非夏正十二月也。商周既改正矣，而此云十二月十一月者，漢武用夏正，司馬遷漢時人，言今夏時，史公謂「周正以十一月」者，是謂周用夏之十一月為正月也。以此遞算，周之正月是較夏之正月提早兩月，然則夏之五六七月，非周之七八九月乎？

周之七八九月，非即今之舊曆五六七月乎？且《史記》曆書發端即云：「昔自在古歷，建正，作於孟春。」建正作於孟春，如周建子為正月，即是以夏曆之十一為孟春正月也。阮向既謂「王者易姓，則有之」矣；然則何謂改正？阮君徒聞其語耳！實不知解也。不知改正為何事？不知建正作於孟春為何解？而可以造為三曆表乎？

《禮緯・稽命徵》云：「三皇三正，伏羲建寅，神農建丑，黃帝建子。至禹建寅，宗伏羲；商建丑，宗神農；周建子，宗黃帝。所謂正朔三而改也。」今之舊曆正月是寅，二月是卯，三月是辰，四月是巳，五月是午，六月是未，七月是申，八月是酉，九月是戌，十月是亥，十一月是子，十二月是丑，此君之所應知也。茲姑就此表，畧為更定如次：

三代曆別	四時月建											
	春			夏			秋			冬		
	孟春正月	仲春二月	季春三月	孟夏四月	仲夏五月	季夏六月	孟秋七月	仲秋八月	季秋九月	孟冬十月	仲冬十一月	季冬十二月
夏曆	寅	卯	辰	巳	午	未	申	酉	戌	亥	子	丑
殷曆	丑	寅	卯	辰	巳	午	未	申	酉	戌	亥	子
周曆	子	丑	寅	卯	辰	巳	午	未	申	酉	戌	亥

觀右表，夏曆之秋是申酉戌月，周曆之秋是午未申月，而午未申月，在夏曆則是五六七月也。周正是較夏正提前兩月，而阮君卻將之壓後兩月，前後相差至四個月，於是乎有「周

曆之秋為九，十，十一月」之怪論矣。蓋不知周之季秋九月建申，孟冬十月建酉、仲冬十一月建戌，在夏時是七八九月，而周之孟秋建午，仲秋建未，季秋建申，在夏時是五六七月也。吁！建子之十一月，在周已是春正月矣，而謂之尚在秋時乎？稚淺可笑如此，而反譏余，「一誤再誤，強作解人」耶？嘻灣逢蒙之敗弓，邀王良於詭遇，吾重為名教危矣！

阮君又云：「王者易姓，改正朔者則有之矣，改春夏秋冬者則未之前聞。」異哉！改正改時，見於前籍中者，實夥頤沈沈，而阮君非惟未見，抑且未聞；是似馮夷之自多，聞道謂而以為博也。誠如阮君言，則《春秋》經文，豈不應書云：「仲冬，王正月」乎？余前謂及夏周二曆不同時，除引述《禮緯》及《尚書大傳》外；繼之即引《春秋》經文：「元年、春、王正月。」《左傳》云：「元年、春、王周正月。」並加伸釋，謂《左傳》補一周字，猶云此是周之正月，非夏殷之正月也。周之正月，夏之十一月耳；周以夏之仲冬十一月為正月而書春，此非改四時而何？此豈「一時錯覺」，「含糊了事」耶？改正朔則必改四時，孔沖遠所謂「月改則春移」者是也；余於書嘗千數百見，乃敢發為此論；而阮君竟謂「未之前聞」，不知阮君向之所治者是何學？而欲「陸續有以就正於陳氏」者又何事也？

管子曰：「無儀法程式，蜚搖而無所定，謂之蜚蓬之間。」荀卿曰：「必由其道至，然後接之」。又曰：「匹夫問學，不及為士，則不教也。」昌黎云：「師道之不傳也久矣！欲人之無惑也難矣！」「小人之好議論，不樂成人之美，如是哉！」章實齋曰：「見鄉曲僕子，好名，有甚愚者……究其所得，毫無端緒，已可憐矣；而名心所激，恐人軋己，猜嫌疑畏，至於草木皆兵，舉動乖張，似喪心者！」又曰：「好名之心，與好利同。凡好名者，歸趣未有不俗者也。」阮君欲「切磋琢磨」，「就正於陳氏」；宜循正軌，於課餘面問；豈得糊亂指數，造為蜚語，肇彼梟風，翻為我扇乎？李蕭遠曰：「其身可抑而道不可屈，其位可排而名不可辱」，「慕名」「敬佩」，有如是耶？

顏黃門曰：「吾見世人，至無才思，自謂清華，流布醜拙，亦已眾矣；江南號為痴符。」幸阮君毋再陷溺，以暖姝自娛，動輒滕其口說，公諸報章，揚秋塵以方華嶽，操爝火以掩炎陽，棄緯蕭之本圖，探驪龍之頷下，自喪之釁小，迷眾之愆大也。（未完）

附錄：原稿發表於一九六五年二月八日香港《華僑日報》華僑教育

答《「秋水時至」四字辨疑》

余於五年前，嘗欲撰《殷周秦漢正朔攷》，以課忙而止。今阮君謂「改春夏秋冬者則未之前聞」，聊稍舉諸顯說，以解阮君之惑，幸置其所已摭拾將以謟隙之鴻寶，慎毋以為可乘「陳氏之一時錯覺」，此而不彎射羿之弓，「竟任令其含糊了事」，是天予不取，「甚非一向敬佩陳氏者之所當為也」。

《春秋經》隱公元年：「春、王正月。」《公羊傳》云：「春者何？歲之始也。……曷為先言王而後言正月？王正月也。」何休《解詁》曰：「夏以斗建寅之月為正，平旦為朔；殷以斗建丑之月為正，雞鳴為朔，周以斗建子之月為正，夜半為朔。」《穀梁傳》「元年春，王正月」下，范甯《集解》云：「隱公之始年；周王之正月也。」《左傳》：「元年，春，王周正月。」杜預注：「言周以別夏殷。」又杜預《春秋序》云：「……所書之王，即平王也；所用之曆，即周正也。」

又《春秋後序》引《竹書紀年》，謂「用夏正建寅之月為歲首」，「曲沃莊伯之十一年十一月，魯隱公之元年正月也」。孔穎達《正義》云：「正是時王所建，故以王字冠之，言是今王之正月也；王不在春上者，月改則春移。」顧亭林《日知錄．王正月》條云：「《左氏傳》曰：『元年，春，王周正月』，此古人解經之善，後人辨之，累數百千言而未明者，《傳》以一字盡之矣。」

又《春秋．時月並書》條云：「建子之月而書春，此周人謂之春矣。《後漢書．陳寵傳》曰：「天正建子，周以為春。」（見下）元熊朋來《五經說》曰：「陽生於子即為春，陰生於午即為秋，」（見下）此之謂天統。」成容若《春秋王正月考》云：「《春秋》，經事之書也；紀事者必有歲時月日，此經所以有春王正月之筆也。春者，周之春；正月者，周之子月，此魯史冊書之舊也。曰『春王正月』者，吾夫子之特筆也。」

又云：「學者治經，必先明其大者，則其餘可得而通矣。——《春秋》之王正月，皆經之大旨者。」張翠屏《春秋春王正月考序》云：「春王正月之春，為周之時，由漢逮唐，諸儒舉無異說也。而劉向『周春，夏冬』之說，陳寵『天以為正，周以為春』之說，最其著名者也。」（按，《春秋・莊公十四年》經文：「春正月，無冰。」《漢書・五行志中之下》云：「劉向以為周春，今冬也。」又《後漢書・陳寵傳》：「章帝元和二年，寵奏曰：『冬至之節，十一月，天以為正，周以為春。十二月，地以為正，殷以為春。十三月，人以為正，夏以為春。』」）

劉孟瞻曰：「《春秋》用周正。左氏云：『周正月』，所以明《春秋》用周正也。」總上觀之，凡夫子作《春秋》所書之四時，除四季之月外，餘孟仲之月，其春夏秋冬實皆與夏曆異也。又宋張主一《春秋集注集傳》曰：「此所謂春，乃建子月。冬至陽氣萌生，在三統為天統。蓋天統以氣為主，故月之建子，即以為春。」

元熊天慵《五經說》云：「《小戴》記孟獻子之言曰：『正月日至，可以有事於上帝；七月日至，可以有事於祖。』（按：見《雜記下》）。此言冬至在周正之春正月，而夏至在周正之秋七月。《明堂位》所言『孟春』，即建子月；所言『季夏六月』，即建巳月。（按：明堂位云『是以魯君孟春乘大路……祀帝於郊……季夏六月，以禘禮祀周公於太廟。』鄭玄注：『孟春，建子之月；季夏，建巳之月也。』孔穎達《正義》云：『知孟春是建子之月者，以下云『季夏六月，以禘禮祀周公』，若是夏之季夏，非禘祭之月。』）《禮記》尚然，況《春秋》乎？證於《左傳》可見矣。若拘守夏時周正之說，則正月二月須書冬，而三月乃可書春爾。且如桓四年『春、正月、狩于郎』，周人用仲冬狩，由此以春正月書之，即建子之月書春也。哀十四年『春、西狩』，亦以周正之春，行仲冬之狩。桓十四年『春、正月、無冰』，若夏正春正月，則解凍矣（見《月令》）；惟建子之月無冰，故紀異而書。成元年『春、二月、無冰』，襄二十八年『春、無冰』，皆可為證。定元年（「冬、十月、隕霜殺菽」），此夏正秋八月而書冬也；若建亥之月，則隕霜不為異，而亦無菽矣。大抵周人雖以夏時并行，《豳詩》《周禮》則然，唯《春秋》魯史，專主周正。陽生於子，即為春；陰生於午，即為秋。……觀僖五年《左氏》『南至』之書，即孟獻子所謂『正月日至』也，觀昭二十一年梓慎日食以對（夏至之月），孟獻子所謂七月日至也。冬日至而傳稱春正月，夏日至而經書秋七月，則《春秋》所書，時月皆用周正明甚。」

明邢雲路《春秋考》云：「周平王四十九年己未，即魯隱公元年也。諸侯奉天子正朔，必用天子之年；加周王於正月，大一統也。周以建子為歲首，冬十一月建子，即謂之春正月，蓋併時與月俱改之矣。以曆數上考往古，屬之春正月，即夏之冬十月；春二月，即冬十二月；春三月，即春正月；夏四月，即春二月。以推十二月皆然。以曆法推《春秋》日食，皆周正建子之數；且如《春秋》屢書春王正日南至，若用夏正，豈有正月冬至乎？」

明王陽明《春王正月說》云：「……如子之言，則冬可以書春乎？曰：何為而不可！陽生於子而極於己午，陰生於午而極於亥子；陽生而春始，盡於寅，而猶夏之春也，陰生而秋始，盡於申，而猶夏之秋也。自一陽之復，以極於六陽之乾，而為春夏；自一陰之姤，以極於六陰之坤，而為秋冬。此文王之所演，而周公之所繫，武王周公，其論之審矣。若夫仲尼夏時之論，則以其關於人事者，比之建子為尤切，而非謂其不可也。」

明趙東山《周正考》曰：「《傳》獨釋王正月者，見國史所書，乃時王正朔，月為周月，則時亦周時，孔氏謂『月改則春移』是也。……陳寵謂十一月天以為正，周以為春。……蓋天施於子，地化於丑，人生於寅，三陽雖有徵者，三正皆可言春。所謂夏數得天，以其最適四時之中爾！熟謂建子非春乎？」

明王明遠《秋纂述》曰：「子月為一歲之始，猷子時為一日之始，安在子之不可以為春乎？《春秋》必用時王正朔，時必與月合。」

清湯潛庵《春王正月辨》云：「注《春秋》者，不下數百家，置春王正月四字不論者固有之，其以周改月兼時者，則漢孔安國，鄭康成，至明趙子常，王陽明，賀景瞻也。……周不改月，則孔子必不敢以十一月為正月；以十一月為正月，則周之必改月可知也。周不改時，則孔子必不敢以周正月為春；以周正月為春，則周之必改時可知也。左氏、公羊、穀梁、皆周人也，于此獨不加論焉，亦以為不必論也。」

清朱愚庵《尚書埤傳》云：「夫黃鐘（十一月律）初九，律之首，陽之變也；林鐘初六，呂之首，陰之變也。子者，一陽之生，於卦為復，至午而陽極焉；午者，一陰之生，於卦為姤，至子而陰極焉。子為星紀之次，五星起其初，日月起其中，律紀皆以子為首，則何為不可以首月令乎？（謂子月為孟春也）……秦人改建亥月，蓋自以水德代周，且五行、木生於亥，故用之，雖事不師古，然改時與月，必循三代之舊。」

清張翠屏《春秋春王正月考》云：「夫子明言行夏之時；有夏之時，則有商周之時可知。夏以建寅之月為春為正，則商周以建丑建子之月為春為正可知。」

又張氏《春王正月考辨疑》云：「今以周建子之月為春，何邪？曰：……「攷之前史，則黃帝始造甲子而建子，而顓頊始建寅，而唐虞夏因之；逮於商、復建丑；周、復建子。月既為正，而時亦隨之以為春。姑論春之為義，則春者蠢也，言陽氣之蠢而動也；子丑寅，三陽之月也，故三代迭用之以為春。」

清秦味經《觀象授時》云：「春、王正月，當以改時改月之説為正。《左傳》曰：『春、王周正月』，杜注：『周正建子，正月，子月也。』是明以周為改月矣。《公羊傳》曰：『春者何？歲之始也。』何休注：『春者、天地開闢之端，養生之首。』是明以周為改時矣。」

又曰：「史伯璿、陳定宇、張敷言、陳廷敬、蔡德晉諸家，著論以證改時改月之説者甚眾，其文繁多，不能悉載。」

以上是改正改時之論也。阮君循覽一過，尚復謂「未之前聞」否？茲復就羣經中其最易見者，稍揭之如下：（未完）

附錄：原稿發表於一九六五年二月九日香港《華僑日報》華僑教育

答《「秋水時至」四字辨疑》（續）

《孟子・滕文公上》：「江漢以濯之，秋陽以暴之。」趙岐注：「秋陽，周之秋，夏五六月，盛陽也。」焦循曰：「周正建子，改時改月，故周之秋，乃夏之夏；周之七八月，乃夏之五六月。《文選注》引綦毋邃（晉人）《孟子注》云：『周之秋，於夏為盛陽也。』亦仍趙氏也。」

《孟子・離婁下》：「七八月之間雨集，溝澮皆盈。」趙岐注：「周七八月，夏五六月。天之大雨潦水卒集，大溝小澮皆滿。」焦循曰：「《禮記・月令》：『季夏之月，……水潦盛昌，……大雨時行。仲秋之月，水始涸。』（按《月令》是用夏曆）見雨集在周八月夏六月也。乃孟秋之月，亦備水潦；蓋夏至之後五六月間多大雨者常也。孟子奉周朔，舉其常耳。」余前講：「秋水時至，百川灌河」時，正復引此作證。莊生謂「百川灌河」，正是大雨使然，周曆之秋，夏曆之五六七月也。又《禮記·月令》本於《呂令》，《呂令》原於《周書》。《周書·周月》篇云：「惟一月，既南至。（謂冬至也）是月斗柄建子。夏數得天，百王所同；其在商湯，改正朔，以建丑之月為正；亦越我周王，改正以垂三統。至於敬授民時，巡守祭享，猶自夏焉。」又《時訓》篇云：「大暑後十日，大雨時行。」「秋分後十日，水始涸。」秋分是夏之八月，水因雨漸少而始涸矣；故《莊子》之「秋水時至」，是周之秋，是午未申月，即夏之五六七月也；如云夏曆，則八九月仍在秋時，豈得云「百川灌河」，而漲至「兩涘渚崖之間，不辨牛馬」乎？

《呂氏春秋·季夏紀》云：「季夏之月……水潦盛昌……土潤溽暑，大雨時行。」高誘注：「季夏，夏之六月也。」夏之季夏六月，周之仲秋八月也。又《仲秋紀》：「仲秋之月，……陽氣日衰，水始涸。」高誘注：「仲秋，夏之八月。」夏之仲秋八月，周之孟冬十月也。（《禮記·月令》全同，《淮南子·時則訓》無「水潦盛昌」句。）孔穎達《禮記正義》云：「六月主未，未值東井；東井是水，故六月而水潦盛昌也。」「大雨時行，應時行也。不云降，降止是下耳；欲言其流義，故云行；行，猶通彼也。」

《孟子·梁惠王上》：「七八月之間旱，則苗槁矣；天油然作雲，沛然下雨，則苗浡然興之矣。」趙岐注：「周七八月，夏之五六月也。油然，興雲之貌。沛然下雨，以潤槁苗，則浡然已盛。」孫奭《正義》曰：「周之時，蓋以子之月為正；夏之時，建寅之月為正。是知周之七八月，即夏之五六月也。」朱子曰：「周七八月，夏五六月也。」夏五六月是建午建未，在周則已是秋七八月矣。

《孟子・離婁下》：「歲十一月，徒杠成；十二月，輿梁成。民未病涉也。」趙岐注：「周十一月，夏九月，可以成步度之功；周十二月，夏十月，可以成輿梁也。」《國語・周語中》：「單襄公曰：『夫辰角而見雨畢，天根見而水涸。……故先王之教曰：『雨畢而除道，水涸而成梁。』……故夏令曰：『九月除道，十月成梁』，韋昭注：「辰角者，建戌之初。」「天根，亢氏之間，《月令》：『仲秋水始涸』，天根見，乃盡竭也。」

以上是孟子奉周正朔者，然《告子上》云：「冬日則飲湯，夏日則飲水。」則又用夏正：蓋夏數得天，羣籍中常見兩曆並行也。」如《莊子》本篇之「秋水時至，百川灌河。」及下文之「春秋不變，水旱不知」，是用周正，至云「夏蟲不可語於冰」，則又是夏正也。

《春秋・隱公元年》經文：「元年、春、王正月。」邢雲路曰：「周以建子為歲首，冬十一月建子，即謂之春正月，蓋併時與月俱改之矣。以曆數上攷往古，周之春正月，即夏之冬十一月，周之春二月，即夏之冬十二月；周之春三月，即夏之春正月；周之夏四月，即夏之春二月，以推十二月皆然。」張以寧曰：「《左氏傳》曰：『王周正月。』杜預注：『周正建子，正月，子月也。』傳序又曰：『所用之曆，即周正也。』胡氏傳曰：『周人以建子為正月，則十一月是也。』張氏說見前（謂張洽也）。」

《春秋・桓公四年》經文：「春、正月，公狩于郎。」杜預曰：「冬獵曰狩。……周之春，夏之冬也，田狩從夏時。」張以寧曰：「周春正月，夏冬十一月也。」此夏之仲冬，而《春秋》已書春正月矣。

《春秋・桓公六年》經文：「秋，八月壬午，大閱。」邢雲路曰：「仲冬農事皆畢，乃教大閱，大修戰陣。是周正建子之月，夏之仲冬也。今桓公秋之八月，乃建未之月，夏之六月，盛夏煩暑，而驅南畝之民，大閱兵車，厲農不時甚矣！故書。」張以寧曰：「周八月，夏六月也。」夏正六月而《春秋》書秋矣。

《春秋・桓公八年》經文：「春、正月，己卯，烝。」杜注：「此夏之仲月。」邢雲路曰：「周之正月，夏之仲冬也。」張以寧曰：「周正月，夏十一月也。」此又夏之仲冬，而《春秋》書春正月也。

《春秋・桓公八年》經文：「夏、五月，丁丑，烝。」張以寧曰：「周五月，夏三月也。」夏正之季春三月建辰，在《春秋》已書為夏五月矣，尚不改春夏秋冬四時乎？

《春秋・桓公八年》經文：「冬、十月，雨雪。」何休《公羊解詁》云：「周之十月，夏之八月（建酉之月也），未嘗雨雪；此陰氣大盛，兵象也。」張以寧曰：「按《漢書・五行志》劉向曰：『周冬、夏秋。』周十月，今八月也。」

《春秋・桓公十四年》經文：「春正月，無冰。」何休曰：「周之正月，夏之十一月，法當堅冰，無冰者，溫也。」張以寧曰：「按漢《五行志》劉向以為『周春、夏冬』也。」

《春秋・桓公十四年》：「秋、八月，御廩災。乙亥，嘗。」胡氏傳曰：「春秋用周月，以八月嘗，不時也。」張以寧曰：「周八月，夏六月也。」此夏正之季夏六月建未，而《春秋》書秋矣。

《春秋・莊公十七年》經文：「冬，多麋。」杜預曰：「麋多則害五稼。」張以寧曰：「周之冬，夏之秋也，故麋多則稼害。」按夏之冬已無禾，故張氏知為周冬夏秋也。

《春秋・襄公二十八年》經文：「春，無冰。」杜預曰：「此年正月建子，以無冰為災而書。」張以寧曰：「周之春，夏之冬也。杜氏明以建子為春矣。」

《春秋・定公元年》經文：「冬十月，隕霜殺菽。」何休曰：「周十月，夏八月。」張以寧曰：「此周正也。……漢《五行志》劉向以為「周十月，今八月也。」周之冬十月，是夏之秋八月，建酉也。

《春秋・僖公五年》左氏傳：「春，王正月，辛亥朔，日南至。」杜預曰：「周正月，今十一月，冬至之日日南極。」邢雲路曰：「南至，冬至也。不曰冬至，而曰南至，周改十一月為春也。」張以寧曰：「周之春，夏之冬也。至日在周十一月，書曰南至不書冬至者，周十一月非冬也。」

《春秋・僖公十六年》：「春，王正月，戊申朔，隕石於宋五……」邢雲路曰：「……天正冬至，是春正月戊申朔，曰南至。」是又冬至之月而《春秋》書春正月也。

《春秋・昭公十七年》左氏傳：「冬，有星孛於大辰」，西及漢。（杜預注：「夏之八月，辰星見」。夏之仲秋也。）……梓慎曰：「……火出，於夏為三月，於商為四月，於周為五月（建辰之月也，夏數得天。）。」張以寧曰：「周之冬，夏之秋；周之十月，夏之八月也。而梓慎之言，改月明矣。」

《春秋・昭公十八年》左氏傳：「夏五月，火始昏見。丙子，風」。張以寧曰：「大火昏見，夏之三月也。」夏之三月是季春，而經傳書五月，周之仲夏矣。

《春秋》經文是全部奉周正朔，除四季之月外，四時皆與夏不同，其例若干，阮君可自細數，此略舉顯然者耳！治國學者，不可不知《春秋》；治《春秋》者，不可不先知春王正月之大旨也。

《詩・唐風・蟋蟀》篇：「蟋蟀在堂，歲聿其莫（俗作暮），今我不樂，日月其除。」顧棟高《毛詩類釋》云：「除者，除舊布新，今人以臘月三十日為除夕。是詩明言為歲將暮，十月為歲除，是以十一月為歲首之明證也。」按凡言歲首，即是孟春正月之謂，吾則《春秋》應書作「元年，冬，王正月」矣。

《詩・豳風・七月》篇：「七月流火，九月授衣。一之日觱發，二之日栗烈，無衣無褐，何以卒歲？三之日于耜，四之日舉趾……」毛傳：「一之日，周正月也……二之日，殷正月也……三之日，夏正月也；四之日，周四月也。」孔疏：「一之日、二之日，猶言一月之日，二月之日，故傳辯之。……一之日，周之正月，謂建子之月也；二之日者，殷之正月，謂建丑之月也。……周之四月，即是夏之二月，建卯之月也。」

朱子曰：「一之日，謂斗建子，一陽之月；二之日，謂斗建丑，二陽之月也。變月言日，言是月之日。」又《七月》篇第七章云：「九月築場圃，十月納禾稼……亟其乘屋，其始播百穀。」顧棟高曰：「此書於十月之下，則此時已是以十一月，為來春矣；可見三正原是通行夏時，原不禁豳詩之用子正也。」顧氏明云周以夏之仲冬十一月為春矣。（未完）

附錄：原稿發表於一九六五年二月十日香港《華僑日報》華僑教育

答《「秋水時至」四字辨疑》（續）

《詩・小雅・采薇》篇云：「采薇采薇，薇亦作止；曰歸曰歸，歲亦莫止。……」其三章云：「采薇采薇，薇亦剛止；曰歸曰歸，歲亦陽止。……」《爾雅・釋天》：「十月為陽。」張以寧曰：「首章言莫止，而三章言陽止，則周十二月（冬季），夏之十月也（孟冬）；周以夏之十月為歲莫，以十一月為歲首（孟春正月）也。」

《詩・小雅・杕杜》篇（杕、音弟）：「……日月陽止，女心傷止，征夫遑止。」鄭箋：「十月為陽。……婦人思望其君子，陽月之時已憂傷矣。……陽月而思望之者，以初時云歲亦莫止。」顧棟高曰：「此篇亦以十月為歲暮，征夫可以歸而不歸，故婦人思之也，亦周正也。」凡《詩》皆以夏之十月為歲暮，歲暮者周之季冬也，越月則改歲而為春矣。《七月》篇云：「十月蟋蟀，入我牀下，……曰為改歲，入此室處。」孔氏《正義》曰：「曰為改歲者，以仲冬陽氣始萌，可以為年之始。故改正朔者，以建子為正；歲亦莫止，謂十月為莫。是過十月則改歲。」兩曆並行，羣書中所習見，《周禮》《豳詩》為尤然；而阮君云：「陳氏習慣於今日仍然沿用夏曆，係以七月八月九月為秋，此一牢不可破之概念，於不知不覺中，遂將秋水時至四字誤為周曆之七月八月九月之水時至，從而一誤再誤，而強作解人矣。」此何等語乎？君請自責也。

《詩・小雅・十月》篇：「十月之交，朔日辛卯，日有食之，亦孔之醜。」毛傳：「之交，日月之交會。」鄭箋：「周之十月，夏之八月也（建酉之月）。八月朔日，日月交會而日食，陰侵陽，臣侵君之象。」孔疏：「知此周十月夏八月者，《推度災》云：『十月之交，氣之相交，周十月，夏之八月。』……故據之以為周十月焉。」張以寧曰：「下文爗爗震電，蓋八月雷乃收聲之時，而震電見焉，亦為變異。此詩亦周正也。」建酉之月，於周是孟冬十月，於夏是仲秋八月。凡改正朔者必改月，改月者必改時，於秦漢猶然（見下），而況於周乎？《禮大傳》曰：「聖人南面而治天下，必自人道始矣。立權、度、量、考文章、改正朔、易服色、殊徽號、異器械、別衣服，此所得與民變革者也。」孔氏《正義》云：「改正朔者，正謂年始，朔為月初。」改正是改正月，如周改殷之建丑而以子月為正月，則必以春冠之，依次是二月三月，至卯（夏之二月，殷之三月）而為孟夏矣；焉有書為「冬正月冬二月」者乎？此有腦者所應知也。阮君既知有改正朔之事，而云「改春夏秋冬者則未之前聞」，是不知改正為何義，而欲易《春秋》為「元年、冬、王正月」也。

《詩・小雅・小明篇》：「明明上天，照臨下土；我征徂西，至于艽野，二月初吉（《傳》：「初吉，朔日也。」），載離寒暑。」二章云：「昔我往矣，日月方除；曷云其還？歲聿其莫！」三章云：「昔我往矣，日月方奧；曷云其還？政事愈蹙；歲聿云莫，采蕭穫菽。」張以寧曰：「周二月，夏十二月也（建丑之月）。……小明大夫，以夏十一月始往徂西，以十二月至于艽野，至於明年之九月，尚未得歸。踰年之久，能無憂乎？此詩之旨，次序甚明，與周正合。然則二月初吉，為夏十二月，周二月，信矣。」建丑之日，於夏為季冬十二月，於周則稱二月，是仲春矣。

《詩・周頌・臣工》篇：「嗟嗟保介，維莫之春，亦又何求？如何新畬！」《禮・月令》：「孟春之月，祈穀於上帝，天子親載耒耜，措之於參保介之御間，帥三公九卿諸侯大夫，躬耕帝籍。」《月令》孟春之月，而周詩稱莫春矣，故鄭箋云：「周之季春，於夏為孟春。諸侯朝周之春，故晚春遣之，勑其車右以時事。」孔氏《正義》云：「知非夏之季春者，以月令『季冬，命民修耒耜，具田器農書』；稱孟春，耕者急發，不得於建辰之月方始勸農，故知是夏之孟春也。」張以寧曰：「嗟嗟保介，即月令『祈穀，天子載耒耜，措之于保介之御間』，皆夏正孟春事也。若待建辰之三月，不亦晚乎？則此莫春為夏之正月，信矣。」

以上是見於《三百篇》者也。詩人序時，亦夏周兩曆並行，蓋夏數得天，窮古竟今所不能廢；故商周秦漢，除奉時王之正朔外，亦多用夏正也。

《周禮・天官・大宰》：「正月之吉，始和，布治于邦國都鄙；乃縣治象之法于象魏，使萬民觀治象。」又《小宰》：「正歲，帥治官之屬，而觀治象之法。」鄭玄注：「正月，周之正月；吉，謂朔日。」「正歲，謂夏之正月，得四時之正。」唐賈公彥疏：「正月，謂建子，周之正月言之；吉，謂朔日也。知正月是周之正月者，下文乃縣是建寅，明上云正月是周正月。」「知正歲是夏之正月者，見淩人云：『正歲十有二月，令斬冰。』若正歲是建子周正，即今之十月，冰未堅，不得斬之。」是《周禮》亦兩曆並行，以夏仲冬建子之十一月為春正月也。

《周禮・天官・宰夫》：「歲終，則令羣吏正歲會，月終則令正月要，旬終則令正日成……。正歲，則以法警戒羣吏，令修宮中之職事。」鄭注：「歲終，自周季冬。」賈疏：「知歲終是周之季冬者，以其正月之吉始和，彼正月是周之正月，……至令歲終考之，是一歲之終，故知非夏之歲終也。」「正歲，乃夏之正月，是其歲始。」(以後正歲之釋，不必辭費矣。)周之季冬，是夏之孟冬十月也。

《周禮・天官・醫師》：「歲終，則稽其醫事，以制其食。」賈疏：「言歲終者，謂至周之歲終」，周之歲終，夏之孟冬也。

《周禮・地官・大司徒》：「正月之吉，始和，布教于邦國都鄙。」鄭注：「正月之吉，周正月朔日也。」賈疏：「言正月朔日者，《周禮》凡言正歲者，則夏之建寅正月，直言正月者，則周之建子正月也。」張以寧曰：「朱子所謂『《周禮》有正歲正月，則周實是原改作春正月』，是已。」周之建子正月是孟春，於夏則為仲冬也。

又云：「歲終，則令教官正治而致事，正歲，令于教官曰……」鄭注：「歲終，自周季冬也。」「正歲，夏正月朔日。」賈疏：「知歲終是周季冬者，以其正月之吉始和，是周之歲始，明此致事之時，亦是周之歲終。」周之歲終季冬十二月是建亥之月，於夏則孟冬十月也。

《周禮・地官・小司徒》：「歲終，則考其屬官之治成而誅賞，正歲，則帥其屬而觀教法之象。」賈疏：「歲終者，謂周之歲終，建亥之月。」周歲終是建亥之月，是季冬十二月，於夏則為孟冬十月也。(鄭注賈疏文各互見)

《周禮・地官・鄉師》：「歲終，則考六鄉之治以衹詔廢置，正歲……」賈疏：「歲終者，謂周之季冬。」周之季冬，夏之孟冬也。

《周禮·地官·鄉大夫》：「正月之吉，受教法于師徒……」賈疏：「言正月之吉者，謂建子之月月朔之日。」建子之周春正月，夏之仲冬十一月也。

《周禮·地官·州長》：「正月之吉，各屬其州之民而讀法。」賈疏：「正月之吉，謂建子之月一日也。」建子是周之春正月，夏之仲冬十一月也。

又云：「歲終，則會其州之政令，正歲則讀教法如初。」賈疏：「既不言正歲之終，《周禮》之內直言歲終者，皆是周之歲終也」周之歲終，是季冬建亥十二月，於冬夏則為孟十月也。

《周禮·夏官·大司馬》：「正月之吉，始和，布政於邦國都。」賈疏：「正月，謂周正建子之月；之吉，謂之朔日。」

《周禮·秋官·大司寇》：「正月之吉始和，布刑於邦國都鄙。」賈疏：「正月之吉者，謂建子之月，正月一日也。」

以上是見於《周禮》者也。鄭康成、賈永年釋之羅絡矣。（未完）

附錄：原稿發表於一九六五年二月十一日香港《華僑日報》華僑教育

答《「秋水時至」四字辨疑》(續)

《禮記・明堂位》:「……是以魯君,孟春乘大路,載弧韣,旗十有二旒,日月之章,祀帝於郊,配以后稷,天子之禮也。」鄭玄注:「孟春,建子之月。魯之始郊,日以至。」孔穎達《正義》:「知孟春是建子之月者,以下云『季夏六月,以禘禮祀周公』,若是夏之季夏,非禘祭之月,即是周之季夏;明此,孟春,亦周之孟春。」

又《雜記》:「孟獻子曰:『正月日至,可以有事於上帝』」,故知此孟春是建子之月也。云魯之始郊日以至者,《郊特牲》云:『周之始郊,日以至』,鄭既破周為魯,故云魯郊日以至。」張以寧曰:「建子十一月謂之孟春,則《春秋》建子之為春明矣。」周以建子之月為孟春正月,於夏則是仲冬十一月也。

又云:「季夏六月,以禘禮祀周公於太廟。」鄭注:「季夏,建巳之月也。」張以寧曰:「建巳四月,謂之季夏六月,則《春秋》建子之為春明矣。」周以建巳之月為季夏六月,夏曆則是孟夏四月也。

《禮記・雜記下》:「孟獻子曰:正月日至,可以有事於上帝;七月日至,可以有事於祖。」孔疏:「正月;周正月建子之月也;日至,冬至日也。……七月日至者,周七月,建午之月也;日至,夏至日也。」張以寧曰:「建子之月冬至(夏曆十一月),而曰正月日至,不曰冬至，以周十一月不為冬也。建午之月夏至（夏曆五月），而曰七月日至，不曰夏至，以周五月不為夏也。」

然則《春秋》建子之月，不以為冬而以為春，亦明矣。改正朔必改四時，羣書所載，林林總總如此，而阮君謂「未之前聞」；且橫加謗語，譏余為「一誤再誤，強作解人」，異哉！此人之所謂「治學精神」也！

《禮記・郊特牲》：「天子大蜡八。伊耆氏始為蜡，蜡也者索也，歲十二月，合聚萬物而索饗之也。」鄭注：「歲十二月，周之正氣，謂建亥之月也。」孔疏：「知是周十二者，下云『既蜡而收，民息已』，收謂收斂，則時所謂『十月納禾稼』；又《月令》：『孟冬，祈來年於天宗』，是知蜡，周建亥之月，三代皆然。此經文據周，故為十二月。」建亥之月，於周為季冬十二月，在夏則是孟冬十月也。

《禮・月令》：「孟冬之月，天子乃祈來年于天宗，大割祠于公社及門閭，臘先祖五祀，勞農以休息之。」於孟冬之月而祈來年，是周以夏之孟冬為季冬也。張以寧曰：「夫三代及秦，正朔不同，則其為歲終各異：故月令於孟冬十月曰：『謂先祖五祀，勞晨以休息之』，故奉建亥之歲首之月也。」按：秦以建亥為歲首，則應以建戌之月祈來年，張氏徒障於蔡邕謂「周曰蜡，秦曰臘」耳；然《左傳》云「虞不臘」，是周亦名臘也。周秦皆以歲終之月為臘，周以十月建亥，秦以九月建戌。《史記・秦始皇本紀》云：「三十一年，十二月，更名臘曰嘉平。」裴駰《集解》引太原真人《茅盈內紀》曰:「始皇三十一年 九月庚子……因改臘曰嘉平。」是秦始皇之臘乃是夏正之九月;秦以建亥之十月為歲首,故以建戌之九月為歲終臘月也。

《書・伊訓》:「惟元祀,十有二月乙丑,伊尹祠于先王……」《書序》:「成湯既沒,太甲元年,伊尹作《伊訓》。」《漢書・律曆志》云:「商十二月乙丑朔旦冬至,故《書序》曰:『成湯既沒,太甲元年,使伊尹作《伊訓》。』《伊訓》篇曰:『惟太甲元年十有二月乙丑朔,伊尹祀于先王。』凡冬至必在建子之夏正十一月,而商書稱十二月者,是用商之正朔,以建丑為正月,故以冬至之月為十二月也。」

《書・泰誓上》:「惟十有三年,春,大會於孟津。」《書序》:「惟十有一年,武王伐殷,一月戊午,師渡孟津。」孔傳:「此周之孟春。」孔疏:「序言一月,知此春是周之孟春,謂建子之月也。知者,案三統曆,以『殷之十二月,武王發師,至二月甲子,咸劉商王紂』,彼十一月,即周之正月,建子之月也。」邢雲路曰:「春者,孟春建子之月,即夏之十一月也。」張以寧曰:「孔氏之説是也,漢唐諸儒無異論也。蔡沈以為『同時改易,皆不得其正』,正愚所謂『未及聞朱子之晚年定論也』。周有正月正歲,安有四時改易之不得其正者乎。」

《書・泰誓中》:「惟戊午,王次於河朔。」序云「一月戊午」,而《漢書・律曆志》云:「周正月辛卯朔,戊午度于孟津,明日己未冬至。」是知周以冬至之月為一月,為孟春也。(戊午是周之正月二十八日。）

《書·牧誓》：「時甲子昧爽，王朝至於商郊牧野。」孔疏：「甲子之日，是周之二月四日，以曆推而知之也。」按，應是周之二月五日，《漢書·律曆志》云：「序曰：『一月戊午，師度于孟津』，二月朔日也，四日癸亥，至牧野，夜陣，甲子昧爽而合奏。正大寒中，在周二月己丑晦。」是年大寒，本是夏正十二月三十日，而《志》云在周二月，則於周為仲春，於夏為季冬矣。

《書·武成》：「惟一月壬辰，旁死魄。」孔傳：「此本說始伐紂時一月，周之正月，是建子之月，殷十二月也。」顧炎武曰：「未為天子，則雖建子而不敢謂之正，《武成》『惟一月壬辰』是也，已為天子，則謂之正，而復加王，以別於夏殷，《春秋》『王正月』是也。」周正建子之一月，殷之十二月，夏之十一月也。

《書·金縢》：「秋，大熟，未獲，天大雷，電以風，禾盡偃。……歲則大熟。」此最易以為是夏正之秋者，邢雲路曰：「秋乃周季秋建申九月，即夏孟秋七月。七月，正禾熟未穫時。」張以寧曰：「《豳風》夏正云：『八月其穫』，則此云秋者，周正，七月也。八月雷收聲，雷電以風，為七月也。後言歲則大熟，指十月也。……蓋周以十一月為歲首，十月為歲終，會計歲事，皆於十月，以是知其為十月也。此篇書秋不書月，以七月於夏周皆秋，無俟乎書月，《春秋》書冬不書月，以十月於夏商皆冬，亦無俟乎書月。然則此篇之秋大熟，亦周時也。」按，此處之秋，是周之季秋，於夏則為孟秋也。

《書・召誥》：「惟二月既望，越六日乙未……惟太保先周公相宅……三月惟丙午，越三日戊申，太保朝至于洛，卜宅，厥既得卜，則經營。」孔疏：「《左傳》發例云：『凡土功，水昏至而栽，日至而畢』，此以周之三月農時役眾者，遷都事大，不可拘以常制也。」張以寧曰：「此言周之三月為農時，是夏之正月也；則二月既望，為夏之十二月也，與《小明》詩『二月初吉』同也」。周之三月是季春，於夏則為孟春；周之二月是仲春，於夏則是季冬也。（未完）

附錄：原稿發表於一九六五年二月十二日香港《華僑日報》華僑教育

答《「秋水時至」四字辨疑》（續）

《書・洛誥》：「惟三月哉生魄，周公初基，作新大邑於東國洛（舊脱簡在《康誥》，先儒定為《洛誥》文。）……予惟乙卯朝，至於洛師……戊辰，王在新邑，烝祭歲。文王騂牛一，武王騂牛一……王命周公後，作冊《逸誥》，在十有二月。」孔傳：「成王既受周公誥，遂就居洛邑，以十二月戊辰晦（月之最後一日）到。」「明月，夏之仲冬，始於新邑烝祭，故曰烝歲祭。」孔疏：「周公歸政成王，王即東行赴洛邑，其年十二月晦戊辰日，王在新邑，後月（春正月）是夏之仲冬，為冬節烝祭，其月節是周之歲首（春正月），特異常祭……在十有二月者，周之十二月，建亥之月也。（周之季冬，夏之孟冬。）。戊辰是其晦日，故明日即是夏之季冬，建子之月也。」

邢雲路曰：「烝，冬祭也。周雖改正，而祭祀則用夏時，周十二月建亥之季冬，即夏十月孟冬。」張以寧曰：「《律曆志》：『是歲十二月戊辰晦……』周十二月（建亥），夏十月也，周以十一月改正月，為歲首，故曰烝祭歲，孔說是也。冬祭曰烝，此月祭烝者，趙匡曰：『四時之祭，皆夏時也。』篇首惟三月，夏之正月也，不繫之時。」

《書·多士》：「惟三月，周公作於新邑洛，用告商王事。」據孔疏以周之三月晨時役眾，即此周之季春三月，是之孟春正月也。

《書·多方》：「惟五月丁亥，王來自奄，至于宗周。」張以寧曰：「二篇皆周月也。多方五月，不繫之夏者，五月於周非夏也（夏正是季春）。」

《書·顧命》：「惟四月哉生魄，王不懌。甲子……越翼日乙丑……丁卯，命作冊度。越七日癸酉……」張以寧曰：「漢《律曆志》：『成王三十年四月庚戌朔，十五日甲子哉生霸』。引《顧命》云云，與《書》同。四月，夏二月也。」又曰：「總論六篇之義：《金縢》書時不書月，《召誥》、《洛誥》、《多士》、《多方》、《顧命》，書月日不書時。蓋周以建子為正，於夏正有兩月之不同；夏正自前代行於民間已久，而正月正歲，又自有參差之不齊，故於時月日之書，皆不相繫，以一臣民之耳目視聽，使之不惑，此周一代書法也。厥後魯公《費誓》：『甲戌，我惟征徐戎……甲戌，我惟築』，猶周之書法，見魯用周正朔也。」

《書·畢命》：「惟十有二年六月庚午，越三日壬申，王朝步自宗周，至于豐。」《漢書·律曆志》云：「畢命豐刑曰：惟十有二年六月庚午，王命作策豐刑。」凡漢《律曆志》載周事皆本周正，故此六月是周建巳之月，於夏則是四月也。

以上數十端是略見於羣經中者也。因阮君謂「未之前聞」，故稍稍揭舉以相示，聊償阮君三月趨聽之勞耳！茲復舉《史》《漢》等書若干端於下：

《史記·歷書》：「昔自在古歷，建正，作於孟春。」司馬貞曰：「古籍者，謂黃帝調歷以前，有上元太初歷等，皆以建寅為正，為之孟春也。及顓頊、夏禹，亦以建寅為正，唯黃帝及殷周魯，並建子為正（殷是建丑）；而秦正建亥，漢初因之。」張以寧曰：「按此，則黃帝以前，已有三正，與《夏書·甘誓》合，非始於三代也。又按建寅為正，謂之孟春；則在天之月，止有建子、建丑、建寅。至於建戌與亥，而春夏秋冬、孟仲季之名，出於人之所命，隨時而改，以為一代之正朔者也。」張氏謂「春夏秋冬、孟仲季之名，隨時而改」者是也；阮君謂「未之前聞」，何哉？昌黎曰：「惑而不從師，其為惑也，終不解矣！」

又云：「秦滅六國，……而自以為獲水德 之瑞……而正以十月……漢興……襲秦正朔服色……而今上即位……運算轉歷，然後日辰之度，與夏正同。」歷書前謂建正作於孟春，故改正月必改四時。史公躬與漢武改曆之事，故太初以前及秦之正朔，必以夏之孟冬十月為孟春正月也。

又云：「十一月甲子朔旦冬至……日得甲子，夜半朔旦冬至。」張以寧曰：「自黃帝命大撓造甲子以來，數干支必首甲子以子月為明年久矣。」黃帝及周，以子月為孟春正月可見矣。

《史記・封禪書》：「昔秦文公出獵，獲黑龍，此其水德之瑞。於是秦更命河曰德水，以冬十月為年首。」年首猶歲始，前云「建正作於孟春」，作者起也，始也；以冬十月為年首者，即謂以夏之孟冬十月為孟春正月也。

《史記・秦始皇本紀》：「二十六年……改年始（猶歲首）朝賀，皆自十月朔。」張守節曰：「周以建子之月為正，秦以建亥之月為正，故其年始用十月而朝賀。」

《史記・秦始皇本紀》：「二十九年，始皇東游……登之罘刻石，其辭曰：『維二十九年，時在中春，陽和方起……』」張守節曰：「中，音仲」陽和方起者，謂冬至建子之月（於掛為復）而一陽生也。秦以亥月為孟春，故以夏正仲冬建子之十一月為仲春矣。」

《史記・秦始皇本紀》：「三十一年，十二月，更名臘曰嘉平。」裴駰引太原真人《茅盈內紀》曰：「始皇三十一年九月庚子……帝若學之臘嘉平……始皇欣然……因改臘曰嘉平。」

《始皇本紀》是書秦皇之十二月，《茅盈內紀》是題夏正九月，古皆以歲終之月為臘，是秦以夏之季秋九月為季冬十二月也。

《史記・張蒼傳》：「以高祖十月始至霸上，因故秦時本以十月為歲首，弗革。」

《漢書・律曆志》：「三統者，天施，地化，人事之紀。十一月，《乾》之初九，陽氣伏於地下，始著為一，萬物萌動，鐘於太陰，故黃鐘為天統。……林鐘為地統……太族為人統……是為三統。其於三正也，子為天正，丑為地正，寅為人正」。張以寧曰：「在律曆為三統，在正朔為三正。」

《漢書・律曆志》：「山陽者東方，東，動也，於時為春；春，蠢也，物蠢乃動運。」張以寧曰：「按四時之名，皆人所命也，春，蠢也，言陽氣蠢動也。子，一陽之月；丑，二陽之月；寅，三陽之月。故夏商秋皆以為春。亥，六陰之月，不可為春矣，故行之不久也。」

《漢書・律曆志》：「經曰：『春王正月』傳曰：『周正月』，『火出，於夏為三月，商為四月，周為五月，夏數得天』得四時之正也。三代各據一統，明三統常合而迭為首。」張以寧曰：「按，孟仲季迭用事，為統首，謂夏以建寅為孟春，而建卯建辰為仲季；商以建丑為孟春，而建寅建卯為仲季；周以建子為孟春，而建丑建寅為仲季。」此說明快矣。

又云：「星紀……冬至。」班固自注云：「於夏為十一月，商為十二月，周為正月。」此謂建子之月，於夏為仲冬十一月，於商為季冬十二月，於周為孟春正月也。

又云：「玄枵……大寒。」班固自注云：「於夏為十二月，商為正月，周為二月。」此謂建丑之月，於夏為季冬十二月，於商為孟春正月，於周為仲春二月也。

又云：「諏訾……驚蟄。」班固自注云：「今日雨水。於夏為正月，商為二月，周為三月。」此謂建寅之月，於夏為孟春正月，於商為仲春二月，於周為季春三月也。

又云：「降婁……春分。」班固自注云：「於夏為二月，商為三月，周為四月。」此謂建卯之月，於夏為仲春二月，於商為季春三月，於周為孟夏四月也。

又云：「大梁……清明。」班固自注云：「今曰穀雨。於夏為三月，商為四月，周為五月。」此謂建辰之月，於夏為季春三月，於商為孟夏四月，於周為仲夏五月也。

又云：「實沈……小滿。」班固自注云：「於夏為四月，商為五月，周為六月。」此謂建巳之月，於夏為孟夏四月，於商為仲夏五月，於周為季夏六月也。

又云：「鶉首……夏至。」班固自注云：「於夏為五月，商為六月，周為七月。」此謂建午之月，於夏為仲夏五月，於商為季夏六月，於周為孟秋七月也。

又云：「鶉火……大暑。」班固自注云：「於夏為六月，商為七月，周為八月。」此謂建未之月，於夏為季夏六月，於商為孟秋七月，於周為仲秋八月也。

又云：「鶉尾……處暑。」班固自注云：「於夏為七月，商為八月，周為九月。」此謂建申之月，於夏為孟秋七月，於商為仲秋八月，於周為季秋九月也。

又云：「壽星……秋分。」班固自注云：「於夏為八月，商為九月，周為十月。」此謂建酉之月，於夏為仲秋八月，於商為季秋九月，於周為孟冬十月也。

又云：「大火……霜降。」班固自注云：「於夏為九月，商為十月，周為十一月。」此謂建戌之月，於夏為季秋九月，於商為孟冬十月，於周為仲冬十一月也。

又云：「析木……小雪。」班固自注云：「於夏為十月，商為十一月，周為十二月。」此謂建亥之月，於夏為孟冬十月，於商為仲冬十一月，於周為季冬十二月也。

又云：「魯煬公二十四年正月丙申朔旦冬至。」此周曆以冬至之月（仲冬十一月建子）為孟春正月也。

又云：「魯微公二十六年正月玄朔旦冬至。」此又周曆以冬至之月為孟春正月也。

又云：「魯獻公十五年正月甲寅朔旦冬至。」此又周曆以冬至之月為孟春正月也。

又云：「魯懿公九年正月癸巳朔旦冬至。」此又周曆以冬至之月為孟春正月也。

又云：「魯惠公三十八年正月壬午朔旦冬至。」此又周曆以冬至之月為孟春正月也。

又云：「魯隱公五年正月辛亥朔旦冬至。」此又周曆以冬至之月為孟春正月也。（未完）

附錄：原稿發表於一九六五年二月十三日香港《華僑日報》華僑教育

答《「秋水時至」四字辨疑》(續)

張以寧曰:「漢初,魯歷與黃帝、顓頊、夏、商、周之曆俱存,劉歆用之為《三統歷》,班固取之為《律歷志》。所引冬至,見於魯六公之時者,皆在周正月,非夏之正月。《左傳》曰日至,而此曰冬至者,則亦後世之辭也。」

又《漢書・律曆志》云:「魯成公十二年正月庚寅朔旦冬至。」此又周曆以冬至之月為孟春正月也。

又云:「魯昭公二十年正月己丑朔旦冬至。」此又周曆以冬至之月為孟春正月也。

又云:「魯元公四年正月戊申朔旦冬至。」此又周曆以冬至之月為孟春正月也。

又云:「魯康公四年正月丁亥朔旦冬至。」此又周曆以冬至之月為孟春正月也。

又云:「魯緡公二十二年正月丙寅朔旦冬至。」此又周曆以冬至之月為孟春正月也。

又《高帝紀上》:「秦二年十月。」文穎曰:「十月,秦正月。始皇即位,周火德以五勝之法,勝火者水……十月為正月,謂建亥之月,水得位,故以為歲首。」凡云正月,云歲首,皆孟春之謂,說見上《史記》歷書。

又云:「後九月。」文穎曰:「即閏九月也。」如淳曰:「時因秦以十月為歲首,至九月則歲終,後九月即閏月。」劉歆曰:「司馬氏為史,既以秦正月稱十月,遂以閏月溥謂之後九月。」

又云：「元年冬十月。」如淳曰：「《張蒼傳》云：以高祖十月至霸上，故因秦以十月為歲首。」

又云：「春正月。」如淳曰：「以十月為首。」服虔曰：「漢正月也。」顏師古曰：「凡此諸月號，皆太初正曆之後，記事者追改之，非當時本稱也。以十月為歲首，即謂十月為正月；今此真正月，當時謂之四月耳。他皆類此。」元年冬十月，史家未追改以前「本是元年正月也。」

又《武帝紀》：「太初元年……夏五月，正歷，以正月為歲首。」顏師古曰：「謂以建寅之月為正也。未正歷之前，謂建亥之月為正；今此一言以正月為歲首者，史追正其月名。」

又《任敖傳》：「以高祖十月始至霸上，故因秦時本十月歲首，不革。」此與《史記·張蒼傳》同。」

又《叔孫通傳》：「會十月，漢七年，長樂宮成，諸侯羣臣期十月。」師古曰：「漢時尚以十月為正月，故行朝歲之禮。《史記》追書十月。」高祖時，尚以夏正孟冬建亥之月為正月也。

又《劉向傳》「王者必通三統。」張晏曰：「一曰天統，謂周十一月建子為正，天始施之端也；二曰地統，謂殷以十二月地統為正，地始化之端也；三曰人統，謂夏以十三月建寅為正，人始成之端也。」凡建正即是孟春矣。

又，《晁錯傳》：「錯後言……陛下絕匈奴，不與和親，臣竊意其冬來南也……欲立威者，始於折膠。」蘇林曰：「秋氣至，膠可折，弓弩可用，匈奴常以為候而出軍。」觀此，則是晁錯對文帝所稱之冬，是漢仍秦曆之舊，夏之秋時也。

《白虎通・三正》：「十一月之時，陽氣始養，根株黃泉之下，萬物皆赤；赤者，盛陽之氣也。故周為天正，色尚赤也。十二月之時，萬物始牙而白，白者陰氣，故殷為地正，色尚白也。十二月之時，萬物始達，孚甲而出，皆黑，人得加功。故夏為人正，色尚黑。《尚書大傳》曰：「夏以孟春月為正（建寅月為春正月），殷以季冬月為正（建丑月為春正月），周以仲冬月為正（建子月為春正月）。」

蘇武詩：「燭燭晨明月，馥馥秋蘭芳……寒冬十二月，晨起踐嚴霜。」此詩先有「秋蘭」，則「冬十二月」者，是太初以前用亥正之曆，夏之季秋九月也。《禮・月令》：「季秋之月，霜始降，寒至總至。」則稱寒冬嚴霜，不足怪也。

《古詩十九首》：「明月皎夜光，促織鳴東壁，玉衡指孟冬，眾星何歷歷！白露沾野草，時節忽復易；秋蟬鳴樹間，玄鳥逝安適？」李善曰：「上云促織，下云秋蟬，明是漢之孟冬，非夏之孟冬矣……漢之孟冬，今之七月也。」《禮記・月令》：「孟秋之月，白露降，寒蟬鳴（《呂氏春秋・孟秋紀》及《淮南子・時則訓》同）。」楊升庵曰：「漢襲秦制，以十月為歲首，漢之孟冬，夏之七月也。」又唐儲光羲詩：「夏王紀冬令，殷入乃正月」，此亦一證。」陳太初云：「促織秋蟬玄鳥，明是漢之孟冬，非夏之孟冬矣。《漢書》，高祖十月至灞上，故仍秦制，以十月為歲首。漢之孟春在十月，故漢之孟冬，今之七月也。則詩作於漢武太初以前未改秦朔時。」

總上觀之，羣書所載，前王受命，正朔改則四時移，疊□要遮，稍加摭拾，已百餘端矣。(偏舉則老夫不暇，約略則阮君終迷，以季孟之間待之爾。)而阮君云：「改正朔則有之矣，改春夏秋冬四時則未之前聞。」何所學之寡而敢言之甚也！《禮》曰：「不苟訾，不苟笑。」項梁云：「毋妄言！」況以非為是，惡直醜正，蘊促中之情，挾虛□之氣，肆其□薄，蚩聲以□人乎？

阮君又引《辭海》三汛之説以餉余，俾資考證，一何渾噩乃爾！《辭海》亦足為辭章國故者所資耶？三汛之説，於周秦典籍中亦有據耶？《辭海》之所云云，是明清至近代黃河事耳！莊生豈明清或近人乎？是殆者甚於矜其宋板《康熙字典》矣！

按黃河改道，自西漢迄今，不知轉徙若干次；近代之黃河，豈莊生所見之舊哉！清夏□《治河論》云：「西漢去今千七百年，距禹猶未遠，又河未南徙，則其水亦必如今日之濁。」胡渭《論河》云：「禹河本有可復之機，一失之於元封，再失之於永平，三失之於熙寧，至明昌以後，事無可為；居今日而規復禹河，是猶坐談龍肉，終不得飽也。河之離舊愈遠，則反本愈難；但得東北流入渤海，天文地理，兩不相悖；而河無注江之患，斯亦足矣！求如西漢之河不可得，即如宋之北流亦不可得。」

孫星衍《禹醴二渠考》云：「宋時南北分流，不用導河入漳之議；而回河使東，無復禹迹，河患自此多矣。」裘曰修《治河論》云：「西漢及周（後周）宋以來，河患劇矣。」又《治河策上》云：「每日行舟搜沙，於秋末三冬及春初水未發之時。」又《治淮論》云：「治淮之要，亦曰無使河合淮而已矣……秋冬水落。」阿桂《籌改河善後事宜疏》云：「水退沙停，再經伏汛，黃水蕩漾。」（伏汛、由夏至後第三庚、第四庚及立秋後初庚也。）

張靄生《河防述言》云：「昔禹導河入海……未必如今之濁……平時之水，沙居其六；一入伏秋，沙居其八。」又曰：「水性本動，而黃為尤甚，其變更遷徙，原是無常。」又曰：「……秋深水退，方為啟閘。」慕天顏《治淮黃通海口疏》云：「運河建天妃閘，所以拒黃迎淮也……五六月間，黃水不得閘入……每歲五六七月，照舊封閉。」晏斯盛《河淮全勢疏》：「桃伏大汛，急而旁走……則淮揚所屬，不可問矣。」張百齡《極陳借黃濟運之弊疏》云：「在八月中旬，秋水潮落之期。」莫瞻菉《請防要工固湖隄疏》：「河臣奏稿，知河患多由於停淤。」吳清口《大挑無益疏》云：「自嘉慶八年以後高至今黃河河底，逐漸淤墊，比從前已淤，丈餘，水面亦因之而高；以致時非盛漲，黃水亦復內灌。」

張伯行《治河雜論》云：「黃河非持久之水也，與江水異。每年發不過五六次，每次發不過三四日。故五六月,是其一鼓作氣之時也,七月則再鼓,而八月則三鼓而竭且衰矣。」魯之裕《急溺瑣言》云:「夫四防之候,每不過五六七八月。而此數月之水,其發不過數次,每次亦不過數日。然而初發之水不盛也,再次則猛矣,至於八月以後,則雖發而勢亦衰。」又曰:「嘉慶八年,伏汛以後,豐磯等境河身,刷深至二丈以外。」

丁顯《黃淮分合管議》云:「每歲均在五月間,其時雨水盛行,汛漲舉發。」游百川於光緒九年上《河工疏》云:「五月中旬,黃河汛漲。」又曰:「汛漲多祇旬月,過此則水涸。」曾國荃於光緒十一年上《查勘江北舊黃河情形疏》云:「冬春水涸,即成平陸。」章實善《治河議上》云:「秋冬水落,施工較易。」

總上二十餘端觀之,今之黃河,雖非莊生所見之舊,而盛漲猶因雨集,多在五六七月之伏汛。(請一檢《辭源》汛條),至其為災,則下游沙淤故也。因阮君侈談曆法之不足,又舉《辭海》之三汛條,以為仰以觀於天文,伏以察於地理,故余聊效芹曝之貢耳。(未完)

附錄:原稿發表於一九六五年二月十四日香港《華僑日報》華僑教育

答《「秋水時至」四字辨疑》（續）

又阮君文末，復疑余謂《詩・魏風・伐檀》篇之「漣」即「瀾」字，亦庸妄甚矣！蓋《魏風》之「河水清且漣漪」句，《爾雅》及《釋名》正以「漣」為「瀾」，而《說文》亦謂「漣」是「瀾」之或體也。並《爾雅》《說文》《釋名》諸書一舉而非之，而以己之俗音為是，「治學精神」固應爾耶？阮君云：

「陳氏從而譏評（湛銓案：無譏評，此傾陷）一般人將《詩・伐檀》篇「河水清且漣漪」之「漣」字，誤讀為「連」。蓋陳氏以為應讀為「瀾」。實為「漣」字之讀音有二，而音義亦有二。其一，「風行水面成文曰漣」。故在「河水清且漣漪」一句中，仍應讀「漣」為「連」。其二、「漣」與「瀾」同，則自當讀「漣」為「瀾」，然此僅指大波而言耳。」（此條語意不清，幸余尚能會其意耳。）

右條是阮君原文也。文字音訓，是專門之學，暖暖姝姝者，豈可輕置其喙乎！《詩・魏風・伐檀》篇首章云：「河水清且漣猗！」二章云：「河水清且直猗！」三章云：「河水清且淪猗！」《爾雅・釋水》云：「河水清且瀾漪：大波為瀾，小波為淪，直波為徑。」邢昺疏云：「案《魏風・伐檀》篇云云，故此釋之。」《說文》水部云：「瀾，大波為瀾。」又云：「漣、瀾或從連。」徐鉉曰：「今俗音力延切」《說文》又云：「淪，小波為淪。」《詩》曰：「河水清且淪猗。」

東漢劉熙《釋名·釋水》云：「風行水波成文曰瀾（此阮君所謂應讀為連者也），小波曰漪淪，大波為瀾，水直波曰涇。」《爾雅》、《說文》、《釋名》各條，皆專解《詩·魏風·伐檀》篇者，寧復有誤而須阮君為之辨正歟？又《詩·漸漸之石》篇鄭玄箋云：「與眾豕涉入水之波漣矣。」鄭君仍以漣為瀾也。段玉裁《說文解字注》云：「魏風：『河水清且漣猗』，釋水引作『瀾』云：『大波為瀾』；《毛傳》云：『風行水成文曰漣』。傳下文云：『淪，小風水成文』，則瀾為大可知，與《爾雅》無二義也。」又曰：「古闌連同音，故瀾漣同字。」

惠棟《說文古義》云：「河水清且漣漪：案《說文》，漣字，瀾或字也；《爾雅》釋水正作瀾。陸氏音連，誤。」王筠《說文句讀》云：「釋水云：『河水清且瀾漪：大波為瀾，小波為淪，直波為徑』」，此釋《魏風·伐檀》之首章，因及其二三章也。」潘奕雋《說文通正》云：「《爾雅·釋水》云：『河水清且瀾猗：大波為瀾，小波為淪，直波為徑』；《詩·伐檀》篇作「漣猗」、「直猗」、「淪猗」，而「漣」字與「檀」「干」為韻。又《氓之蚩蚩》：「不見復關，泣涕漣漣」，「關」「漣」為韻。《易》：「乘馬班如，泣血漣如」，「班」「漣」為韻。知古人皆讀「漣」同「瀾」，「瀾」「漣」為一字；而力延切，乃俗音也。

李富孫《說文辨字正俗》云：「按、瀾漣本一字，《詩》『河水清且漣猗』，即《爾雅》之『瀾漪』。今分為二字，則相承之失也。」江聲《釋名疏證》云：「《爾雅》：『河水清且漣漪，大波為瀾……』瀾或作漣。」臧淋《經義雜記》云：「《詩・伐檀》：『河水清且漣猗』，傳：『風行水成文曰漣。』《爾雅・釋水》作『河水清且瀾漪』。又《詩・漸漸之石箋》云：『入水之波瀾矣。』《釋名・釋水》：『風吹水波成文曰瀾。』案：《說文》水部：『瀾，大波為瀾』『漣、瀾或從連。』據此，則瀾漣一字。《毛詩》為古文，作漣；《爾雅》為今文，作瀾；《說文》亦以瀾為正字。《釋名》本諸《爾雅》，劉成國漢人，當據《三家詩》，故亦作瀾。徐鼎臣於漣下云：『今俗音力延反』，亦以二字同音，不當區別故也。陸德明於瀾字云：『力安反』，於漣字云：『音連』。不知二字音同，識反出徐氏下矣。」

陳奐《詩毛氏傳疏》云：「《爾雅・釋水》：『河水清且瀾漪；大波為瀾……』《釋文》引《說文》作大波為瀾，或作漣，是瀾漣同字也。」馬瑞辰《毛詩傳箋通釋》云：「《爾雅・釋水》云：『河水清且瀾漪；大波為瀾……』據《說文》，大波為瀾，瀾或從連，作漣；是瀾漣本一字。古連讀若瀾，故與『檀』『干』為韻。漣亦作瀾，猶蓮通作蘭也。」李黼平《毛詩紬義》云：「毛傳：『風行水成文曰漣』，按《爾雅》引此詩作瀾。《說文》瀾云：『大波為瀾』，又漣云：『瀾，或從連』。徐鉉等曰：『瀾，今俗音力延切，非是。』《小雅・漸漸之石》箋云『與眾豖涉入水之波瀾』，據此則瀾漣誠一字矣。」

宋保《諧聲補逸》云：「瀾，重文作漣，瀾漣古同音。『漣漪』《爾雅》作『瀾漪。』」邵瑛《說文羣經正字》云：「據《說文》，瀾漣一字，並洛干切；故《詩・伐檀》『河水清且漣漪』，

《爾雅》作『瀾』。陸德明於瀾，音力安反；於漣云力口反；音連。是不考《說文》，妄分為二字也。」皮錫瑞云：「《說文》，或作漣，瀾漣古同聲通用。」諸說不明備舉矣。統上十餘端觀之，則余謂《陳風・伐檀》篇之「漣」即「瀾」字，尚有誤乎？阮君不讀書，於古學無所涉入，又不肯執疑面問，以廣所聞；而乃三月誅求，以非為是，文飾姦言，彈射正學；此風若長，則學術尚有是非真偽之足云乎？（未完）

附錄：原稿發表於一九六五年二月十五日香港《華僑日報》華僑教育

答《「秋水時至」四字辨疑》（續完）

縱觀阮君辨疑之文，了無一是；而輕揚惡聲，貽誤後學；好名可諒，惑眾不可恕也。夫前王改正朔，月改則春移，於羣書中實千數百見，而阮君謂「未之前聞」，則其為學，已可見矣。而聆教愈迷，引滿倒發，竟譏余云：「陳氏竟自謂考出周曆之秋，為（今之）五六七月……從而一誤再誤，而強作解人矣。」又曰：「恐後學者不察，信以為真，則莊周死而有知，寧不啼笑皆非？」又曰：「倘對陳氏之一時錯覺，竟任令其含糊了事……」又陷余云：「陳氏並指稱香港現行各種課本中所引之一切注釋，對此四字，均不了了之。」又云：「陳氏以質詢之語調續稱……」又云：「陳氏又從而譏評一般人……」似此儇薄傾仄，端直之童所不為，而況欲就正於其所教者耶？

屈靈均曰：「邑犬羣吠，吠所怪也。」柳子厚曰：「雪與日豈有過哉？顧吠者犬耳！」阮君如是在學青年，且非入門三閱月者，猶之可也，然云「恐後學不察」，而矜其所謂「治學精神」者，則阮君殆為人師者歟？歐陽公曰：「足下猶能以面目見士大夫，是足下不復知人間有羞恥事耳！」「《春秋》不成人之惡，伸道而不伸邪」，故嚴譴之如是。《詩》曰：「予曰有奔奏，予曰有禦侮」；阮君如仍以是為非，而以非為是，「將陸續有以就正」，則「猗與那與」，「髦士攸宜」矣。

凡余講論國故，恆患寸晷電謝，尺波不留，自奮之不暇，何得細細較量港中現行課本耶？若盡心於學術，而忠於其所事者，則固有之矣：其有不守前人訓釋者，必其義欠圓融，未得其是；然後往復思維，窮搜冥索，其所憑藉，足資據依，乃始別立一說，思有以得作者之用心。《書》曰：「辭尚體要，不惟好異。」陸士衡曰：「余每觀才士之所作，竊有以得其用心。」豈詭更正文，遠離道本，苟以立異鳴高，而矜其所獨得哉！《漢志》曰：「安其所習，毀所不見，終以自蔽，此學者之大患也。」阮君飾小說以干懸令，鳴餘竅以殺宮商，蔑魏牟之嘉言，忘河伯之後覺，幾何其不匍匐而歸乎！

附注：唐陸德明《經典釋文・莊子音義》中云：「秋水，李（名頤，字景真，自號玄道子，晉穎川襄城人。）云：水生於春，壯於秋。」唐成玄英《莊子疏》云：「大水生於春而旺於秋，素秋陰氣猛盛，多致霖雨，故秋時而水至也。」此皆與《禮記・月令》，《周書・時訓》，《呂氏春秋・季夏紀》《仲秋紀》，《淮南子・時則訓》等書所謂「季夏之月，潦水盛昌，大雨時行。仲秋之月，陽氣日衰，水始涸」者不合。故《莊子》「秋水時至，百川灌河」之秋，必是指周曆，即夏曆之五六七月也。

又「涇流之大」：陸氏《釋文》於「涇流」下引「司馬（名彪，字紹統，《晉書》有傳）云：「涇，通也。」崖（名譔，晉清河人。）本作徑。云：「直度曰徑。」又云：「字或作涇。」」《詩・魏風・伐檀》篇云：「河水清且直猗！」《毛傳》云：「直，直波也。」《爾雅・釋水》：「直波為徑。」《釋名・釋水》：「水直波曰涇。涇，徑也，言如道徑也。」《爾雅》《釋名》皆釋詩之「直」字者。」

孔穎達《毛詩正義》云：「不言徑而言直者，取韻故也。」涇本水名，假借為徑。段玉裁曰：「《爾雅》：「直波為徑」《釋名》作「直波曰涇」，云「涇，徑也，言如道徑也。」《莊子》「涇流之大」司馬彪云：「涇，通也。」《大雅》「鳧鷖在涇」，鄭箋：「涇，水中也」與下章沙訓水旁為反對，謂水中流徑直孤往之波也。」朱駿聲曰：「涇假借為徑。《釋名・釋水》：「水直波曰徑」又為徑，為通，《莊子・秋水》司馬本「涇流之大」注：「通也」。聲訓：《釋名・

釋水》：「涇，徑也，言如道徑也。」涇流，本謂水波滾滾而下之直流：「大」，始為中流之闊。大闊大至「兩涘水崖之間，不辨牛馬也」。

又按：周以建子之月為春為正，宋以前無異說也。自程伊川假天時以立義及胡文定夏時冠周月之臆說興，爾後改朔不改月，改月不改時之論，囂囂強訟；於是蔡沈、魏了翁、家鉉翁、周洪謨、胡天游之流者，以去古益遠，取正無由，紛為隴西之遊，越人之射；幾於誣大聖，污衊青史矣！幸通儒碩學，代不乏人，在宋有孫莘老、劉原父、劉貢父、林拙齋、陳東齋、夏柯山、趙啟明、陳正甫、王若晦、史直翁、高息齋、錢融堂、張主一；（末子之晚年定論，亦主改月改時。）元有陳可大、吳草盧、熊天慵、吳仲迂、王立大、史文璣、陳定宇、張敷言、吳淵穎、李行簡；明有張翠屏、石仲濂、湛甘泉、王陽明、陳聲伯、邢士登、趙東山、楊升庵、楊道行、汪德輔、王明遠、王石涯、顧亭林、王船山等，皆主改月改時，與漢唐經說同義。至清而炳炳麟麟，正說益昌，有毛西河、閻百詩、俞右吉、姜上均、陳說巖、蔡仁錫、吳大年、紀曉嵐、湯潛庵、成容若、華靈峰、盧抱經、朱愚庵、戴東原、惠松崖、錢竹汀、顧復初、萬充宗、莊方耕、趙鷗北、焦理堂、金輔之、嚴鷗盟、藏玉林、沈果堂、王惺齋、秦味經、桂未谷、孔巽軒、江艮庭、錢溉亭、王西莊、俞理初、朱郁甫、陳泗源、范介茲、程啟生、陳恭甫、朱尊魯、□青崖、劉孟瞻、陳太初、臧伯辰、周自庵、朱蓉生；以至近人章太炎、劉師培等等，不可勝舉！皆洞明經義，依則古訓，力闢改朔不改月，改月不改時之謬，論定久矣。故居今談學，猶津津然以為周人改月不改時，謂「改春夏秋冬者未之前聞」，則是愚誣之學，雜反之辯也。寘于叢棘，據于蒺藜，莽莽迷陽，何行而可乎！（全文完）

附錄：原稿發表於一九六五年二月十六日香港《華僑日報》華僑教育

香港《華僑日報》華僑教育　一九六五年二月八日至十六日

（四十三）經緯書院第三屆畢業禮演講辭

校長陳湛銓致詞　指出辦學目標是要把形而上學的精蘊見之於日用行事　以達成舉而措之天下之民的事業並勉各生一本平生所學　行道救世為往聖繼絕學　為萬世開太平

今日是本校第三屆畢業同學，舉行典禮及創校五週年的佳辰，蒙各位嘉賓在風雨如晦當中，熱烈參加，本人和全體校董、教授、同學，實深榮藉之感。

本校是專門提倡國學的，所以經緯書院，實際上就是國學書院。我們於五年前，有感於正學淪胥，故國文教蕩然，在了無憑藉的惡劣環境中，毅然創辦本校。到了今天，雖然為各種條件所限制，還不曾談到怎樣發展，但教者苦教，讀者苦學，最低限度已樹立了真正研究學術的優良讀書風氣。

《易・繫辭傳》說：「形而上者謂之道，形而下者謂之器，化而裁之謂之變，推而行之謂之通。舉而措之天下之民，謂之事業。」我們是要把形而上學的精蘊，見之於日用行事，以達成舉而措之天下之民的事業。《易・賁卦・彖辭》說：「觀乎天文以察時變，觀乎人文以化成天下。」化成天下之人文不外二途，就是「道」與「器」，「道」是道學，是精神文明，「器」是科學，是物質文明。自二次世界大戰結束後，我國研究科學的青年，風起雲湧。二十年間，我國有成就的科學家，視世界各國，毫無遜色，可說已「向世界文化，迎頭趕上去」了。但從事聖賢之學的，卻愈來愈少，已到了「千鈞一髮」，「不絕如縷」的地步。這是很危險的，因為物質愈文明而精神建設方面卻落後，其結果必至於滅天理而窮人欲呢！

《禮記·樂記》篇說：「夫物之感人無窮，而人之好惡無節，則是物至而人化物也。人化物也者，滅天理而窮人欲者也。於是有悖逆詐偽之心，有淫泆作亂之事。是故強者脅弱，眾者暴寡，知者詐愚，勇者苦怯，疾病不養，老幼孤獨不得其所，此大亂之道也。」今日義聲銷歇，飛禍橫流，人心難維繫，都是精神建設趕不上物質的原故。所以我們要宣揚聖賢之道，父教其子，兄教其弟，把固有文化從根救起來，並要影響世界各國，挽救全人類的刦運。

在三十年前，一般中學畢業生，就讀大學中文系的，多是最優良份子；但時至今日，中學畢業生的優異者，都傾向於研習科學了。科學是備物致用的制器，是形而下學；道學是精義入神的心學，是形而上學。科學好比是一隻良好的飛機或一部汽車，必須有良好駕駛術的人來駕馭；這個駕馭者，就好比是道學。否則這隻飛機就會傾墜，這部汽車就會撞向山崖屋壁或騎樓柱，就只見其害不見其利了。所以今日我們要提醒在學青年，這種欹輕欹重的讀書趨勢非得其平不可。所以我常說：到了今日，在學青年能從事國學而用功勤劬的，他才是豪傑之士，最有志氣的人。

曾子說：「君子攻其惡，求其過，強其所不能，去私欲，從事於義，可謂學矣。君子愛日以學，及時而行，難者弗辟，易者弗從，唯義所在。」（《大戴禮·曾子立事》篇）。今日在香港辦專上教育是難的，各位研治國學又是難的，但我們是從事於義，難者弗能，所以環境愈惡劣，我們的精神愈堅強，這是毫無疑問的。

近月來報章競傳專上書院畢業生不再被批准為注冊教員，這種傳說，我希望各位不要相信。因為我相信一大羣負責教育的人，是不會有這種不合理的措施的。

本校歷屆畢業生，超過了一百人，上星期我曾被邀請參加了一次校友會開會。我親見到各校友擁護學校的熱誠和見善恐後的義舉，令我感動到熱淚盈眶，不能自已。憑我三十年來在各大學裏之所閱見，我敢說我們的畢業生，是最佳的校友，其好處是空前的。

《詩·魯頌·泮水》篇云：「翩彼飛鴞，集于泮林，食我桑葚，懷我好音。」《荀子·致士》篇說：「水深而回，樹落則糞本；弟子通利則思師。」我們今日又多了一批宣揚中國固有文化的鬥士，這真使我神往。《韓詩外傳》說：「千舉萬變，其道不窮，六經是也。若夫君臣之義，父子之親，夫婦之別，朋友之序，此儒者之所謹守，日切磋而不舍也。」

希望各位一本平生所學，終身切磋不舍，勇往直前，來行道救世，移風易俗，為往聖繼絕學，為萬世開太平。

香港《華僑日報》華僑教育　一九六五年十一月十四日。

(四十四) 何耀光先生六秩壽序

公曆一千九百六十六年，歲次夏曆丙午四月，中浣穀旦。

明作有功，《周誥》昭訓，大悳（德）必壽，聖言足徵。惟我耀光先生，蒼根遠育，浸灌無煩。綠耳初胎，飛騰有自。短垣跨踔，氣吞千里之途；高岸扶疏，人識百圍之具。然時危兵甲，甘露肅而清霜棱；勢窘轅衡，鹽車輖而太行峻。豫章阻棟梁之須，伯陽無翦拂之重。黃槐試踏，聊謂知門，丹桂初攀，旋思縮手。嘗世味於椒梅，守生涯於繒布。定王嗟其地狹，不足回旋；北叟懲於居迂，遂勤擔荷。飭五材以辨器，究《周禮》之冬官。逾四篋以優賢，張《秦風》之夏屋。鄴矦（侯）之縑緗壓架，睥睨百城，米家有書畫盈船，從容萬頃。斯則連抱，須經虐而成用。金劍必加淬而偁（稱）神，魄力以磨鍊而精彊，智慧以艱危而深邃也。夫凡器易滿，充中則傾。而明悳（德）惟馨，有容乃大。先生仁以接物，見善若驚。富不忘貧，好禮無倦。同信陵之虛左，有鄭莊之誠中。送穀過朱暉之勤，分宅顯郈成之範。息民助化，無殊葉陽，邁德蜚聲，遠傳威后。而根因謂漏，我本何功。施濟不名，人疑雨粟。李士謙聞譽隱悳（德），云猶耳鳴；劉中壘許有昭名，以為陽報。福門之子，當享長年，積善之家，必有餘慶。宗風踵少卿之賢，正和有丹陽之瑞。天之所啟，其後必蕃。江出岷峨，東通何極。然則志事益昌於前葉，仁心大覃乎後昆，理所固有，誰云不然。昔者崔邠去帽，趙隱侍輿，都人所榮，以為口實。嫌皆鄰於寵飾，未必殷於屬離。

而　世柱賢兄，積中發外，升高載瞻，片嚮而白雲彌望。循陔言采，三春而愛日常暉。魯連千里之駒，早馳聲於稷下。竇氏五龍之首，自招譽於端明。常棣華敷，因心則友；《蒹葭》采曜，尋賢溯游。傳活火於虬枝，為娑婆之龍象。茲非積善餘慶，天啟必蕃之徵歟？今者歲維柔兆，月贊賢良。

先生花甲初周，芳筵廣列。南樓月好，來窺北海之樽；西席風清，傾聽東膠之頌。同人等長仰清規，早叨特蔭，耳提不悟，心折奚為？樗櫟非材，空經月斧，苗秀未實，有負煙鋤。運公輸之霜斤，慙（慚）難代斲；奉矦（侯）芭之卮酒，聊爾當謌（歌）。嵇中散有言，外物以累心，不存神氣。以醇白獨著，曠然無憂，寂然無慮。守之以一，養之以和。和理日濟，同乎大順。恕可與羨門比壽，王喬爭年。言念

先生，心行有漸，康衢自得。總合宮商，屨帶相當，竝（並）忘腰足。大椿非有意於參雲，焦明遂來儀而曜日。謙謙君子，秩秩悳（德）音，宜天同人，介爾景福矣。

耀光何老先生六豑（秩）榮壽大慶志喜

歲在柔兆敦牂余月大穀旦新會陳湛銓拜手撰文並書

福華公司楊崧才梁元生陳少薇吳展添王道深同拜賀

《何耀光先生六秩大慶壽言集》盧湘父題（一九六六年）。頁十至十一

（部分文字據手寫本修正）

（四十五）元遺山論詩絕句講疏一至二十六首（上篇）

（存目，從略）

《香港浸會書院學報》第三卷第一期（一九六八年）。
另載陳湛銓著 陳達生、陳海生編《元遺山論詩絕句講疏》
（香港商務，二零一四年十二月）

（四十六）周懿莊書畫展序

懿莊小友，明月在懷，清冰為骨。家傳詩禮，賦性雍和；學喻中西，論才卓異。況年方少艾，而竟有此成就者，謂非穎悟，其可得耶？

懿莊之就讀真光中學，已成績冠軍其曹；後升讀柏立基師資學院，亦以優異卒所業。復以餘晷，學書於馮康侯先生，學畫於其世父母千秋伉儷。康侯千秋之於書畫，世之負盛名者也。夫學問之道，師傳須求其真，懿莊今可得之矣。千秋去美後，且委以中國美術院課務，懿莊治之，井井有條。以一年青女子，處不易為之事而能為之，是不尤可異乎？

夫書畫同源也，並得之則益彰。且書畫雖屬藝事；而推其極也，則足以張治教，翼聖功，非徒以娛性情而已。故其旨趣所歸，應以仁義道德實其本，即所謂士先器識者也。懿莊春秋方盛，前程何可限量？共勉夫哉！

吾於日如校長，有忝長一日之誼。今喜女公子懿莊學之有成，且展其所作，求正於社會賢達，爰書此以贈之，而不自覺其言之絮絮矣。

香港《華僑日報》華僑文化（一九六八年四月十四日）

(四十七) 大嶼山寶蓮禪寺碑記

孔子曰:「天下何思何慮?天下同歸而殊塗,一致而百慮。天下何思何慮?」遠公云:「如來之與周、孔,發致雖殊,潛相影響,出處成異,終期必同,故雖曰道殊,所歸一也。」【注一】文中子之偁(稱)佛曰聖人也;又曰:「齋戒修而梁國亡,非釋迦之辠(罪)也。《易》不云乎:『苟非其人,道不虛行?』」夫儒佛異偁(稱),歸趣同致。斯陸象山所以謂:「東西南北海,有聖人出,此心同,此理同也。」而腐儒詆諆,意相枘鑿,分徒而訟,戾為觸蠻,何哉?中土禪宗,傳自菩提達磨,昌於六祖惠能。教外別傳,如手指月,直透人心,初不立文字也。然自內學西來,累宋歷清,其間翻譯藏經,傳錄佛門掌故,暨公案語錄者,胥以文字為筌蹄。故成道由人,傳道者要不離文字也。昔維摩詰雖曰:「一切言說,不離是相。至於智者,不著文字。」然答舍利弗云:「言說文字,皆解脱相,無離文字說解挩(脱)相也。」大嶼山寶蓮禪寺者,原地拔海三千尺,本狐貍窟穴,蓬蒿沒人,藏身者雖不厭深眇,知之者不堪其惪(憂)矣。於遜清宣統間,為大悅、頓修兩禪和開山,冓(構)小靜室,深閟修持,堅坐禪關,退藏密勿,聲塵索莫,世不渠知。屮(草)刱(創)茫昧,斯倫類歟?至民國十二年,有紀修老和尚者,自鎮江金山來,眾推為第一代住持。破衲蕭疏,藜羹粗飯,攘剔灌栵,以啟山林。於斯初結大茅篷，介左鳳凰、右彌勒兩峯間，與青山顯奇、羅浮妙參、鹿湖觀清，竝（並）世同時，人偁（稱）四老。開堂接眾，坐香參禪，雲水安居，宗風丕振。（鹽）募建大雄寶殿及木寮僧舍齋堂，火宅生涼，伽藍粗具。宏施博濟，上悳（德）無偁（稱）。屆民國十九年退席，羣推筏可大和尚接掌之。於是有眾欣忭，檀越將維。須達布金，希文捨宅，遂乃梵宮煥若、鈴鐸鏘如。名勝斯宗，郊遊來萃。觀慧日，聽潮音。來禽親人，停雲補衲。剖胸以洗棘，冥心而迻（移）情。邀陶令於溪邊，思子春於海上。參差萬象，適我俱欣，而智熟刃遊，日新月故。性融道勝，虛往實歸。茲非乘一如以俱往，納大千於無內者乎！逮夫庚子，傳戒海外，若檀香山、菲、泰、星、馬諸善信，不期而集者，至千五百餘人。猗那瀆業，窠羅密麻，踵接肩摩，迴旋無地。僉議恢張茲殿，俾道大有容，朝宗胥適。交促筏可大和尚，肩荷巍重，無得辤（辭）焉。自經始以抵於成，迭更棘艱，凡十載矣。此中祐（拓）地二萬尺，仿佛敦煌伽藍，四簷滴水，高低層分。上奉金佛三尊，法相莊嚴；下供羅漢五百，一堂比敘。風從雲集，水到渠成。氣茂三明，情超六入。復雞園之勝蹟，表靈鷲之遺型。世逾積而功宣，道在邇而德遠矣。余寢饋儒書，兼耽禪悅，世塵未淨，結習難空。聆寶鐸而心傾，仰法雲而目想。拊膺神越，願言意消。比承筏可大和尚以碑文見託，欣然拜命焉。夫世有推迻（移），界有方位，道有隱顯，事有廢興，而道在人弘，事因文著。既光前而昭後，續慧命以傳燈。敢不澡身浴悳（德），怡然染翰乎！

歲在屠維作噩【注二】如月【注三】新會陳湛銓撰文竝（並）書 番禺馮康侯篆頟（額）

【注一】

句出梁 釋慧皎《高僧傳・初集・卷三義解・盧山釋慧遠傳》內〈沙門不敬王者論〉。又《釋氏通鑑》卷三，壬寅元興元年一條，「成」作「或」。

【注二】

同己酉歲，即一九六九年。

【注三】

即陰曆二月。

附錄：此石碑現置於香港大嶼山寶蓮禪寺大雄寶殿外碑亭，原文無標點及附注

鄧又同編《陳湛銓先生講學集》（香港學海書樓，一九八九年十二月）

另載陳湛銓著、陳達生編校《修竹園詩前集》（香港商務，二零一九年二月），頁四五四至四五六。

(四十八)所好何學,所學何事

國學大師陳湛銓教授應邀
上水坑頭講學
所好何學所學何事為題旁徵博引
各村代表父老校長二百餘人聽講

所好何學,好聖賢之學(是「修己」是體),所學何事,學聖賢之事,即行聖賢之行也(是「為人」是用)。(兩者乍看似二事,實是一事,一而二,二而一者也。)

從前的讀書人很簡單,若果你問他「想怎?」他們都能答覆你是「學聖賢。」因為朱柏廬先生的治家格言有云:「讀書志在聖賢。」現在讀書人若果你問他「想怎?」他是不能答覆你的,他是想撈世界。他又怎能答覆你呢!還好,因為他到底還是良知未泯。

現在世界的人類已陷入極嚴重的危機中了!因為學術敗壞,令人類人性總崩潰的原故。孟子說:「楊墨之道不息,孔子之道不著,是邪說誣民,充塞仁義也,仁義充塞,則率獸食人,人將相食。」

今日想救社會、救中國、救世界、非極力提倡孔子之學不可,因為孔子之道是最完善,無懈可擊的。一個國家之亂亡及社會風氣之邪惡，其癥結是在人心之不正，而人心之不正，自在於學術之敗壞。自二次大戰後直至今日，科學日益昌明，人心日益敗壞，蒿目時艱，由本港以至全世界功利主義充斥，飛禍橫流，憂世之士若不羣起挽救，人類必至自趨滅亡而後已。怎樣救呢？很簡單，治本之道就是提倡孔學作精神建設，匡正人心。我主張本港各學校，由幼稚園小學起，就應該特別注重中文，尤其是經訓；到了中學畢業，最好能讀了《孝經》及《四書》；大學畢業，最好能略通五經大義。

有些功利昏心的成人及輕浮淺薄無家教的青年，問及經學，便詆毀為迂腐，不合時宜。這是他飲了狂藥，喪了天良，不知《四書》《五經》所說的是甚麼罷了。《韓詩外傳》卷五說：「千舉萬變，其道不窮，《六經》是也。若夫君臣之義，父子之親，夫婦之別，朋友之序，此儒者之所謹守、日切磋而不舍也。」《孟子・滕文公上》：「人之有道也，飽食、煖衣、逸居而無教，則近於禽獸。聖人有憂之，使契為司徒，教以人倫：父子有親，君臣有義，夫婦有別，長幼有序，朋友有信。」凡涵泳道經訓，好學中國文學的青年，是必定有正氣，斷乎不會變成亞飛的。

從前中山大學大禮堂前，有一對孫中山先生的大字對聯說：「向世界文化迎頭趕上去」，「把中國文化從根救起來」。二三十年來我國研究科學的青年，風起雲湧，有了成就的科學家，視世界各國毫無遜色，可說已「向世界文化迎頭趕去」了。但挽救中國文化從事聖賢之學的，卻愈來愈少，已到了「千鈞一髮」「不絕如縷」的地步，實是很危險的。因為物質愈文明，而精神建設卻落後，其結果必至於滅天理而窮人欲呢！

《禮記・樂記》說：「夫物之感人無窮，人之好惡無節，則是物至而人化物也，人化物也者，滅天理而窮人欲者也。於是有悖逆詐偽之心，有淫泆作亂之事，是故強者脅弱，眾者暴寡，知者詐愚，勇者苦怯，疾病不養，老幼孤獨不得其所，此大亂之道也。」今日義聲消歇，飛禍橫流，人心無所維繫，都是精神建設趕不上物質文明的原故。

所以我們太須要急亟宣揚聖賢之學，父教其子，兄教其弟，「把中國文化從根救起來」並推而行之，影響世界各國，挽救全人類的劫運。

香港《華僑日報》新界版　一九七零年三月二十八日

（四十九）中國文化之特質

本人現在有機會參加貴校此次聚會，覺得十分高興。貴校是值得本人衷誠欽仰的，因為貴校絕不受時下不良的潮流影響，繼續保存一向的優良傳統，只辦中文中學。希望這點精神永遠維持下去，與港中三數間優良的中文中學分作中流砥柱，永垂不朽。現在談談本題「中國文化之特質」：

中國文化是全球最優良的，是至精至當，極正極大，純粹無疵的。要宣揚中國文化優美的特質，本非一朝一夕所能盡，我現在只能簡括的舉出幾點談談罷。

第一點是「明人倫」，尤其是「教孝」：

《書・舜典》：「帝曰：契，百姓不親，五品（倫也）不遜。汝作司徒，敬敷五教，在寬。」《孟子・滕文公上》：「人之有道也，飽食煖衣，逸居而無教，則近於禽獸。聖人有憂之，使契為司徒，教以人倫：父子有親，君臣有義，夫婦有別，長幼有序，朋友有信。」又云：「設為庠序學校以教之，……夏曰校，殷曰序，周曰庠，學則三代共之，皆所以明人倫也。」《韓詩外傳》卷五：「千舉萬變，其道不窮，《六經》是也。若夫君臣之義，父子之親，夫婦之別，朋友之序，此儒者之所謹守，日切磋而不舍者也。」王陽明《答顧東橋書》：

「……聖人有憂之，是以推其天地萬物一體之仁，以教天下，……而其節目，則舜之命契，所謂『父子有親，君臣有義，夫婦有別，長幼有序，朋友有信』五者而已。唐虞三代之世，教者惟以此為教，而學者惟以此為學。……此聖人之學所以至易至簡，易知易從（出《易·繫辭上傳》），學易能而才易成者，正以大端惟在復心體之同然，而知識技能非所與論也。」這是明人倫，是從根本教起，與外國教育迥乎不同的。

人倫之中，首重孝悌（人道以此為先）；孝悌二者，以孝為先。《論語》一書是孔子和門弟子的言行錄，第一篇是《學而》，第一章是孔子的話，第二章是有子的話，除了有若言似夫子外，是因為他講孝務本，所以排在第二章。《論語》第二篇是《為政》，分載孔子教孟懿子、孟武伯、子游、子夏等問孝之言。《十三經》裏，《孝經》（孔子教曾子之言）就佔了一部，可知孔門教孝是如何重視了。《孝經·聖治》章說：「曾子曰：『敢問聖人之德，無以加於孝乎？』子曰『天地之性，人為貴；人之行莫大於孝。』」《孝經緯》說：「求忠臣必於孝子之門。」（《後漢書·韋彪傳注引》）孝子是人倫間第一等人。鄭玄《孝經注序》：「孝為百行之首，經者不易之稱。」揚子《法言·孝至》篇云：「孝、至矣乎！一言而該，聖人不加焉。……不可得而久者，事親之謂也，孝子愛日。」中國先聖先王最偉大之教育是教孝，這是西方人亟須向中國學習的。《禮記·曲禮》云：「父母存，不許友以死，不有私財。」這是外國人和小部份的中國不孝子一着當頭棒喝。

第二點是「嚴義利之辨」：

《論語・里仁》篇：「君子喻於義，小人喻於利。」《孟子》七篇之首是教梁惠王以行仁義而不言利，漢趙岐注云：「建篇先梁者，欲以仁義為首篇。」孟子歷適諸國，最後是梁魯，但欲以重義輕利冠首，故開卷即是此章。《論語・述而》篇：「子曰：『飯疏食，飲水，曲肱而枕之，樂亦在其中矣！不義而富且貴，於我如浮雲。』」《孟子・盡心上》：「雞鳴而起，孳孳為善者，舜之徒也；雞鳴而起，孳孳為利者，蹠之徒也，欲知舜與蹠之分，無他，利與善之間也。」《荀子・大略》篇：「……故義勝利為治世，利克義為亂世；上重義，則義克利；上重利，則利克義。故天子不言多少，諸侯不言利害，大夫不言得喪，士不通貨財。……」（亦見《韓詩外傳》卷四）又云：「多積財而羞無有，重民任而誅不能，此邪行之所以起，刑罰之所以多也。」董仲舒《春秋繁露・玉英》：「凡人之性，莫不善義，然而不能義者，利敗之也。」（亦見劉向《說苑・貴德》篇）《漢書・董仲舒傳》：「夫仁人者，正其誼不謀其利（誼，乃義之本字），明其道不計其功。」（《春秋繁露》卷九作「正其道不謀其利，修其理不急其功。」）今日舉世功利主義現實主義侈張，人心敗壞，滅天理而窮人欲，非闡揚中國此儒學精神，嚴義利之辨不可。

第三點是「先德後才」，「先器識後文藝」：

《論語・學而》篇：「子曰：弟子入則孝，出則弟，謹而信，汎愛眾，而親仁；行有餘力，則以學文。」又：「子夏曰：賢賢易色，事父母能竭其力，事君能致其身，與朋友交，言而有信，雖曰未學，吾必謂之學矣。」《新唐書・裴行儉傳》：「士之致遠，先器識，後文藝。」《宋史・劉贄傳》：「其教子孫，先行實，後文藝。每曰：『士當以器識為先，一號為文人，無足觀矣。』」今世之學，自經術不興，幾無德育，只教人以謀利求生之技能。學校如此，家庭如此，斯所以俗靡風頹而不可救藥也。

第四點是「心物並用」，「道器同施」；然後「心先物後」，「道先器後」：《易・繫辭上傳》：「是故形而上者謂之道（是心學，是精神建設。）形而下者謂之器（是科學，是物質文明。）化而裁之謂之變，推而行之謂之通，舉而措之天下之民，謂之事業。」這是事業之真諦，是利他而非利己的。《左傳・文公七年》：「《夏書》（畧同《書・大禹謨》）曰：『正德，利用，厚生，謂之三事。議而行之，謂之德禮。』」這都是心物二元化，不過有主從之異，心先而物從，道先而器從罷。西方唯物史觀學說之危害人類無論矣；即使純粹唯心學說，於人道亦不能無弊。獨中國先聖之學，最為完整無憾。

第五點是「內聖外王」，即是「重聖輕王」，「先德業而後事功」：

內聖外王的字面是見於《莊子・天下》篇，但孔門一貫之傳，即是此義。莊生原是倜儻之儒，於孔子實陽擠而陰助之，東坡之論是也。大學之格物（物是事理）、致知、誠意、正心、修身是內聖之學；齊家、治國、平天下是外王之學。《大學》云：「自天子以至於庶人，壹是皆以修身為本，其本亂而末治者否矣。」是以國家天下為末也。內外即重輕；內為主，外為從；內為先，外為後。內聖是養成偉大的人格，外王是成就事功，今人只知進取貨財或祿位，知進而不知退，是根本違反了聖賢之學。

《易・坤文言》釋「黃裳，元吉」（黃是正色，裳是下飾，喻君子在野。）云：「君子黃中通理（釋「黃」字），正位居體（釋「裳」字），美在其中，而暢於四支，發於事業，美之至也。」這又何必在朝握權柄呢！《孟子・告子上》：「有天爵者，有人爵者：仁義忠信，樂善不倦，此天爵也；公卿大夫，此人爵也。古之人，修其天爵，而人爵從之（解作聽從之從於義為長）；今之人，修其天爵以要人爵，既得人爵而棄其天爵，則惑之甚者也，終亦必亡而已矣！」又《盡心上》：「君子有三樂，而王天下不與存焉。父母俱存，兄弟無故，一樂也；仰不愧於天，俯不怍於人，二樂也；得天下英才而教育之，三樂也。君子有三樂，而王天下不與存焉。」

《莊子・繕性》篇：「樂全之謂得志。古之所謂得志者，非軒冕之謂也，謂其無以益其樂而已矣；今之所謂得志者，軒冕之謂也，軒冕在身，非性命也，物之儻來，寄者也。」陶淵明《感士不遇賦》：「奉上天之成命，師聖人之遺書，發忠孝於君親，生信義於鄉閭，推誠心而獲顯，不矯然而祈譽。」黃山谷《答王太虛書》：「古之人，不為躬行於高明之勢，則心亨於寂寞之宅，功名之途，不能使萬夫舉首；則言行之實，必能與日月爭光。」這些都是實話。讀書人是以成道為第一，功名富貴可不必介於懷的。

中國文化之優長特點尚多，因限於時間，不能一一盡舉，畧提出上面五點，希望對社會病態有所匡補罷。

附錄：原稿寫於一九七零年九月十八日

《諸聖學術講座文萃》（諸聖中學出版，一九八零年）。頁三十至三四

（五十）序 李我生《萬葉樓詩鈔》

嚴滄浪曰：「詩有別材，非關書也；詩有別趣，非關理也。然非多讀書、多窮理，則不能極其至。」方虛谷云：「讀書必多，立志必高，用力必勤，師傳必真，四者不葡（備），不可言詩。」嚴、方二氏之論，允矣善矣！

我生先生挺生南服，幼異常流。負笈舊都，斁（畢）所業中國文學於北京大學，學人所難能，而優入近代詩伯順悳（德）黃晦聞先生之堂奧。其腹中書卷，心底靈根，立志用力之高勤，與乎師傳之真且特也。眾美備而悳（德）不孤，以斯人而立蒹葭樓之門，則猶商賜之邀譽於仲尼也，必矣。余嘗以此為詢，果得妙合。

據云晦翁初欲留先生助教於北大，而先生以國難方殷，志切匡扶，宣義聲以起國魂，故出主報業筆政，而忍離凾（函）席。晦翁後乃不獲已，而傳諸豐順李滄萍氏。先生二十餘年來，与（與）余於旗亭斅奔間，每及此事，未嘗不深悔當年之孟浪而重韋斂（違）師意也。士固有志，其孰得孰失也奚辨。然余聆此事也數數，而知之者甚宷（審），且又感不繼於余心也，焉可以不表而出之哉！此既一事矣。

余今歲春夏間，講《嶺南近三家詩》於大會堂，致書先生，欲得蒹葭生平之曲衷本事。

蒙郵寄先生所著《蒹葭樓與壬寅詩卷》一文，蓋民國四十一年壬辰，張諸《星島日報》者。余恍得玄珠於烾（赤）水，即影印百許篇以授聽者，俾傳之廣遠而烝（垂）無窮，遂將原稿及影本還寄先生。得復書云：豈徒本人窔（深）感，即晦師亦無憾於泉壤矣。此又一事也。

余以鼂（鄉）人而坿交末，先生又許余為知詘（詩），為震熊世兄所習知，頃火速催余序先生所為《萬葉樓詩鈔》。久不屬意於文，特志此二事以盡余賫（責）。庶（庶）奺（死）者靈通而感焉，而生者亦可以無負於其望矣。

歐陽公云：「夜深風竹敲秋韻，萬葉千聲皆是恨。」先生寧有恨邪？生不受垢辱，子賢孫俊，而知交多且契，所恨又復何事？豈神州陸湛（沈），中原丘虛，無歸骸圭峯之望歟？誰乎能起斯人於九原而問之哉？辛亥中秋後一日，新會陳湛銓謹序於九龍寓樓。

李我生（一八九五－一九七一）著《萬葉樓詩鈔》

另載一九八四年香港學海書樓《七十五周年紀念集》頁一一五至一一九。

(五十一) 大嶼山寶蓮禪寺牌坊楹聯

人間世 到底成空 一身在夢了無憑 應云何住

天下事 從今且罷 七聖皆迷奚所問 作如是觀

香港地下鐵路一九九四年推出之「天壇大佛」遊客紀念票票套載有作者於辛亥（一九七一年）為香港大嶼山寶蓮禪寺牌坊所撰寫之楹聯

陳湛銓著、陳達生編校《修竹園詩前集》圖片庫。（香港商務，二零一九年月）

（五十二）中國文字問題

我今日與各位談「中國文字問題」，是因為近日讀報，有人再提出改革中國文字，要「把它拉丁化」。我國文字若果拉丁化，則歷史文化必亡，是萬萬不能附和者也。

中國文字，乃一門獨特之學問，其形、音、義之構成，為外國文字所無者。形，為字體之結構，音、為字音之變化，義、為字義之解釋。此三者必須相輔研究，不可有所偏廢。惟晚近學風，重於字義，不重形，音，遂使學子隔絕津梁，雖曰學中文，而不解中國字母為何物，視「宀」字為帽，認「辶」字為艇，稱「疒」字為疾病頭，指「阝」為斧頭邊，如此之類，謬相稱引，實不勝枚舉。

生為中國民，不學中國文化，固知其不可也。學中國文化，不學中國文字，更加其不可也。然而今人多昧於此道，文字日荒，諳者日少，遂造成寫錯、讀錯、解錯，而莫知其弊。夫有此三錯，而曰學中文，豈惟見笑於大方之家，實愧為神明華胄也。今與諸生談此問題，意欲挽末俗回於正學，施繩矩明其曲直也。願諸生勉之！

(一) 中國文字　源遠流長

自黃帝命蒼頡制六書，逮乎漢代許慎著《說文解字》，中國文字，可謂粲然大備，復經歷代通儒之鑽研考正，文字益臻完美，而中國文化，愈見光芒四射。惟觀之今古，證之史畧，其朝代必有完美之文字，始有完美之文化，若夫其文字遭遇摧毀，其文化亦必趨於破滅。中國文字，源遠流長，豈容淺陋之士，妄為改革，人不滅我文化，而自滅其文化耶？

(二) 字體結構　均有道理

六書造字，為象形、指事、形聲、會意、轉注、假借。許慎解之曰：「象形者，畫成其物，隨體詰屈，日月是也。指事者，視而可識，察而見意，上下是也。形聲者，以事為名，取譬相成，江河是也。會意者，比類合誼，以見指撝，武信是也。轉注者，建類一首，同意相受，考老是也。假借者，本無其字，依聲託事，令長是也。」由此觀之，中國文字之結構，均有道理，學子書寫，必須力求正確，不然，差之毫釐，謬以千里矣。例如「无」字誤寫為「旡」。「壼」字誤為「壺」。「九」字誤寫為「尢」。「埸」字誤寫為「場」。此皆意義不同，務須留意！

（三）讀音變化 一字九聲

至於讀音方面，世人更多錯誤。蓋凡開口，均有九聲，分為清濁陰陽，尚有中入聲，共為九聲。研究詩詞，必須明瞭此九聲，始克有濟。但詩詞以外，尋常文字之讀音，亦須分辨九聲，始免有誤。例如《出師表》「行陣」之行字，應讀行伍之行，平聲。讀行軍之行誤。「騎兵」之騎字，應讀企，上聲。讀騎馬之騎誤。此乃義變而聲變之字，若瞭解九聲，當不混淆也。

（四）注釋國文 不可疏忽

一篇文章之中，其聲變義變之字，層見疊出。執筆為注者，必須兼收並蓄，一一說明，方使其文句之意義，昭焉若揭，而讀者自明也。不然，宜加注釋者而忽畧之，則隱微之義不能明，使讀者徒自臆測，譌謬不免耳。例如韓愈《雜說》上：「食馬者不知其食而食也」。韓非《說難》：「凡說之難，在知所說之心，可以吾說當之」。夫如此之句，實宜音義並注，洪纖靡失，方見完善。抑又有可笑者，順為談之，如蘇軾之《念奴嬌》（赤壁懷古）：「多情應笑我，早生華髮」。注為泉下之妻。杜光庭之《虬髯客傳》：「尸居餘氣」。注為死屍殘喘。此緣未經考慮，謬誤相因，亦可說文字久荒之結癥也。

（五）挽救下代　提倡文字

或有人曰：「後生可畏，焉知來者之不如今也」。又曰：「桃李門前春雨足，老成零落有新枝，人才繼代而興，何患中國文字之衰竭耶？」話雖如此，實不盡無也。試觀今昔三十年間，治文字之人才，誠有今不如昔之感。若再逾三年，寧非來者之不如今乎？挽救下代，提倡文字，正為起衰繼絕之樞紐，興才崇良之道路也。盼我華胄，同一目標，為推行中國文字而努力！則中文地位，益見尊嚴，下代人才，不患不繼矣。

余憶及髫年入學時，中國字母，二百一十餘字，已能朗朗上口。稍長，師承有道，致力《說文解字》，深知文字之功能，為治學之基礎。故欲通曉中國文學，必須瞭解中國文字，欲發揚中國文化，更必須提倡中國文字。其關係之密切，誠不可須臾離也。

余最末提出口號：「鞏衛中國文字，誓死反對拉丁化！」至望諸生為中國文化後盾，治文字，其毋忽，祝各位學業進步！

附錄：原稿發表於一九七三年十月五日

《諸聖學術講座文萃》（諸聖中學出版，一九八零年）。頁三二一至三二二。

（五十三）輓聯合書院故校長蔣法賢先生聯

（一九七四年十二月二十四日）

非掘井九仞以及泉耶　彈指三生　此水真源知者幾
慟夫人百身兼可贖矣　傾心一哭　貞元朝主仰何稀

（香港金風照相植字公司排印一九七七年十二月，頁六八何得雲主編《蔣法賢博士紀念集》）

非掘井九仞以及泉耶？彈指三生，此水真源知者幾？
慟夫人百身無可贖矣！傾心一哭，貞元朝士見何希！

（家藏手寫本改四字及加標點，當屬定稿。）

謝向榮〈陳湛銓先生生平事蹟及其相關論述補識〉，《國文天地》二零一九年五月號（四零八期）頁五十至五一。

（五十四）周易與人生

余今日為諸生所講者，乃「《周易》與人生」。《周易》為六經之一，是四聖人集體之作品。八卦、伏羲所畫，《卦辭》、文王所作，《爻辭》、周公所著，《十翼》、孔子所撰。論其內容，所謂致廣大而盡精微，簡而文，溫而理，建諸天地而不悖，質諸鬼神而無疑者也。抑有問者曰：「《易》理絜靜精微，使人難明，言之學子，其可領略乎？」余答曰：「言深則深，言淺則淺。夫窮理盡性，聰者不解，正吉邪凶，愚者可明也。」

何謂易？《周易》之內容如何？與人生道理有何關係？凡此問題，今與諸生談談，諒當樂聞之。

（一）《周易》之定名

《說文》引《祕書》說云：「日月為易。」《易緯・乾鑿度》云：「易一名而含三義：所謂易也（容易）；變易也；不易也。」鄭玄云：「易簡，一也；變易，二也；不易，三也。」三者以變易之道為最要，提示後人應變之道，蓋時間空間隨時而變，吾人因應環境，非變不可，然太《易》示之，乃應萬變而不失其正也。

（二）八卦與爻位

八卦為《乾》、《坤》、《震》、《巽》、《坎》、《離》、《艮》、《兑》。每一卦六爻，居上三爻謂之上卦，在下三爻謂之下卦。上下卦各有三爻，爻者效也，即今所謂象徵。上下卦之爻，皆以最下之一爻為初位，象徵不足；最上之一爻為極位，象徵太過；中間一爻最佳，是中位，象徵恰好，無過無不及。上下卦相加共六爻，名初、二、三、四、五、上。初爻與四爻是初位，二爻與五爻是中位，三爻與上爻為極位。

（三）九與六之解釋

凡卦第一爻稱初，第六爻稱上。稱初包下，稱上包終。二字括四義，上下初終，望而可知。凡陽爻稱九，陰爻稱六，陽以九為老，陰以六為老。老本是窮教，「易窮則變，變則通。」用九與六表陽與陰，取其隨時能變，非陰陽皆窮也。

（四）人生道理

《淮南子・要略》云：「《易》之《乾》《坤》，足以窮道通意也。」《乾》《坤》為《易》之門，為《易》之緼，《乾》《坤》兩卦是全《易》之綱領。能洞明《乾》《坤》兩卦之精蘊，則《易》之大義明，而人生應變之道得矣。

《乾》《坤》上下卦，應分別以在朝在野釋之。《乾》卦純陽，象徵人之賦性剛強者；《坤》卦純陰，象徵人之賦性和順者。《乾》卦以下卦為在野，上卦為在朝；《坤》卦以下卦為在朝，上卦為在野。蓋《乾》天言，以上為貴，《坤》以地言，以內為貴。（下卦即內卦）

《乾》卦初九，略同《坤》卦初六四，皆在野而居下位。《乾》初九曰：「潛龍勿用」。是在野而處境不佳，雖有才德，但未為人知，故最忌好「出風頭」。《坤》六四曰：「括囊，無咎無譽。」則就世亂益甚言之。括、結也；結其囊口，則囊中之物，是貴是賤，外人皆不知。蓋不止不出風頭，且欲保存性命，不使人知己之胸懷，或對某人及時局之意見也。

《乾》之潛龍（即臥龍），以人比之，躬耕南陽之諸葛及柴桑之淵明是也。《坤》之括囊，竹林之阮嗣宗口不臧否人物是也。（諸葛亮出茅廬後則是躍龍，再以丞相總一國之軍政，則幾於飛龍在天矣。陶淵明四十一歲以前是躍龍，歸田後至晉亡則以潛龍終；故柴桑之陶公，始是真臥龍也。）

《乾》卦九二，略同《坤》卦六五，皆在野而得中位。《乾》之九二曰：「見龍在田，利見大人。」喻有才德之人，宜如龍之見於田上，利為人所見也。《乾》九二與《坤》六五，雖皆在野，然已得中位，蓋才德為人知，宜施善教以化民成俗也。《坤》六五云：「黃裳元吉。」黃是中正之色，裳是在下之飾，喻正色而居下位也。《乾》九二與《坤》六五，殆是大宗師之位，以人比之，孔子、孟子及歷代之大儒是也。

《乾》卦九三，略同《坤》卦上六，雖皆仍是在野之身，然已居極位，名聲藉甚，享譽既久，苟有過失，人必知之。若不加刻礪，則隕越隨之矣。故《乾》卦九三曰：「君子終日乾乾，夕惕若，厲，無咎」。終日乾乾，謂仍努力不懈也。夕惕若謂反躬修省，時虞隕越也。厲，危也，即嚴重之意，位極者本身危，然能日乾乾而夕惕如也，則雖危無咎矣。

《坤》卦上六云：「龍戰于野，其血玄黃。」陰柔之人，其處在野之廣大人羣中，聲譽隆溢，若凡事圓滑含混，見義不為，即使本是正人，亦必為剛健明快之君子疑其為陰險之人，必起而攻之，而兩敗俱傷矣。

《乾》卦九四，略同《坤》卦初六，皆開始出身，為世用之時也。《乾》之九四曰：「或躍在淵，無咎。」爻義有二：一、士君子及時而仕，宜如龍之騰躍而上。二、既出之後，如覺己不勝其任，則宜仍歸躍在淵也。《坤》之初六云：「履霜，堅冰至。」則嚴重警戒陰柔之人，初出身時，須為善勿為惡；否則積惡滅身，成亂臣賊子矣。

《乾》卦九五，略同《坤》卦六二，皆在朝而得中位，是「作之君」矣（九二是「作之師」）。《乾》之九五云：「飛龍在天。」是《孟子》所謂「古之人得志澤加於民者也。」舊說以此爻單屬人君。人君，一人耳，為一人立爻，豈三聖之意哉？凡天下之長（即人君），一方之長、一校之長、一家之長、某機關某店鋪之首長，皆可以比例視之。孔子《文言》中所暢論者，則就聖人為天子言之，不可泥也。《坤》之六二云：「直方大，不習無不利。」則恐陰柔之君子居大位時，不免膽怯，故鼓勵之，勉其效乾陽之人正直、方剛，則雖未嘗習其事，亦無不利也。

《乾》卦上九，與《坤》卦六三，皆在朝而處極位，所異者，陰柔之人執君命，體性甚宜，無凶象耳。《乾》卦上九云：「亢龍有悔」。窮高曰亢。凡百首長之獨斷專橫，剛愎自用，驕矜無人者屬之。蓋龍極高，無得而見，必至孤窮，自天而墜也，悔可及乎？漢服虔云：「《易》曰：『亢龍有悔』。謂無德而居高位也。」以人比之，桀紂、秦始皇、王莽；外國之拿破崙、希特拉、慕沙里尼等是也。《坤》之六三云：「含章可貞，或從王事，無成有終。」謂陰柔之人處於極位，如含光明之美德，亦可貞而不邪；其代行王者君天下之事，不可以成功自居，能如此，亦可有好結果也。

我國《周易》一書，宋儒或以為卜筮而作。豈知此書實羣經之原，啟示天下後世，自天子以至庶人，以「為人之道」乎！吾人如能參詳《乾》《坤》兩卦之爻位，審己現居何爻，依爻辭、爻象及《乾坤文言》之大義以做人，則自天祐之，吉無不利矣。

《諸聖學術講座文萃》（諸聖中學出版，一九八零年）。頁二八八至二九一。

（五十五）追紀聯合書院故校長蔣法賢先生

頃接聽何得雲君傳語，知將編印故聯合書院校長《蔣法賢博士紀念冊》，流行於世，着湛銓撰文紀敘之。余於二十一年前，忝承法賢先生特達之知，感恩浹髓，懷德無忘。於先生之長逝，嘗撰聯哭之，（非掘井九仞以及泉耶？彈指三生，此水真源知者幾？慟夫人百身無可贖矣！傾心一哭，貞元朝士見何希！）心聲稍吐，然恨未痛快也。至今已閱歲年，渴冀有哀思追思之錄可見，而久久未覩，私意怪之，不圖今日得聞好音，何快如之！

余與先生雖同鄉，然在聯合書院開辦前，未嘗有晤言之好，且我新會人多承白沙先生之遺風，大都畧鄉情而重大義也。既入校門，鄉音兩未啟於口，即加恩託，使主理中國文學系，得行其所欲行。於是焉廣聘名儒碩學，日夕過從，相與乎商量國故，昭宣大道，提挈來學，藉藝梨材。雖李景康、劉伯端兩高賢，以耆老體弱，不能俯就教職，亦例必每年踵門拜求，禮聘未闕也。獨伍憲子先生，以八十高齡，猶來講唐、虞、三代之書，使後生得仰瞻丰範，想見先王之風，實近代之所希有；然猶恨未能盡友天下之士，尚論古人而策後起也。而來學者肩摩踵接，道路傳聲，色舉翔集，此國幾興矣。

於斯時也，雖未逮管幼安講學遼東，旬月成邑；而植義三秋，真風揚若，使復假之以年時，即無大力者負之而走，而先王之道已勝，卜子夏老安於西河，不亦可以編蓬壞室，傳薪無窮乎？何期散蟻追甜，俄成厚陣；新基改築，貞石潛移。先生既被迫告退，吾輩亦何顏留位？枉拋心力，誰詠五君？此事之不可不紀者一也。

今春閱《聯合書院創校廿周年紀念》特刊，開篇即見「校史綱要圖解」，注腳云：「本校接受政府補助之前，無可用資料，因而本綱要只能由一九六零年二月開始。」此何等語耶？聯合書院之得政府資助，全賴蔣法賢先生；而聯合書院之樹聲，則賴中國文學系。校長有法賢先生，國學有陳某；陳某雖附法賢先生之驥驥髦端，然普天率土，於國故詩文，有逾於陳某者耶？老夫技癢，思得較量，如聞其人，敢陳餘力。

嗚呼！無蔣法賢先生，遂使吾國真學不能大興於海外，重可哀也夫！特刊校史，而竟視此等為無可用之資料，豈獨盲瞽，亦欺人欺天矣！亭林先生曰：「士大夫之無恥，是謂國恥。」烈日嚴霜，究將誰責？莊生云：「哀莫大於心死」，「無所逃於天地之間」。宵深走筆，憤氣乘胸，不有此作，愧對神靈。昭昭在上，去顏尺咫，可不畏哉！此不可不紀者二也。

今之中文大學，是由當年新亞、崇基、聯合三校合組之「專上書院聯合會」而生，西文約是「君等傻」，該會主席即蔣法賢先生，陳某亦嘗參預會議。在未得政府資助前，梗阻橫生，諸多困擾，法賢先生力排眾議，邁往而前，重疊往來於英倫之駁辯書函，皆先生親手打字而成，恆至宵深或明發而不寐，然後乃有今日。有人獨力成此九仞而後及泉之井，俾爾輩得寒泉之食，飲其水而不知其源者，已不可恕，況知其源而不言者耶？

孟子曰：「言無實不祥，不祥之實，蔽賢者當之。」不祥之人，夫何多也！事實既如是矣，故先生嘗於某夕學生婚娶會宴中，廣語儕輩曰：「無聯合書院，則無中文大學；聯合書院無陳先生，則不能為中文大學成員。聯合書院對外賴蔣某，對內賴陳先生。」

今先生人雖無身，聲猶滿耳。先生於湛銓之恩遇若此，激感曷勝？不覺腹痛鼻酸，涕流之被面也。聆聽偉論而未死者，至今不止陳某，當年聲概，聞見者尚有他人，非余一人私言之所可欺。此不可不紀者三也。

其他可敘者尚多，無人周爰咨諏，嫌於屑瑣，不欲錄矣。余近觸發宿癖，詩章狂作，本欲以七言長句詠歎其事，適與馮翁康侯通話，承謂賦詩不如行文之快意悉達，故援筆絡續寫之。憶想當年，話須傾吐，頃刻終篇，不欲多覩；故於文辭之聲音氣味，消息短長之間，都無意細加調繹矣。

丁巳（一九七七年）九月重陽前三日淩晨三時

前聯合書院中國文學系主任新會陳湛銓拜撰

《明報月刊》第一四三期（一九七七年十一月號）

另載陳湛銓著、陳達生編校《修竹園詩前集》（香港商務印書館，二零一九年），頁四五七至四六零

（五十六）序 何文匯《陳子昂感遇詩箋》

文匯年才三十，精英語。而有此偉構，天生奇傑，百年千里，難有比倫。豈吾來學有此人為幸哉！實我國正學薪窮時大幸也。吾老懶，不甚留思於時流之書。今閱竟文匯此箋，微顯闡幽，淋漓盡情。排鼓鑪橐，鎚鑄祥金，鍛成干莫，為劉申叔、章太炎所未備。彼勇於譔著思循名以徼位者比之，直秋塵之方華嶽耳！雖秋舫之作，去之殊遠，而況於餘哉！不朽矣。宜與伯玉並懸日月，垂之無窮矣。冀文匯愛重，稍撥置外事，以享遐期。俾垂絕之學賴以傳，而放諸四海，以溥澤異類，斯吾所殷望也。此書精絕，質諸鬼神而無疑。然惟真知而後能賞，非庸庸者所重也必。吾雖嘗預參詳，然根幹輪囷，百圍槃槃，惟為添枝綴葉已耳，無大助也。凡渠推尊之言，君子人之撝謙爾。斯昭昭寶書也，於其將傳，樂為之序。丁巳（一九七七）仲夏，新會陳湛銓。

右敘漫與，文匯之樹論復來，視前尤要。靈犀照微，幽潛皆起，茲謂完編。子雲之沈冤得昭，伯玉之無瑕具見。羣疑亡矣，不其然乎！亭林論立言之要，謂其必古人之所未及，就後世之所不可無，此書是也。驟見者或以吾言為溢美。使閱之既竟，仍不然吾，則非出深妬，必為無識之人矣。數日後，湛銓又記。

何文匯著《陳子昂感遇詩箋》（學津出版社，一九七八年九月）

（五十七）揚子雲《劇秦美新》《法言・孝至》篇、陳伯玉《大周受命頌》《上大周受命頌表》合辨

陳沆太初秋舫氏《詩比興箋》陳子昂詩箋前序云：「王士禎筆記謂『大周受命之頌，甚劇秦而美新。』」自云：「隨例進賀之表，應制頌美之什，諸公亦豈能獨無。特一則功業揜文章，獨乏流傳之什。一則文章揜忠義，翻為玷類之端。」案。其所謂諸公，是指姚崇、宋璟、狄仁傑、婁師德也。狄梁公、宋廣平等如有類似陳伯玉之作，以其名位門地，必已譁世，無不流傳之理。眾口喧騰，雖欲自絕，其可得乎！於時陳伯玉年纔三十一耳，雖已成文，而地微道晦，名未昭彰。豈能淩越狄、婁、姚、宋，播諸流俗。悦其目而愜其心，獨壽世而長存哉！此陳秋舫無徵之辨，不足信也。且此何等制作耶？毀德敗名，江漢莫濯。以伯玉之識智，寧不知之？如非別存深衷，必將芟夷斬伐，滅迹涂痕矣，尚容盧子潛之采而集之乎！秋舫又謂伯玉「心迹與狄、宋同符，豈比《法言》頌安漢之德，可見美新之由衷。」

嗟乎！君子一言以為不智，喋沓何為哉！既厚誣子雲矣。亦何裨於伯玉耶？於伯玉之表頌，曾無片言之辨，謂是隨例應制，狄、宋等亦有之。惟伯玉文高，所以獨傳。而不知初唐所貴，是南朝徐庚之體，繪繡彫琢之文，宋廣平之賦梅花是也，豈重伯玉離俗之文哉！

且夫武曌雖枉恆醜惡，然才足以文姦，智足以知彼。何至強羣臣以所難，明命其皆須應制誥，撰文辭，粉飾虛聲，以頌揚己之光美哉！由此言之，又何隨例應制之有乎！如武氏誠嘗制命羣臣，使皆撰文頌己，史雖失載，唐人筆記小說林羅，當有記之者。而今未之或聞，則是秋舫氏之虛談也。虛談廢務，浮文妨要，用此何為？原夫伯玉之表頌，實即希風揚子，用譏武氏者。特措辭同其隱秘，故千載未之發耳！秋舫既未燭揚子《劇秦美新》之微，同夫人之膚受目論，不足怪也。至其《法言》之卒篇《孝至》！全書特譔以殿末之辭。晉李軌弘範、唐柳宗元子厚、宋宋咸貫之等均有明注，何秋舫皆未之覩也？

孟子曰：「頌其詩，讀其書，不知其人可乎？是以論其世也。」既欲解伯玉之寃，應論世知人，先辨其表頌，而惟以浮漂無歸之辭抆拭之，則非真智巨眼也。欲解伯玉，必先詳子雲（蓋伯玉表頌之權輿）。子雲沈寃且將二千年矣，仁人君子，尤宜深憐而究心者也。忍更擠之又下石焉乎，二子之譔文曲衷，謹合辨之於下：

子雲《劇秦美新》之制，後人以為是頌逆莽功德。余深寃之。昌黎曰：「晚得揚雄書，益尊信孟氏。因雄書而孟氏益尊，則雄者，亦聖人之徒歟？」又曰：「非好己勝也，好己之道勝也，非好己之道勝也，己之道，乃夫子、孟子、揚雄所傳之道也，若不勝，則無以為道。」聖人之徒，同夫子、孟子所傳之道。有甘為貳臣，旦暮大寐，猶奮文摛藻以歌元凶者乎？烏乎！安有賢如揚子，而不知君臣之義、順逆之理、正邪之辨、善惡之塗。而以垂死之身，了無所冀幸之時，然後作是符命，以頌逆莽功德者哉！此無之而以為有，言似甘而意絕激之歸趨也。子雲恬於勢利。【班孟堅《漢書·揚雄傳贊》中語也，前人皆以為班氏之傳贊是揚子雲之自序，非也。今班書本傳末幅「贊曰」下有「雄之自序云爾」句，實應在「贊曰」前。蓋班孟堅傳子雲而敘其所著述之末云：「《法言》文多，不著，獨著其目。」以下是鈔《法言》十三篇後揚子之序目，故云「雄之自序云爾」。謂序目之辭非己作也。又「贊曰」以下，皆續敘子雲之事，錢竹汀以為二字應刪。今案，《漢書》本傳下，至「《譔孝》至第十三」而止。末段另提行，「贊曰」二字冠首。揚子是西漢大儒，尤賢於董生。班孟堅作《揚雄傳》上下兩篇如是其崇隆，不應無贊語以重明之之理。今觀傳贊，夾敘夾議，與他篇之贊語皆不同，是班書之破例，亦見其特推尊揚子，故敘之而不已。錢竹汀殆以為餘篇之贊異於是，故云「贊曰二字，後人妄增。」非是。若以為是子雲自序，何本集無之？且記其卒後之事，為語甚多乎！明是班孟堅之辭也。】篤信孔孟。（其《法言》除崇信孔子外，特推尊孟子。）美新之作，不奏之於羣小競進符命以取封侯之時，而譔之於其病困顛眴知生年垂盡之日（見下及《漢書》本傳），是甘斷殘生，拚冒誅戮之為。實深惡之而非信美也略可知矣。

夫炎光中微，大盜移國，子雲所以不成仁取義者，既以身非大夫，無必死社稷之義。復以平生著述，猶未終成故也。子雲最精於數（見下辨《法言·孝至》）。天鳳以後，知不及見莽之誅死而覩漢之中興。又《法言》已成，胸無所滯累，死生可從之。故曲折隱約，撰為深微之言。託之符命，貌為頌莽，實深譏之。意內而言外，文如此而質如彼也。《易》曰：「原始要終，故知死生之說。」子雲極陰陽之數，參伍錯綜之變，玄文以擬《易》。張平子亦精專而重之，豈不知幽明之故，死生之說者哉！茲精辨其原文。

（一）題云《劇秦美新》。夫秦豈唐虞乎？何賢乎嬴政也？西漢人以為極惡之鵠的是秦。有深蘊於衷曲，傾力以歌頌新室，而謂其惟勝於暴秦者耶？大氐生人之極，居下流而天下惡皆歸焉者。《論》《孟》荀卿是舉桀、紂、盜跖；西漢人舉嬴政、東漢則舉王莽。

《法言・寡見》篇不云乎：「或曰。秦無觀，奚其兼。曰：所謂觀，觀德也，如觀兵。開闢以來，未有秦也。」謂秦兵開天闢地以來未之有，正謂其暴力之盛極也。晉李軌注云：「秦以兵兼，莽以詐篡，而不以道。言秦兵之無可觀，則莽之篡不言可知。」李注良是也。李弘範於此釋秦而及莽。豈已知《劇秦美新》之題蘊耶？董生《賢良策》對上云：「自古以來，未嘗有以亂易亂，大敗天下之民，如秦者也。」《漢書・王莽傳贊》云：「滔天虐民，窮凶極惡。自書傳所載，亂臣賊子，無道之人，考其禍敗，未有如莽之甚者也。昔秦燔《詩》《書》以立私議，莽誦六藝以文姦言，同歸殊塗，俱用滅亡。皆亢龍絕氣，非命之運。」然則漢人之視秦，為何如哉？且子雲秦新之並題舉論，蓋亦逆知亡新之數，與秦同是十五年也。俞曲園謂其至誠前知者是矣。

始揭出《劇秦美新》之題旨者，是南宋洪邁景盧。惜其僅此而止，未詳子雲之深文，後人仍未之信焉耳！其《容齋隨筆》卷十三云：「夫頌述新莽之德，止能美於暴秦，其深意固可知矣。序所言『配五帝，冠三王，開闢以來未之聞。』直以戲莽耳。（此子雲特筆，容齋不一為發揮，則真意未之會也。）使雄善為諛佞，撰符命，稱功德，以邀爵位。當與國師公（劉歆也）同列。豈固窮如是哉！」（成帝時，子雲與王莽、劉歆同官，見下。）容齋所得雖止此，然已難能矣。

（二）《劇秦美新序》原云：「參天貳地，兼並神明，配五帝，冠三王，開闢以來，未之聞也。」開闢以來未之聞，幾與《法言・寡見》篇之「開闢以來未有秦也」同辭，已可互文見意，以亡新即暴秦之續矣。不美新而劇秦，謂此猶賢於彼，其文又何能奏之哉！豈真稱頌新莽賢於羲、軒、堯、舜，能與天地三乎！夫頌其主為中國從古以來帝王未之有，雖胡雛不敢受。昔徐光頌五胡後趙主石勒，以為是「軒轅之亞。」以石勒之夷貊非類，未嘗學問，不識文字，亦能自揣量。知謂「人豈不自知，卿言亦已太過。朕當在二劉之間耳，軒轅豈所擬乎。」（《晉書・石勒載記》下）勒於其亞且不敢居，而上觀亡新，竟受之而不疑，則逆莽之智，曾胡兒之不若矣。然則子雲之真意果何歸乎？

是謂自天地開闢以來，書傳所載，故老所傳，叨竊南面，譌嫠婦而賊孤子，僭至尊而御黃圖，數其逆惡，未聞有如莽之甚者也。此全造為反言以深譏之者，豈尋常浮語虛辭之頌美乎？若稱述功德，焉有言之如是其巍峩，夫誰足以堪之哉！惟逆莽之惡，逾於桀、紂，則信乎開闢以來未之聞也。此數句之微意在開闢以來未之聞，上文是混惑之以遮莽耳。

（三）序又云：「臣嘗有顛眴病，恐一旦先犬馬，填溝壑，所懷不章，長恨黃泉。」此謂不撰文以譏刺逆莽，則死且不瞑目也。夫莽只授子雲以冷官耳，而激感至於此耶？然則不汲汲富貴於當世，處無儋石之儲而晏如。班孟堅之實錄其欺人矣。班氏傳子雲云：「清靜亡為，少耆欲。不汲汲於富貴，不戚戚於貧賤，不修廉隅，以徼名當世。家產不過十金，乏無儋石之儲，晏如也。」又贊云：「除為郎，給事黃門。（成帝時）與王莽、劉歆並。哀帝之初，又與董賢同官。當成、哀、平間，莽、賢皆為三公。權傾人主，所薦莫不拔擢，而雄三世不徙官。及莽篡位，談說之士，用符命，稱功德，獲封爵者甚眾。雄復不侯，以耆老久次，轉為大夫。恬於勢利迺如是，實好古而樂道，其意欲求文章成名於後世。用心於內，不求於外。」又云：「雄以病免，復召為大夫。家素貧，人希至其門。」

子雲之志行及於莽時之遭際實如斯，而竟以垂死之身，無所於祈之時，不歌頌逆莽功德而敷華飾藻以宣之於其文，則將抱彌天之憾、不瞑於一棺而長恨於黃泉歟？吾年弱冠時已疑之，苦未積於學，而智量且淺，尚無力深究之耳！

夫人之所愛敬者，殆無逾於父母矣。而孝子之感激親恩，從而為之辭者，自《小雅・蓼莪》而後，賡作者實寡。不為文以頌其親且無恨，而況於亂臣賊子，無道之人如莽者哉！然則子雲之變化云為，其所真恨者果何乎？蓋實恨莽之逆惡無倫，逾於蹻跖。而己無所逃身，名節幾敗，若不撰文深譏之，章所懷而垂後覺，則將齎志入冥，永恨於九幽也。但文辭甚顯而旨意至隱，固已謾莽，而並謾天下後世。雖班孟堅、司馬君實之倫，多愛重子雲，而皆未之悟。積至於今，垂二千年矣。如余不重言累辭，為曼聲以昭雪之，則賢哲污為貳臣，焦明化而梟獍，為忠臣義士所不齒。揚子又何止所懷不章已哉！其黃泉之恨，益加酷而無窮期矣。故《劇秦美新》之文，是揚子無所訴於人，而為掩淚極天之號咷。所謂長歌之哀，過乎慟哭者也。吾頃於夜闌走筆至此，指肘若有所助然。而天風泠泠，恍聞其聲。臨之在上，質之在旁，昌黎不欺我矣。

《易》曰：「同人，先號咷而後笑。」今子雲得吾同氣之言，不亦可以啞啞矣乎。此揚子寥寥五語也，然實為全篇中最寃深痛沈之辭，反言若正爾。何千古皆不於此稍稽留思致耶？豈前賢胥以為揚子本木訥人，（《漢書》本傳：「口吃，不能劇談。」），故未嘗以反語視之歟？夫正人無反語，固也。然王莽亦豈正人也哉！於邪惡人謔且虐之，亦可稍宣其壹鬱也。子雲萬里長江，為此尺咫之曲，奚而不可乎？

昌黎曰：「後世復有揚子雲，必好之矣。」昌黎文德，本即後世揚雲。方諸鍾期賞音，匠石劈堊，曾無足喻。（如《送窮文》之擬《逐貧賦》，《進學解》之擬《解嘲》，皆希風子雲，如其口出。）胡不於三餘之日，講習之暇，摛辭以宣之，以昭示來學哉！

至余歷劫回車，重遭荼毒。地側天傾，入身窮海，垂四十而無聞，難百千於揚子。乃始杜門冥尋，遐思前世。摸玄亭之奇字，結厚契於高文，同湛思於夫人，論其世而得友，以迄於今茲，忽忽又二十餘年矣。然後蘧蘧然見其朕兆，僅乃得之。余於子雲此文，用心亦良苦矣，然非欲附於其末以求榮吾名也。忠臣孝子之心，不可不昭昭於天日，而漠視其潛恨於黃壤。則是知古人無訧，善所善而不能進，吾亦抱無窮之恨，將焉排而去之以終老乎！

（四）《劇秦美新》云：「昔帝纘皇。（《爾雅 • 釋詁》上：「纘，繼也。」）王纘帝，隨前踵古，或無為而治，或損益而亡。豈知新室委心積意，儲思垂務。旁作穆穆，明發不寐，勤懇懇者，非秦之為與？」此段最為難會。如無末句，則余或為子雲譎辭所蒙矣。委心積意，猶云處心積慮，猶未礙。而下云穆穆勤懇，則誠似頌美之制也。沈深如是，後學何得而尋其真旨耶？知子雲之深衷者，當首揚烏。然童烏與其玄文而早世，想不及見此作。揚烏而外，其真意當密授諸侯鋪子矣。鋪於子雲之逝，為起墳而喪之三年，見班書傳贊。王仲任《論衡 • 案書》篇謂：「揚子雲作《太玄》，侯鋪子隨而宣之。」則子雲既沒，侯鋪宜於時昭宣乃師之意矣。而寂爾無聞，豈鋪亦不及見光武之中興漢祚，而無幾何時，即隨乃師而長往耶？使侯鋪得子雲之意而竟不克享遐齡，則子雲之數且疏，似又不然也。由此觀之，抑子雲之真意並鋪亦且不授，而惟侯之於後世揚雲歟？如其信然，則自洪景盧以至於今日之陳某，並在子雲數中。又太已玄之又玄矣，斯皆不可得而解者也。

夫無為而治者，堯舜也。損益而亡者，桀紂也。此之損益，非仲尼答子張殷周所損益之謂也，顯辭以掩隱耳。如非刻意捫摸紋痕，必忽之矣。逆莽盜國，變亂典常，多所改作，豈無為哉！必損益而亡，不可待靈蓍之占而知矣。委心積意儲思垂務者，實謂其平生心意，委積而深儲之，惟思以篡漢為事也。旁作穆穆者。穆穆，本美也，又顯辭以掩隱矣。此刺莽於未篡漢前之槃旋逶迤，矯情飾行，文惡揜非，以沽名養望。班孟堅所謂「折節力行，以要名譽。宗族稱孝，師友歸仁」者是也（《漢書・王莽傳贊》）。明發不寐勤勤懇懇者，是其逆謀勤劬，弗獲弗休。班孟堅所謂「成哀之際，勤勞國家。直道而行，動見稱述。色取仁，而行違」者是也。（亦見《漢書・王莽傳贊》）。

《孟子》曰：「雞鳴而起，孳孳為善者，舜之徒也。雞鳴而起，孳孳為利者，跖之徒也。欲知舜與跖之分，無他。利與善之間也。」夫汲汲孳孳勤勤懇懇，豈徒為善者所應爾耶？夫為不善者，亦必如是，然後乃能終成其大姦大惡之行也。下接「非秦之為與？」則赫然呼題，無劇美之異。重言伸情，痛譏之矣。

（五）《劇秦美新》又云：「宜命賢哲，作《帝典》一篇。舊三為一襲，以示來人，摛之罔極。」此請莽命人作《莽典》一篇，合舊有之《堯典》《舜典》為三。抽出《尚書》中之二典與之併為一書而單行，庶乎其可以貽惡遺臭，傳之無窮，永為天下戮笑也。莽雖狂悖無類，然必不敢上比羲、軒、堯、舜也。此非恆人所敢作想者，而揚子竟為此言，則直視莽為童稚爾。班書本傳稱子雲「默而好深湛之思。」（《說文》：「湛，沒也。」「沈，陵上滈水也。」今字借沈為湛。）《劇秦美新》之文，最足當之矣。

溯吾自平生少年時、逮壯歲、歷強仕，迄於今茲，垂垂老矣。於四十餘年間，每讀子雲奇文至此，未嘗不張目快心，揚眉開顏，以為文章之能事畢於此矣。想陳伯玉亦當與我同然。故隨前踵古，並有云為也。不意莽本亦博學能文，（《漢書・王莽傳》。「師事沛郡陳參，勤身博學。」又《翟方進坿傳》載莽依《周書》作《大誥》，恍惚經文也。）非武曌陰人無學不文之比，何竟顢頇不悟，使子雲之計智爾爾得售耶？雖然，夫豈獨莽而已哉！除洪容齋嘗道及四字之題旨外，至今垂二千年矣。信容齋之說者，七八百年來，似惟見晚清范當世、吳汝綸、張裕釗三數人耳！然之數子者，並皆經刻意搜求，撰為文辭，欲伸子雲之冤，而並意可嘉而智未逮，胥不能揭出其序與文之真正歸趣也。夫君人之極，聖稱所歸，是惟堯與舜（羲軒則文獻不足徵）。神禹言行，史臣已降而稱謨。天乙以次，又加謙焉。惟謂之誥耳！何物新莽，能德齊堯舜而與之為三哉！子雲之言，是推極惡以儕之乎至善之列，猶挽九淵而納之於星河者也。事愜而理然乎？陶公曰：「奇文共欣賞，疑義相與析。」靖節先生晚遭易代，惟以詠歎，其所著詩篇，並多微辭。奇文疑義，須共析而後能解者，豈茲篇耶？不知嘗與顏延之等輩研入而索得之否耳？子雲如誠以為莽德足頌，胡不力運其深沈之思，自摘辭而典之。尚何賢哲之待乎？此必不然之事。辭甘意苦，老氏所謂美言不信者，而人皆以為是子雲之信言。何也？故大凡頌人而云其賢於堯舜，或賢於孔孟；又或改稱賢於秦始皇。直至於今，若謂某人賢於王莽，賢於曹操，賢於秦檜，賢於□□。舉至善或惡極以比方之者，皆實反語，貶而非褒也。

逆莽以符命而得叨竊非據，顧既諧矣。則欲絕其原，以神前事，於是嚴禁天下人復獻符命。而子雲猶進之，是棄身授命，雖死無悔之為矣。未幾，莽之治獄使者來，恐不能自免，從天祿閣上自投下，幾死。京師為之語曰：「惟寂寞，自投閣。爰清靜，作符命。」（以上畧本班書《揚雄傳贊》）子雲之遽自投閣，蓋以為己所撰《劇秦美新》刺譏之文，終不免為莽所覺察。以士不可再辱，故遽自高而下，寧肝腦投地也。班孟堅傳贊續敘子雲事，至錄及長安中人惡莽而及其胥餘之謠。中人無識，故有之耳！鄭之輿人，不嘗作歌以譏東里子產乎！孟堅才流，去子雲之世最邇。其文與學，又頗師尊之，而於此無它辭以辨說之，豈不信子雲所作之符命是真以頌莽功德歟？由此觀之，以孟堅之識，仍未達子雲深衷也。可哀矣夫！

又班氏贊敘子雲事，以作符命終之，往後無復言其撰述，則《劇秦美新》之文，是子雲之絕筆。事迴異於獲麟，文差同於斧鉞矣。君子好賢，尚論其世以求知其為人，可不於此留思垂注而深重之乎。不意循至遜清中葉，李兆洛氏纂為《駢體文鈔》，茲篇以辭奇見錄。然評云：「誣善之人其辭游，失其守者其辭屈，此文之謂也。」豈不寃哉？吾宗秋舫氏號識比興，而亦謂之美新由衷。烏乎！既無契於子雲甚深之文，夫亦豈仁者之言也哉！

（以上是揚子雲《劇秦美新》之部。最為難會。余去歲講學嶺南書院，開兩漢書科目。嘗費日力，自注班書《揚雄傳》授諸生。月前重值何文匯弟，謂著有「陳子昂感遇詩箋」，具稿呈余，冀有所助。余覺諸箋都好，遠勝秋舫之為矣。然陳伯玉《大周受命頌》之污不除，則寃同子雲，箋好何補？故揚陳合辨之文不可無。初欲文匯自為之，後謂情奇意多，撰論惟艱。又謂於前賢如王漁洋、陳秋舫等之所責難。己年未耆艾，實不敢施。余力強之，稿經四易，意雖具而氣未伸，且轉以強余代撰。余以茲事善而意美也，可譬當仁，何須多讓。因增廣舊稿，以成此篇，坿之文匯書末。撰文時，刻意於美新之平訟，不厭繁瑣。非欲刻楮葉，擬天工，以成其文章之美也。使茲文賴文匯之書而獲傳。來葉之工文者視之，得毋以我之文為齊氣回回，辭重而意複耶。）

陳秋舫謂子雲之美新由衷，已詳辨之如上矣。至云「《法言》頌安漢之德。」亦不能恝然置之也。揚子《法言》之末篇是《孝至》，《孝至》之最末云：「周公以來，未有漢公之懿也。勤勞則過於阿衡。漢興二百一十載而中天，其庶矣乎！辟雍以來之，校學以教之，禮樂以容之，輿服以表之。復其井刑，勉人役。唐矣夫。」唐，大也。陳秋舫謂頌安漢之德者指此，且再辨之。辟雍以下，皆孺子嬰居攝元年以前事，是頌漢，非頌莽也。

司馬溫公《資治通鑑・漢紀三十》於新莽天鳳五年下書云：「是歲，揚雄卒。」其下錄《漢書・揚雄傳贊》之文，都三百二十五字。凡「恬於勢利，好古樂道。」「用心於內，不求於外」之言皆在。至「則必越諸子矣」而止。則溫公之於子雲，是純褒而無貶也。至朱子作《通鑑綱目》，改書云：「莽大夫揚雄死。」其下亦畧錄《通鑑》之文。而末云：「然雄所作《法言》卒章（即謂《孝至》篇）。盛稱莽功德，可比伊尹、周公。後又作《劇秦美新》之文以頌莽。君子病焉。」冠子雲以「莽大夫」，朱文公雖未達子雲深衷，明失於不知人，然未嘗不足寒後世貳臣之膽也。清濟濁河，共流於齊地而益其民人，大德敦化，不以為害。善讀書者自知，並存可也。誰毀誰譽，寧須究論乎！王莽於漢平帝元始元年為太傅，號安漢公。子雲於漢亡後復以漢公稱莽，適以醜之耳！

阿衡，見《詩・商頌・長發》篇，「實維阿衡，實左右商王。」左右，今俗之佐佑字也。鄭玄箋云：「阿，倚。衡，平也。伊尹，湯所依倚而取平，故以為官名也。」晉李軌《法言注》云：「漢公，王莽也。或以為媚莽之言，或以為言遜之謂也。吾乃以為箴規之深切者也。稱其漢公，以前之漢耳。然則居攝之後，不貶而惡可知。揚子所以玄妙也。發至言於前時，垂忠教於後世。言蔽天地而無慚，教關百代而不恥，何遜媚之有乎！」柳宗元注云：「伊尹之事，不可過也。過則反矣。」《孟子·盡心上》云：「有伊尹之志則可，無伊尹之志則篡也。」柳子厚之意，謂子雲取以譏莽篡漢也。又北宋宋咸注云：「成王幼，太甲昏，勢亦殆矣。然周公居叔父之尊，伊尹當阿衡之重，二公可取而不取。卒以忠勤，復辟而正之。夫舉其可取不取之因，明其不可取而取之事，則子雲之罪莽亦大矣。」宋貫之謂可取而不取之「取」，是謂伊、周可取太甲、成王之天下也。子雲《劇秦美新》之文，朱子所未會，尚可謂為子雲之譎辭所蒙。至諸家之注《法言·孝至》，實朱子所應見者，胡不稍究心詳之，而尚病長恨於黃泉之子雲為？

「漢興二百一十載而中天。」時漢已被篡矣，而猶謂之「中天」。則子雲不特不忘炎漢，其於數也，信乎其精詳矣。蓋自西楚五年霸王亡而漢高祖即帝位起，至孺子嬰初始元年王莽盜國自稱新皇帝止，為二百一十年。時天下已無漢矣。而揚子特稱中天，蓋逆知東漢之年數也。自王莽篡位改國號稱新之始建國元年起，至獻帝建安二十五年曹丕真篡漢改為魏黃初元年止，為二百一十二年。莽之十許年，班孟堅謂之餘分閏位，不足數也。

《易》曰：「无有遠近幽深，遂知來物。」又曰：「參伍以變，錯綜其數，非天下之至變，其孰能與於此。」子雲先精《周易》而後作《太玄》以擬之，並知來事。觀此，則子雲之數，視其蜀莊沈冥之本師，吾以為出藍寒冰焉。惜余於《周易》，雖從事四十餘年，然惟於象理間詳其大義，至揲蓍無舛誤而止矣。不欲極其數以知來，同子雲之前知也，又奈其玄何。清俞樾《諸子平議》《揚子・法言二》云：「揚子特著此文，蓋有微意矣。《法言》一書，終以《孝至》。（案：《孝經》曰：「資於事父以事君，而敬同。」臣之於君，猶子之於父。篇名亦有義，非惟教孝而已。揚子自序其篇不云乎：「孝莫大於寧親，寧親莫大於寧神，寧神莫大於四表之懽心，譔孝至。」莽求傳國璽於姑氏。被詈辜漢恩義，狗豬不食其餘。其子宇心非父莽之為，以不可諫，為變怪以驚懼之，被誅死。逢萌謂「三綱絕矣。」遂挂冠而去之，又何有於四海之懽心哉。）是篇論唐、虞、成、周而終之以漢。上文曰：『或問泰和。曰：其在唐、虞、成、周乎。』又曰：『漢德，其可謂允懷矣。』（案：允懷句凡兩見。重言贊歎，謂信可懷思也。李軌解懷為至，未善。）下文曰：『漢興二百一十載而中天，其庶矣乎。』終之曰：『唐矣夫。』蓋以漢德上媲唐堯也。（案：唐矣夫之「唐」是大也，不必謂是上指唐堯。）中間特著此文，以見漢祚中絕之由。且上言『允懷』見民心之思漢也。中言『中天』。見漢祚之方半也。若無此文，則前後之微意皆不見矣。故依揚子之文觀之。自唐虞成周而漢，漢絕於新，新復為漢，歷歷可數。『至誠前知』，揚子之謂矣。」（柳子厚注中天句云：「揚子極陰陽之數。此言，知漢祚之方半耳。」）近人汪榮寶《法言義疏》云：「竊謂欲明此文之義，有不可不最先明辯者。即《法言》之成，果於何時是也。……愚考子雲自序。（實班固《漢書・揚雄傳贊》中語。已見前矣。）歷述生平著書，至譔《法言》而止。且此後更無它文，則《法言》必為揚子晚年之作。其成書之年，去卒年當無幾。……則《法言》之成，乃在天鳳改元以後，辭事明白，無可疑者。是時王莽盜竊已久，普天率土，周蜷伏於新皇帝威虐之下，而此乃用其居攝以前稱。稱莽為公，繫之於漢，其立言之不苟為何如。孟子言：『無伊尹之志則篡。』今謂過於阿衡，即不啻直斥其篡逆之惡。故使此言而發於孝平之世，則不免於遜媚之譏。若發於莽稱新皇帝以後，則正名之義，謂之嚴於斧鉞可也。」又曰：「是時莽既即真，世已無漢。而於此國亡之後，猶著漢興之文。（陳伯玉《大周受命頌》之猶盛稱唐德，義同於此。）位號可移，而忠臣孝子之心，終不可變。子雲著書之意，見於此矣。」

又《孝至》篇末司馬溫公注云：「或曰：揚子雲為漢臣，漢亡不死，何也？曰：國之大臣，任社稷之重者，社稷亡而死之，義也。向使子雲據將相之任，處平勃之地，莽盜國而不死，良可責也。今位不過郎官，朝廷之事，無所與聞。奈之何責之以必死乎？曰：揚子不死，可也。何為仕莽而不去？曰：知莽將篡而去者，龔勝是也。莽聘為太子師友，卒不食而死。（詳《漢書・龔勝傳》。）揚子名已重於世，苟去而隱處，如揭日月潛於蒿萊，庸得免乎！」

司馬公於子雲出處去就死生之分，亦可謂曲得其情矣。惜乎猶未究極於其託諸符命，貌為頌莽，委折深隱之文。未盡體驗忠臣孝子碩學鴻儒之意匠慘淡，精心孤詣之制也。子雲之作《劇秦美新》，譔《法言・孝至》。志而晦，婉而成章，事顯言微，畧用《春秋》義例。故未敢逆莽之疑，無煩深論矣。余至今最不解者，《劇秦美新》一文，著於蕭選。杜子美曰：

「續兒誦《文選》。」又曰：「熟精《文選》理。」自昭明成書，六藝附庸，蔚為大國。千餘年來，好文之士，思深識卓者，奚止兆萬，而並皆忽之。必其以為是頌莽功德，故莫或之辨。惟洪景盧僅得其題旨，而范、吳、張三人能信而稱揚之耳！豈好文者多不邃於學，而好學者又不深於文，而並或文滅質而博溺心，故相將疏胥然而忽之耶？抑天意聖心，原並抑陰而扶陽。故雖聖徒之作，猶嫌於晦昧，用厭溺之長世，使二千年而後得昭耶？斯誠奇矣。（以上是《法言・孝至》之部。《文中子》曰：「揚雄・古之振奇人也。其思苦，其言艱。」辨揚子《劇秦美新》及《法言・孝至》之末章。吾於是知王仲淹之為知言也。）

子雲之文既詳，則伯玉之作易知矣。蓋踵武繼軌，其迹可得而尋也。子雲以譏逆莽，伯玉用刺牝曌。同歸異軌，並意殊文耳！不滴伯玉《大周受命頌》之污，則《感遇》可以謂是貪人不得志之詩。如余不代文匯撰此篇，則其十年之究心悉力，盡歸空無矣。何賢乎伯玉，而費其日力至此耶？子雲之沒垂千年，《劇秦美新》之秘制，聲沈響絕矣。伯玉之作，誠其嗣音，同心坎而跂言，並高文而異代。而王漁洋竟謂「大周受命之頌，甚劇秦而美新。」吾於是乎知王貽上之猶未免為淺人也。

伯玉《大周受命頌》起云：「臣聞大人升階，神物紹至，必有非人力所能存者。（《爾雅・釋詁上》：『存，察也。』）上招飛鳥，下動泉魚。」（泉，應是淵字之諱）夫人，有生之最靈者也。今謂武氏之為，非人靈之所能存察，惟鳥飛魚動耳。豈人之靈智，遜於無知之魚鳥耶？武氏盜國，匪夷所思，則其不得人也，已可見矣。未止此也。大人升階，四字實尤秘奧。《易·離象》云：「大人以繼明照于四方」（《乾》之二爻及五爻皆見大人，嫌九二之大人是在野之師位，故不用。）《升》之六五曰：「貞吉，升階。」四字皆赫然見於《太易》。文之發端即顯，煌煌矣乎。然《易》之真義，陽為大，陰為小。武氏牝雞之晨耳！何大之有哉？至《升》之六五，是陰爻居於陽位，於《易》義是失位不當。雖中不正，處非所據者。且天子改國即真，是飛龍在天，而可以尋常人亦能時行且甚易之升階喻乎。夫天子自後宮出殿堂，臨軒南面而聽天下，其下有陛階九重，羣臣班列於下。北面而朝之，此恆人所共知者也。

而今云大人升階，豈天子在後宮由別門先出宮外，然後自外入內。歷丹墀，越朝列，取次拾級而上九重之殿階。然後乃始旋其身，南面以聽政乎！此事勢之必不然者也。且《升》之六五，以陰居陽，失位不正。義迥不同乎《乾》九五之得中得位，安可以《升》比《乾》，謂是聖人登大寶之位哉？故伯玉升階之顯語是本於《易·升》，而其所寄之深心實藏於《詩·雅》。《詩·大雅·瞻卬》篇云：「懿厥哲婦，為梟為鴟。婦有長舌，為厲之階。」此伯玉之真指。蓋謂牝曌升其為厲之階也。四字雖明出於《周易》，然皆非其本義。堆垛《太易》之辭類而湊合之，是伯玉精制之譎辭，欺武曌之無識無學也。由此觀之，伯玉此作，文辭似稍遜於《劇秦》，而膽氣實豪於揚子。別張一軍，並奇奧之制也。

噫！行文開端即見此，是真頌德述美之作乎？「大人升階」，彼無涉於《易》義者視之，固必為所蒙，即曉於《易》矣。如不深思熟慮，亦易忽之也。憶余於季夏之夜，與文匯共飯。縷舉子雲、伯玉之文，款款深談，相與笑樂，自謂已盡得其意矣。於是歡然蹋月來歸，不意獨步途中時，忽思及「升階」是居《升》之六五。六五失位，不可用者，於時心怦怦然，不知所記省果爾否？如其然也，則余今歲初達神悟之境矣。即趨步至家，火速檢書開視。燿目驚心，赫赫無誤。吾於是乎重歎伯玉之意致密而膽氣豪，遠非恆流可及矣。

又曰：「緬哉有唐，欽崇天命。三祖繼統，品物咸章。」此猶揚子《法言・孝至》之不忘漢也。盛稱唐德為欽崇天命而品物咸章，則後聖惟宜紹纘其緒耳！胡為乎無故而今亡，何武氏竟敢改其國而易其號耶？豈不畏天命，無憚於三祖之神靈而欲使品物咸不章耶？有此四語，則伯玉之頌，真精具見。而有唐之胤，必能中興，可不發策過揲而知矣。如真頌武周，則應惟唐是忌，惟武氏之德才是道。此等辭句，實須迴避而深諱之，而今竟昌言以伸唐。嘻！伯玉亦可以謂是後世揚子雲矣。

又曰：「西土耆老，欣然來稱。」武氏西土所產。（見文匯箋首章。）此不言士夫時彥之類，惟云其鄉人中之無知耆老來稱耳！又未見八方欣忭，舉國騰歡云云之辭也。又曰：「神都耆老，遐荒夷貊。緇衣黃冠等萬有二千餘人，雲趨闕下。」武氏畏王皇后與蕭淑妃之厲鬼來祟，多居洛陽，終身不敢歸長安。（見《新唐書・王皇后傳》及《通鑑・唐紀十六》。）後遂都洛，稱為神都。此雖增神都，然亦但云耆老，止益之以遐荒夷貊緇衣黃冠耳！夫「夷狄之人，貪而好利。被髮左衽，人面獸心。（《漢書·匈奴傳贊》。）」雖四方踵至，曾何足道。至緇衣黃冠之僧人道士，則非我名教，不入軌儀，雖多奚以為哉！而況合僅萬二千餘人乎。

又曰：「文武百僚，又與耆老夷貊道俗（佛家以非其類為俗，視黃冠亦然。）等五萬餘人，守闕固請。」至此再增，只益之以武氏之爪牙鷹犬耳！豈舉朝文武及軍士皆空其羣哉！文武之員才百，「百」字實有重輕。「百僚」，非尋常習稱具數之解也。時在貞觀永徽承平之後，洛陽士眾，當有數十百萬，今僅多前四萬爾，奚所怪哉！此非得海內歡心，遙邇咸應，欣然來萃之謂，勿惑也。上三所引，淺人易忽，故漁洋有甚於子雲美新之嘲。然，伯玉之所為，實希風揚子。必有賢智，得其用心。如彼之於子雲者，俗士蟲臂，又何計乎！

《上大周受命頌表》云：「伏維神聖皇帝陛下。（武氏天授元年九月，以唐為周，自尊為聖神皇帝。神聖，應作聖神，後人傳鈔之誤。原文必不至帝名亦倒置，今於此特注之者。患閱者以為伯玉頌武氏為神聖也。）闡元極，昇紫圖，光有唐基。（又不忘唐矣。武氏篡人之國，而竟謂之「光」耶？膽氣誠豪哉！）以啟周室，不改舊物。（此伯玉但願其如是耳！其後大非也。）天下惟新。（新之誠是，則舊者非矣。何盛稱唐德，云是欽崇天命品物咸章哉！即此句亦是刺而非美也。）皇王以來，未嘗覩也。」稱皇王者，中包五帝，堯舜亦在其中矣。此踵子雲之譏莽，其迹之可得而尋者也。謂武氏為三皇五帝、禹湯文武以來未嘗覩。

不猶揚子《劇秦美新》之「配五帝，冠三王。開闢以來未之聞」乎！然，伯玉如譏武氏為雌而非雄，則皇王以來未嘗覩，斯言亦差允也。觀伯玉此表，必已照燭子雲《劇秦美新》之微，惜其遭際畧同，未敢披蒙發覆，援翰以訟子雲之寃耳！夫如是也。則以彼繩此，難乎免於今之世，无所逃於天地之間矣。不然，辭而揭之，則《劇秦美新》諸所含藏，早宣洩於千歲前，無待余承焉而辭費矣。

又云：「不稽元命，探秘文，採風謠，揮象物，紀天人之會，以協頌聲，則臣下之過也。有國彝典，其可闕乎！」此稍變子雲命賢哲作帝典示來人摛罔極之辭也。若攷元命而探伯玉此秘文，采天下之風謠而收乎溥天率土寃呼之聲。則武曌之惡，將何以擬諸其形容而象其物宜耶？凡武氏之為，入之國之常典，不遺臭無窮乎？駱賓王之檄，殊未能盡之也。

伯玉之作，最宜與子雲之《劇秦美新》合參。然師其意不師其辭，大匠之斲，其成非凡器也。欲洗伯玉之污，必先雪子雲之寃。子雲之寃不昭，則伯玉之污難拭。豈陳秋舫浮漂無歸之辭所能解其千載之紛哉？秋舫箋伯玉《感遇》全詩，而不能先盪滌此凡俗易加之污，則此作在前，《感遇》諸作在後，人可以謂伯玉頌雖獻而願未遂，青雲之梯莫能登。仕路荊榛，官止拾遺，故怨而賦詩，以陰刺武氏。同乎小人之求而不得以發其私憤者耳！復何足重於其所感所遇者哉！

且夫伯玉者，杜子美許以聖賢之人也。安有心希聖賢，才繼騷雅之哲匠，於亡國易姓之頃，而精心鑄辭，以頌陰人武曌之亡唐為受命於天，神堯之所未逮者哉！不撰此頌，則將攖囚纍，遭鼎鑊耶？此可以不作而作之文，如非寶藏深微之衷於其間，則雖不屑不潔之狷士所恥為者，而以伯玉之賢而為之耶？而陳秋舫止委諸隨例應制，進賀頌美。何也？噫！陳秋舫實本深人，其書於餘人之箋，甚多佳勝。惟於伯玉《感遇》，良有未善，且見舛忤，甚或有大謬不然者。又既知大周受命之頌為玷纇，而不能深究於其文，至竟發為淺語以緎飾之。使漁洋後其世而見其言，豈肯謂為信然哉！余積至於今，再四思之，殊未得其情也。

凡揚子雲、陳伯玉美新頌周之奇文，後之士君子生不逢辰，同乎其遭際者，不宜師效也。止可韻而詩之，假微言以託諷爾。何也？蓋詩有比興之義，其辭旨雖至深極隱，後人仍可冥索而尋，博學沈思者得之矣。如仿子雲伯玉此類之文，既蹈醜人捧心之顰，必招後學以刺為美之解。奇寃莫宣，空山鬼哭。允列明誡，不宜健羨也。

余辨子雲之文終篇後，有客嘗閱之。而仍謂余曰：「揚雄作《劇秦美新》之文時，恐未悉王莽之惡，尚為其偽行所欺詐，故美新或誠由衷也。」

余應之曰：「是何言也！君豈未嘗細讀《漢書》歟？抑並余漫衍之文亦不耐讀之至竟歟？是何言也！方王莽之初居攝也，前丞相翟方進子義，以莽鴆殺孝平皇帝（年十四）。而擇宗室中之孺子立之，己乃矯攝尊號。翟義時為東郡太守，心甚惡之。知莽終必代漢。故慨然曰：『吾幸得備宰相子，身守大郡。父子受漢厚恩，義當為國討賊，以安社稷。設令時命不成，死國埋名，猶可以不慚於先帝。』於是與嚴鄉侯劉信等發兵討莽，郡國皆震。比至山陽，眾十餘萬。莽大懼，晝夜抱孺子禱宗廟，作大誥，挾天子以伐之。義卒敗亡，然懷忠憤發，雖隕其宗不悔（見《漢書·翟方進傳》）。此一事也。」

「哀帝崩，無嗣。莽以大司馬挾其姑母太皇太后命，擁立年才十歲之中山王，是為平帝。帝母衞姬，帝舅衞寶，寶弟玄，皆為莽設計調離於外，與帝隔絕。衞姬日夜啼泣，思見帝。莽長子宇，非莽隔絕衞氏，教令上書求至京師，並與其師吳章及婦兄呂寬議。章以為『莽不可諫，而好鬼神，可為變怪以驚懼之』。宇即使寬夜持血灑莽門第，為莽吏發覺，莽執宇送獄飲藥死。因誅滅衞氏，窮治呂寬獄，所連引者甚眾，海內震焉。逢萌曰：『三綱絕矣。』（見《中山衞姬傳》、《王莽傳上》、《平帝紀》及《後漢書·逸民傳》。）此則平帝元始三年，莽為安漢公未居攝時而醜惡已顯，雖其至親且已立為世子之王宇亦不以為然者。此二事也。」

「元始三年，莽設為變詐，欲入女為孝平皇后以自重，強姑氏許諾而得諧。及莽篡國即真，其女平帝后有節操。自劉氏被廢，常稱疾不朝會。莽敬憚之，欲奪其操復嫁之而不得。后後謂無面目見漢家，自焚而死（見《孝平皇后傳》）。此莽之惡，雖愛女亦不直其所為者，而謂賢明如揚子，竟懵然不知，而精鑄文辭以美之耶？此三事也。」

「莽既篡國之明年，拜龔勝為講學祭酒，勝稱疾不應。後二年，復拜勝為太子師友。勝曰：『吾受漢厚恩，無以報。義豈以一身事二姓，下見故主哉！』遂絕飲食十四日而死（《龔勝傳》）。子雲希聖，究極人倫大義。雖以平生著述未就而強忍不死，然位雖卑亦食漢祿歷成、哀、平三世，而可謂之不識君臣之義，視龔君賓之凜凜棄身而無所動於其衷耶？此四事也。」

「孝元皇后，莽之大姑母也。莽由微賤而至居攝，皆賴其力。及莽盜漢即位，求國璽於姑氏，不與。莽改使弟王舜復往求，（舜素謹敕，太后素愛之信之。）太后怒罵之曰：『而屬父子宗族，蒙漢家力，富貴累世。既無以報，受人孤寄，乘便利時，奪取其國，不復顧恩義。人如此者，狗豬不食其餘。』（《元后傳》）此平生愛莽而受欺謾之老婦，亦至莽篡位時而大悟。而謂子雲之賢且智而不及漢家之顢頇一老婦耶？此五事也。他可數說者未備，君眠食之餘，詳覽班書可也。」

夫子雲《劇秦美新》之文，是暮年精心結撰者，殆成於天鳳四五年間，以後閣筆無它辭矣。莽於時醜惡已盡露，且嚴禁撰作符命，犯者誅死。而揚子猶進之，所為何哉？所為何哉？

右文本着文匯悉余意而自撰之。文匯亦已具稿再四，事頗詳明，余且已作後序以美之矣。然連旬以來，屢屢反覆細視之，猶嫌其過爾謙抑，至其辭卑屈而莫能伸，故復取歸代撰。以無畏之膽，老鈍之筆出之。吾平生原止深重子雲爾，因文匯而後兼愛伯玉，不意因伯玉而使余得超登於神悟也。今吾與文匯二人者，總意在共昭雪此亙古未有之文字奇冤耳！

是陳是何？奚分彼此乎！世之君子，既閱余譽文匯之後序，末復覽此調調刁刁棼輪扶搖之長篇，不將紛紛然譁笑而申申其詈予耶？今惟古之人是愛重耳！豈暇計今之物論有所短長哉？孟子曰：「大人者，不失其赤子之心者也。」余雖垂老而非大人，然赤子之心誠在也。

何文匯著《陳子昂感遇詩箋》（學津出版社，一九七八年九月）。頁一三九至一五九。

（五十八）贈梁勁予詩並序

台山梁勁予先生，世皆習其太極拳，余則尤重其鍼灸醫術也。雖二者皆得真傳於大宗師，無優劣之異。然余今歲初秋，不慎跌仆於寓樓平台入門時，至左腿環跳骨爆裂，旋兼患肺炎，昏迷十餘日，狀甚危殆。乃即入瑪麗醫院就治療，承梁志仁教授慨然接受，與眾醫生搶救，幸免於難。在院治療兩月餘，腿病苦難全癒，乃求出院，乞勁予先生針灸治之，蒙慨允諾。每週親來太古城寓樓細心針灸三次。初予之金，不受；續予之；竟以大義相責，堅決拒受財物。重義輕財如此，與港中常人適相背也。今余足疫已癒，能行。感德之餘，為褒詩五言十八韻且序之，冀能移易港人惡習，而梁師之義聲傳之萬世云爾。詩曰：

人生重孝義，梁君優有之。輕則重友朋，老至尤無疑。避寇背王母，夷險同視之。如是舉其要，感我私淚垂。無錫石篠山，鍼灸誠神醫。三代不傳人，惟君能感之。秘傳十二載，孝義還尋誰？今秋我病足，諸醫無以為。懷忽出瑪院，祈君神術施。針入心洒然，今愈成褒詩。君我同氣類，文武欣並時。宗人微明老，太極拳神奇。擇徒甚審慎，得君欣自期。名言我謹記，休與文背馳。今君彬彬然，稱師疑尚隨。我頃常聆聽，五內常銜悲。台山梁勁予，萬載人應知。贈君五言古，書之揚我私。

香港《華僑日報》華僑文化 一九八五年二月十五日

附錄 何文匯《憶國學大師陳湛銓教授》

我生平遇到教學最動聽的老師恐怕要數國學大師陳湛銓教授，我初聽陳老師講學時約十八、九歲。當時陳老師已經有很多弟子、很多聽眾，而我在讀大學預科一年級前，竟然連他的大名都沒聽過，可見我當時的見聞多麼的狹窄。有一天，我經過大會堂高座，看見一張由學海書樓張貼的小告示，寫著星期天下午由陳湛銓教授主講《莊子・秋水》，我立刻被那張告示吸引住，吸引我的不是講者的姓名，而是講者要講的篇章——〈秋水〉，因為那是香港大學入學試（高級程度會考）中國文學卷的範文。

不過到了聽講的時候，我就被陳老師吸引住。但見他說話生動有力，對讀音十分講究，加以內容充實，可謂文質兼備。陳老師又寫得一手雄渾蒼勁的「粉筆字」，記憶力又特強，在黑板上旁徵博引，都靠記憶，不用一書在手。他無疑在把國學講演推向化境。

與此同時，我看《星島日報》和《華僑日報》，竟然還發現商業電台（當時還沒分一台、二台）每個星期都舉辦一次「對聯徵求」活動，由陳湛銓教授主持。陳老師出七言律句聯首，參賽者郵寄聯尾到商業電台，陳老師每次選取十名給予獎金，賽果於星期日在《星島》及《華僑》公佈，同時公佈新一會聯首。當天晚上（好像是晚上十時），陳老師就會在商台介紹和點評優勝作品。我覺得這活動很有意義，於是有空就參加比賽，也拿過幾次獎金。中選固然開心，縱使落選，在收音機旁邊聽陳老師點評優勝作品，就能洞悉做對聯的竅門。

一九六六年進入香港大學讀本科，因為要適應新的學習環境和宿舍生活，雖然也會在週末到大會堂聽講，卻一直沒再參加對聯徵求比賽。過了好幾個月，有一天突然「心血來潮」，拿起報紙找比賽資料，才知道那比賽只餘兩會便完結。我心裏想：這兩次絕對不可錯過。我還記得最後第二會的聯首是「同林各樹榮枯異」，我對以「一榜多材取捨難」得季軍；最後一會的聯首是「美景良辰非向日」，我對以「小舟滄海寄餘生」得第六名，算是對自己有所交代了。

在大學的時候，我如常去大會堂聽學海書樓講座，陳湛銓老師的講座我更不會錯過；也去陳老師開辦的經緯書院聽過一陣子課，但和陳老師沒有交談過，他的家人、學生我都不認識。正式交談要在本科畢業後，在港大做碩士研究時。事緣我報讀了一個在星光行舉辦、由陳教授講《莊子》的短期校外課程，開課當晚，我出發遲了，於是連走帶跑，及時趕到，衝進星光行一部未關門的升降機，然後抬頭一看，整部升降機內除了我之外，只有一個人——陳湛銓教授。我登時手足無措，唯有硬著頭皮自我介紹。誰知陳老師氣定神閑地說：「我認得你，你就是做對聯那個。」我感到十分迷惘，為甚麼這位陳教授如此神通廣大？就在那時，升降機的門開了，於是各就各位，他講我聽。不過，自從在升降機內碰頭後，我們的關係就越來越密切。

後來，陳老師告訴我，因為我以前常參加對聯比賽，他留意到我的名字，但一直以為何文匯是一個中年人。有一次我去經緯書院上課，陳老師唱名派講義，才發覺原來何文匯只是一個十來二十歲的小伙子，吃了一驚，所以印象就變得深刻。

我於一九七一年離港遠赴英國倫敦，一九七六年自美國威斯康辛州回來。回來不久，就約陳老師出來吃晚飯，同時問學，以後就習以為常。陳老師的學問深不見底，總歸聖賢之道。更難得的是他十分健談，說話又動聽，吃一頓飯就如坐春風之中。而我與陳老師的家人也熟落起來了。

陳老師個性剛強，行事講原則，少妥協，自稱「霸儒」。他在一九七七年寫了〈霸儒〉七律一首，有序：「余以為在今日橫流中，如出周、程、張、朱之醇儒，實不足以興絕學。要弘吾道，都須霸儒，蓋遏惡戡姦，似非天地溫厚之仁氣所能勝也。」他的〈霸儒〉七律更是劇力萬鈞：

修作園空夢也無，雙鐙朗照亦何須。
舊鄉人已成生客，窮海天教出霸儒。
星爛月明聊一望，風吹雨打待前驅。

虛窗又見微微白，猶執餘篇當虎符。

這種氣魄真足以傲視古今。

陳老師的舊鄉故居名「修竹園」，其後不論喬遷到哪裡，居所都自然叫「修竹園」，但〈霸儒〉詩中的「修竹園」則指故里無疑。

我一兩個星期就去九龍，和陳老師在勝利道附近的酒家吃晚飯。其後陳老師舉家遷往太古城，我住在香港島，找他吃飯更方便。我們從他住的隋宮閣走路到太古城第二期商場的酒家吃晚飯，只五分鐘左右路程，這是當時陳老師身體好的時候。陳老師一向十分健碩，又常打坐，大家都期望他壽過期頤，為學術和教育多作貢獻。殊不知七十歲不到，他便患了重病，手術後身體漸見虛弱。縱使如此，陳老師仍然熱愛講學，仍然喜歡和學生在一起。那時候，我和他從隋宮閣步行到商場，他已不像以前般「大踏步便出去」，而是拄著手杖，一步改為半步，非常謹慎地、緩慢地向前移動，全程超過十五分鐘。其後病情惡化，更不能外出。終於在一九八六年十二月二十日星期六下午，陳老師的長公子樂生打電話來，說老師於清晨病逝了。當時陳老師才七十一歲。

陳老師留下很多文稿。二零一四年，陳老師的少公子達生聯同兄妹，下了很大苦功，把文稿整理成電子檔，打算陸續出版。香港商務印書館對這個計劃甚表支持，於是同年同時出版了陳老師三份遺作：《周易講疏》、《蘇東坡編年詩選講疏》、《元遺山論詩絕句講疏》，可謂當年學術界的一件盛事。我有幸為《周易講疏》寫序，得以再三表示我對陳老師崇高的敬意。

原載於網上雜誌《灼見名家》（二零一六年八月六日）
另載陳湛銓著 陳達生編訂《歷代文選講疏》（下冊）（香港商務印書館，二零一七年）。頁九零六至頁九零九
又載於陳湛銓著 陳達生編校《修竹園詩前集》（香港商務印書館，二零一九年），頁四四八至四五三

編後語一

先嚴陳湛銓教授遺著《修竹園文》一書得以順利付梓，實蒙何文匯教授鼎力玉成，深表銘感。

先嚴文章，散見於內地及香港報章、書刊、學報等。二零一九年《修竹園詩前集》出版後，各方友好亦欲一睹先嚴文章全貌。余有見及此，亦欲將先嚴文章整理成《修竹園文》一書，刊行天下。

二零二二年六月，學弟孫廣海博士編纂《陳湛銓教授論著知見錄》。因其已於二零二一年九月移居加拿大溫哥華，香港文獻資料，未能閱覽。廣海情商本人代其在港搜尋先嚴資料，以便其完成著述，余當然義不容辭，即時應允。與此同時，余二人均有蒐輯《修竹園文》篇章之構想，余負責往香港中文大學圖書館、香港大學馮平山圖書館，搜尋所需資料。

《修竹園文》共收文章五十八篇，諸作皆編年，撰著年代起自一九三五年，下迄一九八五年。全部文章均曾刊載於印刷媒體上，首八篇是先嚴一九四八年前居於國內時所作；後五十篇是來港後作品。余及廣海將蒐尋到之稿件轉為電子文稿，檢視校正，並冠以新式標點。所有打字、編輯、訂正、校對等工作均由余二人承擔，長兄樂生書名題籤。承何文匯教授協助，聯絡香港商務印書館出版文稿，復聯絡伍步謙博士主持之「伍福慈善基金」贊助出版，謹表謝忱。何文匯教授惠賜序文及允予轉載原刊於網上雜誌《灼見名家》之〈憶國學大師陳湛銓教授〉一文，謹致衷心謝意。又編校期間，蒙佘曾任教佛教善德英文中學學生，香港大學馮平山圖書館館長胡美華博士、中文大學中文系高級講師程中山博士、中文大學中文系哲學碩士劉浚槩先生，協助搜尋資料，亦一併致謝。惟編校過程疏漏在所難免，大雅君子，祈為見諒。

二零二三年，歲次癸卯，季秋九月，陳達生謹誌。

編後語二

是書付梓，達生學兄秉承父志，居功厥偉。余於二零二一年九月，已移居溫哥華，香港文獻資料，未能閱覽。因與陳教授子嗣達生學兄商議，可否由他在港蒐訪湛公材料，助余一臂。達生學兄即時應允，筆者興奮莫名。

由此，余得以編纂《陳湛銓教授論著知見錄》，以及《修竹園文》篇章。達生學兄在香港中文大學圖書館、香港大學馮平山圖書館，或訪求目錄，或蒐尋資料，或影印篇章，立即以電話傳給本人，是書始能以底於成。達生學兄弘揚國粹，辛勞付出，抑且劈劃全書、審閱提點。筆者由衷感佩，在此敬申謝忱！

是書緣起。在編纂《陳湛銓教授論著知見錄》（香港學海書樓，二零二三年）一文同時，筆者已有蒐輯修竹園文章之構想。早前，余已購備湛公七本商務出版論著，現更有幸與達生學兄合作編校《修竹園文》。余擬把陳湛銓教授於學報、期刊發表之論文，以及四六儷語、序跋古文，匯聚一起，方便後人閱讀。於是坐言起行，先擬訂《修竹園文》篇目表，初稿三十八篇，再經達生兄蒐訪，積得五十八篇。諸篇撰著年代起自一九三五年，下迄一九八五年。全書只屬輯錄之作，旨在徵存文牘，永留天壤。

細讀陳教授修竹園文，湛公筆力沉摯，感情熾烈，性情率真，深得我心。本書內容融會古今，於學術思想、序跋講演、報章輿論、書信函牘、詩文賞析，方方面面，皆有闡述，誠香港文學史、儒學史不可遺漏之珍貴文獻。余最愛讀三篇講義（《三學治要講義》、《羣經通義講義》、《諸子學講義》），欲治我國學術思想史者，誠入門津梁、正眼法藏。讀者如入斯座寶山，深信必獲碩果纍纍。達生學兄決議交付棗梨，聯名刊佈，俾便廣大讀者肄習雅賞。

二零二三年九月一日 孫廣海草於温哥華